BEST THRILLE

T5-AEA-356

IL SEGRETO
DELLA GENESI

Romanzo di
TOM KNOX

Traduzione di
SARA CARAFFINI

LONGANESI

TOM KNOX

IL SEGRETO DELLA GENESI

SUPERPOCKET

Titolo originale:
The Genesis Secret
Traduzione di Sara Caraffini

© 2009 Tom Knox
The author asserts the moral right
to be identified
as the author of this book
All rights reserved
© 2009 Longanesi & C., Milano
Gruppo editoriale Mauri Spagnol

Edizione su licenza di Longanesi & C.
Superpocket © 2011 R.L. Libri s.r.l., Milano
ISBN 978-88-462-1122-4

Poi Abramo stese la mano e prese il coltello per immolare suo figlio.

Genesi, 22:10

Nota dell'autore

Il segreto della Genesi è un'opera di finzione, ma per la maggior parte i riferimenti religiosi, storici e archeologici sono accurati e interamente basati su fatti reali.

In particolare, Gobekli Tepe è un sito archeologico risalente a circa dodicimila anni fa che si sta attualmente riportando alla luce nella Turchia sudorientale, nei pressi della città di Sanliurfa. L'intero complesso di pietre, colonne e sculture è stato deliberatamente sepolto nell'8000 a.C. Nessuno sa perché.

Nella regione che circonda Gobekli Tepe, tra i curdi della Turchia meridionale e dell'Iraq settentrionale, è diffuso ancora oggi un gruppo di antiche religioni noto come il culto degli angeli. I suoi adepti adorano un dio chiamato Melek Taus.

1

Alan Greening era ubriaco. Era stato in giro per tutta la sera a Covent Garden, iniziando dal Punch, dove aveva bevuto tre o quattro pinte con i vecchi amici dei tempi del college. Poi erano andati al Lamb and Flag, un pub situato in un vicolo umido vicino al Garrick Club.

Per quanto tempo erano rimasti là a tracannare birre? Non riusciva a ricordarselo, perché dopo erano andati al Roundhouse e avevano incontrato un altro paio di suoi colleghi d'ufficio. E a un certo punto, da bravi ragazzi, erano passati dalle pinte di lager ai superalcolici: bicchierini di vodka, gin and tonic, cicchetti di whisky.

A quel punto, avevano commesso l'errore fatale. Tony aveva proposto: «Adesso ci vogliono delle ragazze» e tutti avevano riso e accettato. Avevano risalito a passo lento St Martin's Lane fino a metà altezza e poi erano riusciti a infilarsi dentro lo Stringfellows grazie a una bustarella. All'inizio il buttafuori non aveva voluto lasciarli entrare: sei tizi già evidentemente sbronzi, che imprecavano e ridevano e facevano casino? Volevano dire solo una cosa: guai.

Ma Tony gli aveva sventolato davanti una parte della sua generosa gratifica della City, cento sterline, forse di più, e a quel punto il buttafuori aveva sorriso dicendo: «Naturalmente, signore...» e poi...

Cos'era successo, *poi*?

Era tutto confuso. Un caos di tanga e cosce e drink. E ragazze lettoni nude e sorridenti e battute scurrili su pellicce russe e una giovane polacca con un seno incredibile e un sacco di soldi spesi per questo e quello e quell'altro ancora.

Alan gemette. I suoi amici se n'erano andati alla spicciolata, uscendo con passo malfermo dal club e crollando su un taxi. Alla fine era rimasto da solo, l'ultimo cliente nel locale, e aveva continuato a infilare una dopo l'altra banconote da dieci sterline nel perizoma della ragazza lettone che roteava il suo corpicino minuscolo mentre lui la fissava impotente, adorante, ammutolito e inebetito.

Dopo di che, alle quattro del mattino, la giovane lettone aveva smesso di sorridere, e tutt'a un tratto le luci erano accese e i buttafuori lo tenevano per le spalle e lo stavano scortando risolutamente alla porta. Non lo buttarono in strada come un vagabondo da un saloon in un western vecchia maniera, ma ci andarono vicino.

E adesso erano le cinque e il primo pulsare dell'emicrania post-sbornia lo stava punzecchiando dietro gli occhi; doveva andare a casa. Era sullo Strand, ma avrebbe dovuto essere a letto, non ce la faceva più.

Gli restavano abbastanza contanti per un taxi? Aveva lasciato a casa le carte di credito, ma sì – rovistò nelle tasche, intontito – sì, nel portafoglio aveva ancora trenta sterline, erano sufficienti per un taxi fino a Clapham.

O meglio, avrebbero potuto esserlo. Solo che non c'erano taxi. Era l'ora più morta della notte: le cinque del mattino sullo Strand. Troppo tardi per gli assidui frequentatori dei club, troppo presto per gli addetti alle pulizie negli uffici.

Alan scrutò le strade. Una lieve pioggerellina di aprile stava cadendo sui lucidi e ampi marciapiedi del centro di Londra. Un grosso autobus notturno rosso stava arrancando nella direzione sbagliata, verso la cattedrale di St Paul. Dove andare? Fendette faticosamente la foschia alcolica che gli annebbiava la testa. C'era un unico posto in cui si poteva sempre trovare un taxi. Poteva tentare all'Embankment. Sì. Là ce n'erano sempre.

Cercando di riprendersi girò a sinistra, imboccando una traversa. Il cartello la identificava come Craven Street: non l'aveva mai sentita nominare, ma non era importante. La strada scendeva verso il fiume: di sicuro portava direttamente all'Embankment.

Continuò a camminare. La via era antica, bordata da una serie di placidi edifici georgiani. La pioggerellina cadeva senza sosta. Il primo accenno di mattinata primaverile stava tingendo di azzurro il cielo sopra i comignoli antichi. In giro non c'era anima viva.

Poi lo sentì.

Un rumore.

Ma non un semplice rumore. Sembrava un *lamento*. Un lamento umano ma in un certo senso ostruito, o distorto. Strano.

Se l'era soltanto immaginato? Alan scrutò marciapiedi, ingressi, finestre. La piccola traversa era ancora deserta. Tutti gli edifici circostanti erano palazzi per uffici oppure case antichissime convertite in uffici. Chi poteva trovarsi là a quell'ora del mattino? Un tossico? Un senzatetto? Era un vecchio ubriacone, quello steso in un canaletto di scolo, laggiù tra le ombre?

Scelse di ignorare la cosa. Così facevi se eri un londinese. *Ignoravi*. La tua vita era già abbastanza piena di seccature, in quella città enorme, frenetica e sconcertante, anche senza aggravare lo stress quotidiano indagando su strani lamenti nella notte. E poi, era ubriaco: se lo stava solo immaginando.

Poi lo sentì di nuovo, distintamente. Il terribile gemito raggelante di qualcuno che soffriva. Sembrava dicesse «Aiuto», solo che la parola gli usciva simile a «Iiiuuuooo».

Cosa cazzo era *quello*? Alan cominciò a sudare. Adesso aveva paura. Non voleva sapere quale genere di persona – quale genere di *cosa* – potesse produrre un suono simile. Eppure doveva scoprirlo. La sua coscienza non ammetteva scuse: doveva soccorrere quella persona.

Fermo sotto la pioggia pensò a sua madre, a cosa avrebbe detto. Gli avrebbe detto che non aveva scelta. Era l'imperativo morale: *Qualcuno sta soffrendo, quindi devi aiutarlo.*

Guardò a sinistra. La voce sembrava provenire da una serie di antiche villette georgiane in mattoni viola scuro ed eleganti finestre d'epoca. Una di esse sfoggiava un'insegna sul davanti, un pannello di legno che grazie alla pioggia scintillava sotto la luce del lampione. MUSEO BENJAMIN FRANKLIN. Alan non sapeva di preciso chi fosse Benjamin Franklin. Uno yankee, uno scrittore o roba del genere. Ma non aveva alcuna importanza. Era quasi sicuro che il gemito arrivasse da lì, *perché la porta era aperta*. Alle cinque di sabato mattina.

Riuscì a scorgere una luce fioca dietro lo spiraglio. Serrò le mani a pugno una, due volte, poi raggiunse l'uscio e lo spinse.

Quello si spalancò. Nell'atrio retrostante era tutto tranquillo. C'erano un registratore di cassa in un angolo, un tavolo con una pila di volantini e un'insegna: PRESENTAZIONI VIDEO DA QUESTA PARTE. L'ingresso era rischiarato appena da alcuni lumi notturni.

Sembrava che fosse tutto a posto, nel museo. La porta era aperta ma all'interno regnava una perfetta quiete. Non pareva affatto la scena di un furto.

«*Errrlmmng...*»

Eccolo di nuovo, quel lamento che gelava il sangue. E stavolta risultò chiaro da dove provenisse: dal seminterrato.

Alan sentì gli artigli della paura serrargli il cuore ma represse il nervosismo e attraversò con determinazione l'atrio, fino a una porta laterale che si apriva su una rampa di scalini in legno. Li scese, accompagnato da vari scricchiolii, e si ritrovò infine in un basso scantinato.

Una lampadina nuda penzolava dal soffitto. La luce era tenue ma sufficiente. Alan si guardò intorno. La stanza non aveva nulla di speciale, tranne una cosa: in un angolo del pavimento qualcuno aveva scavato di recente in lungo e in largo, la terra era stata rivoltata, e un'enorme buca nera affondava per un metro o più nello scuro terriccio londinese.

Fu a quel punto che vide il sangue.

Non poteva non notarlo: uno schizzo denso, vivido e scarlatto su qualcosa di candido. Un ammasso di biancore.

Che cos'era quel bianco? Piume? Piume di cigno? *Cosa?*

Alan lo raggiunse e lo toccò con la punta della scarpa. Erano peli, forse *capelli*. Un ammasso di capelli bianchi rasati. E il sangue ne costellava orrendamente la superficie, come salsa di ciliegie su un sorbetto al limone. Come un feto di pecora in mezzo alla neve.

«*Iiiuuuooo!*»

Il lamento suonava vicinissimo, ormai. Giungeva dalla stanza accanto. Alan soffocò un'ultima volta i propri timori e varcò la soglia stretta e bassa che dava sul locale attiguo.

Là dentro il buio era fitto, se si eccettuava la stretta e obliqua lama di luce proiettata dalla lampadina alle sue spalle. Il macabro gemito echeggiò nell'intera stanza. Tastando affannosamente la parete accanto alla porta, picchiò la mano sull'interruttore e la stanza si illuminò.

Al centro del pavimento era riverso un uomo anziano, nudo. La testa era stata completamente rasata. In modo brutale, a giudicare dalle escoriazioni e dalle ferite. Alan si rese conto che quasi sicuramente i capelli nella buca erano suoi. Qualcuno, chissà chi, glieli aveva rasati a zero.

Poi il vecchio si mosse. Inizialmente aveva il viso girato dalla parte opposta rispetto alla porta, ma quando le luci si accesero si voltò a guardare Alan. Uno spettacolo impressionante. Alan trasalì. Il terrore nello sguardo di quell'uomo era indicibile. Sgranati e rossi, gli occhi lo fissavano, pazzi di dolore.

L'ubriachezza era scomparsa: Alan aveva recuperato una sobrietà nauseabonda. Capì subito perché l'uomo soffriva tanto. Aveva il torace solcato da tagli praticati con un coltello. Sulla sua morbida, vecchia e avvizzita pelle bianca era stato inciso un disegno.

Ma perché si stava lamentando in modo così strano, così incoerente? L'uomo gemette di nuovo. E Alan barcollò, sentendosi quasi venir meno.

La bocca dell'uomo era piena di sangue. Gli stillava dalle labbra, come se si fosse ingozzato di fragole. Il liquido scarlatto gli colava lento dalle labbra raggrinzite, gocciolando sul pavimento. Quando gemette, altro sangue ribollì e gorgogliò, schizzandogli poi il mento.

E vi fu un ultimo orrore.

Il poveretto stringeva qualcosa. Lentamente, aprì la mano e la allungò verso Alan, senza emettere suono: fu come se stesse offrendo qualcosa. Un dono.

Alan abbassò lo sguardo sulle dita protese.

Tenuta mollemente tra le dita del vecchio c'era una lingua umana tranciata.

2

Il mercato del Carmelo era gremito, pieno di mercanti di spezie yemeniti che discutevano con sionisti canadesi, massaie israeliane intente a esaminare costine d'agnello ed ebrei siriani che sistemavano rastrelliere di CD accanto a cantanti libanesi di motivi sentimentali. La folla assediava i tavoli ingombri di pungenti spezie rosse, pile di latte di olio d'oliva verde e la grande bancarella di liquori che vendeva il buon vino delle alture del Golan.

Tra la folla c'era Rob Luttrell, diretto verso l'estremità opposta del mercato. Voleva bere una pils al Bik Bik, il baretto che vendeva birra e salsiccia, il suo locale di Tel Aviv preferito. Gli piaceva osservare le celebrità israeliane, con gli occhiali da sole per ingannare i paparazzi. Pochi giorni prima, una starlette particolarmente carina gli aveva rivolto un sorriso sincero. Forse aveva capito che era un giornalista.

Gli piaceva anche la birra ceca del Bik Bik: servita in boccali di plastica da una pinta, andava giù che era un piacere con quei pezzi di salsiccia fatta in casa e le minuscole *pitta* piene di carne piccante.

«Shalom», disse Samson, il salsicciaio turco del Bik Bik. Rob ordinò rapidamente una birra, poi si rammentò delle buone maniere e disse «per favore» e «grazie». Si chiese se non cominciava ad annoiarsi. Si trovava lì da sei settimane, a girarsi i pollici dopo sei mesi passati in Iraq. Troppo tempo?

Sì, aveva avuto un gran bisogno di una pausa. Sì, era contento di essere tornato a Tel Aviv: amava la drammaticità e l'animazione di quella città. Ed era davvero generoso, da parte del suo caporedattore a Londra, concedergli del tempo libero per «rimettersi in forze». Ma ormai era di nuovo pronto all'azione. Un altro incarico a Baghdad, magari. Oppure a Gaza: le cose si stavano muovendo, là. Le cose si muovevano sempre, a Gaza.

Bevve qualche sorso dal boccale, poi si spostò nella parte anteriore del bar per osservare, al di là del lungomare, il Mediterraneo. La birra era fredda, dorata e squisita. Rob guardò un surfista che cavalcava le onde verso il mare aperto.

Il suo caporedattore avrebbe mai chiamato? Controllò il cellulare. L'immagine digitale della figlioletta ricambiò la sua occhiata. Rob avvertì un'intensa fitta di sensi di colpa. Non la vedeva da... Quando? Gennaio o febbraio? Dall'ultima volta in cui era stato a Londra. Ma cosa poteva fare? La sua ex moglie continuava a cambiare i propri piani, come se volesse impedirgli di far visita alla figlia. La brama di vedere Lizzie somigliava a una fame, o a una sete. C'era la costante sensazione che nella sua vita mancasse qualcosa, qualcuno. A volte si ritrovava a voltarsi per sorriderle, e naturalmente la bambina non era là.

Riportò al bancone il boccale vuoto. «Ci vediamo domani, Sam. Non mangiare tutti i kebab!»

Samson rise. Rob pagò con alcuni shekel, poi si diresse verso il lungomare. Era giovedì, e come sempre il traffico era assurdo. Attraversò di corsa la strada, sperando di non venire falciato dai panciuti guidatori israeliani che sembravano volersi spingere l'un l'altro fin dentro il mare.

La spiaggia di Tel Aviv era il suo posto preferito per pensare. Alle spalle i grattacieli, di fronte le onde e il vento tiepido e tonificante. E adesso voleva pensare a sua moglie e sua figlia. Alla ex moglie e alla figlia di cinque anni.

Avrebbe voluto tornare subito a Londra, quando il giornale gli aveva ordinato di lasciare Baghdad, ma Sally si era improvvisamente trovata un nuovo fidanzato e aveva detto di aver bisogno di «spazio», così Rob aveva deciso di rimanersene tranquillo a Tel Aviv. Preferiva non stare in Inghilterra, se non poteva vedere Lizzie. Era troppo doloroso.

Ma di chi era la colpa, in realtà? Si chiese fino a che punto il divorzio fosse dipeso da lui. Sì, Sally aveva avuto una relazione... Ma lui era stato lontano da casa per tantissimo tempo. In fondo, però, quello era il suo lavoro. Faceva il corrispondente estero: per diventarlo, aveva sgobbato dieci anni a Londra. E adesso, ormai oltre la trentina, aveva sfondato e si stava occupando di tutto il Medio Oriente... E c'erano talmente tante storie che non sarebbe mai riuscito a seguirle tutte.

Valutò l'ipotesi di tornare al Bik Bik per un'altra birra. Guardò a sinistra. L'hotel Dan Panorama si stagliava contro il cielo azzurro, un enorme grumo di cemento con un'appariscente hall in vetro. Dietro c'era il parcheggio, qualche ettaro di posti auto situati al centro della città. Ricordò la storia legata a quell'area riservata alle macchine: quando, nel 1948, era scoppiata la guerra arabo-israeliana, era stata il fronte principale del conflitto urbano tra la Tel Aviv ebraica e la Giaffa araba. Alla fine gli israeliani avevano vinto e avevano raso al suolo le case rimaste. E ora c'era solo un immenso parcheggio.

Prese una decisione. Se non poteva vedere Lizzie, poteva almeno guadagnare dei soldi in modo che non le mancasse mai nulla e fosse sempre al sicuro. Così decise di tornare direttamente nel suo appartamentino di Giaffa a fare qualche ricerca. Trovare qualche altra angolazione da cui studiare quella storia libanese. O rintracciare i ragazzi di Hamas che si nascondevano in quella chiesa.

Le idee gli ronzavano in testa mentre si dirigeva verso la curva della spiaggia e le antiche case affacciate sul mare: il porto della vecchia Giaffa.

Il cellulare squillò. Rob guardò il display, speranzoso. Era un numero inglese, ma non si trattava di Sally, Lizzie o dei suoi amici.

Era il suo caporedattore, da Londra.

Sentì la familiare scarica di adrenalina. Eccolo! Era il momento del suo lavoro che più amava: l'inattesa telefonata del capo. Vai a Baghdad. Vai al Cairo, vai a Gaza, vai a rischiare la vita. Adorava quel momento. Il fatto di non sapere mai dove stava per recarsi. La terrificante sensazione di teatro improvvisato, come essere sempre in diretta televisiva. Non c'era da stupirsi se non riusciva ad avere una relazione duratura. Premette il tasto per rispondere.

«Robbie!»
«Steve?»
«Ehilà.»

Per un attimo l'accento ultra-cockney del suo interlocutore lo lasciò basito, come sempre. Quel po' di americano medio che era rimasto in lui ancora si aspettava che al *Times* si esprimessero in un autentico inglese oxfordiano. Il suo caporedattore agli esteri, invece, parlava come uno scaricatore di porto di Tilbury, e imprecava ancora di più. A volte Rob si chiedeva se Steve non stesse simulando un po' il proprio accento per distinguersi dai suoi più affettati pari usciti da Oxford o Cambridge. Tutti, nel campo del giornalismo, erano estremamente competitivi.

«Robbie, amico mio. Cosa stai combinando?»
«Sono qui su una spiaggia a parlare con te.»
«Cazzo. Vorrei tanto fare il tuo lavoro.»
«Un tempo lo facevi, ma poi sei stato promosso.»
«Oh, già», disse Steve ridendo. «Comunque volevo chiederti cos'hai in programma. Ti abbiamo assegnato un incarico?»
«No.»
«Giusto, giusto. Ti stai rimettendo da quella fottuta... merdata della bomba.»
«Ora sto bene.»

Steve fischiò. «È stato un vero casino. Baghdad.»

Rob non voleva pensare all'attentato dinamitardo. «Allora... Steve... dove...?»
«Kurdistan.»
«Cosa? Uau!»

Si sentì subito eccitato, e leggermente intimorito. Il Kurdistan iracheno. Mosul! Non c'era mai stato ed era sicuro che quel posto traboccasse letteralmente di storie. *Il Kurdistan iracheno!*

Ma poi Steve gli disse: «Ehi, frena...»

Rob sentì l'eccitazione affievolirsi. C'era qualcosa, nella sua voce. Quella non era una storia di guerra. «Steve?»

«Rob, amico mio, cosa sai di archeologia?»

Lui guardò verso il mare. «Di archeologia? Niente. Perché?»

«Be', ci sono questi... scavi... nella Turchia sudorientale. La Turchia curda.»

«Degli scavi?»

«Già. Piuttosto interessanti. Alcuni archeologi tedeschi hanno...»

«Dipinti rupestri? Vecchie ossa? Merda.» Rob fu assalito da una cocente delusione.

Steve ridacchiò. «Su, su. Dai.»

«Cosa?»

«Non puoi occuparti sempre di Gaza. E non ti voglio in posti pericolosi. Non al momento.» Sembrava premuroso, quasi fraterno. Rob non se l'aspettava. «Sei uno dei miei reporter migliori. E quella a Baghdad è stata una brutta botta. Hai affrontato abbastanza schifezze per un po', non credi?»

Rob aspettò. Sapeva che l'altro non aveva finito. Infatti Steve aggiunse: «Quindi ti sto chiedendo, con il massimo garbo possibile, di andare a vedere questi schifo di scavi in Turchia. Sempre se sei d'accordo».

Rob colse il sarcasmo: non era certo difficile. Scoppiò a ridere. «Okay, Steve. Il capo sei tu. Andrò a dare un'occhiata a queste pietre. Quando vuoi che parta?»

«Domani. Ti mando le informazioni per e-mail.»

Domani? Non c'era molto tempo. Lui cominciò a pensare ad aerei e valigie. «Farò tutto il necessario, Steve. Grazie.»

Il caporedattore esitò, poi riprese a parlare: «Senti, Rob...»

«Cosa?»

«Dico sul serio, riguardo a questo incarico. Non si tratta solo di... vecchie pietre noiose.»

«Come, scusa?»

«La stampa ne ha già parlato. Deve esserti sfuggito.»

«Non leggo le riviste di archeologia.»

«Io sì, invece. Sono di moda.»

«Quindi?»

L'aria del mare era tiepida. «Senti, questo posto in Turchia... quello trovato da questi tedeschi...» aggiunse Steve.

Rob aspettò ulteriori chiarimenti.

Una lunga pausa, poi il caporedattore disse: «Be'... non sono solo ossa e schifezze, Robbie. È davvero strano».

3

A bordo dell'aereo per Istanbul Rob sorseggiò un gin and tonic annacquato da un bicchierino di plastica trasparente, corredato di un minuscolo bastoncino da cocktail. Lesse la stampata dell'e-mail di Steve e altro materiale sugli scavi in Turchia che aveva trovato su Internet.

Il sito che stavano riportando alla luce era chiamato Gobekli Tepe. Per un'ora pensò che l'ultima parola si pronunciasse «Tip», ma poi vide uno spelling fonetico su una delle stampate: Tepe si pronunciava così com'era scritto. Gobekli... Tepe. Lo disse ad alta voce e poi sgranocchiò un mini prezel.

Continuò a leggere.

Il sito era, a quanto pareva, uno degli antichissimi insediamenti che stavano venendo alla luce nella Turchia curda. Nevali Cori, Cayonu, Karahan Tepe. Alcuni sembravano incredibilmente antichi. Ottomila anni o più. Ma questo lo era davvero tanto? Rob non ne aveva idea. Quanto era vecchia la sfinge? E Stonehenge? Le piramidi?

Finito il gin and tonic, si appoggiò allo schienale e pensò alla sua scarsa cultura generale. Come mai non conosceva la risposta a interrogativi del genere? Perché, ovviamente, non vantava un'istruzione universitaria. Contrariamente ai colleghi laureatisi a Oxford, a Londra e all'UCLA, oppure a Parigi, Monaco, Kyoto, Austin o chissà dove, lui non possedeva altro che il cervello e la capacità di leggere molto in fretta, di assimilare velocemente le informazioni. Aveva lasciato gli studi a diciotto anni. Nonostante i pianti disperati della madre single, aveva rifiutato le offerte di vari college e università per entrare direttamente nel mondo del giornalismo. Ma chi poteva fargliene una colpa, in realtà? Mandò giù un altro mini prezel. Non aveva avuto scelta. Sua madre era sola, suo padre era rimasto in America da bravo bastardo e brutale qual era; lui era cresciuto povero nelle più remote propaggini della monotona Londra di periferia. Sin da ragazzo aveva sognato soldi e una posizione, appena possibile. Non sarebbe mai diventato come quei ragazzi ricchi che aveva sempre invidiato da giovanissimo, capaci di prendersi quattro anni sabbatici per fumare erba, andare alle feste e scivolare pigramente in una comoda carriera. Aveva sempre sentito il bisogno di fare le cose in fretta.

La stessa fretta aveva governato la sua vita emotiva. Quando era arrivata Sally, sorridente e graziosa e brillante, Rob aveva afferrato al volo la felicità, e la stabilità, che lei gli offriva. La nascita della figlia, poco dopo il loro precoce matrimonio, parve confermargli che aveva davvero fatto la cosa giusta. Solo a quel punto si era reso conto, troppo tardi, che la sua carriera in corsa rischiava di entrare in conflitto con la stabile quiete domestica.

Il sedile della classe turistica della El Al era scomodo come non mai. Si abbandonò contro lo schienale e si sfregò gli occhi, poi chiese alla hostess un altro gin and tonic. Per tirarsi su e per dimenticare.

Infilando la mano nella sacca sotto i piedi estrasse due volumi acquistati nella migliore libreria di Tel Aviv, uno sull'archeologia turca e l'altro sull'uomo preistorico. Lo aspettavano uno scalo di tre ore a Istanbul e poi un altro volo fino a Sanliurfa, nel profondo e selvaggio Est dell'Anatolia. Una mezza giornata da dedicare alla lettura veloce.

Quando raggiunsero Istanbul era parecchio ubriaco, e perfettamente informato sulla recente storia archeologica dell'Anatolia. Un luogo in particolare, Çatal Hüyük, sembrava piuttosto importante. Scoperto negli anni '50, era uno dei più antichi villaggi mai portati alla luce: risaliva forse a novemila anni prima. Le mura dell'antico insediamento erano coperte di disegni di tori e leopardi e poiane. Una miriade di poiane. Antichissimi simboli religiosi. Stranissime immagini.

Osservò le fotografie di Çatal Hüyük. Sfogliò qualche altra pagina. Poi, una volta atterrati all'aeroporto di Istanbul, recuperò i bagagli dal nastro trasportatore e si aprì un varco tra la folla di uomini d'affari turchi con la pappagorgia, fermandosi in un negozietto dove comprò un quotidiano americano con uno degli ultimi servizi da Gobekli Tepe. Quindi raggiunse direttamente il gate per aspettare il volo seguente. Seduto nella sala partenze lesse qualche altra notizia sugli scavi.

Scoprì che la storia moderna di Gobekli Tepe cominciava nel 1964, quando un team di archeologi americani stava passando al setaccio una remota provincia della Turchia sudorientale. Gli archeologi avevano trovato varie collinette dall'aspetto anomalo coperte da migliaia di frammenti di selce: un indizio certo di antica attività umana. Eppure non avevano effettuato scavi. Per usare le parole del giornale, «ora quei signori devono sentirsi come l'editore che rifiutò il primo manoscritto di Harry Potter».

Ignorando la signora turca che russava sulla sedia accanto, Rob continuò a leggere.

Tre decenni dopo quel tentativo andato a vuoto, un pastore locale intento a badare al suo gregge aveva notato qualcosa di strano: diverse pietre dalla forma bizzarra nella polvere illuminata dal sole. Erano le pietre di Gobekli Tepe.

«Te-pe», si disse lui, per rammentarsene la pronuncia. «Te-pe.» Raggiunse un distributore automatico, prese una Diet Coke, tornò indietro e riprese la lettura.

La «riscoperta» del sito giunse all'orecchio dei curatori del museo di Sanliurfa, a cinquanta chilometri di distanza. Le autorità museali contattarono il ministero competente, che a sua volta si mise in contatto con l'Istituto archeologico tedesco di Istanbul. E così, nel 1994, «l'esperto archeologo tedesco Franz Breitner» fu incaricato dalle autorità turche di effettuare scavi nel sito.

Rob scorse il resto dell'articolo. Inclinò il giornale per leggerlo meglio. Il quotidiano mostrava una fotografia di Breitner, glossata da una sua dichiarazione: «Sono rimasto affascinato. Il sito rivestiva già una notevole importanza emotiva per gli abitanti del villaggio. L'albero solitario sulla collina più alta è sacro. Ho pensato che forse stavamo per scoprire qualcosa di importante».

Sulla scorta di quell'intuizione, l'archeologo aveva dato un'occhiata più da vicino. «Mi è bastato un minuto per capire che, se non me ne andavo subito, sarei rimasto qui per il resto della vita.»

Rob guardò la foto di Breitner. L'uomo aveva indubbiamente l'aria del gatto che si è appena sbafato un piattino di panna. Il sorriso era quello di chi ha vinto alla lotteria.

«Le Turkish Airlines annunciano la partenza del volo TA628 per Sanliurfa...»

Prese passaporto e carta d'imbarco e salì sull'aereo. Era semivuoto. Evidentemente non erano poi tante le persone che si recavano a Sanliurfa, nel cuore del selvaggio Est dell'Anatolia. Nel cuore del pericoloso, polveroso e ribelle Kurdistan.

Durante il volo lesse il resto dei documenti e dei libri sulla storia archeologica di Gobekli Tepe. Le strane pietre scoperte dal pastore si erano rivelate piatte e oblunghe sommità di megaliti, grandi pietre color ocra su cui erano incise immagini bizzarre e delicate, prevalentemente animali e uccelli. Poiane e avvoltoi, e insetti stravaganti. I serpenti sinuosi rappresentavano un altro motivo ornamentale diffuso. Secondo gli esperti, le pietre stesse sembravano rappresentare degli uomini: avevano «braccia» stilizzate che formavano un angolo lungo i fianchi.

Fino a quel momento ne erano state riportate alla luce quarantatré. Erano disposte in cerchi di diametro compreso tra i cinque e i dieci metri, intorno ai quali si trovavano panche di roccia, nicchie più piccole e muri di mattoni di fango.

Rob rifletté. Pareva tutto abbastanza interessante, ma era l'età del sito ad aver suscitato una notevole eccitazione. Gobekli Tepe era straordinariamente antica. Secondo Breitner il complesso risaliva ad almeno diecimila, forse undicimila anni prima, ossia all'8000-9000 a.C.

Undicimila anni? Sembrava antichissimo. Ma lo era davvero? Rob tornò al suo libro di storia per paragonarne l'età con quella di altri luoghi. Stonehenge era stata costruita nel 2000 a.C. circa, la sfinge forse nel 3000 a.C. Prima della scoperta e datazione di Gobekli Tepe, il complesso megalitico «più antico» era quello situato a Malta, datato al 3500 a.C. circa.

Gobekli Tepe, quindi, aveva cinquemila anni in più di qualsiasi complesso analogo. Lui era diretto verso una delle più antiche costruzioni mai edificate dall'uomo. Forse la più antica.

Da buon reporter, aveva fiutato una buona storia. Il complesso più antico del mondo rinvenuto in Turchia? Mmm. Magari non la prima pagina, ma quasi sicuramente la terza. Un bell'articolone in evidenza. Inoltre, nonostante i resoconti del quotidiano, sembrava che nessun giornalista occidentale fosse andato davvero a Gobekli. Tutti gli articoli sui media occidentali erano di seconda o terza mano, pervenuti tramite agenzie di stampa turche. Lui sarebbe stato il primo a recarsi sul posto.

Finalmente il viaggio terminò. L'aereo si inclinò virando, si tuffò in picchiata e rollò pesantemente fino a fermarsi nell'aeroporto di Sanliurfa. Era una notte buia e limpida. Talmente limpida che, dai finestrini dell'aereo, parve fresca. Ma quando il portellone si aprì e la scaletta dell'aereo toccò terra, Rob sentì una raffica d'aria calda e opprimente. Fu come se qualcuno avesse appena aperto un enorme forno. Quello era un posto caldo, torrido. D'altra parte, era al limitare del grande deserto siriano.

L'aeroporto era minuscolo. Gli piacevano gli aeroporti così piccoli. Avevano un tratto caratteristico che mancava totalmente in quelli moderni, così enormi e impersonali. E quello di Sanliurfa era davvero caratteristico. I bagagli vennero portati a mano, fin nella sala arrivi, da un uomo grasso e barbuto con la canottiera macchiata, al controllo passaporti c'era solo un funzionario, semiaddormentato dietro una scrivania traballante.

Nel parcheggio, una brezza tiepida e polverosa stava scuotendo le fronde di alcune palme arruffate. Diversi autisti lo puntarono dalla fila di taxi. Rob guardò e scelse. «Sanliurfa», disse a uno dei più giovani.

Il tassista sorrise. Portava una camicia di jeans lacera ma pulita. Aveva un'aria cordiale. Più cordiale di quella dei suoi colleghi, che stavano sbadigliando e sputando. E parlava inglese. Dopo un rapido colloquio sulla tariffa e l'ubicazione dell'albergo di Rob, il tassista prese i bagagli e li buttò con un lancio deciso nel baule, poi si piazzò dietro il volante annuendo e disse: «Urfa! Non Sanliurfa. Urfa!»

Rob si appoggiò allo schienale. Era esausto. Il viaggio da Tel Aviv era stato lungo, interminabile. L'indomani sarebbe andato a vedere quegli strani scavi, ma adesso doveva dormire. Il tassista, però, voleva che continuasse a parlare.

«Vuoi birra? Conosco buon posto.»

Rob gemette dentro di sé. Campi scuri e piatti sfrecciavano dietro il finestrino. «No, grazie.»

«Donna? Conosco donna buona!»

«Ehm... no, davvero.»

«Tappeto. Tu vuoi tappeto? Io ho fratello...»

Lui sospirò e guardò lo specchietto retrovisore, poi vide che il tassista lo stava fissando a sua volta. Sorridendo. Stava scherzando.

«Molto divertente.»

Il tassista scoppiò a ridere. «Fottuti tappeti!» Poi, senza distogliere gli occhi dalla strada, ruotò il busto e gli tese la mano. Rob la strinse.

«Io mi chiamo Radevan», disse l'autista. «E tu?»

«Robert. Rob Luttrell.»

«Ciao, signor Robert Luttrell.»

Lui rise e ricambiò il saluto. Ormai si trovavano alla periferia della città. Lampioni e gommisti bordavano la strada deserta e costellata di rifiuti. Una stazione di servizio Conoco sfavillava rossa nella penombra afosa. Caseggiati di cemento svettavano su entrambi i lati. Ovunque aleggiava un senso di calura. Eppure Rob riuscì a vedere delle donne, dietro la finestra di cucine distanti, che portavano ancora il fazzoletto in testa.

«Ti serve autista? Tu qui per affari?» chiese Radevan.

Rob ci pensò su. Perché no? L'uomo era affabile, aveva senso dell'umorismo. «Certo. Mi serve un autista, e un interprete. Per domani. Forse anche qualche giorno in più.»

Radevan, tutto contento, picchiò il palmo sul volante mentre con l'altra mano si arrotolava una sigaretta. Nessuna delle due mani stava davvero sul volante. Rob temette che rischiassero di sbandare infilandosi in una piccola moschea con l'illuminazione al neon, ma poi il tassista diede un buffetto al volante e tornarono al centro della carreggiata. Tra una boccata di fumo e l'altra della sigaretta dall'odore pungente, Radevan chiacchierava. «Posso aiutarti. Io buon traduttore. Parlo curdo inglese turco giapponese tedesco.»

«Parli tedesco?»

«*Nein.*»

Rob rise di nuovo. Radevan cominciava a piacergli davvero, anche perché era appena riuscito a percorrere quindici chilometri in dieci minuti senza schiantarsi contro qualcosa, tanto che si trovavano già nel centro della cittadina. Ovunque c'erano bancarelle di kebab con la saracinesca abbassata e negozietti di *baklava* aperti fino a tarda notte. Un uomo in completo scuro e un uomo con una tunica araba. Due ragazzi passarono rapidi, in sella a motorini. Alcune giovani donne in jeans con in testa fazzoletti dai colori vivaci stavano ridacchiando per una battuta. Dei veicoli strombazzavano a un incrocio. L'albergo di Rob si trovava giusto al centro di Sanliurfa.

Radevan lo stava osservando dallo specchietto retrovisore. «Signor Rob, tu inglese?»

«In un certo senso...» rispose lui. Non voleva finire impelagato in un lungo dibattito sulla sua provenienza, non adesso. Era troppo stanco. «Più o meno.»

Il tassista sorrise. «A me piace inglesi!» Sfregò tra loro indice e pollice come se stesse chiedendo del denaro. «Sono ricchi. Inglesi molto ricchi!»

Rob si strinse nelle spalle. «Be'... soltanto alcuni.»

L'altro insistette. «Dollari ed euro! Dollari e sterline!» Un altro sorriso. «Okay, io porto te domani. Dove vai?»

«Gobekli Tepe. Lo conosci?»

Silenzio. Rob riprovò. «Gobekli Tepe?»

Radevan non aprì bocca e fermò la macchina. «Il tuo albergo», disse brusco. Il sorriso era improvvisamente scomparso.

«Ehm... vieni a prendere me domani?» chiese Rob, scivolando nel linguaggio maccheronico. «Radevan?»

Il giovane tassista annuì. Lo aiutò a portare i bagagli fino alla scalinata dell'hotel, poi si voltò di nuovo verso l'auto. «Tu dici... tu dici vuoi Gobekli Tepe?»

«Sì.»

Radevan si accigliò. «Gobekli Tepe brutto posto, signor Rob.»

Rob rimase immobile sulla soglia dell'albergo, con l'impressione di trovarsi in un adattamento cinematografico del *Dracula* di Bram Stoker. «Ehi, è solo uno scavo archeologico, Radevan. Puoi portarmi o no?»

Radevan sputò sulla strada, poi salì sul taxi e si sporse dal finestrino. «Alle nove, domani.»

L'auto scomparve, con un'energica sgommata, nel frastuono e nell'odore stantio delle strade di Sanliurfa.

La mattina seguente, dopo una colazione a base di uova sode, formaggio di pecora e datteri, Rob salì sul taxi. Si lasciarono la città alle spalle. Durante il tragitto chiese a Radevan come mai si fosse irrigidito a sentir parlare di Gobekli.

All'inizio il tassista fece lo scontroso: si strinse nelle spalle e bofonchiò qualcosa. Ma quando le strade si fecero meno trafficate e gli ampi campi irrigati presero il sopravvento, anche lui si aprì come il paesaggio. «Non va bene.»

«Dimmi.»

«Gobekli Tepe potrebbe essere ricca. Potrebbe rendere ricco popolo curdo.»

«Ma?»

Radevan dava boccate rabbiose alla sua terza sigaretta. «Guarda questo posto, questa gente.»

Rob guardò fuori dal finestrino. Stavano oltrepassando un piccolo villaggio con casupole di fango e fogne a cielo aperto, bambini sudici che giocavano tra i rifiuti. I piccoli salutarono l'auto con la mano. Dietro il villaggio si estendeva un campo di cotone in cui donne che indossavano fazzoletti color lavanda erano chine sul raccolto in mezzo a polvere e sporcizia, nel caldo torrido. Lui riportò lo sguardo sul tassista.

Radevan fece schioccare rumorosamente la lingua. «Popolo curdo povero. Io, io tassista. Ma parlo lingue! Eppure io tassista.»

Rob annuì. Sapeva della triste condizione di quella gente. La campagna separatista.

«Governo turco ci mantiene poveri...»

«Okay, certo», ribatté Rob, «ma non capisco cosa c'entri questo con Gobekli Tepe.»

Radevan gettò il mozzicone dal finestrino. Si trovavano di nuovo in aperta campagna, con la malconcia Toyota che procedeva rumorosamente su una confusa strada di terra battuta. In lontananza, montagne azzurrine scintillavano nella foschia sollevata dal caldo.

«Gobekli Tepe potrebbe essere come piramidi o come... Stonehenge. Ma loro tengono tutto sotto silenzio. Potrebbero essere molti molti turisti qui, pagare soldi a popolo curdo, invece no. Governo turco dice no. Non mette neanche segnali stradali né costruisce strada, qui. Come segreto.» Tossì e sputò fuori dal finestrino, poi lo richiuse per non far entrare la polvere sollevata dall'auto. «Gobekli Tepe brutto posto», ripeté, poi tacque.

Rob non sapeva cosa dire. Davanti a lui le basse e ondulate

colline giallastre si estendevano a perdita d'occhio verso la Siria. Riuscì a distinguere un altro, minuscolo villaggio curdo con un sottile minareto marrone che svettava sopra i tetti di lamiera ondulata, come una torretta di guardia in un campo di prigionia. Avrebbe voluto sottolineare che, se qualcosa manteneva arretrati i curdi, probabilmente erano le loro tradizioni, il loro desiderio di isolamento e la loro religione. Ma dubitava che Radevan fosse dell'umore adatto per dargli retta.

Continuarono a viaggiare in silenzio. La strada divenne ancora più sconnessa e il semideserto più ostile. Finalmente Radevan svoltò un altro angolo, grattando sul terreno, e Rob alzò gli occhi per scorgere un gelso isolato, nudo contro il cielo senza nubi. Radevan annuì, disse: «Gobekli» e parcheggiò bruscamente. Ruotò il busto e sorrise, con l'aria di aver ritrovato il buonumore. Scese dall'auto e tenne la portiera aperta per Rob come un vero chauffeur, e lui provò un lieve imbarazzo. Non voleva uno chauffeur.

Radevan tornò sul taxi e prese un quotidiano su cui campeggiava in grande la foto di un giocatore di calcio. Evidentemente era pronto a una lunga attesa. Quando Rob salutandolo gli chiese: «Tre ore?» lui sorrise.

Voltandosi, Rob risalì la collina e ne raggiunse la cima. Alle sue spalle c'erano trenta chilometri di villaggi polverosi, deserto e campi di cotone riarsi. Di fronte, invece, aveva una scena incredibile. Nel bel mezzo di quell'arida desolazione si stagliavano di colpo sette collinette. La più grande era disseminata di operai e archeologi. Scavatori e operai stavano sollevando secchi pieni di sassi e dissodando il terreno in profondità. C'erano tende, bulldozer e teodoliti.

Avanzò, sentendosi un intruso. Alcuni scavatori avevano smesso di lavorare per voltarsi a guardarlo. Proprio quando lui cominciava a sentirsi davvero a disagio, un gioviale europeo oltre la cinquantina lo raggiunse. Rob riconobbe Franz Breitner.

«*Wilkommen*», disse allegramente il tedesco, come se lo conoscesse già. «Lei è il giornalista venuto dall'Inghilterra?»
«Sì.»
«È un uomo molto fortunato.»

4

L'atrio dell'ospedale St Thomas era trafficato come sempre. L'ispettore capo Mark Forrester si aprì un varco tra infermiere indaffarate, parenti impegnati a spettegolare e donne anziane in sedia a rotelle con la flebo appesa a un sostegno metallico e si chiese, per la terza volta quella mattina, se sarebbe riuscito a sopportare ciò che si vedeva obbligato a fare.

Doveva andare a trovare un uomo mutilato. Un compito davvero arduo. Ne aveva viste tante, di cose sgradevoli – aveva quarantadue anni ed era detective da dieci – ma quel caso era particolarmente inquietante.

Vedendo il cartello che indicava l'unità di terapia intensiva salì velocemente una rampa di scale, raggiunse l'accettazione del reparto, mostrò rapido le sue credenziali della polizia a una ragazza dal viso dolce e si sentì dire di aspettare.

Pochi secondi dopo, un medico dai tratti orientali uscì, sfilandosi il guanto di lattice da una mano.

«Il dottor Sing?»

«L'ispettore Forrester?»

Lui annuì e tese la mano per stringere quella non guantata del medico. La stretta di quest'ultimo fu esitante, come se l'uomo stesse per comunicare delle brutte notizie. Forrester avvertì un lieve senso di panico. «È ancora vivo?»

«Sì. A malapena.»

«Allora, cos'è successo?»

Il medico fissò un punto sopra la spalla dell'ispettore.

«Glossectomia totale.»

«Come, scusi?»

Un tipico sospiro da medico. «Gli hanno tagliato *tutta* la lingua. Con delle cesoie o qualcosa di simile...»

Attraverso la porta di plastica a doppio battente Forrester guardò il reparto vero e proprio. «Gesù, avevo sentito dire che era una brutta storia, ma...» Da qualche parte là dentro, oltre quell'uscio, c'era il suo unico testimone. Ancora vivo. Ma senza lingua.

Il dottore stava scuotendo il capo. «L'emorragia è stata estremamente grave. E non solo dalla... lingua. Gli hanno anche praticato delle incisioni sul torace. E rasato la testa.»

«Quindi crede che...»

«Credo che se non fossero stati interrotti sarebbe potuta andare peggio.» Il medico guardò Forrester. «Quello che voglio dire è che se quell'allarme antifurto non fosse scattato probabilmente lo avrebbero ucciso.»

Forrester espirò di colpo. «Tentato omicidio.»

«Il poliziotto è lei.» Il medico aveva assunto un'aria spazientita.

L'ispettore annuì. «Posso vederlo?»

«Stanza 37. Ma non si trattenga troppo, mi raccomando.»

Forrester gli strinse di nuovo la mano, pur non sapendo bene perché. Varcò la porta di plastica, evitò una lettiga su cui erano impilati recipienti pieni di urina e bussò sull'uscio della camera. Non udì altro che un lamento, all'interno. Cosa doveva fare? Poi ricordò: la lingua dell'uomo era stata tranciata. Sospirando, aprì la porta. Era una semplice stanzetta d'ospedale pubblico, con un televisore su un alto supporto d'acciaio fissato alla parete. Era spento. C'era odore di fiori mescolato a qualcosa di brutto. Sul letto giaceva un uomo piuttosto anziano che fissava febbrilmente il visitatore. Gli avevano rasato completamente la testa, lasciando un intrico di tagli e cicatrici sullo scalpo nudo. A Forrester ricordarono una cartina della metropolitana. La bocca dell'uomo era chiusa ma il sangue gli incrostava gli angoli, simile a una salsa marrone secca sull'imboccatura di una vecchia bottiglietta; il torace era fasciato.

«David Lorimer?»

L'uomo annuì. E continuò a fissarlo. A fissarlo ancora.

Fu quello sguardo fisso e febbrile a impensierire Forrester. Nel corso della sua carriera aveva visto un sacco di volti spaventati, ma l'assoluto terrore che riempiva gli occhi di quell'uomo era tutt'altra cosa.

David Lorimer mormorò qualcosa, poi cominciò a tossire e minuscole stille di sangue gli schizzarono dalla bocca. Forrester avvertì un crescente senso di colpa. «La prego.» Alzò una mano, mostrando il distintivo. «Non voglio disturbarla. Volevo solo... appurare una cosa.»

Gli occhi dell'uomo erano colmi di lacrime, come quelli di un bambino disperato.

«Lei è reduce da un terribile calvario, signor Lorimer. Noi... io voglio solo... dirle che siamo fermamente intenzionati a prendere i colpevoli.»

Le sue parole gli sembrarono pateticamente inadeguate. Quell'uomo era stato seviziato e terrorizzato. Gli avevano tagliato via la lingua con delle cesoie. Gli avevano inciso la pelle. Forrester si sentì un idiota. Quello che voleva dire era: «Inchioderemo questi bastardi», ma non era né il luogo né il momento giusto per un'uscita del genere. Alla fine si sedette su una sedia di plastica ai piedi del letto e sorrise affabilmente alla vittima, tentando di indurla a rilassarsi.

La tattica parve funzionare. Passarono un paio di minuti, poi il terrore negli occhi dell'anziano parve diminuire. Lorimer fece ondeggiare una mano tremante verso alcuni fogli posati sul comodino. L'ispettore si alzò e li prese. Era un fascio di appunti scritti a mano.

«Suoi?»

Lorimer annuì. Tenendo le labbra serrate.

«Descrizione degli aggressori?»

Lui annuì di nuovo.

«La ringrazio tanto, signor Lorimer.» Forrester allungò una

mano e gli diede una pacca sulla spalla, a disagio. L'uomo sembrava proprio sul punto di piangere.

Infilandosi in tasca i fogli, l'ispettore lasciò la stanza più veloce che poteva. Uscì in fretta, scese le scale e varcò la porta a ventola. Quando raggiunse la piovosa aria tardoprimaverile dell'Embankment, coperto di foglie, inspirò a fondo, con sollievo. L'atmosfera di terrore nella stanza, negli occhi fissi dell'uomo, era stata troppo intensa.

Mentre scendeva il ponte e attraversava speditamente il Tamigi, con il Palazzo del Parlamento giallo e gotico alla sinistra, lesse gli appunti scribacchiati.

David Lorimer lavorava come custode presso il museo Benjamin Franklin. Aveva sessantaquattro anni. Ormai prossimo al pensionamento. Viveva da solo in un appartamentino sopra il museo. La notte precedente era stato svegliato verso le quattro dal suono smorzato di vetro infranto, proveniente da sotto. Dalla sua soffitta ristrutturata era dovuto scendere fin nel seminterrato. Là aveva trovato cinque o sei sconosciuti, apparentemente giovani e con il passamontagna. Avevano forzato la serratura, con mano esperta, e stavano scavando nel pavimento. Uno di loro aveva una «parlata raffinata».

E praticamente gli appunti di Lorimer non dicevano altro. Durante l'aggressione, l'antifurto di un'auto aveva suonato, per qualche misterioso motivo, probabilmente una mera e miracolosa coincidenza, proprio mentre gli uomini gli stavano incidendo il collo e il petto, così erano scappati. Il custode era davvero fortunato a essere ancora vivo. Se quel tipo, Alan Greening, non si fosse spinto fino al museo e non lo avesse trovato, sarebbe sicuramente morto dissanguato.

La mente di Forrester era piena di congetture. Svoltando a destra sullo Strand, imboccò il quieto vicolo georgiano che portava al museo, la casa di Benjamin Franklin. L'edificio era cordonato con del nastro di plastica blu e bianco. Due auto della polizia erano parcheggiate lì davanti, un agente in uniforme era fermo accanto alla porta e due persone con registratore in mano, sicuramente giornalisti, si stavano riparando sotto il tendone di un vicino palazzo di uffici, stringendo bicchierini di caffè da asporto.

Uno dei due, una donna, si fece avanti quando vide arrivare Forrester. «Detective, è vero che alla vittima hanno tagliato la lingua?»

Lui si voltò, fece un blando sorriso e non rispose.

La giornalista, giovane e carina, tentò di nuovo. «È stata una specie di aggressione neonazista?»

La domanda lo indusse a fermarsi. Forrester si girò a guardare la ragazza. «La conferenza stampa è fissata per domani.» Era una bugia, ma sarebbe bastata. Voltandosi di nuovo verso la casa, si infilò sotto il nastro della polizia e mostrò rapidamente il distintivo. L'agente in divisa aprì la porta e lui colse subito l'odore penetrante, chimico, tipico della Scientifica al lavoro. Fumigazione per rilevare impronte digitali. Illuminazione a quasar dell'ambiente. Gel di silicone e supercolla. Raggiungendo il fondo dell'imponente ingresso georgiano con i ritratti di Benjamin Franklin, scese la stretta scala che portava nel seminterrato.

Giù l'attività ferveva. Da una parte, due giovani donne della Scientifica in tuta di carta verde e mascherina si stavano dando da fare. Le macchie di sangue sul pavimento erano vivide, appiccicose e scure. Il sergente investigativo Boijer lo salutò con un gesto, dal capo opposto della stanza. Forrester gli sorrise.

«Stavano scavando qui», spiegò Boijer. L'ispettore notò che i suoi capelli biondi erano stati tagliati di recente, e senza dubbio da un parrucchiere costoso.

«Cosa stavano cercando?»

Boijer si strinse nelle spalle. «Non ne ho idea, signore.» Con una mano indicò le lastre della pavimentazione divelte. «Ma hanno effettuato una meticolosa ricerca vecchia maniera. Devono avere impiegato un paio d'ore per spostare tutte quelle schifezze e arrivare tanto in profondità.»

Forrester si chinò a esaminare il terriccio smosso, la buca profonda e umida.

Dietro di lui, Boijer continuò imperterrito. «Ha visto il custode?»

«Sì. Poveraccio.»

«Il medico mi ha detto che volevano ucciderlo. Lentamente.»

Forrester rispose senza voltarsi. «Credo che nelle loro intenzioni dovesse morire dissanguato. Se l'antifurto della macchina non fosse scattato, e se non fosse arrivato quel giovanotto, l'emorragia lo avrebbe ucciso.»

Il sergente annuì.

Forrester raddrizzò la schiena. «Quindi è tentato omicidio. Meglio parlare con Aldridge. Vorrà sicuramente nominare un responsabile delle indagini e tutto il resto. Allestire una centrale operativa.»

«E le ferite sul petto?»

«Come, scusa?»

Forrester si voltò. Boijer faceva una smorfia stringendo una fotografia. «Non l'ha vista?» Gliela passò. «Il medico ha scattato una foto delle ferite sul petto della vittima. L'ha spedita per e-mail alla stazione stamattina ma non ho avuto occasione di mostrargliela prima, signore.»

Forrester la guardò. Il petto bianco del custode, morbido e vulnerabile, appariva in primo piano. Sulla pelle era intagliata una stella di David. Inconfondibile. La carne era brutalmente lacerata, ma il simbolo risultava chiaro. Due triangoli sovrapposti. Una stella ebraica. Incisa nella carne di un uomo vivo.

5

«Quindi queste sono le nuove incisioni citate nell'articolo?»

«*Ja.*»

Rob si trovava al centro dello scavo, di fianco a Breitner. Erano fermi accanto a un avvallamento a fissare il cerchio sottostante di alte pietre a forma di T all'interno della zona recintata e infossata. Quelli erano i megaliti. Tutt'intorno a loro lo scavo procedeva alacremente: operai reclutati tra la gente del circondario spazzavano e spalavano terra, si calavano lungo scale a pioli, spingevano faticosamente carriole piene di detriti lungo assi di legno posate sul terreno friabile. Il sole era cocente.

I bassorilievi apparivano bizzarri eppure familiari, perché Rob li aveva visti nelle foto dei giornali. C'era una pietra in cui erano intagliati dei leoni e alcuni uccelli piumati, forse anatre. Su quella accanto spiccava invece qualcosa che sembrava uno scorpione. Circa metà dei megaliti mostravano bassorilievi simili, molti gravemente erosi, altri no. Scattò alcune foto con il cellulare, poi annotò rapidamente qualche impressione sul taccuino, disegnando al meglio delle sue possibilità la strana forma a T dei megaliti.

«Ma naturalmente», disse Breitner, «non è tutto qui. *Komm.*»

Costeggiarono l'avvallamento fino a raggiungere un'altra area infossata. Tre pilastri color ocra si ergevano nello spiazzo circondato da un muro di mattoni di fango. Tracce di quella che sembrava una piastrellatura sfavillavano sul terreno fra i pilastri. Una ragazza tedesca bionda disse: «*Guten Tag*» a Rob mentre li oltrepassava, reggendo un sacchettino di plastica trasparente pieno di minuscoli frammenti di selce.

«Abbiamo molti studenti venuti da Heidelberg.»

«E gli altri operai?»

«Tutti curdi.» Per un attimo gli occhi scintillanti di Breitner si rannuvolarono dietro le lenti. «Ho qui anche vari esperti, naturalmente, paleobotanici e due o tre specialisti di altro genere.» Prese un fazzoletto e si asciugò il sudore sulla testa calva. «E quella è Christine...»

Rob si voltò. Dalle tende che costituivano il quartier generale proveniva una figura esile ma determinata, in pantaloni color cachi e camicia bianca sorprendentemente linda. Chiunque altro si trovasse nell'area era ricoperto dell'onnipresente polvere beige delle sfiorite collinette di Gobekli Tepe, ma non quell'archeologa. Lui avvertì una certa tensione, come sempre gli succedeva quando veniva presentato a una bella ragazza.

«Christine Meyer. La mia donna degli scheletri!»

La donna minuta e bruna gli tese la mano: «Osteoarcheologa. Mi occupo di antropologia biologica. Resti umani e via dicendo. Anche se non abbiamo trovato nulla del genere, finora.»

Rob colse un accento francese. Come se gli avesse letto nel pensiero, Breitner intervenne: «Christine ha studiato a Cambridge con Isobel Previn ma è di Parigi, quindi siamo molto internazionali, qui...»

«Sono francese, sì, ma ho vissuto in Inghilterra per molti anni.»

Rob sorrise. «Io mi chiamo Rob Luttrell. Abbiamo qualcosa in comune, a quanto pare. Io sono americano ma vivo a Londra sin da quando ho dieci anni.»

«È venuto per scrivere di Gobekli», disse Breitner ridacchiando. «Quindi sto per mostrargli il lupo!»

«Il coccodrillo», precisò Christine.

Breitner rise, poi si voltò e si incamminò. Rob spostò ripetutamente lo sguardo dall'uno all'altro degli scienziati, confuso.

L'archeologo gli fece cenno di seguirlo. «*Komm*. Glielo mostrerò.»

Percorsero un altro tragitto tortuoso intorno ai vari avvallamenti e cumuli di materiale di sterro. Rob si guardò intorno. C'erano megaliti ovunque, alcuni ancora semisepolti, altri inclinati e pericolanti. «È molto più grande di quanto credessi», mormorò.

Il sentiero era talmente stretto da costringerli a procedere in fila indiana. Alle sue spalle, Christine ribatté: «I georadar e le prospezioni elettromagnetiche indicano che potrebbero esserci altre duecentocinquanta pietre sepolte sotto le colline. Forse di più».

«Però!»

«È un posto incredibile.»

«E incredibilmente antico, giusto?»

«Giusto...»

Adesso Breitner li stava precedendo, di corsa. A Rob parve un ragazzino ansioso di mostrare ai genitori la sua nuova tana. Christine aggiunse: «A dire il vero è stato molto difficile datare il sito, vista l'assenza di resti organici».

Raggiunsero una scala a pioli metallica e lei si piazzò accanto a Rob. «Ecco, così.» La scese molto in fretta, decisa. Non si preoccupava di sporcarsi, evidentemente, nonostante la camicia candida.

Lui la seguì a velocità nettamente inferiore. Ora si trovavano al livello del suolo, in uno degli avvallamenti. I megaliti svettavano intorno a loro, come severi guardiani. Per un attimo, Rob si chiese quale aspetto avesse quel luogo la notte, ma poi scacciò quell'idea. Estrasse il taccuino. «Quindi stavi dicendo, sulla datazione...»

«Sì.» Christine si accigliò. «Fino a poco tempo fa non siamo stati in grado di stabilire con sicurezza quanto fosse antico questo complesso. Insomma, sapevamo che era antichissimo... ma se risalisse al tardo neolitico A preceramica oppure al neolitico B preceramica...»

«Come, scusa?»

«La settimana scorsa siamo finalmente riusciti a effettuare una datazione al carbonio 14 su del carbone trovato sopra un megalite.»

Rob lo annotò. «E ha dieci o undicimila anni, vero? È questo che diceva l'articolo?»

«In realtà quel resoconto non è accurato. Perfino la datazione al carbonio 14 è solo una stima presunta. Per ottenere un risultato più affidabile abbiamo confrontato l'analisi al radiocarbonio con alcuni dei frammenti di selce che abbiamo trovato, punte di Nemrik e punte di Byblos – vari tipi di punte di freccia e così via. Incrociando questi e altri dati riteniamo che Gobekli si avvicini piuttosto ai *dodicimila* anni.»

«Da cui l'eccitazione?»

Christine gli lanciò un'occhiata, scostandosi i capelli scuri dagli occhi chiari, poi rise. «Credo che Franz voglia farti vedere il suo coccodrillo.»

«È un lupo», la corresse Breitner, fermo accanto a un altro pilastro a T semisepolto. Ai piedi del pilastro, sul montante di una pietra, spiccava una scultura zoomorfa lunga una sessantina di centimetri. Era delicatamente cesellata e aveva un'aria stranamente intatta. La sua mascella di pietra stava ringhiando al terreno. Rob osservò Breitner e l'operaio subito dietro di lui, che stava guardando l'archeologo con quella che sembrava rabbia, o addirittura odio. Era un'espressione davvero scioccante. Quando l'uomo si accorse di essere osservato, si voltò per poi salire di scatto una scala a pioli. Rob riportò lo sguardo su Breitner, totalmente ignaro di quel breve scambio di occhiate.

«L'abbiamo trovata soltanto ieri.»

«Che cos'è?»

«Credo sia un lupo, a giudicare dalle zampe.»

«E io invece credo sia un coccodrillo», disse Christine.

Breitner scoppiò a ridere. «Vede?» Si rimise gli occhiali, che scintillarono nella brillante luce del sole, e per un attimo Rob provò un'improvvisa ammirazione per quell'uomo, così felice ed entusiasta del proprio lavoro.

L'archeologo proseguì: «Io, lei e questi operai siamo le prime persone a vedere tutto ciò sin... dalla fine dell'era glaciale».

Rob sbatté le palpebre. Era un pensiero davvero impressionante.

«Questa scultura è così nuova, per noi», aggiunse Christine. «Nessuno sa cosa sia. Stai vedendo per la prima volta qualcosa di molto importante. Non c'è nessuno che possa interpretarla per te. La tua ipotesi su ciò che potrebbe rappresentare è valida quanto quella di chiunque altro.»

Lui fissò la mascella della creatura di pietra. «A me sembra un gatto. O un coniglio mutante.»

Sfregandosi il mento, Breitner replicò: «Un felino? Sa, non ci avevo pensato. Una qualche specie di gatto selvatico...»

«Posso mettere tutto questo nel mio articolo?»

«*Ja, natürlich*», rispose Breitner, ma non sorrise mentre lo faceva. «E ora, direi... del tè.»

Rob annuì: aveva sete. L'archeologo lo guidò attraverso il labirinto di fosse coperte, fosse a cielo aperto, aree cintate protette da incerate e operai che reggevano secchi. Sopra l'ultima altura c'era una zona più pianeggiante occupata da tende con i lati aperti e tappeti rossi. Da un samovar in un angolo riempirono di dolce *cay* turco tre bicchieri a forma di tulipano. Dalle tende aperte si godeva di una vista straordinaria: dietro c'erano le sterminate pianure gialle e le basse colline polverose e ondulate che si estendevano verso la Siria e l'Iraq.

Per alcuni minuti rimasero seduti a chiacchierare. Breitner stava spiegando che l'area intorno a Gobekli, un tempo, era assai più fertile del deserto in cui si era successivamente trasformata. «Dieci o dodicimila anni fa questa zona era molto meno arida. In realtà era splendida, un paesaggio bucolico. Branchi di selvaggina, macchie di alberi da frutto selvatici, fiumi pieni di pesci... Ecco perché sulle pietre si trovano incisioni raffiguranti quegli animali, creature che ora non vivono più qui.»

Rob lo annotò. Avrebbe voluto saperne di più, ma un paio di operai si avvicinarono per rivolgere a Breitner una domanda in tedesco. Rob conosceva quella lingua quanto bastava per cogliere il significato di base: volevano scavare un fossato molto più profondo per accedere a un nuovo megalite. L'archeologo si era palesemente preoccupato per la sicurezza di uno scavo tanto in profondità. Alla fine sospirò, guardò Rob scrollando le spalle e si allontanò per sistemare la questione. Mentre se ne andava, Rob notò che uno degli operai era accigliato: un'espressione strana, cupa. C'era decisamente una qualche tensione, in quel posto. Come mai? Si chiese se sarebbe stato opportuno accennare alle sue perplessità, ora che lui e Christine erano rimasti soli. Il frastuono degli scavi risultava smorzato, a quella distanza – non riusciva a sentire altro che lievi tintinnii di cazzuole e badili, fiochi rumori saltuariamente portati fino a loro dal caldo vento del deserto. Stava per parlare quando Christine chiese: «Allora, cosa pensi di Gobekli?»

«È incredibile, naturalmente.»

«Ma ti rendi conto di *quanto* è incredibile?»

«Credo di sì. Mi sbaglio?»

Lei lo studiò con aria scettica.

«Perché non me lo dici *tu*, allora?»

Christine sorseggiò il tè dal bicchiere a tulipano. «Cerca di vederla in questo modo, Rob. Quello che devi tener presente è... l'età del posto. Dodicimila anni.»

«E...»

«E pensare a cosa stavano facendo gli uomini all'epoca.»

«Cosa vuoi dire?»

«Gli uomini che hanno costruito questo posto erano cacciatori e raccoglitori.»

«Uomini delle caverne?»

«In un certo senso sì.» Gli rivolse un'occhiata franca, ansiosa. «Prima di Gobekli Tepe non immaginavamo nemmeno che uomini così primitivi potessero costruire una struttura del genere, dando vita a esempi di arte e architettura tanto sofisticati. E a complessi rituali religiosi.»

«Perché erano solo uomini delle caverne?»

«Esatto. Gobekli Tepe rappresenta una rivoluzione nel nostro modo di vedere le cose. Una rivoluzione totale.» Christine finì il suo tè. «Cambia il modo in cui dobbiamo porci di fronte all'intera storia dell'umanità. È più importante di qualsiasi altro scavo archeologico effettuato negli ultimi cinquant'anni in qualsiasi parte del mondo e una delle maggiori scoperte archeologiche della storia.»

Rob rimase affascinato e profondamente colpito. E si sentì quasi un alunno a lezione. «Come hanno fatto a costruirlo?»

«È questa la domanda chiave. Uomini con archi e frecce, che non conoscevano nemmeno l'arte della ceramica o l'agricoltura. Come sono riusciti a costruire questo enorme tempio?»

«Tempio?»

«Oh, sì, quasi sicuramente, direi. Non abbiamo trovato niente che indichi la presenza di abitanti, nessuna traccia del più rudimentale insediamento, solo immagini stilizzate di caccia. Solo statue celebrative o rituali. Abbiamo trovato quelle che erano probabilmente nicchie riservate a ossa, per riti funebri. Breitner quindi è convinto che si tratti di un tempio, il primo edificio religioso al mondo, eretto per celebrare la caccia e venerare i defunti.» Sorrise tranquilla. «E io credo che abbia ragione.»

Rob posò la penna e pensò all'espressione radiosa e felice di Breitner. «È sicuramente un tipo allegro, vero?»

«Tu non lo saresti, al posto suo? È l'archeologo più fortunato del mondo. Sta riportando alla luce il più spettacolare dei siti.»

Lui annuì e prese altri appunti. L'entusiasmo di Christine era contagioso quasi come quello di Breitner. E le sue spiegazioni più chiare. Rob non condivideva fino in fondo il loro sbalordimento davanti alla totale «rivoluzione nel nostro modo di vedere le cose» rappresentata da Gobekli, ma stava cominciando a prefigurarsi un articolo davvero sensazionale. Pagina 2 del quotidiano principale, con ogni probabilità. Meglio ancora: un ampio servizio su un supplemento a colori, con un bel po' di foto delle incisioni. Suggestive foto notturne delle pietre. Ritratti degli operai coperti di sudiciume...

Poi si rammentò della reazione di Radevan nel sentir citare il luogo e dell'occhiataccia rabbiosa dell'operaio. E del lieve cambiamento d'umore di Breitner quando avevano parlato dell'articolo di Rob. E della tensione in merito al fossato. Christine era ferma accanto al samovar a versare altro tè nero bollente e dolce nei bicchieri. Lui si chiese se dire qualcosa. Quando lei lo raggiunse domandò: «La cosa strana, però, Christine... Cioè, ho capito che questo scavo è straordinario e via dicendo, ma la pensano tutti così?»

«Cosa vuoi dire?»

«Be'... è solo che... ho captato alcune vibrazioni da parte dei locali... uno stato d'animo... non tanto favorevole. Questo posto a quanto pare turba alcune persone, per esempio il mio autista.»

Christine si irrigidì percettibilmente. «Continua.»

«Il mio tassista.» Rob si picchiettò la penna sul mento. «Radevan. Si è arrabbiato parecchio a proposito di Gobekli quando gliel'ho menzionato, ieri sera. E non si tratta soltanto di lui. Qui si respira un'atmosfera particolare. E Breitner sembra... ambivalente. Un paio di volte, stamattina, quando ho parlato con lui del mio pezzo, non mi è sembrato proprio entusiasta della mia presenza qui... Anche se ride parecchio.» Si interruppe. «Ci si aspetterebbe che non veda l'ora di raccontare a tutto il mondo quello che sta combinando in questo posto, no? Però non sembra per niente a suo agio.»

Christine non disse nulla, e Rob tacque a sua volta. Un vecchio trucco giornalistico.

Funzionò. Alla fine, imbarazzata dal silenzio, lei si piegò in avanti. «Okay. Hai ragione. C'è... ci sono...» Si interruppe, come se fosse combattuta. La brezza proveniente dal deserto era ancora più calda. Rob rimase in attesa e sorseggiò il suo tè.

Alla fine lei sospirò. «Ti fermi per una settimana, vero? Intendi scrivere un articolo serio?»

«Sì.»

Christine annuì. «Okay. Lascia che ti riaccompagni a Sanliurfa. Gli scavi si interrompono comunque all'una, a causa del caldo, e molta gente torna a casa. Di solito a quel punto me ne vado anch'io. Possiamo parlare sulla mia macchina. In privato.»

6

Nel polveroso spiazzo adibito a parcheggio che portava allo scavo, Rob diede una mancia sostanziosa a Radevan e gli disse che sarebbe tornato a casa per conto suo. Il tassista guardò lui, poi le banconote che stringeva in mano e infine Christine, alle spalle di Rob. Rivolse a quest'ultimo un ampio sorriso malizioso e girò la macchina. Mentre mandava su di giri il motore gridò dal finestrino: «Forse domani, signor Rob?»
«Forse domani.»
Radevan si allontanò a tutta velocità.
L'auto di Christine era una Land Rover arrugginita. Lei aprì dall'interno la portiera del passeggero e sgombrò frettolosamente il sedile accanto al suo da un mucchio di documenti – libri di testo e riviste accademiche – lanciandoli dietro a casaccio. Poi avviò il motore e partì a velocità sostenuta, verso la strada principale, scendendo rapidamente i pendii rivestiti di pietrisco, fino a sbucare sulle gialle pianure riarse.
«Allora... cosa succede?» Rob fu costretto a gridare per sovrastare il rumore delle gomme dell'auto, che schioccavano sui sassi.
«Il problema principale è la politica. Non devi dimenticare che questo è il Kurdistan. I curdi sono convinti che i turchi stiano rubando la loro eredità, trasferendo tutto il materiale più pregiato nei musei di Ankara e Istanbul... E non credo che si sbaglino del tutto.»
Rob osservò uno sfavillio di luce solare su un canale di irrigazione. Aveva letto che quell'area era oggetto di una massiccia campagna agricola: il progetto Grande Anatolia, che utilizzava le acque dell'Eufrate per riportare il deserto alla vita. Suscitava

parecchie controversie perché prevedeva di allagare, e sommergere, decine di siti archeologici assolutamente unici. Anche se, per fortuna, non Gobekli. Riportò lo sguardo su Christine, intenta a cambiare ferocemente marcia.

«Di sicuro c'è che il governo non permetterà agli abitanti del posto di far soldi con Gobekli Tepe.»

«Perché?»

«Per motivi archeologici perfettamente validi. L'ultima cosa di cui Gobekli ha bisogno è di essere invasa da migliaia di turisti. Quindi il governo non mette cartelli stradali e mantiene le strade in queste condizioni, il che ci permette di lavorare in santa pace.» Girò bruscamente il volante e accelerò. «Ma riesco a capire anche il punto di vista dei curdi. Hai sicuramente visto alcuni dei villaggi, salendo fin qui.»

Rob annuì. «Un paio.»

«Non hanno nemmeno l'acqua corrente. Né servizi igienici. Hanno a malapena le scuole. Sono poveri in canna. E Gobekli Tepe, con una buona politica commerciale, potrebbe diventare un'autentica miniera d'oro, portando un sacco di soldi alla regione.»

«E Franz si trova al centro di questa diatriba?»

«Giusto in mezzo. È sottoposto a pressioni da ogni parte. Pressioni perché effettui adeguatamente gli scavi, pressioni perché si sbrighi, pressioni perché assuma parecchie persone del posto. Pressioni perché rimanga al comando, perfino.»

«Quindi è per questo che ha un atteggiamento ambivalente verso la pubblicità?»

«Naturalmente è orgoglioso di quello che ha scoperto. Sarebbe felice di informarne il mondo intero. Lavora qui sin dal 1994.» Christine rallentò per permettere a una capra di attraversare la strada, poi ripartì velocemente. «Molti archeologi si spostano di continuo. Io ho lavorato in Messico, Israele e Francia, da quando ho lasciato Cambridge sei anni fa. Ma Franz ha trascorso qui più di metà carriera. Perciò sì, gli piacerebbe dare la notizia al mondo intero! Ma se lo fa, e Gobekli diventa davvero famosa, famosa come *dovrebbe* essere, qualche pezzo grosso di Ankara potrebbe decidere che deve essere un turco a dirigere tutto. E a prendersi tutta la gloria.»

Adesso Rob capiva meglio la situazione, anche se le parole di Christine non riuscivano a spiegare fino in fondo la strana atmosfera che si respirava negli scavi, il risentimento degli operai. O forse era solo frutto della sua immaginazione?

Raggiunsero la strada principale, slittarono sull'asfalto livellato e si diressero con maggiore velocità nel traffico più sostenuto, verso Sanliurfa. Mentre sorpassavano camion di frutta e autocarri dell'esercito parlarono dell'area di interesse di Christine: resti umani. Gli raccontò che aveva studiato i sacrifici umani a Teotihuacán, lavorato a Tel Gezer e Megiddo in Israele e poi nei siti neandertaliani in Francia.

«Nella Francia meridionale vissero per centinaia di anni degli antichi ominidi, persone come noi. Più o meno.»

«Uomini di Neanderthal, vuoi dire?»

«Sì, ma forse anche *Homo erectus* e *Homo antecessor*. Perfino *Homo heidelbergensis*.»

«Ehm... okay.»

Christine scoppiò a ridere. «Ti sto perdendo di nuovo? Giusto. Lascia che ti mostri qualcosa di *veramente* unico. Se questo non riesce ad affascinarti, nulla lo farà.»

L'auto era diretta verso il centro di Sanliurfa. Case color cemento erano sparse alla rinfusa sulle colline; grandi negozi e uffici erano allineati lungo polverosi viali illuminati dal sole. Altre vie erano più ombreggiate e antiche; mentre si aprivano faticosamente un varco nel traffico Rob vide una sezione di archeggiatura ottomana, l'entrata di un suk gremito e semibuio, moschee celate dietro fatiscenti mura di pietra. Sanliurfa era visibilmente divisa tra una parte antica – molto antica – e nuovi quartieri che si protendevano disordinatamente verso il deserto.

Guardando a sinistra scorse un'ampia area simile a un parco, con stagni e canali scintillanti, piccole ed eleganti case del tè, un'oasi incantevole nella lordura e nel caos della grande città turca.

«È il parco Golbasi», spiegò Christine. «E quelle sono le peschiere di Abramo. Gli abitanti del luogo sono convinti che il profeta Abramo vi abbia messo le carpe di persona. È una città davvero incredibile, se ti piace la storia. Io adoro questo posto...»

L'auto era riuscita a percorrere le stradine più strette dell'antica cittadina. Ruotando di scatto il volante a sinistra Christine imboccò un'ampia via che risaliva la collina per poi svoltare varcando il cancello di un edificio riparato da alberi. Sul cartello c'era scritto MUSEO DI SANLIURFA.

Appena dentro il palazzo c'erano tre uomini non rasati che sorseggiavano tè nero: si alzarono per salutarla con affetto. Lei, di rimando, li schernì bonariamente con palese familiarità, in turco o in curdo. Era sicuramente una lingua che Rob non capiva.

Sbrigati i convenevoli, varcarono le porte interne entrando nel piccolo museo, dove Christine portò Rob accanto a una statua. Era alta due metri: un'effigie in pietra color crema di un uomo dai neri occhi di pietra.

«È stata riportata alla luce qui a Sanliurfa dieci anni fa, mentre stavano posando le fondamenta di una banca vicino alle peschiere. Era fra i resti di un tempio neolitico di circa undicimila anni fa, quindi è la più antica statua mai rinvenuta al mondo. In nessun posto si trova qualcosa di simile. È il più antico autoritratto in pietra della storia. E lo lasciano qui, abbandonato accanto a un estintore.»

Rob la guardò. L'espressione della statua era di sconfinata tristezza o spaventoso rammarico.

Christine indicò il viso. «Gli occhi sono di ossidiana.»

«Hai ragione. È sbalorditiva.»

«Ecco», disse lei, «ti ho convinto!»

«Ma cosa ci fa qui? Insomma, se è così famosa come mai

non si trova a Istanbul e su tutti i giornali? Non ne ho mai nemmeno sentito parlare!»

Christine si strinse nelle spalle e il movimento fece sfavillare il suo crocifisso d'argento sopra la pelle abbronzata. «Forse i curdi hanno ragione: forse i turchi non vogliono che vadano troppo fieri del loro retaggio. Chi può dirlo?»

Mentre uscivano nel frondoso giardino del museo, lui le raccontò dell'occhiata dell'operaio, in apparenza carica di odio. Della strana atmosfera nel sito.

Lei si accigliò. Per qualche minuto si aggirò nel giardino, mostrandogli i vari resti sparsi qua e là, le lapidi romane e le sculture ottomane. Mentre si avvicinavano all'auto indicò un'altra statua, raffigurante un uomo simile a un uccello, con le ali spiegate. Il volto era stretto, gli occhi obliqui, crudeli e minacciosi. «Questa è stata rinvenuta vicino a Gobekli. Rappresenta un demone del deserto degli assiri, credo. Forse il demone dei venti, Pazuzu. Gli assiri e i babilonesi avevano centinaia di demoni, la loro teologia è veramente terrificante. Lilith, la vergine della desolazione. Adramalech, il demone del sacrificio. Molti sono associati con il vento del deserto, e con gli uccelli del deserto...»

Rob era sicuro che Christine stesse temporeggiando e aspettò che rispondesse alla sua domanda.

All'improvviso lei si voltò a guardarlo. «Okay. Hai ragione. C'è una certa... atmosfera agli scavi. È strano. Non mi è mai capitato niente di simile, prima d'ora, eppure ho lavorato in tutto il mondo. Sembra che gli operai ce l'abbiano con noi. Li paghiamo profumatamente eppure... ce l'hanno con noi.»

«Dipende dalla questione turco-curda?»

«Ne dubito sinceramente, o almeno non si tratta solo di questo.» Lo precedette fino all'auto, parcheggiata sotto un fico. «C'è ben altro. Continuano a capitare curiosi incidenti. Scale a pioli che cadono. Impalcature che crollano. Auto che si guastano. Non sono semplici coincidenze. A volte penso proprio che vogliano che fermiamo tutto e ce ne andiamo. Come se stessero...»

«Nascondendo qualcosa?»

La donna arrossì. «È stupido, però è così. Come se stessero cercando di nascondere qualcosa. E c'è un'altra cosa. Tanto vale che te la dica.»

Rob aveva aperto parzialmente la portiera. «Che cosa?»

Dentro l'auto, Christine disse: «Franz. Scava. Di notte. Per conto suo, con un paio di operai.» Avviò il motore e scosse il capo. «E io non ho la minima idea del perché lo faccia.»

L'ispettore capo Forrester sedeva alla sua disordinata scrivania a New Scotland Yard. Stava studiando altre foto dell'uomo ferito, David Lorimer. Le immagini erano orripilanti. Una stella intagliata crudelmente nel petto dell'uomo, sangue che colava sulla pelle.

La stella di David.

Lorimer. Il cognome era palesemente scozzese, non ebreo. Gli intrusi lo credevano ebreo? Lo erano *loro*? Oppure erano nazisti? Era a quello che si riferiva la giornalista? Alla matrice neonazista? Forrester si voltò a guardare le foto ufficiali della scena del crimine scattate al pavimento dello scantinato: il terriccio nero come melassa smosso da vanghe e badili. La buca scavata dagli intrusi era profonda. Stavano indubbiamente cercando qualcosa di preciso. E cercavano con cura. L'avevano trovato? Ma se stavano cercando qualcosa perché si erano presi il disturbo di mutilare l'uomo anziano, quando li aveva interrotti? Perché non tramortirlo e basta, o legarlo, oppure ucciderlo in modo pulito? Perché quella crudeltà elaborata, ritualistica?

Di colpo ebbe l'impulso di bere qualcosa di forte, ma si accontentò di sorseggiare il tè nero da una tazza sbeccata su cui appariva la bandiera inglese. Poi si alzò e andò davanti alla finestra. Era al decimo piano e da quell'osservatorio privilegiato godeva di una perfetta visuale su Westminster e sul centro di Londra. La ruota panoramica in acciaio del London Eye, con quei baccelli di vetro che sembravano alieni. I contrafforti gotici del Palazzo del Parlamento. Guardò un nuovo edificio che stava sorgendo a Victoria e tentò di indovinarne lo stile. Aveva sempre voluto diventare un architetto; da adolescente aveva perfino fatto domanda presso una scuola di architettura, per poi battere in ritirata quando aveva scoperto che il tirocinio durava sette anni. Sette anni senza prendere un soldo? Ai suoi genitori non era piaciuta per niente l'idea, e nemmeno a lui. Così era entrato nella polizia. Ma gli piaceva ancora pensare di vantare, sull'argomento, la competenza di un profano ben informato. Sapeva distinguere la *Wrenaissance* dalla *Renaissance*, il postmoderno dal neoclassico. Era uno dei motivi per cui gli piaceva lavorare e vivere a Londra, nonostante tutti i fastidi: la ricchezza architettonica dell'arazzo urbano.

Finì il tè, tornò alla scrivania e passò in rassegna i rapporti che l'investigatore a capo delle indagini aveva distribuito durante la preghiera mattutina, ossia la riunione delle nove sui fatti di Craven Street. Le telecamere della sicurezza non avevano individuato alcun personaggio sospetto nelle strade circostanti. Non c'erano altri testimoni oculari, nonostante un'intera giornata di appelli. Le prime ventiquattro ore erano cruciali in qualsiasi indagine: se non si ottenevano indizi significativi in quel lasso di tempo si aveva la certezza che il caso sarebbe stato difficile. E *quel* caso era così. La Scientifica stava facendo un buco nell'acqua dopo l'altro: gli intrusi avevano perfino cancellato, con estrema cura, le proprie orme. Il crimine era stato eseguito in modo intelligente e abile. Eppure si erano presi il tempo di mutilare e torturare il vecchio con estrema accuratezza. Perché?

Non sapendo cosa fare, Forrester andò su Google, inserì *casa di Benjamin Franklin* e scoprì che era stata costruita tra il 1730 e il 1750, il che la rendeva, come aveva sospettato, uno dei più antichi edifici a uso domestico della zona, dotato di boiserie autentica, cornicioni dalla sezione inferiore in legno e un salone al piano terra «con dentelli». C'erano una scala elicoidale, con estremità intagliate, e «pilastrini a forma di colonne doriche». Aprì un'altra finestra per scoprire cosa fossero questi dentelli.

Nulla di interessante: un motivo di origine ionica posto sulla modanatura.

Il resto della descrizione era molto simile alla precedente. Craven Street era una sopravvissuta della prima Londra georgiana. Un angusto vicoletto settecentesco, nato quando la città era intossicata dal gin, che oggi si infilava tra i mangiatori di fuoco sloveni e le cantanti d'opera neozelandesi del moderno Covent Garden, tossici itineranti e i tassisti urlanti della disordinata Charing Cross.

Le informazioni non gli servirono a granché. Allora, cosa dire dello stesso Franklin? Poteva esistere un collegamento tra *lui* e gli sconosciuti? Forrester inserì in Google *Benjamin Franklin*. Gli sembrava di ricordare che fosse il tizio che aveva scoperto l'elettricità con un aquilone o qualcosa del genere. Google gli fornì il resto.

> Benjamin Franklin, 1706-1790, fu uno dei più celebri padri fondatori degli Stati Uniti. Fu scrittore di spicco, teorico della politica, uomo politico, stampatore, scienziato e inventore. Come scienziato fu una delle figure di maggior rilievo nella storia della fisica per le sue scoperte e teorie sull'elettricità.

Forrester cliccò per poter leggere oltre, punto sul vivo dalla sua ignoranza.

> Nato a Boston, Massachusetts, Franklin apprese il processo di stampa dal fratello maggiore e divenne direttore di giornale, stampatore e mercante a Philadelphia. Trascorse diversi anni in Inghilterra e Francia, imparando cinque lingue. Fu un massone per tutta la vita, e incluse nella sua cerchia liberale il botanico Joseph Banks e sir Francis Dashwood, il Cancelliere dello Scacchiere inglese. Per molti anni fu anche un agente segreto...

Forrester sospirò e chiuse la pagina. Quindi l'uomo era dotato di una cultura enciclopedica. E con ciò? Perché scavare nel suo scantinato? Perché mutilare il custode del suo museo, secoli dopo? Guardò l'orologio sul computer. Doveva ancora andare a pranzo e non aveva concluso molto. Odiava quella sensazione: un'intera mattinata trascorsa senza ottenere nessun risultato concreto. Lo trovava molto irritante a livello esistenziale.

Okay, pensò. Forse doveva tentare un'angolazione diversa. Qualcosa di più indiretto. Inserì in Google *scantinato museo Benjamin Franklin*.

E là, quasi subito... Sì! L'ispettore sentì un afflusso di adrenalina. Scorse l'elenco di Google con impazienza.

Sul primo sito web era citato testualmente un articolo tratto dal *Times* dell'11 febbraio 1998.

Scoperte ossa nella casa del padre fondatore

Nella casa londinese di Craven Street, appartenuta a Benjamin Franklin, il padre fondatore degli Stati Uniti, alcuni operai hanno effettuato una macabra scoperta: otto scheletri nascosti sotto la pavimentazione in pietra della cantina.

Le prime perizie indicano che le ossa avrebbero circa duecento anni e sarebbero state sepolte all'epoca in cui Franklin abitava nell'edificio, che fu la sua dimora dal 1757 al 1762 e dal 1764 al 1775. La maggior parte delle ossa è stata sezionata, segata o tagliata. Un teschio è stato curiosamente trapanato in più punti. Paul Knapman, il coroner di Westminster, ha dichiarato ieri: «Non posso escludere completamente la possibilità di un crimine. Sussiste l'eventualità che io mi veda costretto ad aprire un'inchiesta».

Gli Amici del Museo di Benjamin Franklin affermano che le ossa non sono da mettere in relazione con eventi occulti o criminosi. A detta loro, probabilmente furono sistemate lì da William Hewson, che visse nella casa per due anni allestendo una piccola scuola di anatomia sul retro dell'edificio. Sottolineano anche che, per quanto Franklin potesse essere al corrente di quanto stava facendo Hewson, verosimilmente non prese parte ad alcuna dissezione, perché era molto più interessato alla fisica che alla medicina.

Forrester si appoggiò allo schienale della sedia. Lo scantinato era già stato oggetto di scavi. Con risultati quantomeno inattesi. Era per questo che quei tizi erano tornati? E cosa significava quell'accenno a «eventi occulti o criminosi»?

Occulti...

Il detective sorrise. Adesso non vedeva l'ora di pranzare. Forse aveva trovato il primo accenno di un indizio.

8

Era una serata mite e tiepida, a Sanliurfa. Nella hall dell'albergo Rob trovò Christine appollaiata su una poltrona di pelle. Cercava in tutti i modi di schivare il fumo dei sigari di tre uomini d'affari turchi seduti lì vicino. Era perfetta come sempre: jeans eleganti, sandali, un top bianco senza spalline sotto un cardigan color acquamarina. Quando vide Rob sorrise, ma lui notò tracce di tensione agli angoli dei suoi occhi.

Stavano per andare a bere qualcosa a casa di Franz Breitner, che dava una cena per festeggiare lo straordinario successo ottenuto nell'ultima stagione di scavi: la datazione di Gobekli Tepe.

«È lontano?»

«Venti minuti a piedi», rispose lei. «Oppure mezz'ora e passa in macchina. La casa si trova subito dopo il mercato.»

I ristoranti e i caffè si stavano rianimando dopo il torpore pomeridiano. Il profumo di agnello arrosto proveniente dagli spiedi si spandeva nelle strade costellate di mulinelli di polvere. I tassisti suonavano il clacson; un mutilato in sedia a rotelle cercava di smerciare i quotidiani di Ankara del giorno precedente; i venditori di pistacchi stavano spingendo al loro posto le carriole con la parte anteriore in vetro. Rob inalò avidamente l'esotismo della scena.

«Compriamo del vino? Per portarlo da Franz, voglio dire.»

Christine scoppiò a ridere. «A Sanliurfa?»

Oltrepassarono una torre dell'orologio nella città vecchia. Lui scrutò i colonnati antichi, i chioschi che vendevano sgargianti giocattoli in plastica, gli infiniti negozi di telefonia mobile. Vari caffè all'aperto erano gremiti di curdi massicci che fumavano *hookah*, si servivano da vassoi di *lokum* – i tipici cubetti di gelatina spolverati di zucchero a velo – e fissavano Christine. Nessuno stava bevendo alcol.

«Non vendono alcolici? Da nessuna parte?» Rob sentì il suo umore piombare in picchiata. Non toccava birra o vino da tre giorni. Beveva troppo, lo sapeva, ma era così che affrontava lo stress del lavoro. Soprattutto dopo Baghdad. E tre giorni senza alcol erano la riprova di quello che già sapeva: non era tagliato per la sobrietà.

«In realtà credo che ci siano dei negozi di liquori alla periferia della città. Ma è come trovare hascisc in Inghilterra. Tutto di straforo.»

«Gesù.»

«Cosa ti aspettavi? Questa è una città musulmana.»

«Sono già stato in città musulmane, Christine, ma pensavo che la Turchia fosse laica.»

«La gente crede che i curdi siano in un certo senso occidentalizzati.» Lei sorrise. «Non è vero. Soprattutto quelli di questa zona. Alcuni sono incredibilmente conservatori.»

«Mi sa che sono abituato alla Palestina e al Libano. Perfino in Egitto riesci a procurarti una schifo di birra.»

Lei gli cinse le spalle con un braccio, come per consolarlo, e lo strinse a sé con un sorriso ironico ma amichevole. «La buona notizia è che Franz ha un sacco di alcolici. Li prende a Istanbul.»

«Oh, grazie a Dio!»

«*Bien sûr*. So come sono fatti i giornalisti. Soprattutto quelli inglesi.»

«Americani, Christine.»

«Qui, guarda... le peschiere!»

Avevano raggiunto la leggiadra oasi verde nel cuore della città. Le piccole case del tè scintillavano nel sole del crepuscolo; scapoli turchi passeggiavano mano nella mano lungo i sentieri bordati di alberi. Sopra l'acqua delle peschiere le splendide arcate di pietra di una moschea sfavillavano come oro antico.

Osservarono un nutrito gruppetto familiare: gli uomini in pantaloni sformati e le donne vestite di nero e con il velo. Coperte in quel modo, di sicuro soffrivano enormemente il caldo torrido. A quel pensiero, Rob si indignò. Christine, tuttavia, parve non battere ciglio. «La Bibbia dice che Giobbe è nato qui, come Abramo.»

«Come, scusa?»

«Urfa.» Lei indicò la ripida collina, dietro le peschiere e il parco, sulla cui cima si stagliava un castello in rovina con un'imponente bandiera turca che penzolava flaccida nel tepore privo di vento, tra due colonne corinzie. «Alcuni studiosi ritengono che questa sia Ur, la città originaria citata nel libro della Genesi. Gli accadi, i sumeri, gli ittiti vissero tutti qui. La città più antica del mondo.»

«Pensavo fosse Gerico.»

«Puah!» sbottò Christine. «Gerico! Un bambino, al confronto di questo posto, che è molto più antico. Nella città vecchia dietro il bazar ci sono persone che vivono ancora in caverne scavate nella roccia.» Si voltò a guardare di nuovo le peschiere. Le donne velate stavano dando del pane a branchi di carpe eccitate. «Le carpe sono nere perché si ritiene che siano le ceneri di Abramo. Dicono che se vedi un pesce bianco nello stagno andrai in paradiso!»

«Sì, sì, fantastico! Ora possiamo andare a mangiare?»

Lei rise, di nuovo. A Rob piaceva la sua risata bonaria. In realtà, Christine gli piaceva per molte altre cose: il suo entusiasmo accademico, l'intelligenza, il buonumore. Provò l'inaspettato impulso di rivelarle i suoi pensieri più intimi, di mostrarle una foto della piccola Lizzie, ma soffocò la tentazione.

La francese stava gesticolando entusiasta.

«La casa di Breitner si trova subito dopo il bazar, su per questa collina. Puoi dare un'occhiata al bazar, se vuoi; comprende un autentico caravanserraglio, del sedicesimo secolo, costruito dagli Abbasidi con alcuni elementi più antichi e...» Gli lanciò un'occhiata, poi ridacchiò. «Forse è meglio se andiamo subito a berci una birra, eh?»

Il tragitto si rivelò breve ma ripido, dietro il suk. Uomini con vassoi d'argento colmi di tè e olive arrivavano dalla direzione opposta, e fissavano tutti Christine. Un divano arancione era sistemato inspiegabilmente sul marciapiede di fronte. L'odore di pane caldo non lievitato riempiva le viuzze strette. Al centro di tutto ciò c'era una villetta molto antica e bellissima, con balconi e persiane mediterranee.

«La casa di Breitner. Sua moglie ti piacerà.»

Christine aveva ragione. A Rob la moglie dell'archeologo, Derya, piacque: era una donna esuberante, laica e intelligente, tra i trenta e i trentacinque anni e originaria di Istanbul, senza foulard o velo, e poi parlava un ottimo inglese. Quando non stava prendendo in giro Franz per la sua calvizie o la sua ossessione per i «menhir», serviva Rob, Christine e gli altri archeologi, tutti riuniti per la cena celebrativa. E il cibo era squisito: un magnifico buffet di salsicce d'agnello fredde, involtini di foglie di vite ripieni di riso, squisiti pasticcini alle noci, grossi e appiccicosi pezzi di *baklava* e fette verdi e rosa di un cocomero freschissimo. Ma soprattutto, come promesso da Christine, c'era un sacco di birra turca, fredda al punto giusto, e anche un discreto vino rosso della Cappadocia. Dopo meno di un paio d'ore Rob si sentiva estremamente rilassato e a suo agio in mezzo agli archeologi, contento di ascoltarli discutere di Gobekli.

A suo beneficio, immaginò, discutevano prevalentemente in inglese, benché tre dei quattro uomini fossero tedeschi e l'altro russo. E Christine era francese, più o meno.

Mentre mordicchiava la sua terza fetta di *baklava*, accompagnandola con birra Efes, lui tentò di seguire la diatriba. Uno degli archeologi, Hans, stava chiedendo a Franz spiegazioni riguardo all'assenza di resti scheletrici. «Se è un complesso funerario, allora dove sono le ossa?»

Franz sorrise. «Le troveremo! Ve l'ho già detto.»

«Ma l'hai già detto la scorsa stagione.»

«E quella prima ancora», sottolineò un secondo uomo, in piedi lì accanto con in mano un piatto di olive verdi e formaggio di pecora.

«Lo so.» Franz si strinse nelle spalle, sorridendo ancora. «Lo so!»

Il direttore dello scavo sedeva sulla poltrona di pelle più grande del suo salotto. Alle sue spalle, le antiche finestre erano aperte sulle strade di Sanliurfa. Rob sentiva gli echi della vita serale della città. Nella casa di fronte, un uomo stava urlando qualcosa ai figli. Un televisore nel caffè più giù lungo la strada probabilmente stava trasmettendo a volume altissimo una partita di calcio, a giudicare dalle grida di esultanza e dalle urla di scherno degli avventori. Magari il Galatasaray contro la squadra locale, il Diyarbakir. Turchi contro curdi. Come la rivalità tra Real Madrid e Barcellona, ma nettamente più astiosa.

Derya servì loro altra *baklava* presa direttamente dalla scatola argentata della pasticceria. Rob si chiese se rischiava di morire a causa di tutto quel cibo. Franz stava gesticolando verso gli interlocutori più giovani di lui. «Ma se non è un tempio o un complesso funerario, allora cos'è? *Ja?* Non c'è nessun insediamento, nessun segno di domesticazione, niente. Deve trattarsi di un tempio, su questo siamo tutti d'accordo. Ma in onore di che cosa, se non degli antenati? Celebra sicuramente i cacciatori morti, no?»

Gli altri due esperti fecero spallucce.

Franz aggiunse: «E a cosa sono destinate le nicchie, se non alle ossa?»

«Sono d'accordo con Franz», dichiarò Christine, avvicinandosi. «Credo che i cadaveri dei cacciatori siano stati portati là e scarnificati...»

Rob fece un rutto estremamente educato. «Scusatemi. Scarnificati?»

Franz spiegò: «Sì, privati della carne, letteralmente. Gli zoroastriani lo fanno ancora oggi. E alcuni ritengono che gli zoroastriani provengano da qui».

«In pratica *tutte* le religioni provengono da questa zona», affermò Christine. «La scarnificazione è un processo funerario che consiste nel portare il cadavere in un luogo speciale per poi lasciarlo divorare da animali selvatici o avvoltoi e rapaci. Come dice Franz, lo si può vedere tuttora nei culti zoroastriani, in India. Le chiamano 'sepolture del cielo': i corpi vengono lasciati agli dèi celesti. In effetti, parecchie delle antiche religioni mesopotamiche veneravano dèi somiglianti a poiane e aquile. Simili al demone assiro che abbiamo visto al museo.»

«È una forma di sepoltura altamente igienica.» A interrompere Christine era stato Ivan, l'esperto più giovane, il paleobotanico.

Franz annuì briosamente e disse: «Comunque, chissà, magari le ossa furono spostate in un secondo tempo. O trasferite altrove quando la stessa Gobekli venne sepolta. Questo potrebbe spiegare la mancanza di scheletri».

Rob era confuso. «Cosa intende dire con 'Gobekli venne sepolta'?»

Franz posò il piatto vuoto sul lucido parquet. Quando alzò gli occhi sfoggiava il sorriso soddisfatto di chi sta per rivelare un pettegolezzo succoso. «Questo, amico mio, è il mistero più grande di tutti! E non era menzionato nell'articolo che ha letto.»

Christine scoppiò a ridere. «Hai la tua esclusiva, Rob!»

«Nell'8000 avanti Cristo o più o meno in quella data...» Franz fece una pausa a effetto, «l'intera Gobekli Tepe venne sepolta. Tumulata. *Completamente ricoperta di terra.*»

«Ma... come lo sapete?»

«Le collinette sono artificiali. Non sono nate da un accumulo casuale, naturale. L'intero complesso del tempio è stato volutamente occultato con tonnellate di terra e fango nell'8000 avanti Cristo circa. L'hanno nascosto.»

«È incredibile.»

«A rendere la cosa ancora più straordinaria è la mole di lavoro che questo deve aver comportato. E, di conseguenza, quanto sia stato vano.»

«Perché?»

«Pensi allo sforzo di erigere il tutto, all'inizio! Creare i cerchi di megaliti di Gobekli, e ricoprirli di incisioni, fregi e sculture, dev'essere stato un procedimento durato decenni, forse addirittura secoli. E questo in un'epoca in cui l'aspettativa di vita era di circa vent'anni.» Franz si pulì la bocca con un tovagliolo di carta. «Presumiamo che i cacciatori e raccoglitori abbiano vissuto nell'area all'interno di tende, tende di pelle, mentre costruivano il sito. Cibandosi della selvaggina locale. Una generazione dopo l'altra. E tutto ciò senza conoscere l'arte della ceramica o l'agricoltura, e senza utensili che non fossero i frammenti di selce...»

Christine si avvicinò un altro po'. «Temo di aver già annoiato Rob con tutto questo.»

Lui alzò una mano. «No, anzi, non è affatto noioso. Davvero!» Diceva sul serio: il suo articolo si ampliava di giorno in giorno. «Continui, Franz, la prego.»

«*Jawohl.* Bene, allora, vede, abbiamo il mistero, il fitto, fittissimo mistero. Se questi esseri a malapena umani impiegarono centinaia di anni per costruire un tempio, un sacrario in onore dei defunti, un complesso funerario, perché diavolo si misero poi a nasconderlo sotto tonnellate di terra, duemila anni dopo? L'impresa di spostare tutto quel terriccio deve essere apparsa immane, quasi come costruire Gobekli inizialmente. Non crede?»

«Sì. Quindi perché l'hanno fatto?»

Franz picchiò entrambe le mani sulle cosce. «Esatto! Non lo sappiamo. Nessuno lo sa. Ne abbiamo avuto conferma soltanto questo mese, quindi non abbiamo avuto la possibilità di riflettere.» Sorrise. «Fantastico, *ja*?»

Derya offrì a Rob un'altra bottiglia di birra Efes. Lui accettò e la ringraziò. Si stava divertendo. Non aveva mai immaginato che l'archeologia potesse essere divertente, non si era nemmeno aspettato che potesse risultare sconcertante. Pensò al mistero del tempio occultato. Poi osservò Christine che conversava con i colleghi al capo opposto della stanza e avvertì una minuscola, assurda fitta di gelosia, che soffocò subito.

Si trovava là per scrivere un articolo, non per innamorarsi pateticamente e senza speranza. E l'articolo si stava dimostrando molto più eccitante di quanto avesse sperato. Il tempio più antico del mondo. Scoperto nei pressi della città più antica del mondo. Costruito dagli uomini prima dell'invenzione della ruota: costruito da cavernicoli dell'età della pietra che però, inspiegabilmente, avevano il dono di una straordinaria creatività artistica...

E poi l'imponente cattedrale neolitica, quella Karnak curda, quella Stonehenge turca – stava immaginando l'articolo, scrivendone mentalmente alcuni paragrafi – l'*intero tempio* era stato volutamente interrato sotto tonnellate di terra antica, per nasconderlo per sempre come il più terribile dei segreti. *E nessuno sa perché.*

Alzò gli occhi. Per circa dieci minuti era rimasto immerso in una fantasticheria giornalistica. Si era lasciato trascinare dal suo lavoro. Amava il suo lavoro. Era un uomo fortunato.

La cena celebrativa volgeva ormai al termine. Il *raki* prese a scorrere per un ultimo giro di bicchieri della staffa, e poi a scorrere di nuovo, e Rob capì che si stava ubriacando. Prima di fare una figuraccia e crollare addormentato sul pavimento di legno decise che era ora di andare. Si alzò e andò alla finestra, per respirare un po' di aria fresca e prepararsi a salutare tutti.

Le strade erano molto meno rumorose, ormai. Sanliurfa era una città che restava sveglia fino a tardi, perché l'afa pomeridiana impediva qualsiasi attività, così per buona parte del giorno dormivano tutti; ma ormai erano quasi le due del mattino: perfino Sanliurfa era addormentata. L'unico suono vero e proprio giungeva dalla via sottostante. C'erano tre uomini proprio sotto le eleganti finestre di Franz Breitner. Stavano intonando una strana canzone dal tono basso, simile a una salmodia. Curiosamente, avevano davanti un tavolino sorretto da cavalletti su cui erano disposte tre candele gocciolanti.

Per qualche secondo Rob osservò gli uomini e le fiammelle delle candele, poi si girò e vide Christine nell'angolo opposto del soggiorno di Franz, che parlava con Derya. Le fece cenno di avvicinarsi.

Lei si sporse dalla finestra, guardò gli uomini che cantavano e non disse nulla.

«È dolce, vero?» chiese quietamente Rob. «Una sorta di inno o un motivo religioso?»

Ma quando si voltò a guardarla, vide che Christine era pallida in volto e molto tesa.

Sembrava in preda all'orrore.

9

Rob salutò e Christine uscì insieme a lui.

I tre cantori avevano spento le candele e smontato il tavolino, e si erano appena incamminati lungo la strada. Uno di loro si voltò a guardare Christine con un'espressione imperscrutabile.

O forse, pensò Rob, non riusciva a interpretarne lo sguardo perché non c'era illuminazione stradale. In lontananza un cane abbaiava solitario. La luna era alta sopra il minareto più vicino. Lui sentì odore di fogna.

Prendendolo a braccetto, Christine lo guidò lungo la stradina buia e poi su una via più ampia e meglio illuminata. Rob stava aspettando una spiegazione ma continuarono a camminare in silenzio. Dietro i condomini più lontani riusciva giusto a intravedere il deserto. Buio e sconfinato, antico e morto.

Pensò ai pilastri di Gobekli, che svettavano nudi nella luce lunare, da qualche parte là fuori: nuovamente esposti dopo più di diecimila anni. Per la prima volta dal suo arrivo a Sanliurfa provò un brivido gelido.

Il silenzio era durato fin troppo. «Okay», disse, sfilando il braccio di Christine da sotto il suo. «Che cosa significava? Il canto, intendo.» Sapeva di essere stato brusco, ma era stanco, irritabile e aveva pure una leggera emicrania post-sbornia. «Christine. Dimmelo. Avevi l'aria di aver... di aver appena visto il demone dei venti.»

La sua voleva essere una battuta per alleggerire l'atmosfera. Non funzionò. Lei si accigliò. «*Pulsa dinura.*»

«Cosa?»

«Era quello che gli uomini stavano salmodiando. Una preghiera.»

«*Pulsa... di...*»

«*Dinura*. 'Staffilata di fuoco'. In aramaico.»

Rob rimase colpito. Di nuovo. «Come lo sai?»

«Parlo un po' di aramaico.»

Erano scesi al livello delle peschiere. L'antica moschea, senza luci, era avvolta nell'ombra. Nessuna coppietta a passeggiare sui sentieri. Svoltarono a sinistra, diretti all'hotel di lui e all'appartamento di lei, subito dietro.

«Quindi stavano cantando un inno aramaico, che carino. Dei cantori ambulanti!»

«Non è un inno. E non erano degli stupidi cantori!»

La sua improvvisa veemenza lo stupì.

«Scusa, Christine...»

«La *pulsa dinura* è un'antica maledizione. Una maledizione tipica del deserto, delle lande desolate della Mesopotamia. Compare in alcune versioni del Talmud, il testo sacro ebraico, risalenti all'epoca della cattività babilonese. Quando gli ebrei erano prigionieri in Iraq. Rob, è molto crudele e molto *antica...*»

«Okay...» Lui non sapeva come reagire. Si stavano avvicinando all'albergo. «E quale effetto ha la *pulsa dinura*?»

«Serve a evocare l'angelo della distruzione. Le staffilate di fuoco. Era sicuramente indirizzata contro Franz, altrimenti perché farla sotto le sue finestre?»

Rob si irritò di nuovo. «Quindi gli stanno facendo il malocchio. E con ciò? D'accordo. Probabilmente lui non gli sta dando abbastanza shekel. E chi se ne frega? È solo un ridicolo cerimoniale del cavolo! Giusto?» Poi si rammentò della croce che lei portava al collo e si chiese se in qualche modo la stesse insultando. Quanto era religiosa? Quanto superstiziosa? Lui era un ateo convinto. Trovava difficili da accettare e talvolta profondamente irritanti la fede religiosa e le assurde superstizioni, eppure amava il deserto, terra natale di tutte quelle fedi irrazionali e di quei riti. E gli piacevano le passioni e i dibattiti che suscitavano. Era uno strano paradosso.

Christine rimase in silenzio. Lui riprovò: «Che importanza ha?»

Lei si voltò a guardarlo. «Ne ha molta, per alcune persone. In Israele, per esempio.»

«Continua.»

«In anni recenti la *pulsa dinura* è stata utilizzata più di una volta, da alcuni ebrei.»

«Cioè?»

«Dei rabbini ultraortodossi, per esempio. Evocarono l'angelo della distruzione contro Yitzhak Rabin, il premier israeliano, nell'ottobre del 1995.» Si interruppe. Rob stava cercando di ricostruire la rilevanza della data. Christine lo precedette: «E Rabin fu assassinato prima della fine di quel mese».

«Okay. Una coincidenza interessante.»

«Nel 2005 altri rabbini la usarono contro Ariel Sharon, anche lui primo ministro. Pochi mesi dopo cadde in stato comatoso per via di un'emorragia cerebrale.»

«Sharon aveva settantasette anni. Ed era grasso.»

Lei lo guardò dritto negli occhi. «Certo. È solo una coincidenza, no?»

«Ma certo!»

Si trovavano nell'atrio dell'albergo di Rob. Stavano quasi litigando, e lui era dispiaciuto. Christine gli piaceva. E molto. Non voleva offenderla. Si offrì volentieri di accompagnarla fino al suo palazzo, mezzo chilometro più in là, ma lei rifiutò, garbatamente. Si guardarono, poi si scambiarono un breve abbraccio. Prima di andarsene Christine disse: «Sarà come dici tu, Robert, sono semplici coincidenze. Ma i curdi sono convinti che la *pulsa dinura* funzioni. Tanti nel Vicino Oriente ne sono convinti. Quella maledizione è tristemente nota. Controlla su Google. Quindi, se la stanno usando... significa che qualcuno vuole vedere Franz Breitner *morto*».

Detto questo, si voltò e si allontanò.

Rob rimase a guardarla per un po', a osservare la sua figura che rimpiccioliva in lontananza, poi rabbrividì di nuovo. La serata si stava facendo più fredda, con il vento che sopraggiungeva dal deserto.

10

L'ispettore Forrester si appoggiò allo schienale del divano. Si trovava in un accogliente salottino nei pressi di Muswell Hill, nella periferia nord di Londra, per una seduta con la sua psicoterapeuta.

Era una sorta di cliché, o così presumeva: il poliziotto afflitto da nevrosi, lo sbirro incasinato. Ma non gli importava. Le sedute gli erano davvero d'aiuto.

«Allora, com'è andata la settimana?» La sua terapeuta era la dottoressa Janice Edwards; aveva superato i sessanta, era una donna piacevole e raffinata. Forrester apprezzava il fatto che avesse superato la mezza età: gli consentiva di vuotare il sacco senza farsi troppi problemi, raggiungere la catarsi e parlare senza distrazioni emotive di sorta. E aveva *bisogno* di parlare. Anche se gli costava cinquanta sterline l'ora. A volte parlava del suo lavoro, a volte della moglie, a volte di altre cose. Cose più tetre. Cose serie. Eppure non arrivava mai *davvero* al nocciolo della questione. Sua figlia. Forse un giorno l'avrebbe fatto.

«Allora», ripeté la dottoressa Edwards, in un punto imprecisato dietro di lui, «mi racconti della sua settimana...»

Fissando la finestra senza vederla, le mani sulla pancia, lui cominciò a esporle il caso di Craven Street. Il custode, la mutilazione, la stranezza del tutto. «Non abbiamo testimoni. Gli intrusi alla fine sono usciti senza lasciare tracce, hanno usato guanti di pelle. La Scientifica non riesce a trovare tracce di DNA. La ferita da coltello è del tutto inutile, opera di una comunissima lama. Non abbiamo rilevato nemmeno un'impronta.» Si sfregò la testa. La terapeuta assentì interessata. Lui continuò. «Ero contento quando ho scoperto che un tempo la cantina in cui hanno scavato era ... be', anni fa vi hanno rinvenuto delle vecchie ossa... Ma non era un vero indizio, mi sa, solo una coincidenza. Continuo però a non avere la minima idea di cosa stessero cercando. Forse si è trattato di uno scherzo, una burla studentesca finita male, forse erano strafatti di droga...» Forrester si accorse che stava divagando, ma non se ne curò più di tanto. «Ed ecco a che punto mi trovo. Ho un tizio senza lingua ricoverato in ospedale e ormai la pista è fredda e... be', comunque questa è stata la mia settimana, una settimana piuttosto di merda, ed è davvero tutto... sa...» Smise gradualmente di parlare.

A volte nella psicoterapia succedeva proprio quello: non dicevi nulla di particolarmente importante, dopo di che ti zittivi. Ma a quel punto lui avvertì un fiotto di dolore e rabbia, spuntato dal nulla. Forse dipendeva dal buio che stava calando all'esterno, forse dalla quiete che regnava nella stanza. Forse dal pensiero di quel poveretto percosso e seviziato. Ora però aveva una gran voglia di parlare di qualcosa di molto più profondo, molto più oscuro. Il vero problema. Il momento era giunto. Forse era tempo di parlare di Sarah.

Il silenzio era sempre più pervasivo. Pensò alla figlia. Chiuse gli occhi. Si appoggiò all'indietro. E pensò a Sarah. Ai suoi fiduciosi occhi azzurri. La sua risata inebriante. Le sue prime parole. Mela. *Mee-laa.* La loro primogenita. Una figlia splendida. E poi...

E poi. Sarah. Oh, *Sarah.*

Si sfregò gli occhi. Non poteva parlarne. Non ancora. Ci pensava, ci pensava continuamente. Ma non poteva parlarne. Non era ancora pronto.

All'epoca lei aveva sette anni. Era uscita nel buio, in una sera d'inverno. Era semplicemente uscita dalla porta di casa, mentre nessuno badava a lei. L'avevano cercata senza tregua, anche la polizia e i vicini e tutti gli altri...

E l'avevano trovata. In mezzo alla strada, sotto il ponte dell'autostrada. Nessuno sapeva se era stato un omicidio oppure era solo caduta dal ponte. Perché il corpo era completamente maciullato. Gli erano passati sopra così tante macchine, camion... Nel buio, i guidatori dovevano aver pensato che fosse un copertone schiacciato.

Forrester stava sudando. Non rifletteva così intensamente su Sarah da mesi, forse da anni. Sapeva di aver bisogno di sfogarsi, di buttar fuori tutto, ma non ci riusciva. Si voltò appena e disse: «Mi spiace, dottoressa. Non ci riesco e basta. Continuo a pensarci, ogni ora del giorno, tutti i giorni, sa? Ma...» Deglutì a fatica. Le parole si rifiutavano di arrivare. Ma i pensieri stavano correndo a più non posso. Se lo chiedeva ogni giorno, perfino ora: *Qualcuno l'ha trovata e violentata per poi buttarla giù dal ponte? Oppure è caduta, e basta? Ma se è caduta, com'è successo?* A volte credeva di saperlo. A volte, nel profondo del cuore, sospettava che fosse stata assassinata. Era un poliziotto. Se ne intendeva, di queste cose. Ma non c'erano testimoni né prove. Forse non lo avrebbero mai scoperto. Sospirò e guardò la terapeuta. Era serena. Serena, con la testa grigia e un sorriso tranquillo.

«Non importa», disse. «Un giorno...»

Forrester annuì e sorrise. Era una frase di rito, ormai: *forse, un giorno...* «È solo che a volte lo trovo difficile. Mia moglie si deprime e si gira dall'altra parte, la notte. Non facciamo l'amore da mesi, ma almeno siamo vivi.»

«E avete un figlio.»

«Sì. Sì, abbiamo lui. Credo che a volte si debba essere grati per quello che c'è ancora, invece di continuare a soffrire sempre per ciò che non c'è più. Insomma... com'è che dicono quelli degli Alcolisti Anonimi? Devi simulare per farcela. Stronzate del genere. Forse dovrei provarci. Fingere, tutto qui. Fingere di stare bene, ogni tanto.» Si interruppe di nuovo e il silenzio echeggiò nel salottino tiepido. Alla fine raddrizzò la schiena. La sua ora era scaduta. Non sentiva altro che il traffico, smorzato dalle finestre e dalle tende.

«Grazie, dottoressa Edwards.»

«Prego. Come ho già detto, mi chiami Janice. Ormai viene qui da sei mesi.»

«Grazie, Janice.»

Lei sorrise. «Ci vediamo la settimana prossima?»

Forrester si alzò. Si strinsero la mano, educatamente. Lui si sentiva purificato e di umore un po' meno cupo.

Tornò a Hendon in uno stato d'animo tranquillo e gradevolmente pensoso. Un altro giorno. Era riuscito ad affrontare un altro giorno. Senza bere né urlare.

Quando aprì la porta d'ingresso trovò la casa piena del rumore che faceva suo figlio. La moglie era in cucina a guardare il telegiornale. Nell'aria aleggiava profumo di pesto. Andava tutto bene. Tutto bene. In cucina la moglie lo baciò, lui spiegò di essere stato a una seduta; lei sorrise e gli sembrò contenta.

Prima di cena uscì in giardino a rollarsi uno spinello. Non provò il minimo senso di colpa, nel farlo. Fumò l'erba, in piedi sul patio, soffiando il fumo azzurrino verso il cielo stellato, e sentì i muscoli del collo rilassarsi. Poi tornò dentro e si sdraiò sul pavimento del soggiorno per aiutare il figlio con un puzzle. Finché non arrivò una telefonata.

In cucina sua moglie stava scolando le penne. Vapore bollente. L'odore del pesto.

«Pronto?»

«Ispettore?»

Forrester riconobbe subito il lieve accento finlandese del suo sottoposto. «Boijer, sto per sedermi a tavola.»

«Mi spiace, signore, ma ho ricevuto questa strana telefonata...»

«Sì?»

«Quel mio amico... Skelding, sa, Niall.»

Forrester ci pensò un po' e poi se lo ricordò: era un tizio alto che lavorava sul database omicidi del ministero dell'Interno. Una volta avevano bevuto insieme.

«Sì, ricordo. Skelding. Si occupa dell'HOLMES.»

«Esatto. Be', mi ha appena chiamato per dire che c'è stato un nuovo omicidio, sull'isola di Man.»

«E?»

«Un tizio è stato ucciso. In modo orrendo. In una grande villa.»

«È molto lontana, l'isola di Man.»

Boijer non poté che confermare. Forrester guardò la moglie condire le penne con il pesto di un colore acceso, che somigliava leggermente al verde bile ma aveva un buon profumo. Tossicchiò, impaziente. «Te l'ho detto, Boijer, mia moglie ha appena preparato una cena deliziosa e io...»

«Sì, mi spiace, signore, ma il fatto è che, prima di uccidere il tizio, gli aggressori gli hanno intagliato un simbolo sul petto.»

«Vuoi dire...»

«Sì, signore, esatto. Una stella di David.»

11

Il giorno dopo la cena da Franz, Rob telefonò a casa della ex moglie. A rispondere fu sua figlia Lizzie, che non sapeva ancora usare bene l'apparecchio. Lui le gridò: «Tesoro, giralo dall'altra parte».

«Ciao, papino. Ciao.»

«Tesoro...»

Gli bastò sentire la voce di Lizzie per provare un lancinante senso di colpa. E anche il semplice, istintivo piacere di avere una figlia. E un rabbioso desiderio di proteggerla. E poi un senso di colpa supplementare perché non si trovava là, in Inghilterra, a farlo.

Ma a proteggerla da cosa? Lizzie era al sicuro nella periferia di Londra. Stava benissimo.

Quando la bambina capì quale estremità del telefono usare, parlarono per un'ora e Rob promise di mandarle via Internet le foto del posto in cui si trovava. Alla fine riagganciò con riluttanza e decise che era tempo di mettersi al lavoro. Udire la voce della figlia aveva spesso quell'effetto su di lui: era qualcosa di istintivo, di genetico. Ricordare i suoi doveri familiari rafforzava il suo impulso a lavorare: guadagnati i soldi per nutrire la prole. Era tempo di scrivere l'articolo.

Ma aveva un problema, non sapeva bene come procedere. Spostò il telefono dal letto al pavimento della camera d'albergo e si stese per terra a riflettere. Difficile. La storia era nettamente più complessa di quanto avesse preventivato. Complessa e interessante. Prima di tutto c'era la politica: la rivalità turco-curda. Poi l'atmosfera che regnava nello scavo e tra gli abitanti del posto: il loro risentimento, e quella preghiera di morte... E cosa dire degli scavi clandestini di Franz a tarda notte? Cosa c'era sotto?

Si alzò e andò alla finestra. Era all'ultimo piano dell'hotel. La aprì e ascoltò la voce di un muezzin proveniente da una moschea vicina. Il canto era aspro, perfino primitivo, eppure in un certo senso ipnotico. Il suono inimitabile del Medio Oriente. Altre voci si unirono all'inno che si levava nell'aria. Il richiamo alla preghiera echeggiò nell'intera città.

Quindi che cosa avrebbe scritto per il giornale? Una parte di lui aveva una gran voglia di restare là per svolgere ulteriori indagini, per arrivare in fondo alla vicenda. Ma che senso avrebbe avuto? Non significava semplicemente assecondare un capriccio? Il tempo a sua disposizione non era certo illimitato. E poi, se avesse incluso nell'articolo tutto quel materiale strano e sconcertante rischiava di snaturarlo, forse perfino rovinarlo. Come minimo complicava la narrazione, e quindi ne comprometteva l'efficacia. Il lettore sarebbe rimasto confuso e presumibilmente insoddisfatto.

Quindi cosa doveva scrivere? La risposta era ovvia. Se si fosse attenuto meramente al semplice e comunque sbalorditivo materiale storico non avrebbe avuto problemi. *Scoperto il tempio più antico del mondo, misteriosamente sepolto duemila anni dopo...*

Sarebbe stato sufficiente. Un articolo di prim'ordine. E con alcune foto sensazionali delle pietre, delle sculture e di un curdo furibondo, di Franz con gli occhiali e di Christine nel suo elegante completo color kaki sarebbe risultato anche esteticamente gradevole.

Christine. Rob si chiese se il suo desiderio a stento represso di rimanere per indagare più a fondo non dipendesse in realtà da lei, dal desiderio soffocato per Christine. Si chiese se la donna fosse in grado di percepire che cosa provava lui. Probabilmente sì. Le donne se ne accorgevano sempre. Eppure Rob non aveva mai la minima idea di cosa loro provassero per lui.

Christine lo trovava attraente? C'era stato quell'abbraccio... e il modo in cui lei l'aveva preso a braccetto, la sera prima...

Basta. Afferrando lo zaino e infilandovi penne, taccuini e occhiali da sole, lasciò la stanza. Voleva visitare lo scavo un'ultima volta, fare qualche altra domanda, dopo di che avrebbe avuto a disposizione abbastanza materiale. Si trovava lì già da cinque giorni. Era tempo di passare oltre.

Radevan era appoggiato al suo taxi davanti all'albergo e stava discutendo di calcio o politica con i colleghi, come sempre. Quando Rob uscì alla luce del sole, lui alzò gli occhi e sorrise. Rob annuì. Ormai si attenevano a un breve copione fisso.

«Voglio andare nel posto cattivo.»

Radevan rise. «Il posto cattivo? Sì, signor Rob.»

Fece la sua mossa da chauffeur con la portiera dell'auto e Rob saltò a bordo sentendosi pieno di energia e determinato. Aveva fatto la scelta giusta. Scrivere il pezzo, addebitare le spese, poi tornare in Inghilterra e insistere per poter trascorrere un bel po' di tempo con la figlia.

Il viaggio fino a Gobekli fu privo di eventi di rilievo. Radevan si mise ripetutamente le dita del naso e si lamentò dei turchi. Rob guardò al di sopra delle terre desertiche e verso l'Eufrate, fissando l'azzurrina catena montuosa del Taurus dietro di esso. Ormai quel deserto gli piaceva, anche se un po' lo inquietava. Così antico, così spossato, così malevolo, così nudo. Il deserto dei demoni dei venti. Cos'altro si nascondeva sotto le sue basse colline? Un pensiero davvero strano. Fissò la distesa brulla.

Giunsero rapidamente a destinazione. Strisciando le gomme consumate, Radevan parcheggiò. Si sporse dal finestrino mentre Rob si dirigeva verso lo scavo. «Tre ore, signor Rob?»

Lui rise. «Sì.»

Nel sito ferveva l'attività, ancora più frenetica del giorno prima. Stavano scavando altri fossati, nuove e profonde scanalature all'interno delle colline, portando alla luce altre pietre. Capì che la stagione di scavi volgeva ormai al termine e Franz era ansioso di darci dentro. La stagione utile era davvero brevissima: il sito era troppo afoso in piena estate e troppo esposto alle intemperie in inverno. E comunque, a quanto pareva gli scienziati avevano bisogno di nove mesi di analisi e lavoro in laboratorio per studiare quanto trovato durante i tre mesi di scavi veri e propri. Era quello l'anno archeologico: tre mesi di lavoro di badile, nove mesi di riflessione. Un ritmo piuttosto tranquillo, a pensarci.

Franz, Christine e il paleobotanico – Ivan – erano impegnati in un acceso dibattito nell'area occupata dalle tende. Salutarono Rob con un gesto, lui si sedette e venne servito altro tè. Gli piaceva quel rifornimento continuo di tè turco, il tintinnio rituale di cucchiaini e bicchieri a forma di tulipano, il gusto del *cay* dolce e scuro. E il tè nero bollente risultava stranamente rinfrescante nell'arido sole del deserto.

Mentre beveva il primo bicchiere diede loro la notizia, ossia che stava per portare a termine il suo incarico e quella era la sua ultima visita. Osservò il viso di Christine, mentre lo diceva. Vi scorse un guizzo di rimpianto? Forse. Per un attimo, la sua determinazione vacillò, ma poi si ricordò del suo incarico per il giornale. Doveva fare qualche altra domanda, porre gli ultimissimi quesiti. Ecco perché era venuto. Nient'altro.

La sua esigenza, come giornalista, era quella di contestualizzare adeguatamente lo scavo. Aveva letto qualche altro libro – libri sulla preistoria – e voleva collocare cronologicamente Gobekli Tepe. Voleva vedere come vi si inseriva, come scintillava nel mosaico dell'arco della storia umana: l'evoluzione dell'uomo e della civiltà.

Franz fu felice di accontentarlo. «È in questa zona», disse indicando con un movimento del braccio le colline giallastre dietro le tende dai lati aperti, «che tutto è iniziato. La civiltà. Il primo linguaggio scritto è il cuneiforme, che è nato non molto lontano da qui. La fusione del rame è, in origine, mesopotamica. E le prime vere e proprie città vennero edificate in Turchia. Isobel Previn potrebbe dirle tutto, al riguardo.»

Quel nome lo lasciò perplesso, ma poi Rob lo ricordò: era l'insegnante di Christine a Cambridge. Isobel Previn. Lui aveva anche letto il nome su vari testi di storia; la Previn aveva lavorato con il grande James Mellaert, l'archeologo inglese responsabile degli scavi a Çatal Hüyük. Gli era piaciuto leggere di Çatal Hüyük, anche perché era stata riportata alla luce così in fretta. Tre anni di energica spalatura ed era riapparsa quasi interamente. Quella era l'età eroica, hollywoodiana dell'archeologia. Oggigiorno, stando a quanto aveva capito, il ritmo era rallentato. Ormai c'erano così tanti esperti in campi diversi – archeometallurgi, zooarcheologi, etnostorici, geomorfologi – che tutto era diventato estremamente intricato. Un sito complesso poteva richiedere decenni per svelare i suoi segreti.

Gobekli Tepe era un sito di quel tipo. Franz stava scavando a Gobekli sin dal 1994 e Christine aveva accennato alla possibilità che lui vi passasse il resto della sua vita lavorativa. Un'intera carriera dedicata a un unico sito! Ma in fondo si trattava del sito archeologico più straordinario del mondo, il che spiegava probabilmente come mai Franz apparisse quasi sempre al settimo cielo. In quel momento stava sorridendo mentre spiegava a Rob le origini dell'arte della ceramica e dell'agricoltura, nate entrambe dopo la costruzione di Gobekli Tepe. Sorte, inoltre, a breve distanza da lì.

«Le primissime tracce di coltivazione del suolo si possono trovare in Siria. Gordon Childe l'ha definita 'rivoluzione neolitica' e si è verificata non molto lontano da qui, a sud. Abu Hureyra, Tell Aswad, luoghi del genere. Quindi, vede, questa è davvero la culla di tutto. Lavorazione del ferro, arte della ceramica, agricoltura, fusione dei metalli, scrittura sono iniziati vicino a Gobekli. *Ja?*»

Christine aggiunse: «Sì, benché esistano prove del fatto che il riso fosse coltivato in Corea già nel 13.000 avanti Cristo, ma al riguardo permane un certo mistero».

Ivan, rimasto fino a quel momento in silenzio, si unì alla conversazione: «Ed esistono strane prove indicanti che l'arte della ceramica potrebbe essere iniziata e cessata ancora prima, in Siberia».

Rob si voltò. «Come, scusa?» Franz parve leggermente seccato dall'interruzione del collega, ma lui era affascinato. «Continua, ti prego.»

Ivan arrossì. «Ehm... nella Siberia orientale, forse anche in Giappone, sono state rinvenute prove dell'esistenza di una civiltà perfino precedente. Un popolo settentrionale. Probabilmente si è estinto, perché a un certo punto le prove scompaiono. Non sappiamo cosa sia successo. Non abbiamo idea di dove sia andato.»

Franz sembrò irritato. «*Ja, ja, ja,* Ivan. Comunque sia... È in quest'area che è successo davvero. Il Vicino Oriente. Qui!» Picchiò la mano sul tavolo per enfatizzare la dichiarazione, facendo tintinnare i cucchiaini. «Tutto. È iniziato tutto qui. I primi forni per cuocere i vasi. Successe in Siria e in Iraq. Gli ittiti produssero per la prima volta il ferro. In Anatolia. I primi maiali domestici si ebbero a Cayonu, i primi villaggi in Anatolia, e... e naturalmente il primo tempio...»

«Gobekli Tepe!»

Scoppiarono tutti a ridere. La pace era stata ristabilita e la conversazione abbracciò altri argomenti. Rob trascorse dieci diligenti minuti a ricopiare i suoi appunti mentre gli archeologi chiacchieravano tra loro di addomesticamento di antichi animali e distribuzione di «microliti», frammenti di pietra lavorati dalla mano dell'uomo. La discussione risultò tecnica e oscura, ma a lui non dispiacque. Possedeva gli ultimi tasselli del puzzle. Non era il quadro completo – i misteri rimanevano tali – ma era un quadro pregevole e affascinante, e sarebbe dovuto bastare. E poi non era mica uno storico, lui: era un giornalista. Non era lì per capire tutto bene e con calma ma per farsi un'idea vivida e in fretta. Com'è che veniva definito il giornalismo? «La prima stesura della storia». Era tutto lì, quello che stava facendo, e tutto quello che ci si aspettava facesse: stava scrivendo la prima grossolana stesura.

Alzò gli occhi. Ormai stava prendendo appunti da mezz'ora. Gli scienziati lo avevano lasciato tranquillo e si erano allontanati nel sito a fare tutto ciò che facevano quando non stavano discutendo. Esaminare polvere e passare al setaccio vecchi sassi. O restare seduti nelle loro baracche a portare avanti altre discussioni. Rob si alzò, si massaggiò il collo indolenzito e decise di fare un ultimo giro nello scavo prima di uscire di scena. Così prese lo zaino e uscì dalla tenda girando intorno alla collinetta più vicina, costeggiando le aree cintate e le enormi pietre.

Dietro l'area centrale dello scavo c'era un ampio campo brullo, ricoperto di selci. Christine glielo aveva mostrato durante la visita precedente. Era rimasto di stucco vedendo così tanti frammenti di selce vecchi di dodicimila anni, spaccati dall'uomo dell'età della pietra, semplicemente disseminati in giro. Erano letteralmente migliaia. Bastava inginocchiarsi e frugare un po' per raccogliere un'antica ascia, una punta di freccia o un attrezzo da taglio.

E Rob decise di farlo: voleva prendere un souvenir. Il sole gli scaldò la schiena mentre si accovacciava nella polvere. Dopo pochi minuti la fortuna gli sorrise. Esaminò la sua scoperta, girandola e rigirandola cautamente tra le dita. Era una punta di freccia, ricavata dalla selce con un'abilità squisita. Immaginò l'uomo che l'aveva intagliata dodici secoli prima. Intento a lavorare al sole, vestito solo di un perizoma. Con un arco appoggiato alla schiena muscolosa. Un uomo primitivo, eppure capace di erigere un tempio imponente, decorato con sculture di notevole bellezza artistica. Era un paradosso. I cavernicoli che costruivano una cattedrale! Era anche una valida introduzione per il suo articolo. Una bella immagine, vivida.

Si rialzò e fece scivolare la punta di freccia in una tasca laterale dello zaino, poi chiuse la cerniera. Probabilmente stava violando un centinaio di leggi turche, rubando manufatti antichi, ma non si poteva certo dire che Gobekli Tepe rischiasse di rimanere a corto di pezzi di selce risalenti all'età della pietra in tempi brevi. Sistematosi lo zaino sulle spalle diede un'ultima occhiata alle pianure ondulate e prive di alberi, riarse dal sole implacabile. Pensò all'Iraq, da qualche parte là fuori. Non era poi così lontano. Se fosse salito sul taxi e avesse detto a Radevan di continuare a guidare, avrebbe raggiunto la frontiera irachena in poche ore.

Poi un'immagine di Baghdad gli lampeggiò nella mente. Il viso della kamikaze. Deglutì, ma aveva la salivazione azzerata. Non era certo una sensazione piacevole. Si girò, fece per tornare sui suoi passi, e all'improvviso lo udì: un urlo orripilante.

Sembrava quello di un animale torturato. Di una scimmia che veniva sbudellata. Spaventoso.

Accelerò il passo. Sentì altre grida. Cosa stava succedendo? Poi qualcuno urlò di nuovo. Rob si mise a correre, lo zaino che gli batteva ritmicamente sulla schiena.

Si era allontanato più di quanto si fosse reso conto. Dov'era la sezione principale dello scavo? Le colline sembravano tutte uguali. Le voci, benché lontane, risuonavano forte nella limpida aria del deserto. E non soltanto le voci: grida e pianti. Cristo. Stava davvero succedendo qualcosa. Girò a sinistra e poi a destra e superò di corsa il crinale di una collina. Ecco là lo scavo. Una piccola folla si era radunata intorno a una delle aree cintate: il nuovo fossato. Gli operai stavano sgomitando per riuscire a vedere.

Con gli scarponcini che slittavano sulla polvere e sul ghiaione, scese goffamente fino alla ressa e si aprì un varco a spintoni, captando l'odore del sudore e della paura. Spingendo sgarbatamente da parte l'ultimo uomo raggiunse il bordo della trincea e guardò giù. Tutti stavano guardando in basso.

In fondo al fossato spiccava un'asta metallica nuovissima, uno dei pali usati per sorreggere i teli cerati. Franz Breitner era infilzato a faccia in giù sul palo, che gli trapassava la sezione superiore sinistra del petto. Il sangue gocciolava dalla ferita. Christine era ferma accanto a lui e gli stava parlando. Ivan, dietro di loro, stava parlando affannosamente con qualcuno con il cellulare. Due operai cercavano disperatamente di estrarre il palo metallico dal terreno.

Rob osservò Franz: sembrava ancora vivo, ma la ferita era gravissima, probabilmente gli aveva perforato i polmoni. Un'impalatura che non lasciava speranze. Rob aveva visto ferite di qualsiasi tipo, in Iraq. E aveva già visto lesioni come quella, esplosioni che scagliavano travi e pali contro le persone, trafiggendole a morte.

Sapeva che l'archeologo non ce l'avrebbe fatta. Un'ambulanza avrebbe impiegato una buona mezz'ora per raggiungere lo scavo. Probabilmente non c'erano mezzi di elisoccorso tra lì e Ankara. Franz Breitner sarebbe morto lì, in un fossato. Circondato dalle pietre silenziose di Gobekli Tepe.

12

Nelle peschiere di Abramo le carpe guizzavano eccitate, schiamazzando per accaparrarsi le briciole di *pitta* che Rob stava gettando nell'acqua. Lui le osservava, ipnotizzato. La loro frenesia disperata era uno spettacolo repellente.

Era andato lì per calmarsi: nell'unico scampolo di spazio quieto e verde che conoscesse in quella città affollata. Ma la tranquillità del luogo non stava avendo alcun effetto su di lui. Mentre guardava i pesci che si dimenavano continuava a farsi vorticare nella mente quanto accaduto il giorno prima. L'orrendo spettacolo di Franz infilzato sul palo. Le spasmodiche telefonate con il cellulare. La fatidica decisione, alla fine, di segare in due il palo e portare a Sanliurfa Breitner – ancora trafitto – con la macchina di Christine.

Rob li aveva seguiti con Radevan. La malconcia Toyota aveva tallonato la Land Rover giù per le colline e attraverso le pianure fino all'ospedale dell'Università di Haran, nel quartiere nuovo della città. Era rimasto ad aspettare negli squallidi corridoi insieme a Christine, Ivan e la moglie di Franz, disperata. Si trovava ancora là quando i medici erano usciti per comunicare l'inevitabile: Franz Breitner era deceduto.

Adesso le carpe si stavano contendendo l'ultimissimo pezzetto di *pitta*. Mordendosi a vicenda. Si voltò e vide un soldato turco armato di mitraglietta ciondolare accanto a una jeep parcheggiata al limitare della vegetazione. Il militare lo guardò torvo.

In città regnava un particolare nervosismo, che non aveva nulla a che vedere con la morte di Breitner. Un kamikaze si era fatto esplodere a Diyarbakir, la città turco-curda situata trecento polverosi chilometri più a est, il centro nevralgico del separatismo curdo. Non c'erano stati morti ma dieci persone erano rimaste ferite, e questo aveva fatto salire ancora una volta la tensione nell'area. Polizia ed esercito erano chiaramente visibili e disseminati in ogni dove, quel pomeriggio.

Rob fece un sospiro stanco. A volte sembrava che la violenza fosse dovunque. Ineludibile. E lui voleva sfuggirle.

Attraversò un ponticello di legno sopra un minuscolo canale e andò a sedersi a un tavolino. Il cameriere della casa del tè lo raggiunse, asciugandosi le mani su una salvietta appesa alla cintola, e Rob ordinò acqua, tè e qualche oliva. Doveva assolutamente cercare di non pensare a Franz per un istante. Alla vista del sangue sull'auto di Christine. Al palo che spuntava in modo orribile dal torace dell'archeologo...

«Signore?»

Il cameriere gli aveva portato il tè. Il cucchiaino tintinnò. La zolletta di zucchero si sciolse nel liquido rosso scuro. Il sole brillava tra gli alberi del piccolo parco. Un bambino con la maglietta del Manchester United stava giocando a pallone sui prati. Sua madre era fasciata da indumenti neri.

Rob finì il tè. Doveva darsi una mossa. Controllando che ora fosse a Londra, prese il cellulare e compose il numero.

«Chi rompe?» La consueta scontrosità di Steve.

«Ciao, sono...»

«Robbie! Il mio corrispondente archeologico. Come stanno le pietre?»

L'allegro accento cockney di Steve gli risollevò leggermente il morale. Rob si chiese se fosse il caso di rovinare l'atmosfera raccontandogli l'accaduto. Prima che potesse prendere una decisione, però, l'altro disse: «Mi sono piaciuti gli appunti che hai mandato. Non vedo l'ora di ricevere il pezzo. Che scadenza hai?»

«Be', era fissata per domani ma...»

«Bravo il mio ragazzo. Spedisci entro le cinque.»

«Sì, ma...»

«E mandami delle jpeg! Delle belle foto delle...»

«Steve, c'è un problema.»

All'altro capo del filo scese il silenzio. Rob, cogliendo l'attimo, si buttò. Raccontò tutto a Steve. I misteri e i problemi che circondavano lo scavo, il risentimento degli operai, l'insolito canto di morte, l'invelenita politica locale, gli strani scavi notturni. Spiegò al suo caporedattore che non ne aveva parlato, prima, perché non era sicuro della sua rilevanza. Steve chiese brusco: «E adesso invece è rilevante?»

«Sì, perché...» Rob guardò il castello sulla collina con la grande bandiera rossa turca. Inspirò a fondo, poi raccontò l'orribile storia della morte di Franz. Alla fine, Steve disse semplicemente: «Gesù. Tu come stai?»

«Come, scusa?»

«Ti ho mandato in quello scavo archeologico perché ero convinto che ti servisse una pausa. Un posto carino e tranquillo. Un po' di pietre del cavolo. Niente drammi. Niente 'Luttrell è ancora nei guai'.»

«Sì, lo so... e...»

«E tu finisci nel bel mezzo di una guerra civile con un branco di sacerdoti del diavolo e poi un unno si ritrova infilzato sullo spiedo.» Steve ridacchiò. «Scusa, amico, non dovrei buttarla sul ridere. Dev'essere stato un vero schifo. Ma adesso cosa vuoi fare?»

Rob riflettè a fondo. Cosa voleva fare? Non lo sapeva. «Non ne sono sicuro... Credo di aver bisogno di un po' di consulenza editoriale.» Si alzò, il cellulare ancora premuto contro l'orecchio. «Steve, il capo sei tu. Io sono molto confuso. Dimmi cosa fare e io lo farò.»

«Affidati all'istinto.»

«In che senso?»

«Usa il tuo naso. Hai un gran fiuto per le storie. Sei come un segugio, santo Dio.» Il tono di voce di Steve era saldo. «Allora, dimmi: c'è una storia sì o no?»

Rob lo capì subito. Si voltò a guardare il cameriere e gli indicò di portare il conto. «Sì. Credo di sì.»

«Bene. Allora procedi. Fruga un po'. Rimani lì per altre due settimane, come minimo.»

Rob annuì. Provava una forte eccitazione professionale, ma venata di tristezza. La morte di Breitner gli dava ancora il voltastomaco. E poi, non vedeva l'ora di tornare a casa per stare con la figlia. Decise di confessare. «Ma Steve, ho voglia di vedere Lizzie.»

«La tua bambina?»

«Sì.»

«Oh, che tenerone.» Steve rise. «Quanti anni ha?»

«Cinque.»

Il caporedattore tacque. Rob lanciò un'occhiata all'antica moschea al di là della peschiera scintillante. Christine gli aveva raccontato che un tempo era una chiesa, una chiesa dei crociati.

«D'accordo, Rob. Fammi 'sto articolo e noi, subito dopo, ti riportiamo a casa. In aereo. E in business class, okay?»

«Grazie.»

«Di che? Guarda che al *Times* ci teniamo, ci piacciono i bravi genitori. Comunque senti, nel frattempo devi darmi qualcosa su cui lavorare.»

«Cioè?»

«Dammi la storia di base sulle pietre. Il testo mi serve per giovedì. Ma inserirò un piccolo box di richiamo, insinuando che c'è ben altro. Possiamo trasformarlo in una serie di articoli. Dal nostro inviato nell'età della pietra. Con i demoni del deserto.»

Rob scoppiò a ridere suo malgrado. Steve riusciva invariabilmente a risollevargli il morale con il suo nudo cinismo tipico del giornalismo inglese, il suo humour spietato. «Ciao, Steve.»

Si rimise il cellulare in tasca, sentendosi decisamente meglio. Aveva un lavoro da fare, una storia da scrivere, una pista da seguire. E dopo sarebbe tornato da sua figlia.

Lasciando la quiete del parco sbucò nella via: i tassisti stavano inveendo l'uno contro l'altro, un uomo strattonava un asino che trainava un carretto su cui erano impilati dei cocomeri. La strada era talmente trafficata e chiassosa che lui stentò a sentire il trillo del telefono. Ne captò la vibrazione, invece.

«Sì?»

«Robert?»

Christine. Lui salì sul marciapiede polveroso. Poveretta. Aveva dovuto portare Franz in ospedale. Non aveva permesso a nessun altro di farlo. Rob aveva visto la sua macchina piena di sangue, il sangue del suo amico. Sconvolgente. Raccapricciante. «Stai bene? Christine?»

«Sì, sì, grazie. Sto bene...»

Non lo si sarebbe detto, dalla voce. Rob tentò di trovare le parole giuste per consolarla: non sapeva cos'altro fare. Ma lei non parve interessata. Parlava poco, a scatti, come per trattenere l'emozione. «Hai ancora intenzione di partire stasera?»

«No», rispose lui. «Ho altro da scrivere. Mi fermo per altre due settimane come minimo.»

«Bene. Possiamo vederci? Al caravanserraglio?»

Rob era perplesso. «Certo, ma...»

«Adesso?»

Ancora confuso, lui acconsentì. La comunicazione si interruppe. Girando a sinistra, Rob risalì la collina, immettendosi direttamente nel frastuono del mercato coperto.

Il suk era un classico mercato arabo, del tipo che stava scomparendo rapidamente dal Medio Oriente. Pieno di passaggi bui, fabbri sudici, venditori di tappeti che richiamavano l'attenzione con ampi gesti, e ingressi di minuscole moschee. Lame di accecante luce solare piombavano dai fori nel tetto di latta ondulata. In angoli bui e antichi, alcuni arrotini facevano sprizzare scintille dorate nell'aria profumata di spezie. E là, in mezzo a tutto questo, c'era un autentico e antico caravanserraglio: un cortile fresco e spazioso con tavolini da caffè e magnifiche arcate di pietra. Un luogo di commerci e pettegolezzi, un posto in cui, forse per un migliaio di anni, i mercanti avevano contrattato la seta e gli uomini avevano trovato moglie ai figli.

Mettendo piede nell'animata piazzetta all'aperto, Rob scrutò i numerosi tavolini e capannelli di avventori. Christine non fu certo difficile da individuare: era l'unica donna. Aveva il viso tirato. Lui le si sedette di fronte. Lei lo scrutò intensamente negli occhi come se stesse cercando qualcosa. Rob non sapeva cosa. La donna rimase in silenzio, un silenzio impacciato.

«Ascolta, Christine, mi... dispiace davvero per Franz. So che eravate molto uniti e...»

«Ti prego. No.» Lei aveva abbassato gli occhi, reprimendo lacrime o rabbia o altro. «Basta così. È molto gentile da parte tua, ma basta così.» Alzò di nuovo lo sguardo e lui divenne scomodamente consapevole del color topazio dorato dei suoi occhi. Profondi e languidi. Splendidi, e colmi di lacrime. Lei tossì per schiarirsi la voce, poi affermò: «Credo che Franz sia stato assassinato».

«Cosa?»

«Io c'ero, Rob. Ho visto. C'è stata una lite.»

Il suono di piccioni che spiccavano il volo, simile a uno scroscio di applausi, riempì il caravanserraglio. Alcuni uomini stavano sorseggiando caffè turco, seduti su tappeti vermigli. Lui si voltò nuovamente verso Christine. «Una lite non significa omicidio.»

«Ho visto tutto, Rob. Lo hanno spinto.»

«Gesù.»

«Esatto. E non è stato un incidente: lo hanno spinto *deliberatamente* sopra quel palo.»

Lui si accigliò. «Sei andata alla polizia?»

Christine sventolò la mano per scacciare l'idea come si trattasse di una mosca. «Sì, ma a che serve? I poliziotti preferiscono non sapere.»

«Sei sicura?»

«In pratica mi hanno spinto fuori dalla stazione di polizia. Sono solo una donna, no?»

«Che idioti.»

«Forse.» Lei si costrinse a sorridere. «Ma è una situazione difficile anche per loro. Gli operai sono curdi, i poliziotti turchi. La politica è davvero impossibile. E ieri un kamikaze si è fatto esplodere a Diyarbakir.»

«Sì, lo so. Ho visto il telegiornale.»

«Quindi», disse Christine, «andare ad arrestare per omicidio un manipolo di curdi, come se nulla fosse... non è così semplice, al momento. Oddio...» Posò la fronte sulle braccia conserte.

Rob si chiese se stesse per piangere. Dietro di lei, un minareto svettava sopra il porticato del caravanserraglio. Dei grandi altoparlanti neri erano fissati con fil di ferro sulla sua sommità, ma per il momento tacevano.

La giovane donna riacquistò il controllo e si appoggiò di nuovo allo schienale della sedia. «Voglio sapere, voglio... fare qualche indagine.»

«Cosa intendi dire?»

«Voglio sapere tutto: perché Franz stava scavando di notte, perché hanno voluto ucciderlo. Era mio amico, voglio scoprire *perché* è morto. Ti va di accompagnarmi? Voglio andare a Gobekli per esaminare gli appunti di Franz, il suo materiale, i lavori...»

«Ma la polizia turca avrà sicuramente portato via tutto, non credi?»

«Franz teneva nascosta un sacco di roba», rispose Christine. «Ma io so dove: in un piccolo armadietto nella sua baracca, nel sito archeologico.» Si piegò in avanti, come se stesse per confessare qualcosa. «Rob, dobbiamo forzare la serratura. E rubare quel materiale.»

13

Il volo fino all'isola di Man, al di sopra del mare d'Irlanda, fu ricco di sobbalzi ma breve. All'aeroporto di Ronaldsway, Forrester e Boijer furono accolti in sala arrivi dal vicecomandante della polizia e da un sergente in uniforme. Forrester sorrise e si scambiarono una stretta di mano, presentandosi. Il vicecomandante si chiamava Hayden.

Uscirono nel parcheggio. Forrester e Boijer si lanciarono un'occhiata, e un breve ma eloquente cenno d'assenso relativo allo strano elmetto bianco del sergente di Man. Molto diverso da qualsiasi cosa si vedesse sulla terraferma.

Forrester sapeva già dello status speciale dell'isola di Man. Colonia della Corona, con un suo parlamento, una sua bandiera, un retaggio di antiche tradizioni vichinghe e una forza di polizia davvero unica, Man non era affatto una parte ufficiale del Regno Unito. Aveva abolito la fustigazione solo pochi anni prima. Il superiore di Forrester a Londra lo aveva ragguagliato con cura sui protocolli leggermente insoliti che una visita sull'isola comportava.

Nel parcheggio c'era freddo e l'aria sapeva di pioggia incombente; i quattro uomini si diressero speditamente verso la grossa auto di Hayden. Sfrecciarono in silenzio fra terreni agricoli, fino alla periferia della cittadina principale, Douglas, sulla costa occidentale. Forrester abbassò il finestrino per guardare fuori, tentando di captare l'atmosfera del posto, di farsi un'idea di dove si trovava.

I verdi e lussureggianti terreni agricoli, il bosco di quercia fradicio di pioggia, le minuscole cappelle grigie... Tutto aveva un'aria tipicamente britannica e celtica. Allo stesso modo, quando raggiunsero Douglas le casette raggruppate lungo la spiaggia e i più vistosi palazzi di uffici gli rammentarono le Ebridi scozzesi. L'unica indicazione del fatto che si trovassero fuori dal vero e proprio Regno Unito era la bandiera di Man – tre gambe unite tra loro su fondo rosso acceso – che su diversi edifici si increspava nel vento misto a pioggerellina.

Il silenzio sull'auto era rotto ogni tanto da qualche chiacchiera. A un certo punto Hayden si voltò a guardare Forrester e disse: «Naturalmente abbiamo tenuto il cadavere sulla scena. Non siamo dilettanti».

Era un commento strano. Forrester capì che quei poliziotti, appartenenti alla minuscola forza di polizia locale – duecento agenti, forse anche meno – probabilmente erano infastiditi dalla sua presenza. Il pezzo grosso della polizia metropolitana. Il londinese impiccione.

Ma gli era stato affidato un incarico serio ed era ansioso di vedere la scena del crimine. Voleva mettersi subito al lavoro, protocolli o non protocolli.

L'automobile sterzò uscendo dalla città e imboccò una stradina più stretta, con un alto bosco sulla destra e l'increspato mare d'Irlanda sulla sinistra. Lui notò un molo, un faro, delle piccole imbarcazioni che ballonzolavano sulle onde grigie e un'altra collina. A un certo punto la macchina scese, varcando un imponente cancello, per poi risalire fino a un edificio enorme, antico e turrito.

«Il forte di Sant'Anna», spiegò Hayden. «Adesso ci sono solo uffici.»

Il luogo era cordonato dal nastro della polizia. Forrester vide una tenda montata sull'ampio prato anteriore e scorse un agente che portava dentro l'edificio una vecchia Kodak per impronte digitali. Scendendo dall'auto si interrogò sulla competenza dei poliziotti locali. A quando risaliva il loro ultimo omicidio? A cinque anni prima? A cinquanta? Probabilmente passavano la maggior parte del tempo ad arrestare fumatori di spinelli. E bevitori minorenni. E gay. Chissà se lì l'omosessualità era ancora un reato.

Entrarono direttamente in casa dalla porta principale. Due uomini più giovani con mascherine sul viso lanciarono un'occhiata a Forrester; uno dei due stringeva una lattina di polvere di alluminio. Quando i due agenti della Scientifica passarono in un'altra stanza Forrester fece per seguirli ma Hayden gli toccò il braccio. «No», disse, «il giardino.»

La villa era enorme ma, dentro, di aspetto piuttosto ordinario. Era stata brutalmente convertita in uffici: qualcuno aveva sventrato gli interni originali per installare tubi al neon e pannelli divisori grigi, schedari e computer. Su alcune scrivanie troneggiavano modellini di barche e traghetti. A una parete era appeso un paio di carte nautiche; gli uffici appartenevano presumibilmente a una compagnia di navigazione o a una ditta di design nautico.

Seguendo il vicecomandante, Forrester raggiunse un corridoio dove una grande porta a vetri a doppio battente si apriva su un vasto giardino posteriore, cinto sui quattro lati da alte siepi e con un'altura boschiva sul fondo. Era stato rozzamente scavato in vari punti; al centro dei devastati prati verdi spiccava un'ampia tenda gialla da scena del crimine, la cerniera del lembo anteriore chiusa abbastanza per nascondere qualsiasi cosa si trovasse all'interno.

Hayden aprì la porta a vetri e, quando ebbero percorso i pochi metri che li separavano dalla tenda, si rivolse ai due poliziotti londinesi. «Siete pronti?»

Forrester era impaziente. «Sì, certo.»

Hayden scostò il lembo.

«Cazzo», disse Forrester.

Il cadavere era quello di un uomo tra i trenta e i quarant'anni, immaginò. Dava loro la schiena ed era completamente nudo. Ma non fu quello a strappargli l'imprecazione. La testa della vittima era stata sepolta nel prato, con il resto del corpo fuori. La posizione risultava al contempo comica e profondamente inquietante. Forrester indovinò subito che l'uomo era morto per asfissia. Gli assassini dovevano avere scavato una buca, avervi spinto dentro la testa del poveretto e poi compattato il terriccio tutt'intorno, soffocandolo. Un modo di morire davvero orrendo, assurdo, raggelante. Perché diavolo fare una cosa del genere?

Boijer stava girando intorno al corpo, inorridito. Benché nella tenda sembrasse fare più freddo che nel giardino sferzato dal vento, dal cadavere si levava un tanfo ben distinto. Forrester rimpianse di non avere una mascherina.

«Vediamo la stella, signore?» disse Boijer.

Giusto. Forrester lo raggiunse ed esaminò il cadavere. Una stella di David era stata incisa sul petto dell'uomo; la ferita appariva ancora più profonda e orripilante di quella inflitta al custode del museo.

«Cazzo», disse lui, di nuovo.

Fermo al suo fianco, Hayden sorrise, per la prima volta quella mattina. «Bene», disse, «sono lieto di vedere che la pensa così anche lei. Credevo fosse una nostra esclusiva.»

Tre ore più tardi, Forrester e Boijer stavano bevendo caffè in bicchieri di plastica nella grande tenda davanti alla villa. I poliziotti locali stavano organizzando una conferenza stampa nel «forte». I due membri della polizia metropolitana erano soli. Dopo trentasei ore, finalmente avevano portato il cadavere nel laboratorio del coroner in città.

Boijer guardò il suo superiore. «Non mi sembra che quelli di qua siano molto cordiali.»

Forrester ridacchiò. «Credo che avessero una loro lingua fino... all'anno scorso.»

«E gatti», disse Boijer, soffiando sul caffè per raffreddarlo. «Non è qui che hanno quei gatti senza coda?»

«I gatti di Man. Sì.»

Boijer guardò fuori, oltre il telo svolazzante che fungeva da porta, verso l'edificio bianco. «Cosa ci facevano qui questi assassini?»

«Lo sa solo Dio. E perché lo stesso simbolo?» Forrester tracannò altro caffè. «Cos'altro sappiamo della vittima? Hai parlato con quello della Scientifica?»

«Designer di yacht. Lavorava al piano di sopra.»

«Di domenica?»

Boijer annuì. «Già. Di solito il posto è deserto, durante il week-end, ma lui era comunque qui a lavorare.»

«Quindi è stato semplicemente sfortunato?»

Il sergente si scostò i biondi capelli finlandesi dai cerulei occhi finlandesi. «Come il tizio a Craven Street. Probabilmente ha sentito un rumore.»

«E ha deciso di scendere a dare un'occhiata. E i nostri simpatici assassini hanno deciso di tagliuzzarlo e poi conficcargli la testa nel terreno come un archetto da croquet finché non è morto.»

«Poco gentile, da parte loro.»

«Cosa mi dici della videosorveglianza?»

«Niente.» Boijer si strinse nelle spalle. «Il piedipiatti mi ha detto che non hanno trovato niente sui nastri di tutte le telecamere. Zero.»

«Naturalmente. E non ci sono impronte né orme di scarpe. Non troveranno nulla. Questi tizi sono pazzi ma non stupidi. Sono tutt'altro che stupidi.»

Forrester uscì dalla tenda e levò lo sguardo verso la villa, sbattendo le palpebre per riparare gli occhi dalla tenue acquerugiola che aveva preso a cadere. L'edificio era di un bianco abbagliante. Ritinteggiato di recente. Un vero e proprio punto di riferimento per i marinai del posto. Alto, candido e turrito, proprio sopra il molo e il porto. Scrutò i bastioni ed esaminò le finestre a ghigliottina. Stava cercando di capire cosa collegasse una dimora settecentesca a Londra con quella che sembrava una villa di campagna settecentesca sull'isola di Man. Ma poi qualcosa lo colpì. Forse la villa non era settecentesca. Strinse gli occhi. C'era qualcosa di stonato in quell'edificio. Non era autentico – lui si intendeva di architettura abbastanza per poterlo supporre. La disposizione dei mattoni era troppo ordinata, le finestre troppo recenti: non dovevano avere più di dieci o vent'anni. La magione era evidentemente un *pastiche*, e non particolarmente ben fatto. Inoltre, decise Forrester, era probabile che gli assassini lo sapessero. L'interno ammodernato dell'edificio non era stato minimamente toccato. Solo il giardino era stato oggetto di scavi. Era evidente che gli assassini stavano cercando qualcosa, ancora una volta. Ma non nella villa, solo nel giardino. A quanto pareva, sapevano dove guardare. A quanto pareva sapevano anche dove *non* guardare.

A quanto pareva, sapevano parecchie cose.

Forrester si rialzò il bavero per proteggersi dalla gelida pioggerellina.

14

Stava giusto calando l'oscurità quando salirono sulla Land Rover di Christine. Era l'ora di punta. Dopo poche centinaia di metri l'auto fu costretta a fermarsi. Bloccata in un ingorgo.

Christine si abbandonò contro lo schienale e sospirò. Accese la radio, poi guardò Rob. «Raccontami, chi è Robert Luttrell?»

«Cioè?»

«Lavoro. Vita. Le solite cose...»

«Non è poi così interessante.»

«Mettimi alla prova.»

Lui le fornì un breve riassunto dell'ultimo decennio. Il modo in cui lui e Sally avevano bruciato le tappe con il matrimonio e la figlia, la scoperta della relazione di Sally, il conseguente e inevitabile divorzio.

Christine ascoltò, attenta. «Sei ancora arrabbiato per... come sono andate le cose?»

«No. È dipeso anche da me. Insomma... è stata anche colpa mia, almeno in parte. Non ero mai a casa. E lei si sentiva sola... La ammiro ancora, in un certo senso.»

«Come, scusa?»

«Sally», disse lui. «Sta studiando per diventare avvocato. Ci vuole coraggio, oltre che cervello. Cambiare carriera quando hai già superato la trentina... È una cosa che ammiro. Quindi non è che io la odi o altro...» Si strinse nelle spalle. «Abbiamo solo... preso strade diverse. E ci siamo sposati troppo giovani.»

Lei annuì, poi gli chiese della sua famiglia americana. Rob tratteggiò il proprio background scozzese-irlandese, l'emigrazione nello Utah nel penultimo decennio dell'Ottocento. La fede mormone.

La Land Rover avanzò, finalmente. Lui guardò Christine. «E tu?»

Il traffico si stava finalmente diradando. Lei schiacciò l'acceleratore a tavoletta. «Ebrea francese.»

Lui lo aveva capito dal cognome. Meyer.

«Metà della mia famiglia è morta nell'Olocausto. L'altra metà no. Gli ebrei francesi se la sono cavata relativamente bene, durante la guerra.»

«E i tuoi genitori?»

Gli spiegò che la madre era una docente universitaria. Il padre era un accordatore di pianoforti, ed era morto quindici anni prima. «In realtà», aggiunse, «non credo che lavorasse granché. Se ne stava semplicemente seduto nell'appartamento di Parigi. A discutere.»

«Già, simile a mio padre. Solo che il mio era anche un bastardo.»

Christine gli lanciò un'occhiata. Il cielo alle sue spalle, incorniciato dal finestrino dell'auto, era color porpora e zaffiro. Uno spettacolare crepuscolo del deserto. Si trovavano molto al di fuori di Sanliurfa, ormai. «Hai detto che tuo padre era un mormone?»

«Infatti.»

«Una volta sono stata a Salt Lake City.»

«Davvero?»

«Quando mi trovavo in Messico, a lavorare a Teotihuacán, ho fatto una vacanza negli States.»

Rob rise. «A Salt Lake City?»

«Nello Utah.» Lei sorrise. «Lo sai. Canyonlands. Arches Park.»

«Ah.» Lui annuì. «Questo ha già più senso.»

«Un paesaggio fantastico. Comunque abbiamo dovuto fare scalo a Salt Lake City...»

«La città più noiosa d'America.»

Un camion dell'esercito superò la Land Rover, con soldati turchi che si sporgevano con disinvoltura dal pianale, immersi nell'ombra del crepuscolo. Uno di loro salutò con la mano e sorrise quando vide Christine, ma lei lo ignorò. «Non è New York, va bene, ma a me è piaciuta.»

Rob pensò allo Utah e a Salt Lake City. Aveva pochissimi ricordi: le domeniche in quella tetra cattedrale mormone, che gli sembrava enorme. Il Tabernacolo.

«È buffo», dichiarò Christine. «La gente ride dei mormoni, ma sai una cosa?»

«Quale?»

«Salt Lake City è l'unica grande città americana dove mi sono sentita perfettamente al sicuro. Puoi camminare per la strada alle cinque del mattino e nessuno cercherà di rapinarti. I mormoni non rapinano la gente. Questo mi piace.»

«Ma mangiano cibo orrendo... e portano pantaloni di poliestere.»

«Sì, sì. E in alcune cittadine dello Utah non si può nemmeno comprare del caffè. La bevanda del diavolo.» Lei sorrise placidamente. L'aria del deserto entrava tiepida dal finestrino della Land Rover. «Guarda che dico sul serio. I mormoni sono gentili. Cordiali. È la loro religione a renderli così. Perché gli atei deridono i credenti, se la fede ti rende più gentile?»

«Tu sei credente, vero?»

«Sì. Sono cattolica.»

«Io no.»

«L'avevo immaginato.»

Scoppiarono a ridere.

Rob si appoggiò allo schienale, scrutando l'orizzonte. Stavano superando una baracca di cemento che aveva già visto, coperta di manifesti di uomini politici turchi.

«Non siamo vicini alla deviazione?»

«Sì. È giusto qui di fronte.»

L'auto rallentò mentre si avvicinavano all'incrocio. Rob stava pensando alla fede di Christine: cattolica, aveva detto lei.

Era ancora sconcertato dalla cosa. Era ancora sconcertato da un sacco di cose di Christine Meyer, per esempio dal suo amore per Sanliurfa, nonostante la cultura locale fosse così apertamente maschilista e patriarcale.

La Land Rover sterzò, lasciando l'asfalto. Cominciarono a percorrere rumorosamente il sentiero sterrato, nella fitta oscurità. I fanali rivelarono cespugli isolati e rocce nude. Forse una gazzella, che sfrecciava nella penombra. Un minuscolo villaggio, illuminato da alcune luci sparse, scintillava sul fianco di una collina. Rob intravide la punta di un minareto nel crepuscolo avvolgente. La luna stava giusto sorgendo.

Decise di chiederglielo esplicitamente. «Come ti poni nei confronti dell'islam?»

Christine spiegò di ammirarne alcuni aspetti, soprattutto la figura del muezzin.

«Davvero?» domandò Rob. «Tutto quell'ululare? A volte mi sembra troppo invadente. Insomma, non è che lo detesti ma... ogni tanto...»

«Io lo trovo toccante, invece. È il grido dell'anima, che implora Dio. Dovresti ascoltare più attentamente.»

Imboccarono una seconda deviazione, dopo un ultimo e silenzioso villaggio curdo. Qualche altro chilometro e avrebbero visto le basse collinette di Gobekli stagliarsi nel chiarore lunare. La Land Rover rombò mentre Christine affrontava la curva finale. Rob non sapeva cosa aspettarsi, allo scavo, in seguito all'«incidente». Auto della polizia? Transenne? Niente?

C'era in effetti una transenna azzurra, che bloccava il sentiero. Recava la scritta POLIZIA. E NON OLTREPASSARE. In turco e in inglese. Lui scese dall'auto e spostò la transenna. Christine portò l'auto più avanti e poi parcheggiò.

Il sito era deserto. Rob provò un intenso sollievo. L'unica indicazione del fatto che lo scavo fosse ormai diventato la scena di una morte sospetta era il telo cerato che avevano teso sopra il fossato in cui era stato spinto Franz, insieme al senso di vuoto nell'area occupata dalle tende. Molte cose erano state portate via. Il tavolone era stato spostato altrove oppure smontato. La stagione di scavi era definitivamente chiusa.

Lanciò un'occhiata alle pietre. In precedenza si era chiesto come sarebbe stato trovarsi in mezzo a loro di notte. E adesso, inaspettatamente, eccolo lì. Erano ammantate d'ombra, nelle rispettive aree cintate. La luna aveva raggiunto la sua massima altezza e proiettava una candida oscurità sulla scena. Rob provò l'impulso di scendere negli avvallamenti. Toccare i megaliti. Posare la guancia contro il freddo millenario di quelle pietre. Percorrere coi polpastrelli le incisioni. In realtà, quello avrebbe voluto farlo già la prima volta in cui le aveva viste.

Christine lo raggiunse da dietro. «Tutto bene?»

«Sì!»

«Seguimi, allora. Facciamo in fretta. Questo posto... mi mette paura, la notte.»

Rob notò che lei evitava di guardare il fossato, quello in cui Franz era stato ucciso. Quella visita stava mettendo a dura prova Christine.

Salirono rapidi sull'altura. A sinistra si stagliava una baracca di plastica azzurra: l'ufficio privato di Franz. La porta era sigillata da un lucchetto aggiunto di recente.

Christine sospirò. «Questo non ci voleva.»

Rob rifletté per un secondo, poi tornò di corsa alla Land Rover, aprì il bagagliaio e cercò a tentoni nel buio. Tornò con una chiave a croce per smontare i cerchioni. La brezza del deserto era tiepida e la luce della luna scintillava sul lucchetto. Lui ci infilò la chiave a croce e, torcendolo con forza, lo spaccò di netto.

La baracca era piccola e praticamente vuota. Christine puntò tutt'intorno il fascio di luce della torcia. Su una mensola sgombra c'era un paio di occhiali di riserva. Alcuni libri erano sparsi sul piano di una scrivania ammantato di polvere. La polizia aveva portato via quasi tutto.

Lei si inginocchiò, poi sospirò di nuovo. «Hanno preso anche l'armadietto.»

«Davvero?»

«Era nascosto quaggiù. Accanto al minifrigo. È scomparso.»

«Quindi discorso chiuso?» Rob era deluso. Era stato un viaggio inutile.

Christine era avvilita. «Vieni», disse. «Andiamocene, prima che qualcuno ci veda. Ci siamo appena introdotti illegalmente sulla scena di un crimine.»

Lui raccolse la chiave a croce. Mentre tornava alla macchina, costeggiando gli avvallamenti immersi nell'ombra, provò di nuovo lo strano impulso di scendere a toccare le pietre, di sdraiarvisi accanto.

Christine aprì la portiera del guidatore della Land Rover. La lucina interna si accese. Contemporaneamente, Rob aprì lo sportello posteriore per rimettere a posto la chiave. E lo vide subito: un riflesso di luce su un taccuino lucido, appoggiato sul sedile posteriore. La copertina era nera e aveva l'aria costosa. Lo prese e lo aprì. Sulla prima pagina, tracciato con una calligrafia minuta e ordinata, c'era un nome: Franz Breitner.

Girò intorno all'auto e si sporse all'interno, attraverso la portiera aperta, per mostrare a Christine quello che aveva trovato.

«Gesù!» esclamò lei. «Eccolo! È il taccuino di Franz! È proprio quello che cercavo. È lì che annotava... tutto.»

Rob glielo passò e lei iniziò subito a sfogliarlo, con espressione assorta, borbottando: «Scriveva tutto qui. L'ho visto, anche se lui cercava di farlo di nascosto. Questo era il suo grande segreto. Bravo!»

Rob prese posto sul sedile del passeggero. «Ma cosa ci fa sulla tua macchina?» Non appena lo disse, si rese conto che era una domanda davvero stupida. La risposta era ovvia. Doveva essere caduto dalla tasca di Franz mentre Christine lo stava portando in ospedale. O forse... Forse, mentre era steso sanguinante sul sedile posteriore, aveva capito che stava morendo e aveva tolto di tasca il taccuino per poi lasciarlo lì. Volutamente. Sapendo che lei lo avrebbe trovato.

Scosse il capo. Si stava trasformando in un teorico del complotto. Doveva darsi una calmata. Allungando una mano, sbatté la portiera con tanta forza da far ballare la macchina.

«Ehi!», disse Christine.

«Scusa.»

«È caduto qualcosa.»

«Eh?»

«Quando hai sbattuto la portiera, dal taccuino è caduto qualcosa.»

Christine stava annaspando nello spazio davanti al sedile, passando le mani avanti e indietro sotto i pedali. Poi si rialzò, stringendo qualcosa tra le dita.

Era un filo d'erba secco. Rob lo fissò. «Perché mai Franz avrebbe dovuto conservarlo?»

Ma lei stava fissando il filo d'erba. Intensamente.

15

Christine tornò verso la città premendo l'acceleratore ancora più del solito. Alla periferia di Sanliurfa, dove il deserto squallido cozzava contro i primi condomini di cemento grigi, videro un bar malconcio sul ciglio della strada, con i tavolini di plastica bianca sistemati all'esterno e alcuni camionisti che bevevano birra con aria colpevole.

«Birra?» propose Rob.

Christine si guardò intorno. «Buona idea.»

Svoltò a destra e parcheggiò. I camionisti la fissarono mentre scendeva dall'auto e si infilava tra i tavoli fino a raggiungerne uno libero.

Era una serata tiepida; insetti e mosche stavano vorticando intorno alle lampadine nude appese fuori. Rob ordinò due birre Efes. Parlarono di Gobekli. Di quando in quando un enorme camion percorreva la strada rombando, i fari regolati al massimo, diretto verso Damasco o Riyad o Beirut, sovrastando la loro conversazione e facendo tremolare e ballonzolare le lampadine. Christine sfogliò il taccuino con aria estasiata, quasi febbrile. Rob sorseggiò la birra tiepida dal suo bicchiere sbeccato e la lasciò tranquilla.

Lei cominciò a sfogliare avanti e indietro. Palesemente scontenta. Alla fine lanciò il taccuino sul tavolo e sospirò. «Non saprei... È un vero guazzabuglio.»

Rob posò la birra. «Come, scusa?»

«È molto caotico.» Lei fece schioccare la lingua. «Il che è strano, perché Franz non era affatto disordinato. Era scrupoloso. 'Efficienza teutonica', la chiamava. Era rigoroso e preciso. Sempre... sempre...» Per un attimo i suoi occhi si rannuvolarono. Allungò risolutamente una mano verso la birra, bevve un sorso e disse: «Guarda tu stesso».

Rob scorse le prime pagine. «A me sembra okay.»

«Qui», disse lei, indicando. «Sì, comincia in modo estremamente ordinato. Diagrammi degli scavi effettuati. Elenco dei microliti. Ma qui... *guarda*...»

Rob voltò le pagine finché lei non lo fermò.

«Vedi, da qui in poi si ingarbuglia tutto. La calligrafia si trasforma in scarabocchi. E i disegni e i ghirigori... caotici. E guarda qui. Cosa sono tutti questi numeri?»

Lui osservò attentamente. Lo scritto era per lo più in tedesco. All'inizio la calligrafia era ordinatissima, ma verso la fine diventava più confusa. Sull'ultima pagina c'era un elenco di numeri, chiuso da due parole: Orra Keller. Un nome? Rob rammentò una ragazza conosciuta in Inghilterra che si chiamava Orra. Una ragazza ebrea. Ma chi era questa Orra Keller? Lo chiese a Christine, che si strinse nelle spalle. Le chiese cosa fossero quei numeri. Lei fece di nuovo spallucce, in modo ancora più marcato. Lui notò che nel taccuino c'era anche un disegno: lo schizzo di un campo, e alcuni alberi.

Glielo restituì. «Cosa dice? Non conosco granché il tedesco.»

«Be', per la maggior parte è illeggibile.» Lei aprì il taccuino verso il fondo. «Qui parla di grano. E di un fiume. Che si trasforma in tanti fiumi. Vedi? Qui.»

«Grano? Ma perché?»

«Lo sa Dio. E questo disegno... Credo sia una mappa. Con delle montagne. Dice 'montagne' seguito da un punto interrogativo. E fiumi. O forse sono strade. È un vero caos.»

Rob finì la birra e con un cenno ne ordinò altre due al proprietario del bar. Un enorme camion color argento percorse fragorosamente la strada verso Damasco. Il cielo sopra Sanliurfa era di un arancione striato di grigio.

«E cosa mi dici del filo d'erba?»

Christine annuì. «Sì, è strano. Perché conservarlo?»

«Credi che avesse paura di qualcosa? È per questo che gli appunti sono così... incasinati?»

«È possibile. Ricordi la *pulsa dinura*?»

Rob rabbrividì. «E chi se la dimentica? Pensi che lui ne fosse al corrente?»

Christine scacciò un insetto dal bordo del bicchiere, poi lo fissò intensamente. «Credo che lo sapesse. Deve averli sentiti cantare sotto la finestra, quella sera. Ed era un esperto di religioni mesopotamiche, di demoni e maledizioni. Erano una delle sue specialità.»

«Quindi aveva capito di essere in pericolo?»

«Probabilmente sì, il che potrebbe spiegare lo stato caotico dei suoi appunti. Paura allo stato puro. Però...» Teneva tra le mani il taccuino, messo di piatto, come saggiandone il peso. «Il lavoro di tutta una vita...»

Rob percepì la sua tristezza.

Christine lasciò cadere di nuovo il quadernetto. «Questo posto è orribile. Non mi importa se qui servono birra. Possiamo andarcene?»

«Sicuro.»

Lasciato cadere qualche spicciolo in un piattino, si diressero verso la Land Rover e imboccarono la strada a gran velocità. Dopo un po' lei disse: «Dubito che si trattasse semplicemente di paura, la cosa non ha senso». Girò di scatto il volante per sorpassare un ciclista, un uomo anziano in tunica araba. Seduto davanti a lui, di traverso sul manubrio, c'era un bambino bruno che rivolse un cenno di saluto alla macchina, sorridendo alla donna bianca.

Rob si accorse che Christine stava percorrendo vie traverse. Non era certo il solito tragitto per il centro della città.

Alla fine lei disse: «Franz era diligente e meticoloso. Dubito che una maledizione sarebbe bastata a fargli perdere la testa. Nulla lo avrebbe sconvolto fino a quel punto».

«Allora che cosa gli è successo?» chiese lui.

Si trovavano in un quartiere più recente, dall'aspetto quasi europeo. Graziosi condomini puliti. Delle donne stavano camminando per strada, qualcuna perfino senza velo. Rob vide un supermercato illuminato a giorno con esposta la pubblicità di un formaggio, scritta in turco ma anche in tedesco. A fianco c'era un Internet café pieno di monitor accesi che mettevano in risalto, in controluce, le teste scure dei clienti.

«Credo che avesse una teoria. Si emozionava come un bambino quando aveva una teoria.»

«L'ho notato.»

Lei sorrise, guardando davanti a sé. «Secondo me ne aveva una, riguardo a Gobekli. È questo che mi dicono gli appunti.»

«Una teoria su cosa?»

«Forse aveva capito come mai Gobekli venne sepolta. Forse aveva risolto l'enigma più grande. Fosse stato convinto di aver trovato una soluzione, si sarebbe agitato moltissimo.»

Rob però non era del tutto convinto. «Ma perché non l'ha scritta da qualche parte o rivelata a qualcuno?»

L'auto si era fermata. Christine estrasse la chiavetta dall'accensione. «Bella domanda», commentò, guardandolo. «Anzi, *ottima* domanda. Andiamo a scoprirlo. Vieni.»

«Dove?»

«Qui abita un mio amico. Forse lui può aiutarci.»

Avevano parcheggiato davanti a un nuovo palazzo di appartamenti sul cui muro spiccava un enorme manifesto cremisi che pubblicizzava la Turku Cola. Christine salì i gradini di corsa e premette un pulsante numerato. Aspettarono, poi sentirono il cicalino che apriva la porta. L'ascensore li portò al decimo piano. Salirono in silenzio.

Una porta era già parzialmente aperta, sul lato opposto del pianerottolo. Rob seguì Christine. Sbirciò nell'appartamento, poi sussultò: appena dentro c'era Ivan, il paleobotanico che aveva conosciuto alla cena. Se ne stava lì, immobile, come in appostamento.

Ivan annuì educatamente ma la sua espressione era tutt'altro che cordiale. Anzi, sembrava quasi diffidente. Li accompagnò nella stanza principale del suo appartamento. Era un ambiente austero, solo un sacco di libri e alcune foto. Su una scrivania, un elegante pc portatile mostrava un salvaschermo raffigurante i megaliti di Gobekli. Sulla mensola del camino era posata una statuetta di pietra che somigliava a uno dei demoni dei venti mesopotamici. Rob si chiese se Ivan l'avesse rubata.

Si sedettero. Senza proferire parola. Ivan non offrì né tè né acqua ma si limitò ad accomodarsi di fronte a loro, guardò intensamente Christine e disse: «Sì?»

Lei estrasse il taccuino e lo posò sul tavolo. Ivan lo fissò. Sbirciò la donna dal basso. Il suo giovane viso slavo era una maschera di cera, priva d'espressione. Il viso di chi sta reprimendo un'emozione.

Christine infilò una mano in tasca, estrasse il filo d'erba e lo posò delicatamente sopra il taccuino. Rob osservò per tutto il tempo il volto di Ivan. Non aveva idea di cosa stesse succedendo ma intuiva che la reazione dell'uomo era di importanza cruciale. Ivan trasalì quasi impercettibilmente quando vide il filo d'erba. Rob non riuscì a sopportare oltre il silenzio. «Ragazzi? Allora? Che cos'è? Cosa sta succedendo?»

Christine gli lanciò un'occhiata come per esortarlo alla pazienza, ma lui non aveva voglia di pazientare. Voleva sapere. Cosa. Stava. Succedendo. Perché erano andati da Ivan, a tarda sera? Per rimanere seduti in silenzio a fissare un filo d'erba?

«Monococco», disse Ivan.

Lei sorrise. «È così, vero? Monococco. Sì.»

Ivan scosse il capo. «Avevi bisogno che ti dicessi questo, Christine?»

«Be'... non ero sicura. Sei tu l'esperto.»

«Bene, adesso sei sicura. E io sono molto stanco.»

Christine prese l'erba. «Grazie, Ivan.»

«Non c'è di che.» Lui si era già alzato. «Ci vediamo.»

Li accompagnò frettolosamente alla porta. Fermo sulla soglia, Ivan scrutò il pianerottolo in entrambe le direzioni come se si aspettasse di vedere qualcuno che non voleva vedere, poi sbatté la porta.

«Be', è stato davvero cordiale», commentò Rob.

«Intanto abbiamo ottenuto quello per cui siamo venuti.»

Chiamarono l'ascensore e scesero. Rob cominciava a trovare irritante tutto quel mistero. «Okay», disse mentre respiravano la tiepida aria mista agli scarichi dei motori diesel della strada. «Avanti, Christine. Monococco. Che cavolo è?»

Senza voltarsi a guardarlo lei rispose: «È la più antica forma di grano al mondo. Il grano originale, il primo cereale di tutti i tempi, se preferisci».

«E?»

«Cresce soltanto in questa zona. E si rivelò cruciale per il passaggio all'agricoltura, quando l'uomo cominciò a coltivare la terra.»

«E?»

Christine si voltò. I suoi occhi castani scintillavano. «Franz pensava che fosse un indizio. Sono *sicura* che lo considerasse un indizio. E quindi lo considero tale anch'io.»

«Un indizio su che cosa?»

«Potrebbe dirci come mai abbiano seppellito il tempio.»

«Ma come può farlo, un filo d'erba?»

«Più tardi. Su, andiamo. Hai visto come Ivan si guardava attorno, sulla porta. Avanti. Via.»

«Pensi che ci stiano... seguendo?»

«Non esattamente. Forse sorvegliando. Non lo so. Forse la mia è solo paranoia.»

Rob ricordò Franz, infilzato sul palo. Saltò in macchina.

16

Forrester si svegliò madido di sudore, quasi come se avesse la febbre. Guardò le tende scialbe della sua stanza d'albergo a Douglas. Per un attimo l'incubo perdurò, e la stanza gli sembrò pervasa da un'assurda ma palpabile malvagità: l'anta dell'armadio era socchiusa, rivelando uno scorcio di oscurità all'interno; il televisore era in agguato nell'angolo, tozzo e minaccioso.

Cosa aveva sognato? Si strofinò via il sonno dal viso e ricordò: era il solito incubo, naturalmente. Un corpicino. Un ponte. Poi il *bump bump bump* di auto che passavano sopra uno «pneumatico».

Bump bump bump.
Bump bump bump.

Si alzò, andò alla finestra e scostò le tende. Scoprì stupito che fuori era già chiaro, molto chiaro. Il cielo era bianco e terso e per le strade c'era già traffico. Rischiava di arrivare tardi alla conferenza stampa.

Arrivò giusto in tempo. L'ampio salone era già in fermento. La polizia locale aveva requisito la stanza più grande del forte di Sant'Anna. A una manciata di giornalisti locali si era aggiunta una decina di reporter nazionali. Due troupe di telegiornale con telecamere digitali, voluminosi auricolari e lunghi microfoni neri stavano oziando sul fondo. Forrester notò una testa bionda: la conosceva, era la corrispondente della CNN a Londra. L'aveva già vista a diverse conferenze stampa per i media.

La CNN? Evidentemente qualcuno aveva informato i media londinesi della macabra natura dell'omicidio. Rimase in fondo a studiare la stanza. Tre poliziotti sedevano in testa al salone; il vicecomandante Hayden si trovava nel mezzo, fiancheggiato da due tizi più giovani. Su un grande schermo azzurro sopra di loro campeggiava la scritta CORPO DI POLIZIA DELL'ISOLA DI MAN.

Il vicecomandante alzò una mano. «Possiamo cominciare?» Riferì ai giornalisti le circostanze in cui era avvenuto il crimine, citando la scoperta del corpo e descrivendo stringatamente come fosse stata sepolta la testa dell'uomo.

Un giornalista emise un rantolo.

Hayden si interruppe, lasciando ai presenti il tempo di digerire quell'orribile particolare, poi si appellò a eventuali testimoni esortandoli a farsi avanti. Conclusa la presentazione, perlustrò la stanza con lo sguardo. «Ci sono domande?»

Parecchie mani si alzarono di scatto.

«La giovane signora sul fondo. Dica.»

«Angela Darvill, CNN. Signore, ritiene che esista un legame tra questo omicidio e il recente caso a Covent Garden?»

Fu una vera sorpresa. Hayden trasalì visibilmente, poi scoccò un'occhiata a Forrester, che si strinse nelle spalle. L'ispettore di Scotland Yard non sapeva cosa consigliargli. Se i media erano già al corrente del collegamento, non ci si poteva fare assolutamente nulla. Avrebbero dovuto chiedere ai media di tenere la cosa sotto silenzio in modo che gli assassini non scoprissero che la polizia aveva individuato un nesso tra i due casi, ma ormai non c'era modo di cancellare quello che qualcuno aveva detto esplicitamente.

Il vicecomandante prese atto della scrollata di spalle di Forrester, poi riportò lo sguardo sulla giornalista americana. «Signorina Darvill, i due casi hanno alcune peculiarità in comune. Ma, a parte ciò, qualsiasi altra cosa è una semplice congettura, al momento. Preferirei non commentare oltre. Apprezziamo la sua discrezione in proposito, come indubbiamente comprenderà.» Detto questo fece correre lo sguardo sui presenti cercando un altro interlocutore. Ma Angela Darvill alzò di nuovo la mano.

«Credete che sia presente un elemento religioso?»

«Come, scusi?»

«La stella di David. Intagliata sul petto. In entrambi i casi.»

I giornalisti locali si voltarono a guardarla. La domanda li aveva sconcertati, aveva turbato tutti i presenti. Hayden non aveva menzionato la «conformazione» dei tagli.

Gli ascoltatori si zittirono mentre lui rispondeva. «Signorina Darvill, abbiamo un crimine brutale ed efferato su cui indagare. Il tempo passa, quindi credo che dovrei accettare ancora qualche domanda da parte di... altri. Sì?»

«Brian Deeley, *The Douglas Star*.» Il giornalista locale si informò sul possibile movente e Hayden ribatté che per il momento non ne avevano scoperto nessuno. Ci fu un breve botta e risposta fra i due, poi un reporter della stampa nazionale si alzò per chiedere un profilo della vittima. Hayden spiegò che si trattava di un abitante del posto benvoluto da tutti, con moglie e figli residenti in città. Un appassionato marinaio. Poi si guardò intorno, fissando ogni volto a turno. «Alcuni di voi potrebbero addirittura conoscere la sua barca, *The Manatee*. Era solito andare per mare con il figlio Johnny.» Sorrise tristemente. «Il ragazzo ha solo dieci anni.»

Per qualche secondo nessuno parlò.

La polizia di Man, pensò Forrester, stava davvero facendo un buon lavoro. L'esplicito ricorso al sentimento rappresentava una mossa astuta. Era così che si inducevano i testimoni a farsi avanti: ci si appellava al cuore invece che al cervello. E avevano davvero bisogno di testimoni, perché non disponevano di nessuna prova, nessun DNA, nessuna impronta. Niente.

Hayden stava indicando un uomo stempiato con indosso un anorak. «Prego, dica...»

«Harnaby. Alisdair. Radio Triskel.»

«Sì?»

«Pensate che il crimine sia collegato all'anomala storia dell'edificio?»

Le dita di Hayden tamburellarono sul piano del tavolo. «Non sono a conoscenza di alcuna storia anomala.»

«Mi riferisco al modo in cui venne costruito il castello. Può essere importante? Sa, tutte le leggende...»

Le dita del poliziotto smisero di tamburellare. «Al momento, signor Harnaby, stiamo seguendo tutti i possibili filoni di indagine. Ma spero proprio che non stiamo inseguendo delle leggende. E questo è tutto ciò che posso dirle. Per ora.» Si alzò. «Abbiamo del lavoro da sbrigare quindi, se volete scusarci... Penso che ci sia del caffè caldo nel tendone sul davanti.»

Forrester si guardò intorno. Era stata una conferenza stampa decisamente riuscita, professionale, ma lui continuava a sentirsi a disagio. Qualcosa lo impensieriva. Guardò Harnaby. Di cosa stava parlando quel tizio? La «storia anomala» dell'edificio? Collimava perfettamente con le riflessioni di Forrester. C'era qualcosa di sbagliato in quell'edificio. L'architettura, l'effetto *pastiche*... qualcosa non tornava.

Alisdair Harnaby stava allungando una mano sotto la sedia per recuperare un sacchetto di plastica azzurro. «Signor Harnaby?»

L'uomo si voltò, gli occhiali dalla montatura sottile che scintillavano alla luce al neon.

«Sono l'ispettore capo Forrester, della polizia metropolitana.»

Harnaby parve sconcertato. Lui aggiunse: «Scotland Yard. Ha un minuto?»

L'altro posò il sacchetto di plastica e Forrester gli si sedette accanto. «Mi interessa quello che ha appena detto sulla storia anomala dell'edificio. Può spiegarsi meglio?»

Harnaby annuì, gli occhi sfavillanti. Si guardò intorno nel salone deserto. «Quello che vede adesso è in realtà una copia piuttosto approssimativa dell'edificio precedente.»

«Giusto, quindi...»

«Il forte originale, quello di Sant'Anna, venne demolito nel 1979. Era noto anche come Stravaganza di Whaley.»

«E da chi fu costruito?»

«Da Jerusalem Whaley. Un autentico fuori di testa.»

«Un *cosa*?»

«Un damerino. Uno spaccone. Un criminale della buona società. Conosce il genere.»

«Una sorta di playboy?»

«Sì e no.» Harnaby sorrise. «Stiamo parlando di autentico sadismo, qui, tramandato di generazione in generazione.»

«Per esempio?»

«Il padre di Whaley era Richard Chappell Whaley, ma gli irlandesi lo chiamavano 'Burnchapel', ossia 'Bruciacappelle' Whaley.»

«Perché...»

«Era un esponente dell'aristocrazia anglo-irlandese. Un protestante. Ed era solito bruciare chiese cattoliche irlandesi. Con dentro i fedeli.»

«Domanda stupida, la mia.»

«Be', un po'.» Harnaby sorrise. «Una storia inquietante, sì. E Burnchapel Whaley era anche un membro dell'Hellfire Club irlandese. Un terribile branco di pervertiti, perfino per gli standard del tempo.»

«Okay. E cosa mi dice di Jerusalem Whaley, suo figlio?»

Harnaby si accigliò. Ormai la stanza era talmente silenziosa che Forrester riusciva a sentire il ticchettio della pioggia sulle lunghe finestre a ghigliottina.

«Thomas Buck Whaley? Un altro damerino georgiano. Era brutale e spietato come il padre. Ma poi gli è successo qualcosa. Quando è rientrato in Irlanda dopo un lungo viaggio in Oriente, a Gerusalemme – da cui il suo soprannome Jerusalem Whaley – sembrava che il viaggio lo avesse profondamente cambiato, era un uomo distrutto.»

Forrester si accigliò. «In che senso?»

«Tutto quello che sappiamo è che Jerusalem Whaley, al suo

ritorno, era profondamente cambiato. Ha costruito questo strano castello, il forte di Sant'Anna. Ha scritto la sua autobiografia, un libro sorprendentemente colmo di rimorsi. E infine è morto. Lasciandosi dietro un castello e un sacco di debiti. Ma una vita affascinante! Assolutamente affascinante.» Harnaby si interruppe. «Mi perdoni, signor Forrester, sto forse parlando troppo? A volte mi lascio trascinare. È un po' una mia passione, il folklore locale. Ho un programma radio sulla storia di questa zona, sa.»

«Non si scusi. È tutto molto interessante. In realtà ho solo un'altra domanda. Rimane qualcosa del vecchio edificio?»

«Oh, no. No, no, no. È stato interamente demolito.» L'uomo sospirò. «Stiamo parlando degli anni '70. Avrebbero demolito anche la cattedrale di Saint Paul, se avessero potuto. Un vero peccato. Ancora pochi anni e l'edificio sarebbe stato preservato.»

«Quindi non è rimasto niente?»

«No. Anche se...» Il volto di Harnaby si rannuvolò. «C'è una cosa...»

«Quale?»

«Mi sono chiesto spesso... C'è un'altra leggenda. Un po' assurda, a dire il vero.» Afferrò il sacchetto di plastica. «Venga, le faccio vedere!»

L'uomo, più vecchio di Forrester, si diresse goffamente alla porta e lui lo seguì nel giardino anteriore. Nella brezza e nel freddo e sotto l'acquerugiola, guardò a sinistra: riuscì a vedere Boijer accanto alla tenda della polizia. La giornalista della CNN li stava superando insieme alla sua troupe. Muovendo solo le labbra e indicando Angela Darvill, Forrester disse al sergente: «Parlale, scopri cosa sa». Boijer annuì.

Harnaby arrancò sui prati fradici di pioggia davanti alla villa turrita. Arrivato nel punto in cui i prati lasciavano il posto a siepi e muri, si inginocchiò come per fare giardinaggio. «Vede?»

Forrester gli si accovacciò accanto e osservò il terriccio bagnato e scuro.

Harnaby sorrise. «Guardi! Lo vede? Il terreno è più scuro qui.»

Era vero. Il suolo sembrava cambiare leggermente colore: lì nel prato era decisamente più torboso e scuro che non a una maggiore distanza dalla casa. «Sì, ma... Non capisco. Che cosa significa?»

Harnaby scosse il capo. «È irlandese.»

«Come, scusi?»

«Il terriccio. Non arriva da qui ma probabilmente dall'Irlanda.»

Forrester batté le palpebre. Aveva ripreso a piovere, stavolta più forte, ma lui non vi badò. Le rotelle cominciavano a girare. In fretta. «Può spiegarsi, per favore?»

«Whaley era un uomo impulsivo. Una volta scommise di poter saltare giù da una finestra del secondo piano atterrando in sella a un cavallo e sopravvivere. Ci riuscì, ma il cavallo morì!» Harnaby ridacchiò. «Comunque... la storia dice che, appena prima di trasferirsi qui a Man, si innamorò di una ragazza irlandese. Però c'era un problema.»

«Quale?»

«Il contratto matrimoniale della sposa diceva che lei avrebbe potuto vivere solo su terra irlandese. Era il 1786 e Whaley aveva appena comprato questa casa. Era deciso a portare qui sua moglie, a dispetto del contratto.» Gli occhi di Harnaby scintillavano.

Forrester ci pensò su. «Vuole forse dire che portò qui tonnellate di terriccio irlandese? In modo che la moglie vivesse su terra irlandese?»

«In breve, sì. La portò sull'isola di Man a bordo di un'enorme nave e rispettò quindi l'impegno preso. O almeno così si dice...»

Forrester posò un palmo sul terriccio umido e scuro, adesso

chiazzato di nero dalla pioggia. «Quindi l'intero edificio è costruito sulla stessa terra irlandese che si trova qui ora?»

«Molto probabilmente sì.»

Lui si alzò. Si chiese se gli assassini conoscessero quella strana storia. Aveva la netta sensazione che ne fossero al corrente, perché avevano ignorato l'edificio per puntare direttamente verso quella che era con ogni probabilità l'ultima traccia rimasta della originaria Stravaganza di Whaley: il terreno su cui era stata eretta.

Aveva un'altra domanda da porre. «Okay, signor Harnaby, da dove sarebbe arrivato il terriccio?»

«Nessuno lo sa per certo, ma...» Il giornalista si tolse gli occhiali per asciugare le lenti bagnate di pioggia. «Ma... un tempo avevo una teoria, ossia che arrivasse da Montpelier House.»

«Che sarebbe?»

Harnaby batté le palpebre. «Il quartier generale dell'Hellfire Club irlandese.»

17

Rob e Christine si rifugiarono nel quartiere di lei. Parcheggiarono, con un sobbalzo, all'angolo della strada. Quando scese dalla Land Rover, Rob guardò in entrambe le direzioni. In fondo alla via c'era una moschea, con i minareti snelli e maestosi immersi nella vistosa luce verde dei riflettori. Due uomini baffuti in completo scuro stavano discutendo nell'ombra qualche metro più in là, proprio accanto a una grossa BMW nera; lanciarono una breve occhiata ai due nuovi arrivati, poi tornarono alla loro collerica diatriba.

Christine lo guidò nel polveroso corridoio di un condominio moderno. L'ascensore era occupato o fuori servizio, così salirono a piedi le tre rampe di scale. L'appartamento era grande, arioso e luminoso, e quasi del tutto privo di mobili. C'erano libri ovunque: impilati sul lucido pavimento di legno oppure disposti su scaffali, a centinaia, lungo un'unica parete. Una grande scrivania di acciaio e un divano di pelle occupavano un lato del soggiorno. Una poltroncina di vimini si trovava nell'angolo opposto.

«Non amo il disordine», affermò lei. «Una casa è una macchina in cui vivere.»

«Le Corbusier.»

Lei sorrise e annuì. Anche Rob sorrise. L'appartamento gli piaceva. Era molto... alla Christine. Semplice, intellettuale, elegante. Studiò un'immagine appesa al muro: una grande e misteriosa fotografia di una torre stranissima. Una torre fatta di mattoni oro ambrato e circondata qua e là da rovine, con dietro ampi tratti di deserto.

Si sedettero l'uno accanto all'altra sul divano di pelle e

Christine tirò di nuovo fuori il taccuino. Mentre sfogliava ancora una volta le pagine piene degli scarabocchi di Breitner, Rob fu costretto a chiedere: «Allora, il monococco?»

Ma lei non lo stava ascoltando; teneva il taccuino molto vicino al volto. «Questa mappa?» chiese a se stessa. «Questi numeri... e questi altri... La donna, Orra Keller... Forse...»

Rob aspettò una risposta. Non arrivò. Avvertì la brezza nella stanza: le finestre erano aperte sulla via. Udì delle voci, là fuori. Andò alla finestra e guardò giù.

Gli uomini baffuti erano ancora nei paraggi, ma adesso si trovavano giusto sotto il palazzo di Christine. Un altro uomo con una voluminosa giacca a vento scura era appostato nell'androne del negozio di fronte: un grande salone di moto Honda. Quando si sporse dalla finestra, i due tizi coi baffi alzarono gli occhi. E lo fissarono, in silenzio. Anche il tipo con la giacca a vento lo stava guardando. Tre uomini lo stavano osservando. Doveva considerla una minaccia? No, Rob decise che era semplice paranoia. Era impossibile che l'intera Sanliurfa li stesse pedinando; quegli uomini erano semplicemente... semplicemente uomini. Era solo una coincidenza. Chiuse la finestra e si guardò intorno nella stanza.

Forse uno dei tanti libri sugli scaffali poteva aiutarlo. Lesse qualche titolo passando il pollice sui dorsi dei volumi. *L'epipaleolitico siriaco... Microanalisi elettronica moderna... Antropologia precolombiana...* Non erano esattamente dei best-seller. Vide un testo di argomento più generale. *Enciclopedia dell'archeologia.* Togliendolo dalla mensola, andò direttamente all'indice e trovò subito quello che cercava. *Monococco*, pagina 97.

Mentre Christine esaminava il taccuino in silenzio, lui lesse rapidamente e metabolizzò le informazioni.

Il monococco o farro piccolo, scoprì, era una specie di erba selvatica. Stando all'enciclopedia, cresceva spontaneo nell'Anatolia sudorientale. Rob studiò una piccola cartina sulla pagina a fronte che mostrava che il monococco era originario dell'area intorno a Sanliurfa. In realtà sembrava crescere in pochissime altre regioni. Continuò a leggere.

Il monococco era un'erba tipica delle montagne più basse e delle colline pedemontane. Era stato fondamentale per la prima agricoltura, per il passaggio dalla caccia e la raccolta all'agricoltura. Insieme al farro grande era probabilmente «la prima forma di vita mai addomesticata dall'uomo». E quel primo addomesticamento era avvenuto nell'Anatolia sudorientale e negli immediati dintorni. Cioè, intorno a Sanliurfa.

C'era un rimando a un altro articolo, sulle origini dell'agricoltura. Se davvero il monococco era un indizio, quel tema era importante per l'intero mistero di Gobekli, così Rob cercò anche quella voce. Scorse le pagine. *Maiali e polli. Cani e bestiame. Farro grande e farro piccolo.* Ma poi i paragrafi finali attirarono la sua attenzione.

> Il grande mistero della prima agricoltura è «perché», non «come». Esistono ampie prove del fatto che la transizione alla prima agricoltura comportò indubbiamente un'immane fatica, in confronto allo stile di vita relativamente libero e munifico di un cacciatore e raccoglitore. Resti scheletrici dimostrano che i primi agricoltori erano soggetti a un maggior numero di malattie rispetto ai loro antenati dediti alla caccia e avevano una vita più breve e più difficile. Allo stesso modo, gli animali addomesticati nella fase iniziale dell'agricoltura possedevano una corporatura più esile dei loro antenati selvatici...

Rob pensò al piccolo filo d'erba, poi proseguì la lettura.

> Gli antropologi contemporanei sostengono inoltre che i cacciatori e raccoglitori conducevano un'esistenza relativamente tranquilla, faticando per non più di due o tre ore al giorno. Chi coltiva la terra, invece, è costretto a lavorare per la maggior parte delle ore di luce, soprattutto in primavera ed esta-

te. Gran parte dell'agricoltura primitiva era massacrante e monotona.

L'articolo terminava così:

> Il drastico mutamento di condizioni è tale che alcuni studiosi hanno individuato un certo declino tragico nell'inizio dell'agricoltura, dalla libertà edenica del cacciatore alla fatica quotidiana dell'agricoltore. Sono ipotesi che vanno oltre l'ambito di ricerca della scienza, e oltre i limiti di questo articolo, tuttavia...

Rob chiuse il libro. La brezza muoveva le tende. Il vento fresco e malinconico del deserto stava davvero acquistando impeto, ormai. Risistemò il libro sullo scaffale e chiuse gli occhi per un attimo. Avrebbe voluto addormentarsi, cullato da quel vento così piacevole, dal suo tenue e delicato sibilo.

«Robert!» Christine stava esaminando minuziosamente l'ultima pagina del taccuino.

«Cosa?»

«Questi numeri. Tu sei un giornalista. Sai riconoscere una storia. Cosa ne pensi?»

Si sedette accanto a lei e osservò le ultime pagine del quadernetto. Ecco di nuovo la «mappa». Una linea ondeggiante che diventava quattro linee, forse simili a fiumi. Le altre linee ondulate sembravano rappresentare delle montagne. O forse il mare. No, probabilmente montagne. Poi c'era il simbolo rudimentale di un albero: indicava magari una foresta? E c'era un imprecisato animale, un cavallo o un maiale. Breitner non era certo un Rembrandt. Rob si piegò ancor più sul taccuino. Quei numeri erano davvero incomprensibili. Su una pagina spiccava un semplice elenco di cifre, ma molte di esse erano ripetute sulla pagina con la mappa. Breitner aveva disegnato una bussola con il numero 28 accanto alla freccia indicante l'est. Poi il 211, di fianco a una delle linee ondulate. Il 29 era scritto accanto al simbolo dell'albero. E ce n'erano altri: 61, 62, e alcuni molto più alti: 1011, 1131. E infine quell'ultima riga su Orra Keller, dopo la quale non si vedevano altre cifre. Non c'era nient'altro. Il taccuino terminava in modo significativo: a metà di una pagina.

Cosa voleva dire tutto quello? Cominciò a sommare i vari numeri, ma smise subito, non aveva senso. Erano forse collegati allo scavo, erano un codice per dei reperti e quei segni indicavano i luoghi in cui essi erano stati riportati alla luce? Rob aveva già ipotizzato che la mappa rappresentasse Gobekli. Era la soluzione ovvia. Ma c'era solo un fiume nei pressi di Gobekli, l'Eufrate, e distava cinquanta chilometri abbondanti. Inoltre la mappa non recava alcun simbolo per la stessa Gobekli, nulla che indicasse i megaliti.

Si rese conto di aver fantasticato per un bel po'. Christine lo stava guardando.

«Ti senti bene?»

Lui sorrise. «Sono affascinato. *È* affascinante.»

«Sì, vero? Come un rompicapo.»

«Mi stavo chiedendo se i numeri si riferiscano a dei reperti. A oggetti che avete rinvenuto a Gobekli. Ricordo di aver visto dei numeri scritti su quei vostri sacchetti... quelli dove infilate le punte di freccia e le altre cose.»

«No. È una bella idea, ma no. I reperti vengono numerati quando li si ripone nel seminterrato, al museo. Sono contrassegnati da lettere e cifre.»

Rob sentì di averla delusa. «Ah, ecco. Be', era solo una teoria.»

«Le teorie sono le benvenute. Perfino se sono sbagliate.»

Lui sbadigliò di nuovo. Sentiva di aver concluso abbastanza, per un giorno solo. «Hai qualcosa da bere?»

Bastò quella domanda per rinvigorire la donna francese. «Oddio, scusami!» Si alzò. «Scusami tanto. Non mi sto dimostrando molto ospitale. Vuoi un whisky?»

«Sarebbe fantastico.»

«*Single malt?*»

«Ancora meglio.»

Lui la guardò scomparire in cucina. Dopo pochi istanti Christine tornò con un vassoio su cui erano posati una tazza piena di cubetti di ghiaccio, due bicchieri alti e massicci e una bottiglia di acqua minerale accanto a un'alta bottiglia di scotch. Posò i bicchieri sulla scrivania e svitò il tappo del Glenlivet, versando quattro dita buone di scotch in ognuno. Il liquore scuro e striato scintillò nella luce della lampada da tavolo.

«Ghiaccio?»

«Acqua.»

«*Comme les Britanniques.*»

Versò una generosa dose di acqua dalla bottiglia di plastica, passò il bicchiere a Rob e gli si sedette accanto. Lui sentì il bicchiere freddo sotto le dita, come se fosse stato tenuto in frigorifero. Udiva ancora le voci all'esterno. Stavano discutendo ormai da un'ora. Di cosa? Sospirò e si premette il bicchiere freddo sulla fronte, facendolo rotolare da parte a parte.

«Sei stanco?»

«Sì. Tu no?»

«Sì.» Lei si interruppe. «Allora, vuoi dormire qui? Il divano è comodissimo.»

Rob ci pensò. Pensò a quegli uomini là fuori. Alla figura scura che indugiava nell'androne. All'improvviso avvertì un fortissimo impulso a non rimanere da solo, e non aveva nessuna voglia di uscire in strada, anche se da lì al suo albergo c'era meno di un chilometro. «Sì, se per te va bene.»

«Certo che va bene.» Christine tracannò rapidamente il resto del suo scotch, poi si aggirò per l'appartamento, cercandogli una trapunta e qualche cuscino.

Era talmente stanco che si addormentò nell'istante esatto in cui lei spense la lampada. E non appena prese sonno cominciò a sognare. Sognò numeri, sognò Breitner e un cane. Un cane nero che sfrecciava lungo un sentiero, e un sole cocente. Un cane. Un viso.

Un cane.

Poi i suoi sogni vennero interrotti da un *bang*. Fu destato da un *bang* fortissimo.

Si raddrizzò di scatto sul divano. Fuori c'era luce. Per quanto tempo aveva dormito? Cos'era quel rumore? Ancora assonnato, guardò l'orologio. Erano le nove del mattino. Nell'appartamento regnava il silenzio. Ma quei colpi ripetuti cos'erano?

Andò alla finestra.

18

Rob si sporse a guardare. La città ferveva di attività. Venditori di pane sfilavano per le strade gremite, tenendo sulla testa grandi vassoi di pagnotte e dolciumi. Motorini percorrevano i marciapiedi, evitando scolarette dalla pelle scura e con la cartella.

Udì nuovamente il *bang*. Scrutò la scena sottostante. Un uomo stava tagliando della *baklava* con una rotella tagliapizza in un negozio di fronte. E ancora una volta: *bang!*

Poi vide una motocicletta, una vecchia Triumph, nera e unta, che aveva un ritorno di fiamma. Il proprietario era smontato e la stava colpendo ripetutamente con la scarpa sinistra. Rob stava per ritrarsi quando vide qualcos'altro.

La polizia. C'erano tre poliziotti che stavano scendendo da due auto parcheggiate nella via. Due di loro avevano un'uniforme macchiata di sudore, il terzo invece indossava un elegante completo blu con cravatta rosa chiaro. Raggiunsero l'ingresso del palazzo di Christine, una ventina metri più giù, ed ebbero un attimo di esitazione, poi premettero un pulsante.

Il campanello trillò sonoramente.

Christine era già uscita dalla camera, vestita di tutto punto.

«Christine, la polizia è...»

«Lo so, lo so!» ribatté lei. «Buongiorno, Robert!» Il suo viso appariva teso ma non spaventato. Si avvicinò al citofono e schiacciò il pulsante di apertura del portone d'ingresso.

Lui si infilò gli scarponcini. Dopo pochi secondi i poliziotti erano nell'appartamento – in soggiorno – e davanti a Christine.

L'uomo elegante aveva circa trent'anni. Garbato, dall'elo-

quio forbito, vagamente inquietante. Fissò Rob incuriosito.
«Lei è...»

«Rob Luttrell.»

«Il giornalista inglese?»

«Be', americano, ma vivo a Londra...»

«*Perfetto*. Questo mi torna davvero comodo.» Il poliziotto sorrise come se avesse ricevuto un assegno inaspettatamente sostanzioso. «Siamo venuti a interrogare la signorina Meyer sul terribile omicidio del suo amico, Franz Breitner, ma vorremmo parlare dello stesso argomento anche con lei. Magari più tardi?»

Rob annuì. Aveva previsto un incontro con la polizia, ma si sentiva stranamente in colpa a ritrovarsi bloccato lì, a casa di Christine, alle nove del mattino. Forse il poliziotto stava approfittando del suo senso di colpa. Il sorriso era allusivo e denotava superiorità. L'uomo si avvicinò alla scrivania, poi gli scoccò un'altra occhiata altezzosa. «Mi chiamo Kiribali. Visto che vorremmo conversare prima con la signorina Meyer, in privato, sarebbe utile che lei lasciasse l'appartamento per un'ora circa.»

«Be', d'accordo...»

«Non si allontani troppo, però. Solo per un'ora, dopo di che potremo procedere con le domande.» Un altro sorriso astuto. «Per lei va bene, signor Luttrell?»

Lui guardò Christine, che sorrise senza allegria. Rob si sentì ancora più in colpa a lasciarla sola con quel tizio che metteva i brividi, ma non aveva altra scelta. Afferrando la giacca, uscì dall'appartamento.

Trascorse l'ora seguente a sudare seduto su una sedia di plastica in un rumoroso Internet café, tentando di ignorare l'uomo più anziano e ansimante, vestito da fornaio, che alla sua destra navigava sfacciatamente su siti porno lesbici.

Lavorò sui numeri presi dal taccuino di Breitner. Li inserì in ogni motore di ricerca possibile e immaginabile, modificandone la disposizione e ricombinandoli. Cosa potevano mai rappresentare? Erano sicuramente un indizio, forse la chiave del mistero. C'era la possibilità che fossero numeri di pagina. Ma di quale libro? E sicuramente gli ultimi erano troppo alti: 1131?

Il fornaio turco aveva finito di navigare in rete. Passò accanto a Rob con un'espressione biliosa. Lui fissò il monitor strizzando gli occhi e impartì una nuova disposizione ai numeri. Che cosa indicavano? Erano coordinate geografiche? Anni solari? Date ricostruite con il carbonio 14? Non ne aveva la minima idea.

Intuiva che il metodo migliore per risolvere un rompicapo del genere era lasciarlo sedimentare, permettere al subconscio di mettersi al lavoro. Come un computer che ronza in una stanza sul retro. Era un procedimento con un antecedente illustre. Una volta aveva letto di uno scienziato di nome Kekule che si era affannato per scoprire la struttura molecolare del benzene. Aveva sgobbato per mesi senza risultato ma poi, una notte, aveva sognato un serpente con la coda infilata in bocca: un antico simbolo chiamato uroboro.

L'indomani Kekule si svegliò, si rammentò del sogno e si rese conto che la sua mente inconscia gli stava parlando: la molecola del benzene era un anello, un cerchio, come un serpente che si morda la coda. Come l'uroboro. Corse in laboratorio a testare l'ipotesi. La soluzione da lui sognata si rivelò in tutto e per tutto corretta.

Era il potere dell'inconscio. Quindi forse Rob doveva lasciare il problema nella cantina della mente per un po', a fermentare. Forse così la soluzione del mistero dei numeri di Breitner gli sarebbe venuta in mente di colpo, mentre stava pensando a qualcos'altro, mentre si stava facendo una doccia o la barba, mentre stava dormendo o guidando. O mentre veniva interrogato dalla polizia...

La polizia! Guardò l'orologio. L'ora era passata. Spingendo bruscamente indietro la sedia pagò il proprietario dell'Internet café e tornò velocemente a casa di Christine.

Uno degli agenti in uniforme gli aprì la porta. Lei era seduta sul divano e si stava asciugando gli occhi. L'altro poliziotto le stava passando dei fazzoletti di carta. Rob si infuriò all'istante.

«Non si preoccupi, signor Luttrell.» Kiribali era seduto sulla scrivania, le gambe ordinatamente accavallate all'altezza delle caviglie. Il suo tono di voce era disinvolto e presuntuoso. «Non siamo mica iracheni. Ma la signorina Meyer ha trovato alquanto... sconvolgente parlare della morte del suo amico.»

Christine gli lanciò un'occhiata diffidente e nella sua espressione Rob colse molto risentimento. Poi lei andò in camera e sbatté la porta.

Kiribali si raddrizzò i polsini di un bianco abbagliante e mosse in direzione del divano una mano fresca di manicure, invitando Rob a sedersi. Gli altri due poliziotti erano in piedi al capo opposto della stanza. Muti e sull'attenti. Kiribali gli sorrise. «Quindi lei è uno scrittore?»

«Sì, più o meno.»

«Davvero affascinante. Mi capita raramente di conoscere dei veri e propri autori. Questa è una città talmente primitiva. Perché sa, i curdi...» Sospirò. «Non sono esattamente degli... eruditi.» Si picchiettò la penna sul mento. «Ho studiato letteratura inglese ad Ankara. Per me è un vero piacere conoscerla, signor Luttrell.»

«Be', sono solo un giornalista.»

«Anche Hemingway era 'solo' un giornalista!»

«Sul serio. Sono soltanto uno scribacchino.»

«È troppo modesto. Lei è un uomo di lettere. E di lettere *inglesi*, per di più.» Gli occhi di Kiribali erano di un azzurro molto scuro. Rob si chiese se portasse delle lenti a contatto. Trasudava vanità. «Ho sempre apprezzato i poeti americani. Soprattutto le donne. Emily Dickinson. E Sylvia Plath. Le conosce?» Guardò Rob, un'espressione imperscrutabile sul viso. «'Una locomotiva, un treno, che mi portava via *ciuff ciuff* come un ebreo'!» Sorrise educatamente. «Non sono forse tra i versi più terrificanti della storia della letteratura?»

Rob non sapeva cosa dire. Non aveva nessuna voglia di parlare di poesia con un poliziotto.

Kiribali sospirò. «Un'altra volta, magari.» Mosse a scatti la penna, tra le dita. «Ho solo qualche altra domanda. Mi rendo conto che lei non ha assistito al presunto delitto, quindi...»

E così l'interrogatorio proseguì. Fu talmente breve da rasentare la mera formalità. Quasi senza senso. Il poliziotto annotava controvoglia le risposte di Rob, mentre uno degli agenti accendeva e spegneva di continuo un registratore, apaticamente. Poi Kiribali terminò con alcune domande di carattere più personale. Sembrava interessato soprattutto al rapporto tra Rob e Christine. «Lei è ebrea, vero?»

Lui annuì. L'altro sorrise, soddisfatto, come se il suo più grande problema fosse stato risolto, poi posò la penna. Sistemandola perfettamente parallela al bordo della scrivania. Schioccò le dita, e gli agenti sonnolenti si riscossero, poi tutti e tre si diressero alla porta. Fermandosi sulla soglia, Kiribali lo pregò di avvisare Christine che forse avrebbero avuto bisogno di lei per ulteriori domande, «in futuro», poi se ne andò, lasciandosi dietro un'ultima sgradevole zaffata di acqua di colonia.

Rob si voltò. Christine era ferma sulla soglia della camera, con l'aria nuovamente disinvolta e rilassata, in camicia bianca e pantaloni color kaki.

«Che razza di idiota.»

Lei annuì con aria rassegnata. «*Peut-être*. Stava solo facendo il suo lavoro.»

«Ti ha fatto piangere.»

«Parlando di Franz. Sì... non lo facevo da qualche giorno.»

Lui prese la giacca, poi la rimise giù. Fissò il taccuino di Breitner sulla scrivania. Non sapeva cosa fare, adesso. Non sapeva dove fosse diretto o dove stesse andando la sua storia: sapeva soltanto che era coinvolto e forse addirittura in pericolo. Oppure la sua era semplice paranoia? Fissò la fotografia appesa al muro. La strana torre. Christine seguì la direzione del suo sguardo.

«Harran.»

«Dov'è?»

«Non molto lontano da qui, a circa un'ora di strada.» Le scintillarono gli occhi. «Ehi, ho un'idea. Ti piacerebbe vederla? Uscire di nuovo da Urfa? *Io* preferirei trovarmi altrove. Ovunque tranne che qui.»

Rob annuì entusiasta. Più rimaneva nella Turchia curda e più si sentiva attratto dal deserto. Le ombre desolate sulla sabbia, il silenzio delle vallate disabitate, gli piaceva tutto. E in quel momento il vuoto desertico era di gran lunga preferibile all'alternativa: un giorno passato a deprimersi nell'afosa e vigile Sanliurfa. «Andiamo.»

Fu un lungo viaggio; il paesaggio a sud di Urfa era ancora più brutale del deserto intorno a Gobekli. Immense pianure gialle si stendevano fino a grigi orizzonti tremolanti, brulle aree sabbiose assediavano l'antico villaggio curdo ormai in rovina. Il sole era cocente. Abbassò completamente il finestrino ma la brezza era ancora calda, come se tanti cannelli fossero stati accesi e puntati contro la Land Rover.

«In estate si possono raggiungere i 50 gradi, qui», spiegò Christine, cambiando le marce con uno scricchiolio vigoroso. «All'ombra.»

«Eh, ci credo.»

«Non è sempre stato così, naturalmente. Il clima è cambiato diecimila anni fa. Come ti ha detto Franz...»

Per un centinaio di chilometri circa parlarono del taccuino di Breitner: la mappa e gli scarabocchi, e naturalmente i numeri. Ma a nessuno dei due era venuta qualche nuova idea. Il subconscio di Rob era in vacanza. La sua idea ispirata a Kekule non aveva funzionato.

Superarono un posto di blocco dell'esercito. La bandiera rosso sangue dello stato turco penzolava floscia sotto il sole di mezzogiorno. Uno dei soldati si alzò, controllò svogliato il passaporto di Rob, rivolse una rapida occhiata lasciva a Christine attraverso il finestrino, poi li autorizzò con un gesto a proseguire sulla strada cocente.

Mezz'ora dopo, all'improvviso, lui vide svettare la strana torre. Era un edificio di mattoni di fango cotto, simile a una colonna spezzata, alto sette piani ma diroccato in sommità. Era enorme.

«Che cos'è?»

Christine lasciò la strada principale sterzando in direzione della torre. «Appartiene all'università islamica più antica del mondo. Harran. Ha come minimo mille anni. Adesso è in rovina.»

«Somiglia alla torre sulle carte dei tarocchi. La torre colpita dal fulmine, hai presente?»

Lei annuì distrattamente, guardando fuori dal finestrino mentre parcheggiava; stava osservando una fila di misere casette con una cupola di fango come tetto. Tre bambini stavano dando calci a un pallone fatto di stracci nel cortiletto adiacente alle minuscole abitazioni. Delle capre belavano nell'afa. «Vedi quelle?»

«Le casupole di fango? Sì.»

«Si trovano qui sin dal terzo millennio avanti Cristo, forse. Harran è incredibilmente antica. Secondo una leggenda, Adamo ed Eva vennero qui, dopo essere stati cacciati dal paradiso.»

Lui pensò al nome: Harran. Gli stava facendo riaffiorare alla mente un ricordo del padre intento a leggere la Bibbia. «Ed è menzionato nella Genesi.»

«Cosa?»

«Nel Libro della Genesi», ripeté Rob. «Capitolo 2, versetto 54. Abramo visse qui. A Harran.»

Lei sorrise. «Sono davvero impressionata.»

«Io no. Vorrei tanto non ricordare nessuna di quelle idiozie. In ogni caso», aggiunse, «come fanno a esserne sicuri?»

«Di cosa?»

«Che proprio questa sia la città in cui hanno vissuto Adamo ed Eva dopo la Caduta? Perché non Londra? Oppure Hong Kong?»

«Non lo so...» Lei sorrise del suo sarcasmo. «Ma è evidente, come dici tu, che le prime tradizioni abramiche sono originarie di questa zona. Abramo è strettamente legato a Sanliurfa. E sì, Harran è il luogo in cui Abramo venne chiamato da Dio.»

Rob sbadigliò, scese dall'auto e guardò la distesa di sabbia. Christine lo raggiunse. Insieme osservarono una spelacchiata capra nera grattarsi contro un vecchio autobus arrugginito che, inspiegabilmente, aveva una fiancata macchiata di sangue. Lui si chiese se gli agricoltori locali lo utilizzassero come macello di fortuna. Era proprio strano, quel posto.

«Allora», disse, «abbiamo accertato che Abramo proveniva da qui. E fu il fondatore delle... tre religioni monoteistiche, esatto?»

«Sì. Giudaismo, cristianesimo e islam. Diede inizio a tutte e tre. E quando lasciò Harran scese nella terra di Canaan, diffondendo la nuova parola di Dio, l'unico Dio della Bibbia, del Talmud e del Corano.»

Lui ascoltò con un vago ma insistente senso di disagio. Si appoggiò alla macchina e rifletté; continuavano a venirgli in mente ricordi della sua infanzia. Suo padre che leggeva brani dal Libro di Mormon. I suoi zii che citavano l'Ecclesiaste. *Godi, o giovane, della tua adolescenza.* Era l'unico versetto della Bibbia che gli fosse mai piaciuto davvero. Lo ripeté ad alta voce, poi aggiunse: «Cosa mi dici del sacrificio? Dell'uccisione del figlio?» Scrutò il viso intelligente di Christine per avere una conferma.

Lei annuì. «L'uccisione di Isacco. Il profeta Abramo stava per sacrificare a Dio il suo stesso figlio, un sacrificio ordinato da Geova. Ma Dio fermò il coltello.»

«E bravo. Davvero gentile, il vecchio.»

Christine rise. «Vuoi rimanere qui o ti porto in un posto ancora più strano?»

«Ehi, ormai siamo in ballo, quindi balliamo!»

Saltarono di nuovo in macchina. Christine ingranò la marcia e sfrecciarono via. Rob si appoggiò allo schienale, guardando il paesaggio circostante ridursi a una macchia indistinta e sabbiosa. Di tanto in tanto le colline devastate apparivano inframmezzate da qualche edificio in rovina o da un castello ottomano ridotto a un rudere. O da un turbine di polvere, che attraversava solitario le distese desertiche, sibilando. E poi, incredibilmente, la desolazione si accentuò. La strada si fece più sassosa. Perfino l'azzurro del cielo del deserto parve scurirsi, tingendosi di un viola minaccioso. La calura era quasi insopportabile. La macchina, sferragliando, costeggiò promontori giallo pallido e percorse cocenti piste piene di buche. Non c'erano quasi alberi a disturbare la sconfinata sterilità.

«Sogmatar», annunciò Christine, finalmente.

Si stavano avvicinando a un minuscolo villaggio, giusto qualche baracca di cemento, perso in una silenziosa e brulla vallata al centro di un nulla imponente e riarso.

Una grossa jeep scintillante era parcheggiata davanti a una baracca: il contrasto era assurdo. C'erano anche altre macchine in giro, ma nelle strade e nei cortili non c'era nessuno. A Rob la scena ricordò in maniera istantanea quanto bizzarra Los Angeles: grosse auto, tanto sole ma neanche un'anima in vista.

Come in una città colpita dalla pestilenza.

«Alcuni ricchi abitanti di Urfa hanno una seconda casa qui», spiegò Christine. «Insieme ai curdi.»

«Perché cazzo qualcuno dovrebbe voler vivere qui?»

«L'atmosfera è unica. Vedrai.»

Scesero dalla macchina, nella fornace del caldo polveroso. Lei fece strada, arrampicandosi sopra antichi muri diroccati, oltre sparsi blocchi di marmo scolpiti. Questi ultimi sembravano capitelli romani. «Sì» disse, intuendo la domanda successiva di Rob. «I romani sono stati qui, e anche gli assiri. Tutti sono stati qui.»

Si avvicinarono a un grande buco nero che spiccava in uno

strano e tozzo edificio, scavato letteralmente nella roccia. Entrarono nella bassa struttura. Gli occhi di Rob impiegarono qualche istante per adattarsi all'oscurità.

All'interno, l'odore di sterco di capra era opprimente. Pungente e umido e opprimente.

«Questo è un tempio pagano. Dedicato alle divinità lunari», spiegò Christine. Indicò alcune figure grossolanamente intagliate nelle pareti del locale semibuio. «Ecco il dio luna, puoi vederne le corna – guarda – la curva della luna nuova.»

La figura gravemente erosa portava una sorta di elmo: due corna a forma di falce di luna in equilibrio sulla sua testa. Rob passò una mano sul viso di pietra, scoprendolo tiepido e stranamente appiccicoso. Ritrasse la mano. Le effigi corrose di dèi morti lo fissarono con occhi smangiati dal tempo. Il silenzio era totale: sentiva il battito del suo cuore. Il rumore del mondo esterno era a malapena percepibile, rappresentato solo dalle campanelle tintinnanti delle capre e dal turbinante vento del deserto. La calda luce solare splendeva sulla soglia, facendo sembrare la stanza ancora più buia.

«Ti senti bene?»

«Benissimo. Davvero...»

Christine si diresse verso la parete opposta. «Il tempio risale al II secolo dopo Cristo. Il cristianesimo si stava diffondendo rapidamente nella regione, ma qui continuavano a venerare gli antichi dèi. Con le corna. Amo questo posto.»

Rob si guardò intorno. «Molto grazioso. Dovresti comprarci un appartamentino.»

«Sei sempre sarcastico quando ti senti a disagio?»

«Possiamo prenderci un latte macchiato?»

Lei ridacchiò. «Ho ancora un posto da mostrarti.» Lo condusse fuori dal tempio e lui provò un intenso sollievo quando lasciarono l'appiccicosa, puzzolente oscurità. Si inerpicarono su un pendio di pietrisco e sabbia bollente. Girandosi un attimo per riprendere fiato, vide un bambino che li fissava da una delle umili casupole. Un visino scuro incorniciato da una finestra rotta.

Christine continuò ad avanzare faticosamente e superò un'ultima salita. «Il tempio di Venere.»

Rob affrontò i pochi metri di pietrisco rimasti per poi fermarsi al suo fianco. Il vento soffiava con forza, là, eppure ancora caldissimo. Lo sguardo non aveva confini. Era un paesaggio fantastico. Chilometri e chilometri di desolazione sterminata, ondulata, scolorita. Colline morenti fatte di rocce già morte. Le montagne erano contraddistinte dalle nere orbite vuote di caverne. Immaginò che fossero altri templi e piccoli santuari pagani, uno più in rovina dell'altro. Fissò il pavimento su cui si trovavano, quello di un tempio ormai all'aperto. «E tutto questo quando è stato costruito?»

«Probabilmente dagli assiri o dai cananei. Nessuno lo sa per certo. È antichissimo. Se ne sono impadroniti i greci, poi i romani. Era certamente teatro di sacrifici umani.» Indicò alcune scanalature nella pietra scolpita sotto di loro. «Vedi? Quello serviva per far defluire il sangue.»

«Okay...»

«Tutte queste antiche religioni levantine erano imperniate su riti sacrificali.»

Rob posò lo sguardo sulle collinette del deserto e poi sul piccolo villaggio sottostante. Il viso del bambino era scomparso, la finestra rotta era vuota. Una delle auto si era messa in moto, imboccando la strada nella valle che usciva da Sogmatar. Correva parallela all'antico letto di un fiume ormai asciutto. Il corso di un fiume morto.

Immaginò di venire sacrificato lassù. Le gambe strette da una cordicella ruvida, le mani legate dietro la schiena, l'alito fetido del sacerdote sul viso, poi il tonfo doloroso quando il coltello affondava nella gabbia toracica...

Inspirò a fondo e, con il polso, si asciugò il sudore dalla fronte. Era decisamente arrivato il momento di andarsene. Fece un gesto in direzione della loro auto. Christine annuì e scesero la collina fino alla Land Rover in attesa. Ma, a metà discesa, lui si fermò. Fissò la collina.

All'improvviso *lo seppe*: aveva capito cosa significavano i numeri.

I numeri sul taccuino di Breitner.

19

Il tempo restava orribile. Il cielo plumbeo era tetro come i campi verdi sferzati dal vento. Boijer, Forrester e Alisdair Harnaby si trovavano ancora sull'isola di Man, a bordo di una grossa auto scura che stava procedendo verso sud ad alta velocità. Li precedeva un'altra lunga macchina scura che ospitava il vicecomandante Hayden e i suoi colleghi.

Forrester era in preda all'ansia. Le giornate passavano troppo rapide, scivolandogli tra le dita. E ogni minuto che perdevano li avvicinava all'orrore seguente. Al prossimo, inevitabile omicidio.

Sospirò profondamente, quasi con rabbia. Ma almeno adesso la situazione si era sbloccata: stavano seguendo una vera e propria pista. Un agricoltore aveva notato qualcosa di strano in un angolo remoto dell'isola, molto a sud, nei pressi di Castletown. Forrester aveva pressato Alisdair Harnaby convincendolo ad accompagnarli a interrogare il testimone. Era convinto che Harnaby potesse fornirgli qualche altra informazione. L'angolazione storica sembrava importante.

Ma prima voleva scoprire cosa aveva detto la donna della CNN, e Boijer era ansioso di riferirglielo. Il sergente investigativo finlandese gli spiegò che Angela Darvill aveva sentito parlare del caso di Craven Street «da un giornalista dell'*Evening Standard*».

«Quindi ha collegato le due cose», commentò Forrester. «D'accordo.»

«Esatto, signore, ma ha detto anche qualcos'altro. A quanto pare ci sono stati casi simili. Stato di New York e Connecticut. Nel New England.»

«Quanto simili?»

«Stesso tipo di elaborata tortura.»

«Stella di David?»

Boijer rispose di no, poi aggiunse: «Incisioni sulla pelle, però. E scuoiature. La Darvill ha detto che è stato uno dei casi più orribili di cui si è mai occupata».

Forrester si appoggiò allo schienale e guardò fuori dal finestrino. Basse, umide e tetre colline verdi si estendevano a perdita d'occhio su ogni lato. Piccole fattorie costellavano il deserto rurale insieme a piccoli alberi ingobbiti, con rami che i venti dominanti avevano piegato bruscamente ad angolazioni impossibili. Il panorama gli rammentò subito una vecchia vacanza a Skye. Nel paesaggio c'era una bellezza malinconica, una bellezza malinconica che rasentava l'autentica e duratura tristezza. Scacciò dalla mente il pensiero della figlia e chiese: «Chi è stato?»

«Non l'hanno mai scoperto. Strana, però, la somiglianza, intendo...»

Davanti a loro la strada si riduceva a poco più di un sentiero pieno di solchi che, attraverso i filari di alberi flagellati dal vento, portava a una fattoria. Le due auto si fermarono. I cinque poliziotti e lo storico dilettante scesero lungo il sentiero fino a raggiungere una bassa casa colonica bianca. Boijer abbassò lo sguardo sulle sue scarpe, adesso sporche di terra, e fece schioccare la lingua con la vanità tipica di un giovanotto. «Ma porc... Guardi qua.»

«Dovevi portarti gli stivali di gomma, Boijer.»

«Mica lo sapevo che avremmo fatto un'escursione, signore. Posso mettere le scarpe sulla nota spese?»

Forrester si concesse una risata liberatoria. «Vedrò cosa posso fare.»

Uno degli agenti dall'elmetto bianco che accompagnavano Hayden bussò alla porta della fattoria, che venne infine aperta da un uomo sorprendentemente giovane. Forrester si chiese come mai il termine «fattore» evocasse sempre l'immagine di un gentiluomo di mezza età che brandiva una zappa o un fucile. Questo fattore era di bell'aspetto e non doveva avere più di venticinque anni.

«Salve, salve. Il vice...»

«Vicecomandante», lo aiutò Hayden. «Sì. E lei dev'essere Gary.»

«Infatti. Sono Gary Spelding. Abbiamo parlato al telefono. Entrate. Giornata orrenda!»

Si accalcarono nella calda e accogliente cucina in legno di pino. Alcuni biscotti erano disposti su un vassoio e Boijer ne afferrò uno, tutto contento.

All'improvviso Forrester fu consapevole del loro numero: in cinque erano davvero troppi. Ma volevano tutti sapere dell'indizio, di cosa Spelding avesse visto. Mentre svuotavano due teiere, servite dalla sorridente moglie dell'uomo, Spelding raccontò la sua storia. Il pomeriggio dell'omicidio stava riparando un cancello nella sua proprietà. Terminato il lavoro, era sul punto di tornare verso casa quando aveva visto «qualcosa di strano». Forrester lasciò involontariamente raffreddare il suo tè mentre ascoltava.

«Era un grosso 4×4. Un fuoristrada.»

Hayden si piegò impaziente sopra il tavolo della cucina. «Dove, di preciso?»

«Sulla strada ai confini della mia tenuta. La Balladoole.»

Harnaby intervenne. «La conosco.»

«Ogni tanto ci capita qualche turista, là. La spiaggia è subito dietro. Ma questi qua erano diversi...» Spelding tracannò il tè e sorrise a Hayden. «Cinque giovani. Con una tuta della Telecom.»

«Come, scusi?» chiese Boijer.

Spelding si rivolse al braccio destro di Forrester. «Avevano grandi tute verdi, con il logo della compagnia telefonica di Man. Quella dei cellulari.»

Forrester si fece carico dell'interrogatorio. «E cosa stavano facendo?»

«Niente, si aggiravano per i miei campi. E mi è sembrato strano, molto strano. Sì.» Il padrone di casa bevve qualche sorso di tè. «Anche perché non ci sono ripetitori da queste parti, non c'è campo. È una zona morta, per i cellulari. Quindi mi sono chiesto che cosa ci stavano facendo lì. E poi mi sembravano troppo giovani. Ma ormai era quasi buio e faceva freddo, quindi non potevano essere surfisti.»

«Ci ha parlato?»

Spelding arrossì leggermente. «Be', stavo per farlo. Si trovavano sul mio terreno, tanto per cominciare, ma il modo in cui mi hanno guardato quando mi sono avvicinato...»

«Era...»

«Malvagio. Era...» Il rossore dell'uomo si accentuò. «Malvagio, non so come altro descriverlo. Feroce. Così ho pensato che fosse meglio farmi i fatti miei. Un po' da vigliacchi, mi spiace. Poi ho visto la vostra conferenza stampa al telegiornale e ho cominciato a chiedermi se...»

Il vicecomandante Hayden finì il tè. Guardò Forrester, poi riportò gli occhi sul fattore.

Nel corso della mezz'ora seguente ottennero da Gary Spelding le restanti informazioni. Una descrizione dettagliata degli uomini: tutti alti e giovani. Una descrizione dell'auto: un Land Cruiser Toyota nero, di cui non ricordava il numero di targa. Ma almeno era un indizio. Una svolta. Forrester sentiva che quelli erano gli uomini che stavano cercando.

Fingersi operai della Telecom sarebbe stata anche una valida copertura. C'erano ripetitori telefonici ovunque; tutti vogliono la copertura totale per i cellulari, ventiquattro ore al giorno e sette giorni su sette. Quindi, potevano lavorare a tarda notte senza destare sospetti. *Ci hanno segnalato un guasto sulla rete.*

Ma gli assassini erano venuti in una zona in cui non c'erano ripetitori. Come mai? Possibile che quello fosse il loro primo errore? Forrester sentì crescere la speranza. Ci voleva anche fortuna, nel lavoro. Forse, quello era finalmente il *suo* colpo di fortuna.

Il colloquio era terminato. La teiera vuota. Fuori, la cappa di nuvole grigie si era parzialmente sollevata. Lame oblique di luce solare cadevano sui campi bagnati. I poliziotti si tennero sollevato l'orlo dei pantaloni per non infangarselo mentre scendevano con il fattore fino alla Balladoole Road.

«Da questa parte», disse Spelding. «È qui che li ho visti.»

Osservarono tutti il campo raggrinzito e fangoso, bordato da una stradina di campagna. Una mucca dall'aria mesta stava fissando Boijer. Alle sue spalle si estendeva una lunga curva di sabbia grigia, poi il gelido mare grigio illuminato a tratti da un raggio di sole.

Forrester indicò il viottolo. «Dove porta?»

«Al mare. Tutto qui.»

Scavalcò l'ultimo cancelletto, seguito da Boijer e dagli altri, decisamente meno scattanti. Rimase fermo nel punto esatto in cui l'auto aveva parcheggiato. Era un posto strano in cui fermarsi, se erano diretti alla baia. Distava circa ottocento metri dal litorale. Quindi perché avevano posteggiato là? Perché non percorrere in auto anche gli ultimi ottocento metri? Avevano voglia di fare una passeggiata? Evidentemente no. Quindi erano in cerca di qualcosa.

Si arrampicò di nuovo sul cancello più vicino. Adesso si trovava a più di due metri di altezza. Si guardò intorno. Solo campi e muretti in pietra e prati sabbiosi. E il mare triste. L'unico punto di interesse era il campo più vicino che, dall'osservatorio privilegiato di Forrester, mostrava alcune basse dune, e rocce sparse. Scese dal cancello e si rivolse ad Harnaby, che stava ansimando per la scarpinata. «Cosa sono quelle piccole dune?» gli chiese.

«Be'...» Harnaby sfoggiava un sorriso incerto. «Stavo per dirglielo. Non molti lo sanno, ma quella è la necropoli di Balladoole. Vichinghi. Undicesimo secolo. È stata scoperta negli anni '40. Hanno trovato spille e roba simile. E... anche qualcos'altro...»

«Cosa?»

«Hanno trovato anche un corpo.»

Harnaby passò alle spiegazioni. Raccontò dei grandi scavi effettuati durante la guerra, quando scienziati giunti dalla terraferma avevano riportato alla luce un'intera nave vichinga, tumulata insieme a gioielli e spade. E il cadavere di un guerriero vichingo. «E c'erano anche prove di un sacrificio umano. Ai piedi del guerriero gli archeologi scoprirono il corpo di una ragazza, un'adolescente. Probabilmente una vittima sacrificale.»

«Come fanno a saperlo?»

«Perché era sepolta senza corredo funerario. Ed era stata garrottata. Ai vichinghi non dispiaceva affatto un piccolo sacrificio umano ogni tanto. Uccidevano giovani schiave per onorare i caduti in battaglia.»

Forrester sentì accelerare, di riflesso, il battito cardiaco. Fissò Boijer. Fissò le lontane onde grigie. Riportò lo sguardo sul sergente. «Sacrificio rituale», disse infine. «Sì. Sacrificio umano rituale. Boijer! Ci siamo!»

L'altro parve perplesso. Lui spiegò.

«Pensaci. Un uomo sepolto vivo con la testa nel terreno. Un uomo con la testa rasata, e la lingua tagliata. Incisioni rituali su entrambi i corpi...»

«E ora Balladoole», aggiunse Harnaby.

Forrester fece un rapido cenno d'assenso. Superando con un balzo un secondo cancelletto, raggiunse le dune e le rocce nel campo. Aveva le scarpe rovinate dal fango ma non se ne curò. Riusciva a udire le onde mugghianti sulla spiaggia, a sentire il gusto acre del sale oceanico. Sotto di lui i vichinghi avevano sepolto una giovane donna, una fanciulla uccisa in maniera rituale. E quegli uomini, quegli assassini, si erano riuniti proprio là prima di compiere, soltanto poche ore dopo, un'esecuzione rituale. Un *sacrificio umano*.

Il meccanismo si era avviato. La marcia era innestata. Forrester inspirò l'aria carica di umidità. Sottili veli di nuvole grigie si avvicinavano rapidi dall'increspato e mosso mare d'Irlanda.

20

La Land Rover sfrecciò lungo la pista di terra battuta, allontanandosi da Sogmatar e puntando verso la strada principale per Sanliurfa, venti chilometri lungo l'antico corso d'acqua. Christine guardava fisso davanti a sé, concentrandosi sulla strada, la mano stretta sulla leva del cambio. Viaggiarono in silenzio.

Rob non le aveva detto cosa pensava di aver scoperto sui numeri. Voleva prima testare la sua teoria. E per farlo aveva bisogno di un libro, e forse di un computer.

Quando tornarono in città mancava un'ora al tramonto e Sanliurfa era incredibilmente attiva. Non appena raggiunsero il centro andarono direttamente a casa di Christine, lanciarono le giacche impolverate sulla poltroncina di vimini e si lasciarono cadere sul divano. Poi, inaspettatamente e di punto in bianco, lei chiese: «Credi che dovrei tornare a casa?»

«Cosa? Perché?»

«Lo scavo è terminato. Fra un mese mi sospenderanno lo stipendio. Potrei tornare a casa adesso.»

«Senza scoprire cosa è successo a Franz?»

«Sì.» Lei guardò fuori dalla finestra. «È... morto. Forse dovrei semplicemente accettarlo...»

Fuori, il sole stava morendo. I muezzin lanciavano il loro richiamo in tutta l'antica città di Urfa. Rob si alzò, andò alla finestra, la aprì con uno scricchiolio e guardò fuori. Il venditore di cetrioli stava pedalando sul marciapiede vantando a gran voce le doti della sua mercanzia. Donne velate erano riunite davanti al salone Honda a parlare al cellulare attraverso lo chador nero che le nascondeva al mondo. Sembravano ombre, fantasmi. Le spose della morte.

Tornò al divano e fissò Christine. «Secondo me non dovresti andartene. Non ancora.»

«Perché?»

«Penso di sapere cosa significano i numeri.»

Il viso di Christine rimase imperturbabile. «Mostramelo.»

«Hai una Bibbia? Una Bibbia inglese?»

«Su quello scaffale.»

Rob andò alla mensola e osservò i dorsi dei libri: arte, poesia, politica, archeologia, storia. Altra archeologia. Ecco. Prese una grossa e vecchia Bibbia nera. La versione autorizzata.

Lei prese il taccuino di Breitner dalla scrivania.

«D'accordo», disse lui. «Spero di aver ragione. *Credo* di aver ragione. Ma vediamo... Leggi i numeri segnati sul taccuino. E dimmi cosa c'è accanto a loro, sulla pagina.»

«Okay, ecco... ventotto. Accanto al disegno di una bussola, in corrispondenza dell'est.»

«No, dillo come se le due cifre fossero separate. Due otto.»

Lei lo fissò perplessa, forse addirittura divertita. «Okay. Due otto. Accanto a una freccia che indica l'est.»

Rob aprì la Bibbia in corrispondenza della Genesi, sfogliò le pagine sottili, quasi trasparenti, fino a trovare quella giusta. Fece correre il dito lungo le fitte colonne di testo.

«Capitolo due, versetto otto. Genesi 2:8. 'Poi il Signore Dio piantò un giardino in Eden, a oriente, e vi collocò l'uomo che aveva plasmato.'» Rob rimase in attesa.

Christine stava fissando la Bibbia. Dopo un po' mormorò: «In Eden, a oriente?»

«Leggine un altro.»

Lei scorse le cifre segnate sul taccuino. «Due nove. Accanto all'albero.»

Lui cercò il versetto, nella stessa pagina, e recitò: «Genesi. Capitolo due, versetto nove. 2:9. 'Il Signore Dio fece germogliare dal suolo ogni sorta di alberi graditi alla vista e buoni da mangiare, e l'albero della vita in mezzo al giardino e l'albero della conoscenza del bene e del male.'»

A bassa voce, Christine disse: «Due uno zero. Due dieci. Accanto alla riga tremolante che sembra un fiume».

«La linea che si trasforma in quattro fiumi?»

«Sì.»

Rob abbassò lo sguardo sulla Bibbia. «Capitolo due, versetto dieci. 'Un fiume usciva da Eden per irrigare il giardino, poi da lì si divideva e formava quattro corsi.'»

«Mio Dio», disse Christine. «Hai ragione!»

«Proviamo con un altro, per essere sicuri. Uno diverso, uno dei numeri grandi.»

Lei tornò al taccuino. «Okay. Ecco alcuni dei più grandi, alla fine. Undici trentuno?»

Rob girò le pagine e, sentendosi come un prete sull'altare, recitò: «Genesi. Capitolo undici, versetto trentuno. 'Poi Terach prese Abramo, suo figlio, e Lot, figlio di Aran, figlio cioè di suo figlio, e Sara sua nuora, moglie di Abramo suo figlio, e uscì con loro da Ur dei caldei per andare nella terra di Canaan. Arrivarono fino a Carran e vi si stabilirono.'»

«Carran, ossia Harran?»

«Infatti.» Lui si interruppe, sedendosi accanto a Christine. «Proviamone ancora uno, uno degli altri, uno di quelli scritti accanto a un disegno.»

«Ecco un numero accanto a un'immagine, sembrerebbe un cane o un maiale... o qualcos'altro.»

«Duecentodiciannove. Quindi due diciannove?»

Rob trovò il passaggio indicato: «'Allora il Signore Dio plasmò dal suolo ogni sorta di animali selvatici e tutti gli uccelli del cielo e li condusse all'uomo, per vedere come li avrebbe chiamati...'»

Nell'appartamento calò il silenzio. Sentiva ancora le grida del venditore di cetrioli levarsi dalle strade sottostanti. Christine lo fissò intensamente. «Breitner era convinto di star riportando alla luce...»

Si fissarono al di sopra del divano.

«Sì. *Il Giardino dell'Eden.*»

21

Nel suo ufficio londinese, Forrester stava svolgendo ricerche sul sacrificio umano. Il suo caffè era posato sulla scrivania accanto a una foto del figlio che stringeva un pallone da spiaggia e a una della figlia dai capelli biondissimi, sorridente e felice. Era una foto scattata poco prima della sua morte.

A volte, quando la depressione lo assaliva come un cane nero alle calcagna, lui la posava a faccia in giù sulla scrivania. Perché era semplicemente troppo doloroso, troppo lancinante. C'erano momenti in cui pensare alla figlia gli causava una specie di acuto dolore al petto, come se avesse una costola rotta conficcata nei polmoni. Era un dolore talmente fisico che avrebbe voluto mettersi a urlare.

Ma non era sempre così insopportabile. Di solito Forrester riusciva a guardare al di là della sua sofferenza – e vedeva la sofferenza altrui. Quella mattina la foto poggiava sulla scrivania totalmente ignorata, il sorriso felice e ancora vivo della figlia candido e brillante. Lui era completamente ipnotizzato dal monitor del computer mentre cercava *sacrificio umano* con Google.

Si stava documentando sugli ebrei: gli antichi israeliti che bruciavano i figli. Vivi. Lo facevano, scoprì, in una valle poco più a sud di Gerusalemme: quella di Ben Hinnom. Wikipedia gli disse che era nota anche come Geenna. La valle di Geenna era l'inferno per i cananei, la «valle dell'ombra della morte».

Continuò a leggere. Secondo gli storici, nei tempi antichi madri e padri israeliti portavano i loro primogeniti giù nella valle, fuori dalle porte di Gerusalemme, dove deponevano i neonati urlanti nel ventre cavo in ottone di un'enorme statua in onore del dio demone cananeo Moloch. Il bacile di ottone al centro della gigantesca statua fungeva anche da braciere. Una volta che i bimbi erano nel bacile, sotto la statua venivano accesi dei fuochi che scaldavano l'ottone, arrostendoli così a morte. Mentre urlavano per essere salvati, i sacerdoti picchiavano su enormi tamburi per sovrastare le grida e risparmiare alle madri un dolore non necessario: ascoltare i figli che bruciavano vivi.

Forrester si appoggiò allo schienale della sedia, il cuore che martellava come facevano i sacerdoti sui tamburi in quel rituale israelita. Com'era possibile fare una cosa del genere? Come si potevano sacrificare i propri figli? Non poté fare a meno di pensare ai suoi figli, alla figlioletta, la figlia morta. La primogenita della famiglia.

Sfregandosi gli occhi, fece scorrere qualche altra pagina.

Apparentemente, il sacrificio del primogenito era un leitmotiv nella storia antica. Popoli di ogni genere – celti, maya, goti, vichinghi, antichi norvegesi, indù, sumeri, sciti, indiani americani, inca e molti altri – sacrificavano esseri umani, e parecchi di loro sacrificavano il primo figlio. Spesso lo facevano per il cosiddetto «sacrificio di fondazione» quando stavano per costruire una struttura strategicamente importante oppure sacra: prima che l'edificio principale venisse eretto, la comunità sacrificava un bambino, di solito un primogenito, per poi seppellirne il cadavere sotto un arco o un pilastro o una porta.

Forrester inspirò ed espirò. Cliccò su un altro link. Fuori il cielo era luminoso, rischiarato dalla luce della tarda primavera. Lui era troppo assorto nel suo macabro compito per accorgersene o curarsene.

I sacrifici aztechi erano particolarmente sanguinari. Gli omosessuali venivano uccisi ritualmente sfilandogli gli intestini dal retto. I guerrieri nemici si vedevano estrarre il cuore dalla cavità toracica da sacerdoti con la testa coperta dalle interiora delle vittime precedenti.

Continuò a leggere. Ancora e ancora. La Grande Muraglia

cinese era presumibilmente costruita su migliaia di cadaveri: ennesimi sacrifici di fondazione. Un tempo i giapponesi veneravano la *hitobashira* – un pilastro umano – sotto cui venivano arse vive delle vergini. Enormi *cenotes*, o pozzi d'acqua sotterranei, venivano utilizzati dai maya del Messico per annegarvi vergini e bambini. E c'era di più. I celti preromani pugnalavano una vittima al cuore per poi enunciare profezie basate sugli spasmi del corpo in preda alle convulsioni. I fenici uccidevano letteralmente migliaia di neonati come gesto di espiazione per poi seppellirli in *tophet*, enormi cimiteri di bimbi.

E ancora e ancora. Si lasciò andare contro lo schienale, con un lieve senso di nausea. Eppure sentiva anche che stava facendo progressi. L'omicidio rituale sull'isola di Man e il tentato omicidio a Craven Street dovevano essere collegati al sacrificio umano, anche perché gli assassini si erano riuniti in un luogo che un tempo era stato teatro di un sacrificio storicamente provato. Ma che cosa li legava?

Inspirò a fondo, come se stesse per tuffarsi in uno specchio d'acqua gelido, e digitò in Google *stella di David*.

Dopo quaranta minuti di ricerche sulla storia ebraica, scoprì ciò che gli serviva. Lo trovò su un folle sito americano, probabilmente satanista, ma la follia era proprio l'oggetto della sua indagine. Il sito web di quei pazzoidi gli disse che la stella di David era nota anche come stella di Salomone, visto che l'antico re ebreo l'aveva presumibilmente usata come proprio emblema magico. Il simbolo veniva respinto da alcune autorità rabbiniche moderne a causa dei suoi collegamenti occulti. Si diceva che Salomone avesse messo la stella sul tempio che aveva fatto erigere in onore di Moloch, il demone cananeo, dove sacrificava animali ed esseri umani.

Rilesse la pagina web. Di nuovo. E una terza volta. Quella che gli assassini stavano intagliando sulle loro vittime non era la stella di David: era la stella di Salomone. Un simbolo strettamente associato al sacrificio umano.

E la rasatura della testa?

Ci vollero soltanto tre minuti con Google.

In molte culture le vittime sacrificali venivano purificate in vari modi, prima del rituale. Venivano lavate da capo a piedi oppure costrette al digiuno, talvolta rasate e depilate. Ad alcune si strappava la lingua.

La tesi di Forrester trovava quindi conferma. Gli assassini erano ossessionati dal concetto di sacrificio umano o impegnati a metterlo in atto. Ma perché?

Si alzò e si massaggiò i muscoli del collo. Stava leggendo ormai da tre ore. Nella sua testa ronzava ancora il brusio del computer. Era tutto molto interessante, certo, ma ancora non avevano alcun indizio concreto su quei pazzi omicidi. Tutti i porti di Man erano tenuti sotto controllo, l'aeroporto era sorvegliato. Ma Forrester nutriva ben poche speranze di catturare gli assassini in quel modo: si erano sicuramente divisi per poi abbandonare subito l'isola. Decine di imbarcazioni e traghetti e aerei lasciavano Man ogni giorno, a tutte le ore; con ogni probabilità la banda se n'era andata da Douglas prima ancora che il cadavere venisse scoperto. L'unica vera speranza era cercare immagini della Toyota nera sui nastri delle telecamere a circuito chiuso, ma esaminare le riprese disponibili poteva richiedere settimane.

L'ispettore si sedette di nuovo e avvicinò ancora di più al monitor la poltroncina girevole. Gli restavano tre argomenti da ricercare.

Jerusalem Whaley era membro di un club di aristocratici quantomeno eccentrici, l'Hellfire Club irlandese, come gli aveva detto il giornalista di Man. Ma cosa lo collegava al sacrificio umano? E agli omicidi? Esisteva davvero un legame?

E le ossa in Craven Street, nella casa di Benjamin Franklin... cosa c'era sotto?

Questi due interrogativi portavano alla terza domanda: ovunque andassero, gli assassini disseppellivano qualcosa... Che cosa stavano cercando?

La ricerca iniziale fu semplice ed ebbe subito successo. Forrester digitò *Benjamin Franklin* e *Hellfire* e già la primissima occorrenza gli fornì una risposta: Benjamin Franklin, padre fondatore dell'America, era buon amico di sir Francis Dashwood, il fondatore dell'Hellfire Club. In realtà, secondo alcune fonti, lo stesso Benjamin Franklin era socio di quel club.

Il rompicapo cominciava a farsi meno oscuro. Era evidente: l'Hellfire Club aveva un'importanza cruciale. Ma che cos'era, di preciso?

Stando a quanto Forrester poté stabilire grazie a Google, l'Hellfire Club, sia in Irlanda sia in Inghilterra, era una società segreta creata da fannulloni di alto rango. Ma niente di più. Erano odiosi e pericolosi, forse, sicuramente viziati e edonisti, ma si poteva dire che fossero veramente satanisti e assassini? La maggior parte degli storici riteneva che i soci del club fossero poco più che forti bevitori che talvolta diventavano licenziosi. Le dicerie sull'adorazione del diavolo venivano in larga parte rigettate.

Detto questo, c'era però un esperto che dissentiva. Forrester ne scribacchiò il nome su un bloc-notes. Un certo professor Hugo De Savary, docente a Cambridge, pensava che i membri dell'Hellfire fossero veri e propri occultisti. Anche se era stato schernito per le sue convinzioni.

Ma, ammettendo che De Savary fosse nel giusto, mancavano ancora le risposte alle domande più spinose. Cosa stavano cercando? Perché disseppellivano oggetti? In quale modo erano collegati ai membri dell'Hellfire Club? A che scopo mettevano sottosopra prati e scantinati? Stavano cercando un tesoro? Oggetti demoniaci? Ossa antiche? Diamanti maledetti? Bambini sacrificati? La mente di Forrester stava sfrigolando di iperattività. Aveva concluso abbastanza, per una sola mattina. Era stato bravo. Sentiva di avere finalmente assemblato tutti i principali tasselli del puzzle, o forse qualcuno glieli aveva rovesciati in grembo. L'unico problema era che aveva perso la scatola e non poteva vedere il coperchio, quindi non sapeva cosa rappresentavano quei pezzi. Qual era l'immagine che doveva ricomporre? Non ne aveva idea... Ancora.

Soffocando uno sbadiglio, tolse la giacca dallo schienale della poltroncina girevole e infilò le braccia nelle maniche. Era ora di pranzo. Si meritava un bel pranzetto, italiano, magari. Penne all'arrabbiata nella trattoria più giù lungo la strada. Con un buon tiramisù a seguire, e una bella e prolungata lettura delle pagine sportive.

Mentre usciva dall'ufficio diede un'occhiata alla scrivania. Sua figlia gli sorrise, con quel viso luminoso, innocente. Forrester si fermò, avvertendo una fitta di dolore. Guardò la fotografia del figlio, poi di nuovo quella della figlia. Risentì la sua voce, che diceva le prime vere parole. *Mee-laa. Mee-laa. Mee-laa papà! Mee-laa...*

La sofferenza era lancinante. Posò la foto a faccia in giù sulla scrivania e varcò la soglia.

La prima cosa che vide fu Boijer, trafelato ed eccitato.

«Signore, abbiamo qualcosa!»

«Cosa?»

«La Toyota. La Toyota nera.»

«Dove?»

«Heysham, signore. Nel Lancashire.»

«Quando...»

«Due giorni fa.»

22

Rob e Christine erano seduti nella casa del tè accanto alla peschiera di Abramo. Le pietre color miele della moschea di Mevlid Halil scintillavano nella luce del mattino e le loro tinte pastose si riflettevano placide nell'acqua dello stagno.

Avevano trascorso la sera precedente svolgendo ricerche sulla teoria dell'Eden, separatamente: lei sul portatile nel suo appartamento, lui in un Internet café; si erano divisi per ottenere un maggior numero di dati più in fretta. E adesso si erano incontrati per discuterne. Avevano scelto quel posto per l'anonimato: si sentivano più sicuri, seduti tra la folla. Gli amici a passeggio e i soldati in libera uscita, i bambini che mangiavano polpette di montone fritte mentre le madri guardavano le carpe. L'unica nota stonata era un'auto della polizia parcheggiata con discrezione al limitare dei giardini.

Rob stava ricordando com'era arrivato alla soluzione. Avevano discusso della Genesi mentre si trovavano a Sogmatar e a Harran. E Christine aveva parlato anche della storia di Adamo ed Eva. Quell'abbinamento, si rese conto, doveva aver ridestato in lui ricordi di suo padre che leggeva ad alta voce la Bibbia, e così aveva capito come interpretare i numeri. Capitolo x versetto y. Cifra seguita da cifra. Ma adesso dovevano esaminare più a fondo quella soluzione, confrontare le loro opinioni, capire con che logica aveva ragionato Franz.

«Okay.» Bevve un sorso di tè. «Ricominciamo da capo. Sappiamo che l'agricoltura è iniziata qui, prima che in qualsiasi altro luogo al mondo. Nell'area intorno a Gobekli. Più o meno nell'8000 avanti Cristo, giusto?»

«Sì. E sappiamo all'incirca quando e dove ha avuto inizio...»

«Grazie alle prove archeologiche: 'la domesticazione rappresenta uno shock per il sistema'. L'ho letto in un libro a casa tua. Lo scheletro delle persone cambia, diventa più piccolo e meno sano.»

«Sssììì», concordò Christine, con una certa esitazione. «Man mano che il corpo si adatta a una dieta più povera di proteine, e a uno stile di vita più faticoso, si verifica indubbiamente un cambiamento nelle dimensioni dello scheletro, nella robustezza del fisico. L'ho visto in numerosi siti.»

«Quindi la prima domesticazione è una prova difficile. E infatti, anche gli animali da poco addomesticati diventano più magri.»

«Infatti.»

«Ma...» Rob si piegò in avanti. «L'epoca in cui avvenne questa domesticazione, l'8000 avanti Cristo, è anche quella in cui il paesaggio ha cominciato a cambiare, qui intorno. Giusto?»

«Sì. Hanno abbattuto gli alberi, il suolo si è ritirato e l'area è diventata estremamente arida. Com'è adesso. Mentre prima era una zona... paradisiaca.» Lei sorrise con aria meditabonda. «Ricordo Franz che descriveva Gobekli come doveva essere un tempo. La definiva una *prachtvolle Schafferegion*, una splendida regione pastorale. Foreste e prati, selvaggina ed erbe selvatiche. Poi il clima è cambiato, quando l'agricoltura ha preso il sopravvento. E a poco a poco è diventata una terra arida, che andava lavorata sempre più duramente.»

Rob estrasse il taccuino e recitò: «Come Dio disse ad Adamo: 'maledetto il suolo per causa tua! Con dolore ne trarrai il cibo per tutti i giorni della tua vita'. Genesi, capitolo tre, versetto diciassette».

Christine si strofinò le tempie con la punta delle dita. Aveva l'aria stanca, cosa insolita per lei, ma poi si riscosse e proseguì.

«Ho già sentito questa teoria, ossia che la storia dell'Eden rappresenti una memoria collettiva, e un'allegoria.»

«Una specie di metafora, intendi?»

«Sì, alcuni la pensano così. Se la consideri da un certo punto di vista, la storia dell'Eden descrive il nostro passato di cacciatori e raccoglitori, quando avevamo il tempo di andare in giro tra gli alberi e raccogliere frutta ed erbe selvatiche... come Adamo ed Eva, nudi in paradiso. Poi siamo diventati agricoltori e la vita si è fatta più dura. E così siamo stati scacciati dall'Eden.»

Rob osservò due uomini che si tenevano per mano, attraversando il ponticello sopra il piccolo corso d'acqua che portava alla casa del tè. «Ma perché abbiamo cominciato a coltivare la terra, in realtà?»

Lei si strinse nelle spalle. «Nessuno lo sa. È uno dei grandi misteri della storia. Ma di sicuro è successo qui, in questo angolo dell'Anatolia. I primissimi maiali furono addomesticati a Cayonu, che dista solo poco più di cento chilometri da qui, e il bestiame a Çatal Hüyük, a ovest.»

«Ma dove si inserisce Gobekli in tutto questo, di preciso?»

«Bella domanda. È un miracolo che dei cacciatori siano riusciti a creare un sito del genere. Eppure dimostra che la vita prima dell'agricoltura era molto rilassata. Quegli uomini, quei cacciatori, ebbero il tempo di apprendere le arti, di imparare a scolpire, a creare splendide incisioni. Fu un enorme passo avanti. Eppure non sapevano nemmeno fare un vaso.» Il suo crocifisso d'argento scintillò nella luce del sole, mentre parlava. «È davvero strano. E naturalmente anche la sessualità si sviluppò. Ci sono molte immagini erotiche a Gobekli. Animali e uomini dai falli ingrossati. Bassorilievi di donne, donne a gambe divaricate e nude...»

«Forse hanno mangiato il frutto proibito?» chiese Rob.

Christine sorrise educatamente. «Forse.»

Per un attimo rimasero in silenzio. Lei si girò verso sinistra con aria nervosa, mentre un poliziotto bruno faceva la ronda con la ricetrasmittente che ronzava. Rob si chiese come mai fossero entrambi così paranoici. Nessuno dei due aveva fatto niente di male. Ma Kiribali era così... sinistro. E cosa dire degli uomini che sembrava stessero spiando l'appartamento dalla strada? Cosa c'era sotto? Scacciò i suoi timori. C'era ancora parecchio da scoprire. «Poi c'è la geografia...»

«Sì.» Christine annuì. «La topografia. Anche quella è importante.»

«Non ci sono quattro fiumi, vicino a Gobekli.»

«No. Soltanto uno. Ma è l'Eufrate.»

Rob rammentò cosa aveva letto nell'Internet café. «E gli studiosi hanno sempre ritenuto che l'Eden, se davvero è esistito, fosse situato tra il Tigri e l'Eufrate. Nella Mezzaluna fertile. La culla della civiltà. E l'Eufrate è davvero menzionato nella Genesi, dice che è sorto nell'Eden.»

«Infatti. E nella mappa ci sono anche le montagne.»

«La catena del Taurus.»

«Dove c'è la sorgente dell'Eufrate. A oriente dell'Eden», affermò Christine. «Ci sono alcune leggende piuttosto persistenti secondo cui l'Eden è riparato da montagne, a est. A est di Gobekli c'è la catena del Taurus.»

Christine prese il taccuino e lesse ad alta voce alcuni appunti appena presi. «Okay, c'è dell'altro. In antichi testi assiri viene menzionata una Bet Eden, una cosiddetta Casa dell'Eden.»

«Cosa sarebbe?»

«È, o meglio era, uno staterello aramaico. Situato sull'ansa dell'Eufrate, poco più a sud di Karkemis, ossia a un'ottantina di chilometri da Sanliurfa.»

Lui annuì, colpito. Le ricerche di Christine erano state più accurate delle sue. «Hai scoperto altro?»

«Sappiamo di Adamo ed Eva a Harran. Ma l'Eden non è descritto solo nella Genesi, è menzionato anche nel Libro dei Re.» Christine sfogliò una pagina del taccuino e lesse la citazione: «'Gli dèi delle nazioni, che i miei padri hanno devastato, hanno forse salvato quelli di Gozan, di Carran, di Ressef e i figli di Eden che erano a Telassàr?'»

«Carran, cioè di nuovo Harran?»

«Sì. Harran.» Lei si strinse nelle spalle. «E Telassàr è probabilmente una cittadina chiamata Resafa, nella Siria settentrionale.»

«Quanto dista da qui?»

«Poco più di trecento chilometri, a sud-ovest.»

Rob annuì, entusiasta. «Quindi Gobekli si trova giusto a est. A est nell'Eden. E cosa mi dici del nome? La parola 'Eden' significa 'delizia' in ebraico...»

«Ma la radice sumera è in realtà *eddin*, termine che indica una steppa o pianoro, o pianura.»

«Come... la pianura di Harran?»

«Esatto. Come la pianura di Harran. Dove abbiamo trovato...»

«Gobekli Tepe.» Rob sentì il sudore che gli inumidiva la schiena. Era una mattinata torrida, perfino nella frescura del giardino della casa del tè. «Okay, allora, l'ultimo filone è il concreto nesso con la Bibbia.»

«Si dice che Abramo abbia vissuto qui. È indubbiamente collegato a Harran, nel Libro della Genesi. La maggior parte dei musulmani ritiene che Urfa sia la Ur dei caldei. E ciò è menzionato anche nella Genesi. Questa piccola regione ha più legami con la Genesi di qualsiasi altro luogo del Vicino Oriente.»

«E questo è quanto.» Lui sorrise, soddisfatto. «Tenendo conto dei collegamenti biblici, della storia e delle leggende, e in più della topografia della regione, delle prove di antica domesticazione, e naturalmente dei dati provenienti dal sito stesso, abbiamo la soluzione. Giusto? O almeno abbiamo la soluzione di Franz...» Alzò le mani, come un prestigiatore sul punto di eseguire uno dei suoi trucchi: «Gobekli Tepe è il Giardino dell'Eden!»

Christine sorrise. «Metaforicamente.»

«Metaforicamente, ma comunque funziona. Questo è il

luogo che fu teatro della Caduta dell'Uomo. Dalla libertà della caccia alla fatica dell'agricoltura. E quella è la storia registrata nella Genesi.»

Rimasero in silenzio per un attimo, poi lei dichiarò: «Anche se forse sarebbe meglio dire che Gobekli Tepe è... un tempio in un paesaggio paradisiaco, più che il vero e proprio Paradiso terrestre».

«Certo.» Rob sorrise. «Non temere, Christine, non penso davvero che Adamo ed Eva se ne andassero in giro per Gobekli mangiando pesche, ma credo che Franz fosse convinto di averlo trovato. Seguendo il senso metaforico.»

Guardò verso gli stagni scintillanti, sentendosi molto più contento. Discutere a fondo della cosa gli era d'aiuto, e le potenzialità giornalistiche di quella storia erano... Fenomenali. Anche se strana, era comunque una storia sbalorditiva, e certamente appetibile al grande pubblico. Un archeologo convinto di riportare alla luce il Paradiso terrestre, anche se a livello metaforico e allegorico? Ci poteva lavorare. C'era un bel titolo su due pagine, in quell'idea. Poco ma sicuro.

Christine non sembrava altrettanto felice del successo della loro ipotesi. Per un attimo le si velarono gli occhi, ma l'emozione le passò rapidamente. «Sssìì... Diciamo che hai ragione. Probabilmente è vero. Spiega senza dubbio i numeri. E il suo misterioso comportamento alla fine, quando disseppelliva oggetti durante la notte. Portandoli via. Doveva essere emozionatissimo. Ecco perché era così nervoso subito prima... subito prima che succedesse.»

«Ma sorrideva sempre...»

«Non erano i suoi soliti sorrisi. Lo conosco... lo conoscevo bene. Era teso e faceva di tutto per mascherarlo.»

Rob fu commosso dallo stato d'animo di Christine e si rimproverò. Lui pensava al suo lavoro quando c'era un omicidio ancora irrisolto.

Christine si era acciglíata. «Rimangono ancora molte domande senza risposta.»

«Perché lo hanno ucciso?»

«Esatto.»

Rob si interrogò ad alta voce. «Be', vediamo... forse... forse dei fanatici religiosi americani hanno scoperto cosa stava combinando. Riportando alla luce l'Eden, voglio dire.»

Lei rise. «Così hanno assoldato un sicario? Giusto. Quei fondamentalisti cristiani sono così permalosi.»

Il suo bicchiere di tè era ormai vuoto. Lo sollevò, poi lo posò di nuovo, e disse: «Un altro problema è questo: perché mai i cacciatori hanno seppellito Gobekli? La teoria dell'Eden non lo spiega. Devono avere impiegato decenni per sotterrare un intero tempio. Perché fare una cosa del genere?»

Rob alzò gli occhi verso il cielo azzurro di Urfa, in cerca di ispirazione. «Perché era stato teatro della Caduta? Forse simboleggiava, perfino in quella fase così antica, l'errore dell'umanità. La caduta nell'agricoltura. L'inizio della schiavitù del lavoro. Così l'hanno nascosto per vergogna o rabbia o rancore o...»

Lei fece il broncio, tutt'altro che impressionata.

«Okay.» Rob sorrise. «È un'idea stupida. Ma allora perché l'hanno fatto?»

Un'alzata di spalle. «*C'est un mystère.*»

Un'altra pausa di silenzio. Pochi metri più in là, oltre i cespugli di rose, dei bambini stavano indicando tutti eccitati i pesci nello stagno. Rob guardò una bimba di circa undici anni, con i riccioli color oro acceso. Sua madre, però, era avvolta da velo e tunica neri: uno chador completo. Lui si rattristò al pensiero che presto quell'adorabile ragazzina si sarebbe dovuta nascondere, come la madre, avvolta in abiti neri per il resto della vita.

Poi una stilettata di sensi di colpa gli attraversò la mente. Sensi di colpa per *sua* figlia. Da una parte lui si stava crogiolando in quel mistero, eppure, dentro di sé, desiderava ancora tornare a casa. voleva disperatamente tornare a casa. Per vedere Lizzie.

Christine aprì il taccuino di Breitner e lo posò sul tavolo, accanto ai propri appunti. Delle ombre, ornate di lustrini per il chiaroscuro delle foglie dei lime della casa del tè, guizzarono sul tavolino. «Un ultimo punto. C'è una cosa che non ti ho ancora detto. Ricordi l'ultima annotazione sul taccuino di Franz?» Indicò una riga scritta a mano, girando il quadernetto in modo che lui potesse vederlo.

Era l'accenno ai teschi. Diceva: *Teschi di Cayonu, cfr. Orra Keller.*

«Non l'ho menzionato prima perché era così sconcertante. Non sembrava rilevante. Ma adesso... be', dai un'occhiata. Ho un'idea...»

Lui si chinò per leggere, ma la frase rimase incomprensibile. «Ma chi è Orra Keller?»

«Non è un nome!» disse Christine. «Abbiamo solo dedotto che lo fosse perché è scritto con le iniziali maiuscole, ma credo che Franz stesse solo mischiando lingue diverse.»

«Continuo a non capire.»

«Stava mescolando inglese e tedesco, e...»

All'improvviso Rob guardò al di sopra della spalla di lei. «Gesù.»

Christine si irrigidì. «Cosa c'è?»

«Non voltarti subito. È Kiribali. Ci ha visto e sta venendo da questa parte.»

Rob riusciva a vedere l'auto della polizia parcheggiata, silenziosa e in attesa, al margine del parco di Golbasi. Ma Kiribali sembrava solo.

Il detective turco indossava un altro completo elegante, stavolta di lino color crema. Sfoggiava una cravatta a strisce verdi e blu, molto inglese. Attraversò il ponticello e si avvicinò al loro tavolo sfoderando un ampio sorriso da rettile. «Buongiorno. I miei agenti mi hanno detto che eravate qui.» Si piegò a baciare la mano di Christine e prese una sedia, poi si girò verso un cameriere in attesa lì accanto e il suo atteggiamento cambiò, divenendo da ossequioso autoritario. «*Lokum!*» Il cameriere fece una smorfia, impaurito, e annuì. Kiribali sorrise a Rob e Christine. «Ho ordinato del *lokum*, perché dovete assolutamente assaggiarlo qui al Golbasi. Il migliore di Sanliurfa. Quello vero è assolutamente squisito. Naturalmente conoscete la storia della sua invenzione?»

Rob rispose di no. La cosa parve compiacere Kiribali, che piegò il busto in avanti, premendo le mani curatissime sulla tovaglia. «Secondo la leggenda, uno sceicco ottomano era stanco dei continui litigi fra le mogli. Nel suo harem regnava lo scompiglio, così chiese al pasticciere di corte di preparare un dolce talmente squisito da zittire le donne.» Si appoggiò allo schienale mentre il cameriere posava sul tavolo un vassoio di cubetti spolverati di zucchero. «Funzionò. Le mogli vennero placate dai dolcetti e nell'harem tornò a regnare la serenità. Tuttavia le concubine ingrassarono così tanto, a causa di queste delizie ipercaloriche, che lo sceicco divenne impotente, in loro compagnia. Così... fece castrare il pasticciere.» Kiribali rise sonoramente del proprio racconto, prese il vassoio e lo offrì a Christine.

Rob provò nuovamente una strana ambivalenza nei confronti del poliziotto turco: era affascinante, eppure aveva un che di estremamente minaccioso. La sua camicia era troppo pulita, la cravatta troppo inglese, l'eloquenza troppo studiata, e scaltra. Eppure era evidentemente un uomo di grande intelligenza. Rob si chiese se fosse vicino a risolvere l'omicidio di Breitner.

I dolcetti turchi erano squisiti. Kiribali li stava intrattenendo di nuovo: «Avete sicuramente letto le *Cronache di Narnia*».

Christine annuì e lui continuò.

«Contengono senza dubbio il più famoso riferimento letterario al *lokum*. Quando la Regina delle Nevi offre i dolciumi...»

«*Il Leone, la Strega e l'Armadio*?»

«Esaaatto!» Kiribali ridacchiò, poi sorseggiò compito il tè dal suo minuscolo bicchierino. «Mi chiedo spesso come mai gli inglesi siano così portati per la letteratura per ragazzi. È un dono tipico della razza isolana.»

«In confronto agli americani, intende?»

«In confronto a chiunque, signor Luttrell. Rifletta. Le più famose storie per bambini. Lewis Carroll, Beatrix Potter, Roald Dahl. Tolkien. Perfino lo spregevole Harry Potter. Tutti inglesi.»

Un piacevole venticello si stava diffondendo sui cespugli di rose del Golbasi. Kiribali ammise: «Credo dipenda dal fatto che gli inglesi non hanno paura di spaventare i bambini. E i bambini adorano essere spaventati. Alcune delle più belle storie per ragazzi sono davvero crudeli, non trovate? Un cappellaio psicotico avvelenato dal mercurio. Un cioccolataio eremita che utilizza operai in miniatura».

Rob alzò una mano. «Detective Kiribali...»

«Sì?»

«C'è qualche motivo particolare per cui è venuto a parlare con noi?»

Il poliziotto si asciugò le labbra femminee con l'angolo pulito di un tovagliolo. «Voglio che ve ne andiate. Tutti e due. Subito.»

Christine assunse un'aria di sfida. «Perché?»

«Per il vostro bene. Perché vi state immischiando in cose che non capite. Questo è...» L'uomo sventolò una mano verso le loro spalle, in un gesto che includeva la cittadella, le due colonne corinzie sulla sommità, le buie caverne sottostanti. «Questo è un luogo molto antico. Ci sono troppi segreti, qui. Conflitti oscuri che non potete comprendere. Più vi lasciate coinvolgere e più diventerà pericoloso.»

Christine scosse il capo. «Non mi lascerò cacciare via.»

Kiribali si accigliò. «Siete persone molto stupide. Siete abituate a... agli Starbucks e... ai laptop e... ai divani letto. A vite confortevoli. Questo è l'antico Oriente. Va al di là della vostra comprensione.»

«Ma lei ha detto che ci avrebbe interrogato ancora...»

«Non siete sospettati!» Il detective si scurì in volto. «Non ho bisogno di voi.»

Christine non batté ciglio. «Mi spiace, ma non intendo prendere ordini né da lei né da altri.»

Kiribali si rivolse a Rob. «In tal caso mi vedo costretto ad appellarmi alla logica maschile. Sappiamo come sono fatte le donne...»

Lei raddrizzò la schiena. «Voglio sapere cosa c'è nel sotterraneo. Al museo!»

Questo zittì l'investigatore turco. Un'espressione confusa gli comparve sul viso. Poi il suo cipiglio si incupì. Si guardò intorno come se stesse aspettando che un amico li raggiungesse. Ma la terrazza della casa del tè era deserta. Restavano solo un paio di uomini grassi e in completo, che fumavano da una *shisha* in un angolo ombreggiato. Fissarono languidamente Rob e sorrisero.

Kiribali si alzò. Di scatto. Prese alcune lire turche da un elegante portafoglio in pelle e le posò con estrema accuratezza sulla tovaglia. «Lo dirò a chiare lettere, in modo che capiate. Siete stati visti introdurvi illecitamente nel sito, a Gobekli Tepe. La settimana scorsa.»

Un tremito di apprensione percorse Rob. Se Kiribali lo sapeva, loro due erano nei guai.

Il turco continuò. «Ho degli amici nei villaggi curdi.»

Christine tentò di spiegare. «Stavamo solo cercando...»

«Stavate solo cercando il diavolo. Un'ebrea dovrebbe essere più furba.»

Kiribali pronunciò la parola *jewess*, «ebrea», con un sibilo tale che Rob pensò a un serpente.

«La mia pazienza... ha un limite. Se non lasciate Sanliurfa entro domani vi ritroverete in una cella turca. Là potreste scoprire che alcuni miei colleghi nel ramo giudiziario della repubblica di Ataturk non condividono il mio atteggiamento umanitario nei vostri confronti.» Rivolse loro il sorriso più falso possibile, poi se ne andò sfiorando le grasse rose scarlatte, che si piegarono e persero alcuni petali.

Per un minuto Rob e Christine rimasero seduti in silenzio. Lui intuiva che c'erano guai in vista: gli sembrava quasi di sentire delle sirene d'allarme. In che pasticcio si stavano cacciando? Certo, si trattava di una buona storia giornalistica, ma valeva tutti quei rischi? Quel filo di pensieri lo riportò, di riflesso, in Iraq. Ricordò la kamikaze a Baghdad. Ne vedeva ancora il volto. L'attentatrice era una giovane bellissima, con lunghi capelli scuri e labbra di un rosso scarlatto, sontuosamente imbellettate. *Una kamikaze con il rossetto.* Gli aveva sorriso, quasi con fare seducente, mentre allungava la mano verso l'interruttore per ucciderli tutti.

Rob rabbrividì, al pensiero. Eppure quell'orribile ricordo gli ispirò anche una sorta di determinazione: ne aveva *abbastanza* di farsi minacciare, di farsi cacciare via. Stavolta poteva essere il caso di rimanere per lottare contro i suoi timori, no?

Christine non aveva dubbi. «Io non me ne vado.»

«Ci arresterà.»

«Per cosa? Per aver guidato di notte?»

«Ci siamo introdotti illecitamente nel sito degli scavi.»

«Non può sbatterci in prigione per quello. Sta bluffando.»

Rob esitava. «Non ne sono così sicuro. Io... non saprei...»

«Ma dai, è solo un debole che prova a fare il duro! Il suo è solo un gioco...»

«Un *debole*? Kiribali?» Rob scosse il capo, fermamente. «Non direi proprio. Ho fatto qualche ricerca su di lui. Ho chiesto in giro. È rispettato, perfino temuto. Si dice che sia un esperto tiratore. È molto meglio evitare di averlo come nemico.»

«Ma non possiamo andarcene, non ancora. Non finché non scopro qualcosa di più!»

«Ti riferisci a questa faccenda del sotterraneo? Al museo? Di cosa stavi parlando?»

Il cameriere indugiava nei paraggi, aspettando che loro se ne andassero, ma Christine ordinò altri due bicchieri di *cay* dolce e color rubino. «L'ultima riga sul taccuino», disse poi. «*Teschi di Cayonu, cfr. Orra Keller*. Ricordi i teschi di Cayonu?»

«No», confessò Rob. «Dimmi tutto.»

«Cayonu è un altro famoso sito archeologico, antico quasi come Gobekli. Dista circa centocinquanta chilometri, a nord. È là che venne addomesticato per la prima volta il maiale.»

Il cameriere posò sul tavolino altri due bicchieri e due cucchiaini d'argento. Rob si chiese se fosse possibile un'intossicazione da tè, nel caso se ne bevesse troppo.

Christine continuò: «A Cayonu sta scavando un team americano. Qualche anno fa hanno scoperto uno strato di teschi e scheletri fatti a pezzi, sotto una delle stanze centrali del sito».

«Teschi umani?»

Lei annuì. «E ossa animali. I test hanno dimostrato anche che era stata sparsa un'enorme quantità di sangue umano. Adesso, quel sito lo chiamano la Camera dei Teschi. Franz era affascinato da Cayonu.»

«E con ciò?»

«Le prove che hanno trovato là sembrano indicare dei sacrifici umani. È una questione controversa. I curdi non vogliono credere che i loro antenati fossero... assetati di sangue. Nessuno di noi vuole pensare una cosa del genere! Ma ciò non toglie che secondo la maggior parte degli esperti le ossa nella Camera dei Teschi siano i resti di numerosi sacrifici umani. La popolazione di Cayonu costruì le proprie case su fondamenta fatte di ossa, le ossa delle sue stesse vittime.»

«Carino.»

Christine mescolò un poco di zucchero nel tè. «Da cui la riga finale nel taccuino. Il caveau di Edessa.»

«Come, scusa?»

«È il nome che i curatori del museo di Sanliurfa utilizzano per indicare gli archivi più misteriosi del museo, riservati ai resti pre-islamici. Quella sezione è soprannominata il caveau di Edessa.»

Rob fece una smorfia. «Scusami, Christine, non riesco a seguirti.»

Lei cominciò a spiegare. «Nel corso dei secoli Sanliurfa ha avuto molti, moltissimi nomi. I crociati la chiamavano Edessa, come i greci. I curdi la chiamano Riha. Gli arabi al-Ruha. La città dei profeti. Orra è un altro nome ancora, una traslitterazione di quello greco. Quindi Orra significa Edessa.»

«E Keller?»

«Non è un nome!» Christine sorrise, trionfante. «In tedesco vuol dire scantinato, sotterraneo, *caveau*. Franz l'ha scritto con l'iniziale maiuscola perché è così che fanno i tedeschi, scrivono i sostantivi con la maiuscola.»

«Quindi... credo di capire...»

«Quando ha scritto 'Orra Keller' si riferiva al caveau di Edessa. Nel sotterraneo del museo di Urfa!»

Christine si appoggiò allo schienale della sedia. Rob si piegò in avanti. «Quindi voleva indicarci che c'è qualcosa nel caveau di Edessa. Ma non lo sapevamo già?»

«Ma perché scriverlo sul taccuino? Forse se l'è segnato per

ricordarselo, perché era qualcosa di importante. E poi... c'è quel 'cfr.'?»

«Prosegui.»

«Viene dal latino *confer*. Significa 'confronta'. È un'abbreviazione accademica. Franz sta dicendo che bisogna confrontare i celebri teschi di Cayonu con qualcosa riposto nei sotterranei del museo. Ma laggiù non c'è, o non c'era, nulla di importante. Ho esaminato io stessa gli archivi quando sono arrivata qui. Ma ricorda», disse, ammonendolo con l'indice come una maestrina, «lui stava disseppellendo oggetti a Gobekli, in segreto, la notte, subito prima di venire ucciso.» Aveva il viso arrossato dall'eccitazione, e forse addirittura dalla rabbia.

«E credi che abbia sistemato là le sue scoperte? Nei sotterranei pre-islamici?»

«È un nascondiglio perfetto. La parte più polverosa del seminterrato del museo, non ci va mai nessuno. È un posto sicuro, nascosto e praticamente dimenticato.»

«Okay», disse Rob, «ma mi sembra un po' troppo fantasiosa, come teoria.»

«Sarà, però...»

All'improvviso lui capì. «Kiribali. Lo stavi mettendo alla prova. L'hai detto apposta.»

«Hai visto come ha reagito? Avevo ragione. C'è qualcosa in quei sotterranei.»

Il tè era quasi freddo. Rob svuotò il bicchiere e guardò Christine. Aveva davvero delle doti nascoste. Ed era decisamente astuta. «Vuoi andare a vedere?»

Lei annuì. «Sì, ma il museo è chiuso a chiave. E la porta ha una serratura a codice.»

«Un'altra effrazione? No, troppo pericoloso.»

«Lo so.»

Il vento sussurrava fra gli alberi di lime. Sopra il ponte, una donna in chador stava stringendo il suo bimbo e baciandogli le grasse ditina rosa, una dopo l'altra.

«Perché vuoi fare tutto questo, Christine? Perché vuoi arrivare a tanto, solo sulla base di un'intuizione?»

«Voglio sapere come e perché è morto.»

«Anch'io, ma vengo pagato per farlo. È il mio lavoro. Sto dando la caccia a una storia. Tu stai correndo dei grossi rischi. Chi te lo fa fare?»

«Lo faccio...» Lei sospirò. «Lo faccio perché... lui avrebbe fatto lo stesso per me.»

A un tratto Rob intuì vagamente qualcosa. «Christine, scusami. Tu e Franz... siete mai stati...»

«Amanti?» La donna francese girò la testa, come per celare le emozioni. «Qualche anno fa. È stato lui a offrirmi la prima vera opportunità per la mia carriera. Questo sito straordinario. Gobekli Tepe. Non c'erano ossa, all'epoca. Franz non aveva bisogno di un'osteoarcheologa, eppure mi ha invitato perché ammirava il mio lavoro. E pochi mesi dopo il mio arrivo, noi... ci siamo innamorati. Ma poi abbiamo troncato. Mi sentivo in colpa. La differenza d'età era davvero eccessiva.»

«Sei stata tu a lasciarlo?»

«Sì.»

«Lui ti amava ancora?»

Lei annuì, e arrossì. «Credo di sì. Era sempre garbato, riservato, non ha mai permesso che la cosa interferisse con il lavoro. Doveva essere davvero difficile per lui avermi là mentre provava ancora quei sentimenti. Era un grande archeologo, ma soprattutto un grande uomo. Uno dei migliori che io abbia mai conosciuto. Quando ha incontrato sua moglie è diventato tutto più facile, grazie a Dio.»

«Quindi pensi di doverglielo?»

«Sì.»

Rimasero seduti in silenzio per diversi minuti. I soldati stavano dando da mangiare alle carpe nello stagno. Rob osservò un venditore d'acqua a dorso d'asino procedere pigramente lungo un sentiero. Poi ebbe un'idea. «Credo di sapere in che modo puoi procurarti il codice della serratura.»

«Come?»

«I custodi. Al museo. I tuoi amici.»

«Casam? Beshet? I curdi?»

«Sì. In particolare Beshet.»

«Ma...»

«Si è preso una bella cotta per te.»

Lei arrossì di nuovo, stavolta intensamente. «Impossibile.»

«Possibile. Possibilissimo.» Rob si sporse verso di lei. «Fidati di me, Christine, so riconoscere gli uomini innamorati, sono... patetici. Ho visto come ti guarda Beshet, come un cocker...» Lei parve mortificata. Lui ridacchiò. «Secondo me non ti rendi conto dell'effetto che hai sugli uomini.»

«Ma che importanza ha?»

«Va' da lui! Chiedigli il codice! Con ogni probabilità te lo darà.»

La donna in chador aveva smesso di baciare il figlioletto. Il cameriere della casa del tè li stava fissando, ansioso di assegnare il tavolo a dei nuovi clienti. Rob tirò fuori dei soldi e li posò sulla tovaglia. «Allora, vai a farti dare il codice, poi ci infiliamo nel museo per vedere cosa c'è là sotto. E se non c'è niente usciamo. D'accordo?»

Christine annuì. «D'accordo.» Poi aggiunse: «Domani è festa».

«Ancora meglio.»

Si alzarono, ma lei sembrava indecisa e preoccupata.

«Che c'è?» chiese lui. «C'è altro?»

«Ho paura, Robert. Cosa potrebbe esserci di tanto importante da spingere Franz a nasconderlo nel caveau senza parlarcene? E cosa può essere tanto orribile da doverlo nascondere? Tanto terribile da dover essere paragonato ai teschi di Cayonu?»

24

Erano arrivati tardi? Li avevano mancati, di nuovo?

L'ispettore Forrester osservò, attraverso il cerchio di pietre, le brughiere verde-marrone della Cumbria. Ricordò un altro caso che aveva comportato una ricerca di indizi in un luogo simile. Un assassino che aveva seppellito il corpo della moglie nella brughiera della Cornovaglia. Un omicidio veramente crudele: non avevano mai ritrovato la testa. Eppure, nemmeno quell'orrendo crimine era sinistro e inquietante come quello su cui stava lavorando ora. Quei fanatici dei sacrifici umani erano l'essenza del male: psicopatici, violenti ed estremamente intelligenti. Una combinazione letale.

Superando uno steccato, Forrester si concentrò sui recenti sviluppi del caso. Ora sapeva che la banda era fuggita dall'isola di Man, poche ore dopo il delitto. Sapeva che i suoi membri avevano preso il primo traghetto per auto da Douglas a Heysham, sulla costa del Lancashire, molto tempo prima che loro diramassero l'allarme a porti e aeroporti. Lo sapeva perché uno scaricatore di porto dal notevole spirito di osservazione, a Heysham, si era ricordato di aver visto un Land Cruiser nero entrare nel porto a bordo del primo traghetto mattutino, due giorni prima, e aveva notato cinque giovani scendere dalla Toyota nel parcheggio del terminal del molo traghetti. Gli uomini erano andati a fare colazione insieme. Lo scaricatore era entrato a mangiare nello stesso caffè e si era seduto accanto a loro.

Forrester si avvicinò a un'elegante pietra grigia disposta in verticale, filigranata di muschio verde lime. Prese il taccuino dalla tasca e sfogliò gli appunti del colloquio con lo scaricatore. *Tutti alti e giovani. Abiti costosi. Aria sospetta.* Erano strani, e questo aveva incuriosito il giovane scaricatore. La rotta tra Douglas e Heysham non era certo la più trafficata. Di solito sul primo traghetto del mattino da Douglas c'erano solo agricoltori, ogni tanto qualche uomo d'affari e magari qualche turista. Cinque ragazzi alti e taciturni a bordo di un costosissimo Land Cruiser nero? Ecco perché aveva cercato di scambiare due chiacchiere con gli sconosciuti mentre mangiavano bacon e uova. Non aveva avuto molta fortuna.

L'ispettore ricordò la testimonianza. *Non avevano mica voglia di parlare, anzi. Solo uno di loro mi ha salutato. Poche parole... Mi sembrava un accento straniero. Francese o altro. Forse italiano, non sono sicuro. Uno degli altri aveva un accento inglese molto raffinato. Poi si sono alzati e sono usciti, così, come se io gli avessi rovinato la colazione.*

Il testimone non aveva preso il numero di targa, ma aveva sentito uno dei cinque dire qualcosa come «Castleyig» mentre uscivano dal caffè nella pallida luce mattutina. Poi avevano preso l'auto ed erano spariti. Forrester e Boijer avevano svolto rapidamente una ricerca su Castleyig ma non si erano stupiti di scoprire che non esisteva niente con quel nome. Tuttavia c'era una Castlerigg non molto lontana da Heysham. Ed era piuttosto famosa.

Scoprirono che quello di Castlerigg era uno dei cerchi di pietre meglio conservati dell'Inghilterra, costituito da trentotto pietre di dimensioni e forme varie e risalente a grandi linee al 3200 a.C. Era famoso anche perché c'era un gruppo di dieci pietre che formavano un rettangolo, il cui scopo era ignoto. Nel suo ufficio a Scotland Yard Forrester aveva inserito in Google *Castlerigg* e *sacrificio umano* trovando una lunga tradizione che associava le due cose. Un'ascia di pietra era stata rinvenuta nel sito di Castlerigg nel penultimo decennio dell'Ottocento. Qualcuno aveva ipotizzato che fosse stata utilizzata in un rito sacrificale druidico. Naturalmente molti scienziati contestavano questa ipotesi. Però, gli studiosi di antichità e gli esperti di folklore sostenevano che non esistessero elementi per negare l'esistenza di sacrifici. E la tradizione di uccisioni rituali era molto antica. Perfino il famoso poeta William Wordsworth, che era di quelle parti, l'aveva citata, nel primo decennio dell'Ottocento.

Con la brezza della Cumbria alle spalle, Forrester lesse la strofa del poema, che aveva ricopiato nella biblioteca di Heysham.

> A mezzodì raggiunsi lesto tetre radure
> Boschetti sacri e ombre di mezzanotte
> Dove l'opprimente superstizione trovò
> Un gelido e terribile orrore tutt'intorno
> Mentre con braccio nero e capo chino
> Tesseva lei una stola di scurissimo filo
> E ascolta, l'arpa tintinnante odo
> E guarda! ecco apparire i suoi figli druidi
> Perché posare su di me il vostro truce sguardo
> Perché fissarsi su di me per il sacrificio?

Era una tiepida giornata di primavera, sulle colline della Cumbria. Aprile inoltrato. Il sole splendeva illuminando le colline verdi e spoglie, il manto erboso cosparso di rugiada, i lontani boschi di abeti. Eppure qualcosa, in quella poesia, fece rabbrividire Forrester.

«A mezzodì raggiunsi lesto tetre radure», disse.

Boijer, che stava camminando a grandi passi sull'erba, parve sconcertato. «Signore?»

«È quel poema di Wordsworth.»

Boijer sorrise. «Oh, già. Devo ammetterlo, non l'ho riconosciuto.»

«Neanch'io», ribatté Forrester, chiudendo il taccuino. Si ricordò di quando era alle superiori. La sua scuola era in centro. Aveva un'insegnante d'inglese giovane che si sforzava in tutti i modi di inculcare il *Macbeth* in testa a lui e agli altri ragazzi. Ma loro pensavano solo alle sbronze da minorenni, alla musica reggae e a rubacchiare in giro. Poveraccia, che sforzo inutile. Tanto valeva lavare la testa agli asini.

«Un luogo magnifico», disse Boijer.

«Sì.»

«È sicuro che siano venuti qui, signore? In questo posto?»

«Sì», rispose Forrester. «Dove avrebbero potuto essere diretti, se non qui?»

«A Liverpool, magari?»

«No.»

«Blackpool?»

«No. E se avessero avuto una meta diversa avrebbero preso il traghetto per Birkenhead, che porta direttamente all'autostrada. Invece sono venuti a Heysham, che in pratica non conduce da nessuna parte, se non al distretto dei Laghi. E qui. E non credo che siano in giro a fare il tour dei Laghi, come turisti qualsiasi. Sull'isola di Man sono andati in un sito funerario vichingo associato al sacrificio umano... Poi sono venuti qui. A Castlerigg. Altro luogo associato al sacrificio. E grazie al cielo lo scaricatore di porto li ha sentiti. Stavano venendo qui.»

Raggiunsero uno dei menhir più alti. La pietra era macchiettata e chiazzata di licheni. Indice di aria pulita. Forrester posò un palmo sull'antica pietra, che risultò leggermente tiepida sotto le sue dita. Scaldata dal sole montano e antica, molto antica. 3200 a.C.

Boijer sospirò. «Ma cos'è che li attira in questi cerchi di pietre e rovine? Qual è lo scopo?»

Forrester borbottò qualcosa. Era una buona domanda. Una domanda cui doveva ancora trovare una risposta. Giù nella valle del fiume, sotto l'alto pianoro di Castlerigg, intravedeva le autopattuglie della polizia della Cumbria; quattro erano parcheggiate al sole accanto a un'area destinata ai picnic mentre un altro paio stava percorrendo lentamente la stretta strada lacustre, setacciando le fattorie e i villaggi locali per scoprire se qualcuno avesse visto gli assassini. Fino a quel momento non avevano avuto fortuna. Niente di niente. Ma lui era sicuro che i cinque fossero stati a Castlerigg. Quel posto, quello che significava... Si incastrava perfettamente. Il cerchio di pietre era molto suggestivo. E ricco di atmosfera. Chiunque avesse eretto quel monumento alto e solitario nella levigata culla di colline ne masticava di estetica. Perfino di feng shui. L'intero cerchio, ritto sulla sua tavola di erba rugiadosa, era collocato in una sorta di anfiteatro. Un teatro rotondo. Le colline disposte a spirale erano le gradinate, il pubblico, gli spalti. E il cerchio di pietre stesso rappresentava il palcoscenico, l'altare, la *mise en scène*. Ma un palcoscenico per che cosa?

La ricetrasmittente di Boijer gracchiò. Lui premette il pulsante e parlò con uno degli agenti locali. Forrester ascoltò. Dall'espressione e dalle risposte secche del suo sergente era evidente che la polizia della Cumbria continuava a non cavare un ragno dal buco. Forse quei pazzi non erano stati lì, dopo tutto.

L'ispettore continuò a camminare. Una volpe si aggirava guardinga in un campo costeggiando lentamente un bosco ceduo che attraversava la valle più vicina: un'indistinta macchia furtiva di un rosso ispido. Ma poi si voltò a guardare dietro di sé, fissando direttamente Forrester. Nei suoi occhi, Forrester lesse la paura e la crudeltà tipiche di un animale selvatico. Infine scomparve, correndo all'interno del bosco.

Il cielo si stava rannuvolando, almeno in parte. Chiazze di nero correvano rapide sulle colline della brughiera.

Boijer raggiunse il suo superiore. «Sa, signore, qualche anno fa abbiamo avuto un caso davvero strano, in Finlandia. Potrebbe essere rilevante.»

«Un caso di che genere?»

«L'hanno battezzato l'omicidio della discarica.»

«Perché, il cadavere è stato buttato in un immondezzaio?»

«Più o meno. Tutto è iniziato nell'ottobre del 1998. Se ben ricordo, hanno trovato la gamba sinistra di un uomo in una discarica vicino a un paese che si chiama Hyvinkaa. A nord di Helsinki.»

Forrester era confuso. «All'epoca tu non abitavi già in Inghilterra?»

«Sì, ma seguivo comunque le notizie di casa. Come fa lei. Soprattutto gli omicidi raccapriccianti.»

Forrester annuì. «Cos'è successo poi?»

«Be', all'inizio la polizia non ha scoperto nulla. L'unico indizio che avevano era la gamba. Ma poi ho visto sui giornali tutti quei titoloni, all'improvviso... La polizia affermava di aver arrestato tre persone sospettate dell'omicidio e dichiarava che c'erano indizi di un culto satanico.»

Si stava levando il vento, che fischiava sopra l'antico cerchio di pietre.

«Nell'aprile del 1999, il caso è tornato sui giornali perché è cominciato il processo. I tre ragazzi erano stati incriminati. La cosa strana è che il giudice ha ordinato che i verbali del processo venissero secretati per quarant'anni e tutti i dettagli tenuti nascosti. Insolito per la Finlandia. Ma alcuni particolari sono trapelati lo stesso. Roba davvero orribile. Tortura, mutilazione, necrofilia, cannibalismo. E chi più ne ha più ne metta.»

«Allora, chi era la vittima?»

«Un tizio sui ventitré anni. Torturato e ucciso da tre suoi amici. Credo che avessero tutti poco più di vent'anni, o giù di lì.» Boijer corrugò la fronte nel tentativo di ricordare. «La ragazza ne aveva diciassette, era la più giovane. Comunque l'omicidio è avvenuto dopo una gran bevuta, durata giorni e giorni. Schnapps fatta in casa. In Islanda la chiamano *brennivin*. La Morte Nera.»

Forrester sembrava interessato. «Descrivimi l'omicidio.»

«L'hanno mutilato lentamente con coltelli e forbici. L'hanno ucciso a poco a poco, ci hanno messo qualche ora. Staccandogli un pezzo dopo l'altro. Il giudice l'ha definito un prolungato sacrificio umano. E anche dopo che era morto, i tre l'hanno seviziato in tutti i modi, eiaculandogli in bocca e così via. Poi gli hanno tagliato la testa e, se non ricordo male, le gambe e le braccia. Gli hanno estratto alcuni organi interni, reni e cuore. In pratica l'hanno smembrato. E hanno mangiato parte del corpo.»

Forrester stava osservando un fattore che percorreva a grandi passi un viottolo di campagna, a meno di un chilometro di distanza. Chiese: «E quindi? Cioè, perché lo associ al nostro caso?»

Il suo subalterno si strinse nelle spalle. «I ragazzi erano tutti adoratori di Satana, fan del *death metal*. E avevano dei precedenti per atti sacrileghi: bruciare chiese, profanare tombe, quel genere di cose.»

«E?»

«E si interessavano al paganesimo, ai siti antichi. A posti come questo.»

«Però hanno buttato il corpo in una discarica, non a Stonehenge.»

«È vero. Ma non abbiamo mica una Stonehenge, in Finlandia.»

Forrester annuì. Il fattore era scomparso dietro un'altura del paesaggio. Le antiche pietre verticali stavano diventando più grigie e più scure man mano che le nubi coprivano il sole. Tipico clima da zona lacustre: dal brillante sole primaverile al freddo opprimente, invernale, nel giro di mezz'ora. «Che tipi erano gli assassini? Quali erano le loro caratteristiche sociologiche?»

«Decisamente classe media. Perfino ricchi. Di certo non venivano dalla strada.» Boijer chiuse la cerniera della giacca a vento per ripararsi dal freddo sempre più intenso. «Figli dell'élite.»

Forrester masticò un filo d'erba e osservò il giovane collega, la cui giacca a vento di un rosso brillante gli riportò alla mente un'immagine feroce e improvvisa: un corpo sventrato, *con la cerniera abbassata*, da cui grondava sangue rosso. Sputò il filo d'erba.

«Ti manca la Finlandia, Boijer?»

«No. A volte... soltanto un po'.»

«Di cosa senti la mancanza?»

«Foreste deserte. Saune vere e proprie. E mi mancano... i lamponi artici.»

«I lamponi artici?»

«La Finlandia non è molto interessante, signore. Abbiamo diecimila parole diverse per dire 'ubriacarsi'. Gli inverni sono troppo freddi, quindi l'unica cosa che fai è bere.» Il vento gli spinse sugli occhi i biondi capelli finnici e lui li rispinse indietro. «C'è pure una barzelletta che circola in Svezia, su quanto bevono i finlandesi.»

«Dai, raccontamela.»

«Uno svedese e un finlandese si accordano per una bevuta. Portano un po' di bottiglie di vodka finlandese, molto forte. Rimangono seduti l'uno di fronte all'altro in assoluto silenzio e continuano a bere e riempire il bicchiere, senza che voli una mosca. Dopo tre ore lo svedese riempie entrambi i bicchieri e dice: *Skol*. Il finlandese lo guarda disgustato e chiede: 'Siamo qui per parlare oppure per bere?'»

Forrester rise. Chiese a Boijer se aveva fame e il giovane annuì con foga; con il permesso del superiore, andò in macchina a mangiare il solito sandwich al tonno.

L'ispettore continuò a camminare da solo, rimuginando, osservando l'ambiente circostante. Le foreste lì intorno erano di proprietà del governo. Severi rettangoli di abeti sterili che marciavano nel paesaggio come reggimenti napoleonici. Plotoni di betulle, che procedevano silenziose e inosservate. Ripensò al racconto di Boijer. L'omicidio della discarica di Hyvinkaa. Possibile che quei pazzi stessero seppellendo cadaveri, ossa, oggetti, invece che dissotterrando qualcosa? Apparentemente, però, non era stato sepolto nulla, a Craven Street. Né nel forte di Sant'Anna. Ma avevano controllato bene?

Aveva ormai raggiunto il limitare del cerchio di pietre. I silenziosi menhir grigi curvavano, allontanandosi da lui su entrambi i lati. Alcuni sembravano addormentati: proni e caduti come possenti guerrieri uccisi. Altri erano rigidi e baldanzosi. Lui rammentò quanto letto su Castlerigg, sull'area rettangolare dallo scopo importante ma «ignoto». Se avevano fatto così tanta strada per seppellire qualcosa, era sicuramente in quel punto che lo avrebbero sepolto: nella parte più simbolica del sito. Se Castlerigg aveva importanza per loro, quello era senza dubbio il loro obiettivo.

Osservò il cerchio. Non gli ci volle molto per individuare lo spazio recintato: un'area rettangolare contrassegnata da pietre più basse, accanto ai megaliti più erosi.

Per venti minuti esaminò quelle pietre. Camminò lentamente, saggiando il terriccio umido e scuro, e il prato fradicio, acido. Cominciò a cadere una tenue pioggerellina lacustre. Forrester sentì le gocce fredde sul collo. Forse si era ficcato in un altro vicolo cieco.

Poi notò qualcosa, nel prato lungo e bagnato: una breve linea di terra tagliata. Terriccio scuro estratto e poi rimesso al suo posto, a malapena visibile a occhio nudo, a meno che non si sapesse cosa si stava cercando. Si inginocchiò e tirò fuori le zolle a mani nude. Non era affatto una procedura scientifica, la squadra forense si sarebbe infuriata, ma lui doveva assolutamente sapere.

Dopo pochi secondi le sue dita toccarono qualcosa di freddo e duro, ma non un sasso. Sfilò l'oggetto dalla sua piccola tomba e lo ripulì dal terriccio.

Era una fialetta. E conteneva un liquido denso, rosso come il rum invecchiato.

25

Le strade erano rosse di sangue. Rob stava attraversando la città vecchia per raggiungere Christine nel caravanserraglio. Era sceso il crepuscolo. Ovunque guardasse vedeva enormi schizzi di sangue: sui muri, sui marciapiedi, fuori dal negozio Vodafone. Gli abitanti del posto stavano macellando capre e pecore, e lo facevano in pubblico, per strada. Immaginava che facesse parte della festività di cui gli aveva parlato Christine, ma era comunque impressionante.

Si fermò all'angolo, accanto a una torre dell'orologio, e rimase a guardare mentre un uomo si sforzava di tenere stretta tra le gambe una capra dalla pelle bianca. Portava sformati pantaloni neri: *shirwal*, il costume tradizionale curdo. Posando la sigaretta fumante su uno sgabello accanto a sé, sollevò un lungo coltello scintillante e affondò la lama nella pancia della capra.

L'animale urlò. L'uomo non batté ciglio. Si voltò, prese la sigaretta, diede un'altra boccata, la posò di nuovo. Il sangue stava colando dalla pancia della capra ferita. L'uomo si piegò ancora più in avanti, fece una smorfia, poi tirò vigorosamente verso l'alto il coltello conficcato nel ventre tremante, di un bianco rosato. Un fiotto di sangue schizzò fuori dall'animale, imbrattando la strada antistante. Ormai la capra non urlava né lottava più ma emetteva un lungo gemito. Le palpebre dalle lunghe ciglia tremolarono mentre moriva. L'uomo allargò di scatto l'enorme ferita e i visceri scivolarono fuori, gli organi color pastello che piombavano ordinatamente in un basso catino di plastica sistemato sul marciapiede.

Rob riprese a camminare. Trovò Christine accanto all'arcata

che portava al caravanserraglio. Evidentemente la sua espressione sconvolta era più che eloquente.

«Kurban Bayram», spiegò lei. «L'ultimo giorno di *hajj*.»

«Ma perché le capre?»

«E le pecore.» Lo prese a braccetto mentre percorrevano i vicoletti con le imposte chiuse del bazar. Aromi di cibo aleggiavano tutt'intorno. Capra arrosto e pecora alla griglia. «La chiamano festa del sacrificio. Commemora Abramo e Isacco, il *quasi* sacrificio di Isacco.»

«Kurban Bayram, certo. La festeggiano in Egitto e in Libano; la conosco bene, è chiamata Eid... ma», precisò scuotendo il capo, «là non uccidono gli animali per strada! Lo fanno al chiuso, e gli tagliano la gola.»

«Sì», concordò lei. «Gli abitanti di Urfa la trattano come una festa speciale, locale, perché Abramo proviene da qui.» Sorrise. «Ed è piuttosto... sanguinaria.»

Avevano raggiunto una piazzetta con case del tè e caffè dove gli uomini stavano fumando da una *shisha*. Molti di loro indossavano, in occasione di Kurban Bayram, i lunghi e ampi pantaloni neri. Altri portavano tuniche ricamate. Le donne passavano lì davanti, agghindate con gioielli vistosi o con in testa fazzoletti viola bordati di argento. Alcune avevano magnifici tatuaggi fatti con l'henné, mani e piedi generosamente dipinti; dai loro foulard penzolavano minuscoli ninnoli d'argento. La scena era variopinta.

Ma loro due non erano là per una visita turistica.

«Eccolo.» Christine indicò con un cenno del capo una casetta posta in una via ombreggiata. «È l'indirizzo di Beshet.»

La calura della giornata si stava ritirando dalle strade, come acqua dopo un'inondazione. Rob strinse con forza la mano di Christine. «Buona fortuna.»

Lei attraversò la strada e bussò alla porta. Lui si chiese quanto sarebbe risultata anomala e anticonvenzionale, per Beshet, la visita di una donna occidentale bianca. Quando Beshet aprì la porta, Rob ne studiò l'espressione e vi scorse stupore e ansietà ma anche, di nuovo, quel languore da cucciolo. Ebbe la certezza che Christine avrebbe ottenuto il codice.

Tornò nella piazza e osservò la scena. Alcuni bambini con dei petardi lo salutarono.

«Ehi, tu, americano!»

«Ciao...»

«Buon Bayram!»

I bambini risero, come se allo zoo avessero stuzzicato un animale esotico e anche un po' pericoloso, poi si sparpagliarono per la strada. I marciapiedi erano ancora rossi di sangue ma la carneficina era cessata. Curdi baffuti che fumavano dalle *shisha* ai tavolini dei caffè lo salutarono con un sorriso. Sanliurfa, decise Rob, era il posto più strano del mondo. Era implacabilmente esotica, e in un certo senso ostile, eppure gli abitanti erano tra le persone più cordiali che lui avesse mai incontrato.

Si accorse a stento di Christine, che lo raggiunse di soppiatto e disse: «Ciao».

Si voltò, subito all'erta. «Ce l'hai?»

«Ce l'ho. Non era contentissimo ma... me l'ha dato.»

«Okay, quindi...»

«Aspettiamo che faccia buio.»

Una rapida passeggiata li portò alla strada principale fuori dall'antica cittadina. Un taxi li condusse all'appartamento di Christine, dove trascorsero alcune ore nervose navigando in rete, tentando senza successo di non preoccuparsi. Alle undici lasciarono furtivamente il palazzo e si incamminarono verso il museo. Le strade erano molto più silenziose, ormai. Il sangue era stato lavato via, la festività era quasi terminata. Una scimitarra di luna brillava sopra di loro. Le stelle scintillavano come tiare intorno alle guglie dei minareti.

Giunto all'ingresso del museo, Rob scrutò la strada in entrambe le direzioni. Non si vedeva anima viva. Sentì voci turche giungere dalla televisione accesa in una casa con le persiane chiuse, un edificio più giù. Per il resto regnava il silenzio. Spinse il cancello, che si spalancò. Di notte il giardino era un luogo altamente suggestivo. La luce della luna rendeva argentee le ali del demone dei venti, Pazuzu. C'erano busti di imperatori romani, corrosi e sgretolati; signori della guerra assiri, congelati nel marmo, immortalati in un'eterna caccia ai leoni. La storia di Sanliurfa era tutta là, in quel giardino, sognante nel chiarore lunare. I demoni della terra dei sumeri gridavano silenziosamente, becchi di pietra aperti da cinquemila anni.

«Servono due codici», spiegò Christine. «Beshet me li ha dati entrambi.»

Si diresse verso la porta d'ingresso del museo. Rob rimase indietro, ad accertarsi che fossero soli.

E lo erano. C'era un'auto parcheggiata sotto gli alberi di fichi, ma dava l'impressione di non venire spostata da giorni. Fichi marci erano spiaccicati sul parabrezza. Una macchia di marmellata e semi.

La porta emise un *clic*. Lui si girò per scoprire che era aperta. Salì i gradini e raggiunse Christine all'interno. L'aria dentro il museo era calda: nessuno aveva aperto porte o finestre. E niente condizionatori. Si asciugò il sudore dalla fronte. Si era messo una giacca per poter portare con sé tutto il necessario: torce elettriche, cellulari, taccuini. Nella sala principale, la statua più antica del mondo scintillava fiocamente nel buio, con i maligni occhi di ossidiana che fissavano cupi la penombra.

«Da questa parte», disse Christine.

Nella semioscurità Rob scorse una porticina nell'angolo opposto della stanza. Dietro di essa c'era una rampa di gradini. Passò una torcia a Christine e accese la sua. I due fasci di luce tremolarono nel buio mentre scendevano la scala.

I sotterranei si rivelarono sorprendentemente vasti. Molto più grandi del museo soprastante. Porte e corridoi in ogni direzione. Scaffali pieni di antichità scintillarono quando Rob puntò in giro il raggio della torcia: vasellame frantumato, pezzi di gargolle, lance, frammenti di selce e vasi.

«È un posto gigantesco.»

«Sì. Sanliurfa è costruita sopra vecchie caverne che qui sono state trasformate in sotterraneo.»

Lui si chinò a guardare una statuina frantumata posata sulla schiena, che sembrava ringhiare verso la mensola che gli stava sopra. «Cos'è quello?»

«Il mostro Asag. Il demone che causa la malattia. È sumero.»

«Okay...» Rob rabbrividì nonostante il tepore soffocante. Voleva fare in fretta e uscire: i brividi di paura per quello che stavano facendo aumentavano ogni secondo. «Diamoci una mossa, Christine. Dov'è il caveau di Edessa?»

«Da questa parte.»

Svoltarono bruscamente in un altro corridoio, superando una colonna romana troncata di netto e altri scaffali ingombri di vasi e ciotole. La polvere era densa e soffocante: Christine si stava dirigendo verso la sezione più antica del reticolo di caverne.

Ma a un certo punto una grande porta d'acciaio sbarrò loro la strada. Lei armeggiò con il tastierino numerico. «Merda.» Le tremavano le mani.

Rob posizionò la torcia in modo da consentirle di vedere meglio, mentre digitava le cifre del codice; finalmente la serratura si aprì di scatto. Furono accolti da una zaffata di aria calda, quando il caveau di Edessa espirò. C'era qualcosa di spiacevole, nella brezza. Qualcosa di indefinito e remoto, ma certamente organico. Immondo. E antico.

Lui tentò di non farci caso. Entrarono nello scantinato. Scaffali di acciaio dai bordi smussati circondavano l'ampia caverna. Molti dei reperti erano chiusi in grossi contenitori di plastica su cui erano scribacchiati nomi e numeri, ma alcuni erano stati lasciati sul pavimento. Christine ne elencò i nomi, mentre camminavano. Dee siriache o accadiche, una grossa testa di Anzu, un frammento di un nudo ellenico. Mani e ali spettrali protese nella penombra.

Lei stava camminando avanti e indietro accanto agli scaffali.

«Qui non c'è niente.» Suonò quasi sollevata. «È la stessa roba che ho già visto in precedenza.»

«Allora ci conviene andarcene.»

«Aspetta.»

«Cosa c'è?»

Christine stava indicando qualcosa nel buio.

«Ecco. Questo viene da Gobekli.»

Rob esitò. Stava captando di nuovo dei segnali di pericolo. La kamikaze in Iraq. Non riusciva a dimenticare il viso dell'attentatrice, che lo fissava subito prima dell'esplosione.

Dovevano uscire, andarsene da quel posto. Subito.

Christine disse: «Chiudi la porta».

Con riluttanza lui se la chiuse alle spalle. Erano soli nel sotterraneo più lontano dall'ingresso, soli con l'imprecisato oggetto rinvenuto da Franz. L'imprecisato oggetto che secondo l'archeologo andava confrontato con l'orrore dei teschi di Cayonu.

«Rob, vieni a vedere.»

Il fascio di luce della torcia stava illuminando una statua davvero straordinaria. Una donna con le gambe divaricate, la vagina scolpita a fondo e di larghezza oscena. Come la ferita aperta nel pelo di quella capra.

Aveva accanto un terzetto di animali, forse cinghiali. Sfoggiavano tutti un pene molto pronunciato, eretto, e circondavano la donna dalle gambe allargate, come fosse uno stupro di gruppo.

«Questo viene da Gobekli», sussurrò Christine.

«È quello che stavamo cercando?»

«No. Ricordo quando l'abbiamo trovato. L'ha messo qui Franz. Deve avere accatastato i reperti più... più strani in un unico posto. Quindi qualsiasi sia l'oggetto che ha trovato, dovrebbe essere qui da qualche parte.»

Rob puntò la torcia a sinistra poi a destra e ancora a sinistra. La polvere turbinava nella penombra. Volti di dèi cupi e demoni dal ghigno lascivo gli apparvero per poi sbiadire nel buio quando lui passava oltre. Non riusciva a vedere niente, non sapeva nemmeno cosa stesse cercando. Era un'impresa disperata. Poi il fascio di luce illuminò un grosso contenitore di polistirene su cui era scritta a pennarello la parola «Gobekli». Sentì accelerare il battito cardiaco. «Christine», sibilò.

Il cassone era riposto in fondo allo scaffale di metallo, accanto alla parete della caverna. Era palesemente voluminoso e pesante; Christine faticò a spostarlo. Posando la torcia sulla mensola alle sue spalle, lui tese le braccia per aiutarla. Insieme lo tirarono giù e lo posarono a terra.

Rob recuperò la torcia, il cuore che batteva all'impazzata, e la tenne ben in alto per illuminare il cassone mentre lei lo apriva. All'interno c'erano quattro anfore dalla foggia antiquata lunghe una cinquantina di centimetri, avvolte in fogli di plastica a bolle d'aria. Lui provò una fitta di cocente delusione. Una parte di Rob – il giornalista, o forse il ragazzo, che c'era dentro di lui – aveva desiderato di trovare qualcosa di osceno e orripilante.

Lei estrasse uno dei vasi.

«Arriva da Gobekli?»

«Senza dubbio. E in tal caso deve avere diecimila anni. Quindi *conoscevano* l'arte della ceramica...»

«Eccezionalmente ben conservato.»

«Sì.» Maneggiando il vaso con estrema cautela, Christine lo capovolse. Su un lato spiccava un disegno davvero curioso: una sorta di bastone con un uccello sulla sommità. «L'ho già visto da qualche parte», mormorò lei.

Rob prese il cellulare e scattò in fretta una serie di fotografie. Il flash dell'apparecchio parve un'intrusione, nella tetra oscurità del sotterraneo. *Jinn* e imperatori li guardarono torvi, nel bagliore breve e irrispettoso.

Rimettendosi in tasca il telefono, infilò una mano nel cassone ed estrasse una delle lunghe anfore, scoprendola sorprendentemente pesante. Voleva sapere cosa c'era dentro. Del liquido? Grano? Miele? La inclinò e ne osservò l'imboccatura: era tappata e sigillata. «La apriamo?»

«Stai attento...»

Il monito di Christine giunse troppo tardi. Rob sentì il vaso sbilanciarsi all'improvviso sulla sua mano: lo aveva inclinato troppo bruscamente. Il collo dell'anfora parve sospirare e cadde a terra, dopo di che l'incrinatura si ampliò, propagandosi nel corpo del contenitore antico, marcescente. L'anfora gli si stava sbriciolando in mano. Si stava letteralmente sbriciolando. I cocci si sparsero sul pavimento, alcuni si ridussero in polvere.

«Oh mio Dio!» Il tanfo era davvero orrendo. Lui si premette una manica sul naso.

Christine puntò la torcia sul contenuto del vaso. «Cazzo.»

Un corpicino minuscolo giaceva a terra. Un corpo umano: un neonato, costretto ad assumere una posizione fetale. Era per metà mummificato e per metà ridotto a un liquido viscoso. Si stava ancora decomponendo, dopo tutti quei secoli. Il puzzo gli entrò in gola, tanto che Rob ebbe un conato. Dal teschio colava del liquido gorgogliante.

«Guarda la faccia!» gridò Christine. «Guarda la faccia!»

Lui puntò il fascio di luce della torcia sul viso del neonato. Era contratto in un grido silenzioso. Il grido di un bimbo morente, un urlo lungo dodicimila anni.

All'improvviso delle luci riempirono la stanza. Luci, rumori, voci. Rob si girò di scatto e vide un gruppo di uomini in fondo al sotterraneo. Uomini armati di pistole e coltelli, che puntavano verso di loro.

26

Hugo De Savary era molto elegante per essere un professore. Forrester si era aspettato un tipo trasandato: toppe di pelle sui gomiti, tracce di forfora sulle spalle. Invece il docente di Cambridge era spigliato, allegro, giovanile, decisamente slanciato, sicuro di sé. E benestante.

Ciò dipendeva probabilmente dalle ottime vendite dei suoi libri – popolari trattazioni di satanismo, culti vari, cannibalismo, un'intera lista di temi gotici –, che gli erano però costati l'ostracismo da parte dei membri più seriosi della comunità accademica, o almeno così aveva immaginato Forrester in base alle recensioni lette.

Era stato De Savary a proporre di pranzare nei pressi di Soho, in quel ristorante giapponese molto in voga. Via e-mail Forrester aveva chiesto un incontro al professore, quando questi fosse venuto in città. L'altro aveva acconsentito, tutto contento, e si era perfino offerto di pagare, il che era un bene perché il ristorante che aveva scelto non era sicuramente il tipo di locale in cui Forrester si recava quando cercava di spremere informazioni a qualcuno. Era almeno cinque volte più caro.

De Savary stava consumando con enorme entusiasmo un piattino di merluzzo nero con miso. Erano seduti su una panca di legno di quercia davanti a un bancone che correva tutt'intorno a una zona cucina centrale con un grande grill nero, presidiato da chef giapponesi accigliati e feroci che affettavano verdure misteriose con coltelli di terrificante larghezza. Il professore si rivolse a Forrester: «Come ha fatto la Scientifica a sapere che l'elisir era *damu*?»

Si riferiva al liquido contenuto nella fialetta di Castlerigg.

Forrester tentò di sollevare del calamaro crudo con le bacchette e fallì miseramente. «Abbiamo avuto parecchi omicidi *muti*, a Londra. Sacrifici di bambini africani. I ragazzi del laboratorio si erano già imbattuti nel *damu*.»

«Il torso senza testa di quel povero bambino trovato nel Tamigi?»

«Già.» L'ispettore bevve qualche sorso di sakè tiepido. «Il *damu*, a quanto pare, è il sangue concentrato delle vittime sacrificali. Così mi dice la sezione patologia.»

«Be', è vero.» Davanti a loro un massiccio chef giapponese stava pulendo a gran velocità un pesce di un rosa livido. «Il *muti* è davvero disgustoso. Centinaia di bambini muoiono ogni anno nell'Africa nera. Sa cosa fanno di preciso a quei poveri piccini?»

«So che tagliano loro gli arti...»

«Sì, ma lo fanno quando i bambini sono ancora vivi. E gli tranciano anche i genitali.» De Savary sorseggiò la birra. «Si presume che le urla delle vittime ancora vive accrescano la potenza del *muti*. Prendiamo un po' di trancio di tonno pinna gialla?»

«Come, scusi?»

L'idea alla base di quel ristorante di grido, apparentemente, era che il cliente continuasse a ordinare minuscoli pezzetti di cibo. Non ordinava tutto all'inizio ma continuava finché non si sentiva sazio. Era divertente. Forrester non era mai stato in un posto del genere. Si chiese chi potesse permettersi simili prezzi. Sushi di granchio di nuova muta, fatto arrivare in aereo dall'Alaska. *Toro* con asparagi e caviale sevruga. Cos'era il *toro*?

«La tempura di gambero scorzone è incredibile», dichiarò De Savary.

«Sa cosa le dico?» chiese Forrester. «Lei ordina, poi però mi racconta che cosa ne pensa della mia banda di assassini...»

L'altro sorrise con aria grave. «Sì, certo. La mia conferenza è alle tre. Sbrighiamoci.»

«Allora, cosa mi dice?»

«Sembrano ossessionati dal sacrificio umano.»

«Questo lo sappiamo.»

«Sì. Però, nel praticarlo, hanno dimostrato un approccio... eclettico, direi.»

«Come, scusi?»

«Stanno compiendo sacrifici umani tipici di diverse antiche culture. L'escissione della lingua è forse nordica, la sepoltura della testa giapponese o israelita. La rasatura è palesemente azteca. La stella di David è salomonica, come dice lei.»

Una giovane cameriera thailandese li raggiunse e De Savary ordinò. La ragazza fece un minuscolo inchino e scomparve. Il professore si voltò nuovamente verso Forrester.

«E ora abbiamo il *damu*, seppellito in un punto preposto al sacrificio. È quello che fanno gli stregoni africani prima di un omicidio *muti* di rilievo. Seppelliscono il *damu* in un terreno sacro, poi eseguono il sacrificio.»

«Quindi... crede che uccideranno ancora?»

«Naturalmente. Lei no?»

Forrester sospirò e assentì. Certo che la banda avrebbe colpito ancora. «Ma che cosa c'entra l'Hellfire Club? Che legami ha con tutto il resto?»

«Non ne sono sicuro. Stanno cercando qualcosa che è collegato ai membri dell'Hellfire Club, e questo è ovvio. Di cosa possa trattarsi è meno evidente.»

Tre piatti vennero posati sul bancone di quercia davanti a loro. Il profumo era delizioso. Forrester avrebbe tanto voluto poter usare un cucchiaio.

De Savary continuò. «Quello che posso spiegarle subito è come funzionano questi culti satanici, la loro psicologia di gruppo. I membri tendono ad appartenere alle classi medie o perfino alte. Manson e i suoi seguaci non erano rozzi furfanti bensì ragazzi ricchi. È il ricco annoiato, intelligente, a commettere i crimini più orrendi. Pensi per esempio al gruppo terroristico Baader Meinhof in Germania. Figli e figlie di banchieri, milionari, uomini d'affari. Figli dell'élite.»

«Poi c'è Bin Laden?»

«Esatto! Bin Laden è il figlio intelligente e carismatico di un famoso miliardario, eppure è stato attirato dal filone di radicalismo islamico più nichilista e psicopatico.»

«E secondo lei c'è un'analogia con l'Hellfire Club?»

De Savary afferrò abilmente con le bacchette un pezzetto di tonno pinna gialla. Forrester invece ci riuscì a stento. Era squisito.

«Giusto anche in questo caso. L'Hellfire Club ha fornito il modello, se vogliamo, per gli odierni culti di morte *bon chic bon genre*. Un gruppo di aristocratici inglesi, molti dei quali di grande talento – scrittori, statisti, scienziati – eppure attratti da gesti deliberatamente trasgressivi. Per *épater les bourgeois*, forse?»

«Ma alcuni sostengono che l'Hellfire Club fosse semplicemente un club di forti bevitori, una società di buontemponi.»

De Savary scosse il capo. «Sir Francis Dashwood fu uno dei migliori studiosi di religioni del suo tempo. Si recò nel Vicino Oriente per approfondire i suoi interessi più arcani: gli aspetti esoterici della religione. Un dilettante non l'avrebbe fatto. E Benjamin Franklin era una delle menti più sopraffine del secolo.»

«Quindi non si sarebbero riuniti solo per bere gin e giocare a *whist* nudi.»

«No, non credo proprio.» De Savary ridacchiò. Lo chef giapponese di fronte a loro stava usando due coltelli alla volta. Sfilettava e tagliava a dadini una lunga anguilla viscida il cui corpo danzò sul tagliere mentre veniva affettata, come se fosse viva. Forse *era* viva. «Ci sono pareri discordi su cosa combinassero nell'Hellfire Club inglese. Sappiamo però che i membri di quello irlandese erano orribilmente violenti. Avevano l'abitudine di versare alcolici sui gatti per poi dargli fuoco. Le urla degli animali morenti tenevano sveglia metà della Dublino georgiana. Hanno assassinato una domestica nello stesso modo. Per scommessa.» Si interruppe per un istante. «Sono convinto che l'Hellfire Club e alcuni degli altri culti satanici diffusi in Europa possano aiutarci a capire come sia strutturata la vostra banda di assassini a livello gerarchico. Motivazionale. Psicologico. Dev'esserci un leader ben definito. Carismatico e di notevole intelligenza. Probabilmente di ottima famiglia.»

«I suoi seguaci?»

«Amici intimi, dalla personalità più debole ma comunque intelligenti. Sedotti dal fascino satanico del leader della setta. È anche probabile che vantino un background privilegiato.»

«Questo collima con le descrizioni: parlata raffinata e così via.»

De Savary prese un piatto dal bancone. Rifletté per un attimo, fissando il cibo, poi riprese a parlare. «Anche se penso che il capo della vostra banda criminale sia completamente pazzo.»

«Come, scusi?»

«Non dimentichi quello che fa. La commistione astorica di elementi sacrificali. In realtà l'idea stessa di sacrificio è *palpabilmente* folle. Se sta cercando qualcosa collegato ai membri dell'Hellfire Club avrebbe potuto farlo in maniera molto più discreta, invece di andarsene in giro per le isole britanniche a mietere vittime. Sì, gli omicidi della banda sono progettati ed eseguiti con un certo stile, coprono accuratamente le proprie tracce, come dice lei, ma perché uccidere se lo scopo principale è solo quello di recuperare, di rintracciare qualcosa che è nascosto?» Il professore si strinse nelle spalle. «*Et voilà*. Questo non è un novello Francis Dashwood losco ma razionale. Direi piuttosto un nuovo Charles Manson. Uno psicotico. Un genio, ma psicotico.»

«Il che significa?»

«Il detective è lei. Credo che significhi che lui si spingerà troppo in là. Commetteranno un errore, nella loro frenesia. L'unico problema è...»

«Quante persone uccideranno prima di allora?»

«Esatto. Adesso deve assaggiare questo *daikon*. È una specie di ravanello. Ha un gusto celestiale.»

Tornato a Scotland Yard, Forrester rivisse il pranzo con un rutto felice, poi si sedette sulla poltroncina girevole e la fece girare ripetutamente, come un bambino. Si era leggermente ubriacato con il sakè, ma ne aveva diritto. Quel pranzo era stato veramente utile. Il pranzo con il suo nuovo amico Hugo. Prese il telefono e chiamò Boijer.

«Sì, signore?»

«Boijer, ho bisogno di una ricerca. Ampia e approfondita.»

«Su cosa?»

«Fai un giro di telefonate alle scuole private più esclusive.»

«Okay...»

«Comincia con Eton. Winchester. Westminster. Non scendere più giù di Millfield. Prova con Harrow. Verifica l'elenco con l'associazione dei presidi.»

«Giusto. E... cosa gli chiediamo?»

«Notizie su ragazzi scomparsi. Studenti scomparsi. E tenta anche con le migliori università. Oxford e Cambridge, Londra, St Andrews, Durham. Conosci la lista.»

«Bristol.»

«Perché no? Ed Exeter. E il college di agraria a Cirencester. Abbiamo bisogno di trovare studenti che abbiano lasciato la scuola all'improvviso e di recente. Voglio ragazzi ricchi e raffinati. Con problemi.»

27

Il cadavere putrefatto e semimummificato del bimbo giaceva a terra. Un tanfo di decomposizione antica vorticava nell'aria. Lampadine nude oscillavano sopra i reperti e gli scaffali del sotterraneo del museo. Gli uomini che si stavano avvicinando erano massicci, armati e furibondi. A Rob parve di riconoscerne alcuni già visti allo scavo. Curdi. Sembravano curdi.

Il sotterraneo aveva un'unica porta e la strada per raggiungerla era bloccata da quelle figure minacciose. Otto o nove uomini. Alcuni brandivano armi da fuoco: una vecchia pistola, una doppietta, un fucile da caccia nuovo di zecca. Gli altri impugnavano grossi coltelli, uno dei quali talmente grande da sembrare un machete. Rob scoccò a Christine un'occhiata di scusa e di profonda afflizione. Lei sorrise, tristemente, disperatamente, poi gli si avvicinò, allungò una mano e strinse con forza la sua.

Li catturarono e li separarono. Gli uomini presero Rob per la collottola e Christine per le braccia. Lui rimase a guardare mentre il più robusto, quello che sembrava il capo, scrutava nel passaggio laterale, guardando l'urna spaccata e il patetico corpicino con lo strano liquido dall'odore pungente che gli colava tutt'intorno. Sibilò qualcosa ai compagni e subito due curdi si staccarono dal gruppo principale e imboccarono il passaggio, forse per occuparsi delle prove, per fare qualcosa di quell'osceno e piccolo ammasso di carne marcescente.

Rob e Christine furono portati fuori dal sotterraneo. Uno degli uomini che tenevano stretto Rob gli affondò una pistola nella guancia, con forza. La canna fredda dell'arma odorava di grasso. Altri due uomini serravano le braccia nude di Christine.

Quello alto con il fucile da caccia chiudeva la fila con un paio di luogotenenti.

Dove li stavano portando? Lui sentiva che anche i curdi avevano paura, forse tanto quanto loro due. Ma erano anche determinati. Continuarono a spingerli e tirarli costeggiando le lunghe file di oggetti antichi, oltre i mostri del deserto, i generali romani e gli dèi della tempesta cananei. Oltre Anzu, Ishtar e Nimrud.

Salirono le scale che portavano nel salone principale del museo. Christine stava imprecando coraggiosamente, in francese. Rob provò un impeto di protezione verso Christine e un impeto di vergogna verso se stesso. Era lui l'uomo, là. Avrebbe dovuto fare qualcosa. Dimostrarsi un eroe. Togliere di mano i coltelli ai curdi con un calcio, voltarsi e atterrare i rapitori con una mossa di lotta libera, afferrare la mano di Christine e portarla in salvo, trascinarla fino alla luce della libertà.

Ma la vita non funzionava così. Li stavano conducendo lentamente ma con fermezza, come animali prigionieri, verso un destino inevitabile. Un destino che era... Quale, di preciso? Volevano rapirli? Si trattava di una dimostrazione di forza? Erano terroristi? Cosa stava succedendo? Lui sperò che i curdi fossero in qualche modo dei poliziotti. Impossibile. Quello non somigliava affatto a un arresto. Quei tizi avevano un'aria furtiva e colpevole – e minacciosa. Immagini di decapitazioni gli colmarono la mente. Tutti quei poveretti in Iraq, Afghanistan e Cecenia. Tenuti inchiodati al suolo. Il coltello che recideva cartilagine e trachea. Le esalazioni gassose mentre il corpo senza testa pompava aria e sangue, poi si accasciava a terra. *Allahu Akhbar. Allahu Akhbar.* Le riprese sgranate diffuse in Internet. L'orrore. Un sacrificio umano dal vivo in rete.

Christine stava ancora imprecando. Rob lottava e si divincolava ma gli uomini lo tenevano stretto saldamente. Non poteva fare l'eroe. Poteva tentare di gridare. «Christine?» chiamò. «Christine?»

Alle sue spalle sentì rispondere «Sì!»

«Stai bene? Cosa...»

Gli piombò un pugno in bocca. Sentì il palato riempirsi di sangue caldo e salato. Il dolore fu lancinante: il suo corpo si afflosciò.

Il capo gli si piazzò di fronte. Gli sollevò il viso sanguinante e disse: «No parlare! No dire!»

Il suo volto non era crudele. L'espressione era piuttosto... rassegnata. Come se quella fosse una cosa che dovevano fare, anche se avrebbero preferito di no. Qualcosa di atroce...

Come un'esecuzione.

Rob rimase a guardare mentre uno dei curdi apriva lentamente e con cautela la porta principale del museo. E in quel momento Rob rivide in una serie di flash anche le ultime, assurde ore della sua vita: le capre macellate per le strade di Urfa, gli uomini vestiti a festa con quegli ampi pantaloni neri, il suo ingresso furtivo nel museo con Christine. Poi il grido silenzioso del neonato. Sepolto vivo dodicimila anni prima.

Il curdo fermo sulla soglia rivolse un cenno d'assenso ai compagni. Il campo, apparentemente, era libero.

«Vai!» gridò il capo a Rob. «Vai dentro macchina!»

Bruscamente, gli uomini gli fecero attraversare l'afoso parcheggio rischiarato dalla luna. All'auto imbrattata di fichi che avevano notato all'arrivo si erano aggiunti altri tre veicoli. Erano macchine vecchie: malconce automobili locali, di certo non della polizia. Rob sentì svanire l'ultimo barlume di speranza.

La loro intenzione era chiaramente quella di portarli in un posto lontano da lì. Fuori città, magari. In una fattoria isolata. Dove li avrebbero incatenati alle sedie. Immaginò il suono del coltello che gli avrebbe tagliato la gola. *Allahu Akhbar*. Scacciò l'idea. Doveva restare lucido. Salvare Christine. Salvare se stesso per sua figlia.

Sua figlia!

Il senso di colpa gli trafisse il cuore come un pugnale di vetro. Sua figlia Lizzie! Solo il giorno prima le aveva promesso di tornare a casa entro una settimana. Adesso rischiava di non rivederla mai più. Stupido stupido stupido *stupido*.

Una mano gli stava spingendo in giù la testa. Volevano che si chinasse e si sedesse sul sedile posteriore, che odorava di vecchio. Rob tentò di resistere, sentiva che lo stavano portando a morire. Si voltò e vide Christine subito dietro di lui, un coltello puntato alla gola. La stavano spingendo verso l'altra macchina; non c'era nulla che potesse fare.

Poi: «Fermi!»

Il momento si cristallizzò. Luci abbaglianti rischiararono il parcheggio.

«Fermi!»

Le luci erano davvero accecanti. Rob percepì la presenza di molti altri uomini. Varie sirene. Luci rosse e blu. Luce e rumore ovunque. La polizia. Era la polizia? Con uno scatto sfilò un braccio dalla morsa del suo carceriere, si riparò il volto e guardò verso le luci abbaglianti, accecanti...

Era Kiribali, con venti o trenta agenti. Stavano correndo nel parcheggio. Si stavano piegando sulle ginocchia, in posizione. Stavano prendendo la mira. Ma non erano semplici poliziotti. Indossavano una tenuta nera, quasi paramilitare, e brandivano delle mitragliette.

Kiribali stava gridando qualcosa ai curdi, in turco. E i curdi stavano indietreggiando. Quello più vicino a Rob lasciò cadere la vecchia pistola, poi alzò le mani. Lui vide Christine divincolarsi dai rapitori e attraversare di corsa il parcheggio, fino al cordone di sicurezza.

Lui liberò il secondo braccio, con uno strattone, e raggiunse Kiribali, il cui viso era talmente inespressivo da rasentare il disprezzo. L'uomo gli disse brusco: «Venga con me».

Rob e Christine furono condotti in fretta e furia fuori dal terreno del museo fino a una grossa BMW nuova. Il poliziotto turco ordinò loro di salire dietro, prese posto sul sedile del passeggero e si voltò a guardarli. «Vi accompagno all'aeroporto.»

«Ma...» cominciò a dire Rob. La bocca gli pulsava per il dolore, a causa del pugno ricevuto.

Kiribali lo zittì. «Sono andato nell'appartamento e nella stanza d'albergo. Deserti! Tutti e due. Ho capito che eravate venuti qui. Siete così sciocchi. Veramente sciocchi!» La BMW stava sfrecciando lungo l'ampia via illuminata dai lampioni. Lui disse qualche frettolosa parola in turco all'autista, che rispose obbediente.

Poi l'investigatore lanciò a Rob un'occhiata truce. «Le vostre valigie sono nel bagagliaio. Anche i passaporti. E i vostri portatili. Il resto ve lo spediremo. Voi lasciate la Turchia *stanotte*.» Lanciò due documenti sul sedile posteriore. «I biglietti. Per Istanbul, poi Londra. Sola andata. *Stanotte*.»

Christine protestò, ma la sua replica suonò esitante e la sua voce tremula. Kiribali la osservò con sconfinato disprezzo, poi lui e l'autista scambiarono qualche altra parola. La macchina aveva ormai raggiunto la periferia della città. Nella notte, nel pianoro semideserto regnava un silenzio perfetto, e la luce lunare irradiava un alone d'argento brunito.

Quando arrivarono all'aeroporto, l'autista tolse le valigie dal bagagliaio. Kiribali li accompagnò dentro il minuscolo edificio e li controllò finché non finirono il check-in, poi indicò il cancello partenze. «Mi aspetto di *non* rivedere nessuno dei due. Se tornate, probabilmente i curdi vi uccidono. E se non lo fanno, io vi sbatto in galera. Per molto, moltissimo tempo.» Batté i tacchi come un ufficiale prussiano pronto a obbedire a un ordine, scoccò loro un'altra occhiata furibonda, sprezzante, poi se ne andò.

Rob e Christine superarono in fila indiana i controlli di sicurezza e salirono sull'aereo. L'apparecchio rullò e decollò. Rob si abbandonò contro lo schienale, l'intero corpo che pulsava per il dolore e l'adrenalina. Adesso sentiva tutto l'assalto dell'emozione, la paura, la rabbia feroce. Era la stessa sensazione sperimentata in Iraq dopo l'attentato suicida. Contrasse e rilassò ripetutamente i muscoli della mascella. Il labbro gli doleva ancora, un dente era scheggiato. Si sforzò di rilassarsi. La sua mente stava lavorando a pieno ritmo, quasi in modo doloroso. Non finiva lì. C'era ancora una storia. Lui era un giornalista, un bravo giornalista. Non era altro che questo, ma poteva approfittarne. Aveva bisogno di incanalare quella rabbia, quella rabbia impotente, la sua virilità umiliata. Se credevano di poterlo cacciare via spaventandolo con pistole e coltelli si sbagliavano di grosso. Avrebbe ottenuto la sua storia. Non si sarebbe lasciato intimidire.

Doveva assolutamente rilassarsi, ma aveva una gran voglia di urlare. Si voltò a guardare Christine.

Per la prima volta da quando l'anfora con il neonato si era spaccata, lei gli si rivolse direttamente. In tono sommesso ma chiaro disse: «Cananei».

«Cosa?»

«È quello che facevano gli antichi cananei. Seppellivano i figli. Vivi.» Si girò per guardare fisso davanti a sé. «E all'interno di vasi.»

28

Rob posò il cellulare e osservò il fastidioso trambusto dell'aeroporto di Istanbul. Aveva passato un'ora a parlare con la figlia: un'ora felice, nostalgica, deliziosa. Avevano parlato tanto. Poi, aveva trascorso dieci minuti stizziti e irritanti a parlare con la madre della bambina. La sua ex moglie, scoprì, stava giusto per portare Lizzie in campagna per una quindicina di giorni. Anche se lui fosse tornato a casa in aereo in quel preciso istante avrebbe comunque mancato la figlia.

Si sfregò via la stanchezza dal viso. Erano atterrati in piena notte, esausti, e avevano dormito solo poche ore sulle sedie dell'aeroporto. Non erano certo bastate a fargli passare la tensione. Erano state ventiquattro ore davvero incredibili. Un'incredibile concatenazione di eventi. E adesso, cosa avrebbe fatto?

«Ehi, soldato.» Christine aveva in mano due lattine di Diet Coke. «Secondo me ti ci vuole proprio una di queste.»

Rob, grato, accettò una lattina e la aprì; il liquido ghiacciato gli fece dolere il labbro spaccato.

«A casa è tutto a posto, Robert?»

«Sì...» Lui osservò un uomo d'affari cinese che espettorava con esuberanza in un cestino dei rifiuti. «No, non proprio. Questioni di famiglia.»

«Ah.» Lei osservò serenamente la sala transiti. «Guardati intorno. Tutto così normale. Starbucks. McDonald's... Nessuno crederebbe mai che siamo quasi stati rapiti. Soltanto ieri notte.»

Rob capiva benissimo cosa intendesse dire. Sospirò e guardò con rancore il tabellone delle partenze. Mancavano ancora parecchie ore al volo per Londra. Non sopportava di dover stare lì a perdere tempo. Ma non voleva nemmeno tornare a Londra, se sua figlia non c'era. A cosa sarebbe servito? No, quello che voleva era risolvere l'enigma alla base della vicenda. Rispettare i suoi impegni. Aveva già parlato con il suo caporedattore fornendogli una versione leggermente purgata degli ultimi sviluppi. Steve aveva imprecato, due volte, per poi chiedergli se si sentiva al sicuro. Rob aveva risposto che, nonostante tutto, stava benissimo. Quindi Steve aveva accettato, con una certa esitazione, che lui proseguisse, «sempre se riesci a tenere la tua testaccia lontana dalle pallottole». Aveva perfino promesso di versargli un altro po' di soldi sul conto per agevolare le cose. Quindi la bussola stava puntando in un'unica direzione. Non mollare. Non arrenderti. Insisti. Procurati la storia.

Ma c'era un grosso problema legato all'insistere: Rob non sapeva che intenzioni avesse Christine. La dura prova affrontata al museo era stava davvero terrificante. Lui si sentiva in grado di gestire l'accaduto perché era abituato al pericolo. Era riuscito a gestire l'Iraq. Per un soffio. Ma Christine sarebbe stata altrettanto stoica? O pretendeva troppo da lei? Era una studiosa, non una cronista. Finì la Coca e trovò un cestino in cui buttare la lattina. Quando tornò indietro, Christine lo squadrò con un fioco sorriso. «Non vuoi tornare a casa, vero?»

«Come l'hai indovinato?»

«L'ho capito dal modo in cui continui a guardare in cagnesco il tabellone delle partenze, come se fosse il tuo peggior nemico.»

«Mi dispiace.»

«Io provo esattamente la stessa cosa, Robert. Troppe questioni rimaste in sospeso. Non possiamo scappare come se niente fosse, vero?»

«Allora... cosa facciamo?»

«Andiamo a trovare la mia amica, Isobel Previn. Abita qui.»

Mezz'ora dopo stavano chiamando con un cenno un taxi; altri dieci minuti e stavano sfrecciando sull'autostrada, diretti verso il trambusto di Istanbul. Lungo la strada Christine tornò sui trascorsi di Isobel Previn.

«Ha vissuto a lungo a Konya, lavorando con James Mellaert. A Çatal Hüyük. Ed è stata mia insegnante a Cambridge.»

«Giusto. Ricordo che me l'hai detto.»

Rob guardò fuori dal finestrino del taxi. Dietro le sopraelevate e i complessi residenziali riuscì a scorgere un'enorme cupola circondata da quattro alti minareti: Hagia Sophia, la grande cattedrale di Costantinopoli. Vecchia di millecinquecento anni.

Istanbul, apparentemente, era un luogo curioso e dinamico. Antiche mura cozzavano con grattacieli scintillanti. Le strade brulicavano di persone dall'aspetto occidentale – ragazze in minigonna, uomini in completo elegante – ma di tanto in tanto oltrepassavano a gran velocità un quartiere levantino, con fabbri sudici e madri velate, e fili di bucato lurido steso ad asciugare. E intorno a tutto questo, visibile tra i condomini e gli alti palazzi di uffici, c'era il possente Bosforo, l'enorme mezzaluna d'acqua che divide l'Asia dall'Europa e l'Occidente dall'Oriente. I barbari dalla civiltà. A seconda del versante in cui vivi.

Christine telefonò alla sua amica Isobel. Dal tono della conversazione Rob intuì che Isobel era felice di sentire la sua ex studentessa. Aspettò che la chiamata terminasse, poi chiese: «Allora, dove abita?»

«Ha una casa su una delle isole dei Principi. Possiamo prendere un traghetto dal porto.» Christine sorrise. «È una casa molto carina. E lei ci ha invitato a restare.»

Rob assentì, felice.

Lei aggiunse: «Potrebbe benissimo essere in grado di aiutarci con... i misteri archeologici».

L'orribile piccola mummia nell'anfora, il vaso per le olive. Mentre il tassista inveiva contro i camion, Rob le chiese qualche altra informazione sui cananei.

«Un tempo ho lavorato a Tell Gezer», raccontò Christine. «È un sito sulle colline della Giudea, a mezz'ora da Gerusalemme. Una città cananea.»

Adesso il taxi stava scendendo verso il porto. Avevano lasciato la strada principale per avanzare lentamente lungo vie gremite, permeate di energia.

«I cananei erano soliti seppellire i loro primogeniti, ancora vivi, all'interno di anfore. In quel sito ne abbiamo trovati alcuni. Neonati chiusi dentro vasi, come quelli nel sotterraneo del museo. Ecco quello che abbiamo visto là sotto: la vittima di un sacrificio.»

L'orribile immagine del viso del neonato riempì i pensieri di Rob. Il terribile urlo silenzioso di quel viso. Rabbrividì. Chi diavolo avrebbe seppellito vivo un neonato? In un vaso? Perché? Qual era lo scopo evolutivo? Cosa poteva mai spingere a farlo? Che razza di Dio esigeva una simile atrocità? Cos'era successo a Gobekli? Mentre l'auto svoltava su un lungomare trafficato, gli venne in mente un'altra cosa. «Abramo non era legato ai cananei?»

«Sì», rispose Christine. «Quando lasciò Harran e Sanliurfa scese nella terra dei cananei. O almeno è questo che dice la Bibbia. Ehi, mi sa che siamo arrivati.»

Si trovavano davanti a un terminal di traghetti. L'atrio era pieno di bambini, ragazze in bicicletta e uomini che portavano scatoloni di biscotti al sesamo. Rob percepì di nuovo la faglia di civilizzazione che tagliava in due la città: era quasi schizofrenica. Uomini in jeans erano fermi accanto a uomini dalla lussureggiante barba musulmana; ragazze in minigonna ridevano parlando al cellulare accanto a ragazze in chador nero.

Comprarono un biglietto e salirono sul ponte superiore. Passeggiando accanto alla ringhiera di poppa, lui sentì il suo umore migliorare. Acqua, sole, aria pulita, brezze fresche. Come gli era mancato tutto questo. Sanliurfa era così ferocemente priva di sbocchi sul mare, torrida nel catino del Kurdistan.

Il traghetto procedeva scoppiettando. Christine indicò alcuni luoghi d'interesse nello skyline di Istanbul. Il Corno d'Oro. La Moschea Blu. Il palazzo del Topkapi. Un bar dove una volta lei e Isobel si erano ubriacate con il *raki*. Poi raccontò di Cambridge e dei suoi giorni all'università. Rob rise dei suoi aneddoti. Aveva avuto una gioventù piuttosto sfrenata. Prima di rendersene conto, sentì suonare la sirena del traghetto: avevano raggiunto l'isola.

Il piccolo molo era pieno di turchi, ma Christine individuò subito Isobel. Non fu certo difficile. L'anziana donna dai capelli argentei spiccava tra i volti più scuri. Indossava abiti fluttuanti. Una sciarpa di seta arancione. E lorgnette.

Scesero dalla passerella. Le due donne si abbracciarono, poi Christine presentò Rob. Isobel sorrise, molto cordialmente, e gli spiegò che la sua casa distava mezz'ora di cammino.

«Mi dispiace, non ci sono macchine sulle isole, sai? Non sono consentite. Grazie a Dio.»

Mentre si aprivano un varco tra la ressa Christine le raccontò tutta la straordinaria storia delle ultime settimane. L'orrendo omicidio. Gli incredibili ritrovamenti. Isobel annuì. Espresse il suo cordoglio per Franz. Rob notò che le due donne avevano un rapporto quasi madre-figlia. Era commovente.

Quel pensiero gli fece tornare in mente Lizzie. Quell'isola le sarebbe piaciuta, ne era sicuro. Era graziosa, eppure anche vagamente misteriosa, con le case di legno e le tamerici, le fatiscenti chiese bizantine e i gatti che dormivano al sole. Tutt'intorno a loro c'era acqua scintillante e, in lontananza, il famoso skyline di Istanbul. Era magnifico. Si ripromise fermamente di portarci la figlia, in una bella giornata di sole.

La casa di Isobel era deliziosamente antica: un fresco ritiro estivo per giovani principi ottomani. La costruzione di pietra bianca era situata accanto a una spiaggia ombreggiata e guardava, al di sopra dell'acqua, verso alcune delle altre isole.

Si sedettero su divani imbottiti e Christine concluse il racconto su Gobekli e le ultime settimane. L'intera casa era immersa nella quiete mentre lei terminava la cronaca con la terribile parte finale: il rapimento nel museo, da cui erano scampati per un pelo.

Il silenzio cantava nell'aria. Rob sentiva lo sciabordio dell'acqua dietro le persiane socchiuse che scricchiolavano nel sole.

Isobel giocherellò languidamente con i suoi lorgnette. Finirono il tè. Christine guardò Rob alzando le spalle come per dire: *Forse Isobel non può aiutarci. Forse il rompicapo è troppo complicato.*

Lui sospirò, affaticato. Ma poi la padrona di casa raddrizzò la schiena, vigile, con gli occhi scintillanti. Gli chiese di mostrarle la foto del simbolo sull'anfora che aveva scattato col cellulare.

Rob frugò nella tasca, recuperò il telefonino e richiamò l'immagine sul display. Isobel studiò la foto. «Sì. Come pensavo. È un *sanjak*. Un simbolo usato nel culto degli angeli.»

«Il culto di *cosa*?»

«Il culto degli angeli, gli yezidi...» Lei sorrise. «Meglio che vi spieghi. La remota zona del Kurdistan intorno a Sanliurfa è uno straordinario vivaio di credenze. Cristianesimo, giudaismo e islam hanno tutti salde radici là. Ma ci sono anche altre fedi, perfino più antiche, che sopravvivono in Turchia. Come yarsanismo, alevismo e yezidismo. Tutte insieme sono definite culto degli angeli. Hanno forse cinquemila anni, forse di più, ed esistono unicamente in quella parte del mondo.» Si interruppe per un attimo. «E lo yezidismo è la più antica e strana di tutte.»

«In che senso?»

«Gli usi e costumi degli yezidi sono profondamente peculiari. Onorano alberi sacri. Le donne non devono tagliarsi i capelli. Rifiutano di mangiare lattuga. Evitano di indossare il blu perché lo ritengono assolutamente sacro. Sono severamente divisi in caste, i cui membri non possono sposarsi tra loro. Le caste superiori applicano la poligamia. Qualsiasi adepto che sposi un non yezidi rischia l'ostracismo, o peggio. Quindi non si sposano mai al di fuori della fede. Mai.»

Christine la interruppe. «Ma il culto degli angeli non si è praticamente estinto, in Turchia?»

«Quasi. Gli ultimi adepti vivono prevalentemente in Iraq, sono circa mezzo milione. Ma ci sono ancora alcune migliaia di yezidi in Turchia. Sono ferocemente perseguitati ovunque, è ovvio. Da musulmani, cristiani, dittatori...»

Rob chiese: «Ma in cosa credono?»

«Lo yezidismo è sincretico: combina elementi di varie fedi. Come gli indù, credono nella reincarnazione. Come gli antichi mitraisti, sacrificano tori. Credono nel battesimo, come i cristiani. Quando pregano lo fanno rivolti verso il sole, come gli zoroastriani.»

«Perché pensa che il disegno sull'anfora sia un simbolo degli yezidi?»

«Ti faccio vedere.» Isobel raggiunse la scaffalatura sulla parete opposta e tornò con un volume. A metà del libro trovò un'illustrazione raffigurante uno strano bastone di rame con un uccello sulla sommità. Il simbolo veniva definito un «*sanjak* degli yezidi». Era identico a quello impresso sull'anfora.

Isobel chiuse il volume e si rivolse a Christine. «Ora, dimmi il nome completo degli operai che lavoravano al sito. E il cognome di quel Beshet, quello del museo.»

Christine chiuse gli occhi, tentando di ricordare. Con qualche piccola esitazione recitò una lista di mezza decina di nomi, poi qualche altro.

Isobel annuì. «Sono yezidi. Gli operai nel tuo sito, intendo. Sono yezidi. E anche Beshet. E immagino che lo fossero anche gli uomini venuti a rapirvi. Stavano proteggendo le anfore nel museo.»

«Già, tutto torna», commentò Rob, elaborando in fretta la cosa. «Se consideriamo la sequenza degli eventi... È andata sicuramente così: quando Christine ha chiesto a Beshet il codice, lui gliel'ha dato ma poi ha chiamato gli altri yezidi per avvertirli. Ecco perché ci hanno trovato al museo, avevano ricevuto una soffiata!»

Christine intervenne. «D'accordo, ma perché gli yezidi dovrebbero preoccuparsi tanto di quelle vecchie anfore, per quanto sia orrendo quello che contengono? Cosa c'entra tutto questo con loro, ormai? Perché erano così disperatamente ansiosi di fermarci?»

«È questo il nocciolo della questione», disse Isobel.

La persiana aveva smesso di scricchiolare. Il sole luccicava sulle placide acque fuori dalla finestra.

«C'è un'altra cosa», affermò la donna. «Gli yezidi hanno un dio molto strano. È raffigurato sotto forma di pavone.»

«Adorano un uccello?»

«E lo chiamano Melek Taus. L'angelo pavone. Un altro nome usato è... Moloch. Il dio-demone adorato dai cananei. E un altro nome ancora è Satana. Secondo i cristiani e i musulmani.»

Rob rimase sconcertato. «Vuole dire che gli yezidi sono *satanisti*?»

Isobel annuì allegramente. «Shaitan, il demone. Il terribile dio del sacrificio.» Sorrise. «Dal nostro punto di vista sì. Gli yezidi adorano il diavolo.»

Cloncurry. Quello era il loro ultimissimo nome e la loro maggiore speranza. Forrester passò in rassegna i documenti e le fotografie che aveva in grembo mentre la pioggia inzaccherava il parabrezza. Lui e Boijer si trovavano su un'auto a noleggio nella Francia settentrionale, diretti a sud da Lille. Boijer era al volante, Forrester stava leggendo in fretta. E augurandosi che fossero finalmente sulla pista giusta. C'erano buone probabilità che fosse così.

Avevano trascorso gli ultimi giorni a parlare con presidi e rettori e tutor, telefonando a medici riluttanti in cliniche universitarie. Erano emersi alcuni candidati che promettevano bene. Uno studente che aveva lasciato i corsi a Christ Church, Oxford. Un paio di ragazzi espulsi da Eton e Marlborough. Uno studente schizofrenico scomparso da St Andrews. Forrester era rimasto scioccato dal numero di universitari cui era stata diagnosticata la schizofrenia. Centinaia, in tutto il paese.

Ma in seguito i candidati erano stati tutti eliminati, per un motivo o per l'altro. Il ragazzo snob che aveva lasciato Oxford si trovava in una clinica psichiatrica. Quello del St Andrews era in Thailandia. L'espulso da Eton era morto. Alla fine avevano ridotto la gamma di possibilità a un unico nome: Jamie Cloncurry.

Corrispondeva perfettamente al profilo. La sua famiglia era ricchissima e di ascendenza aristocratica. Era stato educato molto costosamente a Westminster dove il suo comportamento, stando al direttore del suo convitto, si era dimostrato eccentrico fino a rasentare la violenza. Aveva picchiato un altro studente ed era giunto pericolosamente vicino all'espulsione. Ma, data la sua eccellenza accademica, gli era stata concessa una seconda possibilità.

In seguito era andato a studiare matematica all'Imperial College di Londra, una delle migliori università scientifiche al mondo. Era una magnifica opportunità, ma Cloncurry non aveva risolto i suoi problemi; anzi, era diventato ancora più incontrollabile. Si era dato alla droga pesante ed era stato sorpreso con delle squillo nel college. Una di loro lo aveva denunciato per percosse ma l'Ufficio indagini preliminari della Corona aveva lasciato cadere l'accusa, data l'improbabilità di un'incriminazione: lei era una prostituta, lui uno studente molto dotato presso un ateneo di alto livello.

Dettaglio fondamentale, sembrava che Cloncurry avesse riunito intorno a sé un certo numero di amici intimi: italiani, francesi e americani. Uno degli studenti del suo corso aveva affermato che la ristretta cerchia di Cloncurry era «inquietante. Gli altri lo veneravano». E, come Boijer e Forrester avevano accertato, nel corso delle ultime due o tre settimane erano scomparsi. Nessuno li aveva più visti alle lezioni. Una ragazza, preoccupata, aveva denunciato la scomparsa del fratello. Il college aveva affisso nel bar studentesco dei volantini con la sua foto. Un ragazzo italiano: Luca Marsinelli.

I giovani non avevano lasciato tracce. I loro alloggi erano del tutto privi di indizi. Nessuno sapeva dove fossero andati né se ne curava particolarmente. I membri della cricca non piacevano a nessuno. Conoscenti e vicini si rivelarono soprendentemente vaghi. «Gli studenti vanno e vengono di continuo.» «Pensavo fosse tornato a Milano.» «Ha detto solo che stava per andare in vacanza.»

A Scotland Yard erano stati quindi costretti a prendere alcune decisioni difficili. La squadra di Forrester non poteva seguire tutte le piste con la stessa energia. Il tempo stringeva. Il Land Cruiser Toyota era stato ritrovato, abbandonato alla periferia di Liverpool: evidentemente avevano capito che era diventato una zavorra. Si erano dati alla macchia, ma Forrester sapeva che avrebbero colpito ancora, e presto. Ma dove? Non c'era tempo per le congetture, così aveva ordinato alla sua squadra di concentrarsi su Cloncurry.

Avevano scoperto che la famiglia Cloncurry viveva in Piccardia, nella Francia settentrionale. I Cloncurry avevano una dimora avita nel Sussex, un grande appartamento a Londra e perfino una villa alle Barbados, ma per qualche misterioso motivo abitavano nel centro della Piccardia, nei pressi di Albert. Motivo per cui Forrester e Boijer, quella mattina, avevano preso il primo Eurostar da Londra a Lille.

L'ispettore osservò gli sconfinati campi ondulati, le piccole macchie d'alberi sparse, il cielo grigio e implacabile della Francia settentrionale. Di quando in quando una delle colline era ornata dall'ennesimo cimitero britannico del periodo bellico: una parata lirica ma malinconica di sobrie lapidi in pietra. Migliaia e migliaia di tombe. Uno spettacolo deprimente, reso ancor più sconfortante dalla pioggia. Gli alberi erano in piena fioritura di maggio, ma perfino i fiori sembravano appassiti e inermi sotto la pioggerellina incessante.

«Di sicuro non è la regione più bella della Francia, questa, vero signore?»

«Orrenda», ribatté Forrester. «Tutti questi cimiteri.»

«Un sacco di guerre, qui, giusto?»

«Sì. E di industrie ormai agonizzanti. Il che non è certo d'aiuto.» L'ispettore si interruppe, poi aggiunse: «Un tempo venivamo qui in vacanza».

Boijer ridacchiò. «Davvero un'ottima scelta.»

«Non intendevo proprio *qui*. Venivamo a campeggiare nel sud della Francia, quando ero bambino. Ma non potevamo permetterci l'aereo, quindi dovevamo scendere in auto attraverso tutta la Francia. Da Le Havre. E passavamo di qui, dalla Piccardia. Superando Albert e la Somme e il resto. E ogni volta io piangevo, perché era tutto così... Così brutto. I paesi erano orribili perché erano stati tutti ricostruiti dopo la Grande

Guerra. In cemento. Milioni di uomini sono morti su questi campi bagnati, Boijer. Milioni. Sui campi delle Fiandre.»

«Lo immagino.»

«Penso che i finlandesi vivessero ancora negli igloo, all'epoca.»

«Sì, signore. Mangiando muschio.»

I due uomini scoppiarono a ridere, come bambini. A Forrester serviva un pizzico di distrazione. Il viaggio in Eurostar era già stato fin troppo deprimente: avevano passato tutto il tempo a riesaminare i rapporti del patologo, per accertarsi di non essersi lasciati sfuggire qualcosa. Ma non avevano notato nulla di particolare. Era soltanto la solita raggelante analisi scientifica delle ferite. *Estesa emorragia. Ferita da lama nel quinto spazio intercostale. Morte dovuta ad asfissia traumatica.*

«Secondo me ci siamo», annunciò Boijer.

Forrester controllò il cartello stradale: RIBEMONT-SUR-ANCRE, 6 KM. «Hai ragione. Gira qui.»

L'auto sterzò sulla bretella, aprendosi un varco tra pozzanghere di acqua piovana. Lui si chiese come mai piovesse così tanto nel nord-est della Francia. Ricordò racconti di soldati della Grande guerra che annegavano nel fango, annegavano letteralmente a centinaia e migliaia, nel fango turbolento, fradicio di pioggia. Che razza di modo di morire. «E gira a destra qui.»

Verificò l'indirizzo dei Cloncurry. Aveva telefonato alla famiglia e ottenuto il consenso a un colloquio soltanto il giorno prima. La voce della madre era suonata fredda e leggermente tremula, al telefono. Ma gli aveva fornito indicazioni precise. *Superi rue Voltaire. Proceda per un chilometro. Giri a sinistra, verso Albert.* «Qui svolta a sinistra...»

Boijer ruotò il volante e l'auto a noleggio attraversò con uno sciabordio una pozzanghera; la strada era praticamente un viottolo.

Poi videro la villa. Era enorme e imponente, con persiane e finestre d'abbaino e un tetto molto spiovente in stile francese.

Ma appariva anche tetra, buia e opprimente. Un posto strano in cui venire a vivere.

La madre di Jamie Cloncurry li stava aspettando in fondo a un ampio vialetto circolare. Il suo accento suonò gelidamente raffinato. Molto inglese. Il marito si trovava appena dentro casa, con una costosa giacca di tweed e pantaloni di velluto a coste. Portava calzini di un rosso acceso.

In salotto una cameriera servì il caffè. La signora Cloncurry sedeva di fronte a loro, con le ginocchia serrate l'una contro l'altra. «Allora, ispettore Forrester, vuole parlare di mio figlio Jamie...»

L'interrogatorio fu difficile, stentato e faticoso. I genitori dichiararono di avere perso il controllo su Jamie gia un bel po' prima che lui diventasse maggiorenne. Al tempo dell'università avevano perso anche ogni contatto. La bocca della madre si contrasse, quasi impercettibilmente, quando parlò dei «problemi» di Jamie.

Era colpa delle droghe. E degli amici del figlio. La donna confessò che incolpava anche se stessa per averlo mandato in un collegio, come convittore a Westminster, accrescendo così l'isolamento del ragazzo all'interno della famiglia. «Così lui ha preso le distanze da noi. E questo è quanto.»

Forrester si sentiva frustrato. Aveva già intuito l'andazzo dell'interrogatorio. I genitori non sapevano nulla: in pratica avevano ripudiato il figlio.

Quando fu Boijer a porre le domande, l'ispettore ebbe modo di osservare il salotto ampio e silenzioso. C'erano parecchie foto di famiglia che ritraevano la figlia, la sorella di Jamie; la mostravano in vacanza, in sella a un pony o alla cerimonia di laurea. Eppure nessuna foto del figlio. Nemmeno una. E c'erano anche ritratti di famiglia. Una figura militaresca: un Cloncurry del diciannovesimo secolo. Un visconte nell'esercito indiano. E un ammiraglio. Generazioni di illustri antenati li fissavano dalle pareti. E adesso forse – probabilmente – c'era un assassino in famiglia. Un omicida psicotico. Forrester percepiva la vergogna dei Cloncurry. Percepiva il dolore della madre. Il padre praticamente non aprì bocca per tutto il tempo.

Le due ore trascorsero con esasperante lentezza. Alla fine la signora Cloncurry li accompagnò alla porta. I suoi penetranti occhi azzurri guardarono dentro Forrester: non *lui* ma *dentro* di lui. Il suo viso dai tratti aquilini ricordava senza dubbio il volto sulla foto di Jamie Cloncurry che l'ispettore aveva già preso dagli archivi dell'Imperial College. Il ragazzo era avvenente, con quegli zigomi particolarmente alti. La madre doveva essere stata bellissima, un tempo; era ancora magra come una modella.

«Ispettore», disse, mentre restavano fermi sulla soglia, «vorrei poterle dire che Jamie non ha fatto queste... queste cose terribili. Ma... ma...» Si zittì. Il marito indugiava ancora dietro di lei, i calzini rossi che rilucevano nella penombra dell'atrio.

Forrester annuì e le strinse la mano. Almeno avevano quasi avuto conferma ai loro sospetti. Ma non erano certo più vicini di prima a rintracciare Jamie Cloncurry.

Raggiunsero l'auto, facendo crocchiare la ghiaia. La pioggia era diminuita. «Quindi, è lui», dichiarò Forrester, salendo in macchina.

Boijer avviò il motore. «Mi sa proprio di sì.»

«Ma dove cazzo si trova adesso?»

L'auto scivolò sulla ghiaia umida fino alla strada tortuosa. Dovettero affrontare le strette viuzze del villaggio per raggiungere l'autostrada. E Lille. Mentre attraversavano Ribemont, Forrester notò un piccolo caffè francese, un'umile *brasserie* le cui luci erano invitanti nel grigiore piovigginoso.

«Mangiamo qualcosa?»

«Sì, la prego.»

Parcheggiarono in place de la Révolution. Un enorme e morboso monumento ai caduti della Grande guerra dominava la piazza silenziosa. Quel minuscolo villaggio, dedusse Forrester, doveva essersi trovato giusto al centro dei combattimenti, durante il primo conflitto mondiale. Immaginò che aspetto doveva aver avuto all'apice dell'offensiva della Somme. Soldati inglesi che ciondolavano accanto ai bordelli. Feriti a bordo di ambulanze che sfrecciavano verso ospedali da campo. L'incessante boato dei cannoneggiamenti, pochi chilometri più in là.

«Un posto davvero strano in cui vivere, non trova?» chiese Boijer. «Sono ricchi sfondati, chi glielo fa fare di stare proprio qui a vivere?»

«Mi stavo chiedendo la stessa cosa.» L'ispettore fissò la figura nobilmente straziata di un soldato francese ferito, immortalata nel marmo. «Sarebbe logico aspettarsi che, volendo vivere in Francia, scegliessero la Provenza o un posto simile. Corsica. Cannes. Un posto soleggiato. Non questo cesso.»

Raggiunsero il caffè. Mentre spingevano la porta Boijer disse: «Io non ci credo».

«Cosa vuoi dire?»

«Non mi bevo la parte della madre in lacrime. Non credo che siano totalmente all'oscuro come sostengono. C'è qualcosa di strano in questa faccenda.»

Il locale era praticamente deserto. Un cameriere si avvicinò, asciugandosi le mani su una salvietta sudicia.

«Bistecca con patatine?» chiese Forrester. Sapeva giusto quel po' di francese per ordinare il cibo. Boijer annuì. Lui sorrise al cameriere. «*Deux steak frites, s'il vous plaît. Et une bière pour moi, et un...?*»

Il sergente sospirò. «Pepsi.»

Il cameriere disse un laconico *merci* e scomparve.

Boijer controllò qualcosa sul suo BlackBerry. Forrester capiva sempre quando il suo sottoposto aveva appena avuto un'idea brillante perché spingeva fuori la lingua come uno scolaretto impegnato con un'addizione. Sorseggiò la birra mentre il giovane cercava qualcosa con Google. Alla fine il finlandese si appoggiò allo schienale. «Be', questo sì che è interessante.»

«Cosa?»

«Ho inserito in Google il nome Cloncurry unito a Ribemont-sur-Ancre. E poi l'ho cercato soltanto insieme ad Ancre.»

«Okay...»

Boijer sorrise compiaciuto, un accenno di trionfo sul viso. «Senta questa, signore. Un certo lord Cloncurry fu generale durante la prima guerra mondiale. Ed era stanziato qui nei dintorni. 1916.»

«Sappiamo che la famiglia vanta trascorsi militari...»

«Sì, ma...» Il sorriso del sergente si ampliò. «Ascolti.» Lesse un appunto che aveva scribacchiato sulla tovaglia di carta. «Durante l'estate del 1916 lord Cloncurry è diventato tristemente noto perché lanciava un attacco dopo l'altro contro postazioni tedesche inespugnabili. Ricavando solo sconfitte. In proporzione, sotto il suo comando sono morti più soldati che sotto qualsiasi altro generale inglese nel corso dell'intera guerra. Ecco perché Cloncurry è diventato famoso come 'il Macellaio di Albert'.»

Quello era più interessante. Forrester guardò il suo subalterno.

Boijer alzò un dito e citò: «'La carneficina sotto il comando di Cloncurry, che spediva un'ondata di fanteria dopo l'altra contro lo spietato fuoco delle mitragliatrici della fortissima e bene armata divisione Hanover, fu tale che le sue tattiche furono paragonate da diversi storici alla futilità del... *sacrificio umano*.'»

Nel caffè regnava un silenzio di tomba, poi la porta tintinnò mentre un cliente entrava scrollando l'ombrello fradicio di pioggia.

«C'è di più», disse Boijer. «Questa pagina include un link. Con un risultato curioso. Rimanda a Wikipedia.»

Il cameriere posò sul tavolo due piatti con bistecca e patate fritte. Forrester ignorò il cibo. Fissò intensamente Boijer. «Continua.»

«Sembra che durante la guerra stessero scavando trincee o simili, o magari fosse comuni... comunque trovarono un sito con tracce di sacrifici umani. Risalente all'età del ferro. Tribù celtiche. Rinvennero ottanta scheletri.» Il sergente citò di nuovo. «'Tutti privi di testa, gli scheletri erano stati accatastati e mischiati tra loro insieme alle armi.'» Alzò lo sguardo sul suo capo. «E i corpi erano contorti in posizioni innaturali. A quanto pare è il più grande sito sacrificale in Francia.»

«Dove si trova?»

«Qui, signore. Proprio qui. A Ribemont-sur-Ancre.»

30

Rob si mosse. Christine era stesa al suo fianco, ancora addormentata. Durante la notte, scalciando, aveva scostato metà delle lenzuola. Osservò la sua abbronzatura: la rendeva luminosa. Le carezzò il collo, le baciò la spalla nuda. Lei mormorò il suo nome, si girò verso di lui e russò sommessamente.

Era quasi mezzogiorno. La luce del sole entrava copiosa dalla finestra. Rob scese dal letto e andò in bagno. Tenendo il viso e i capelli sotto il getto d'acqua per svegliarsi, pensò a Christine, a com'era successo. Loro, loro due, lui e lei.

Non aveva mai avuto una storia d'amore come quella: apparentemente erano passati dall'amicizia al tenersi per mano, al baciarsi, all'andare a letto insieme come se fosse la cosa più ovvia e naturale del mondo. Un'evoluzione semplice e prevista. Ricordò il periodo in cui il pensiero di Christine lo innervosiva, restio com'era a palesare i propri sentimenti. Adesso lo trovava assurdo.

Il loro rapporto era al tempo stesso strano e meraviglioso. Forse il paragone più calzante, decise lui, era quello con una canzone. Come quando senti per la prima volta una canzone nuova alla radio e te ne innamori subito, perché la melodia di una grande canzone sembra così azzeccata che ti viene da dire: «Be', ma come mai nessuno ci aveva mai pensato prima? La melodia era già lì... bastava scriverla sul pentagramma».

Si sciacquò il viso e allungò ciecamente la mano verso la salvietta. Si asciugò e uscì dal box doccia. Guardò a sinistra. La finestra del bagno era spalancata e, al di sopra del mar di Marmara, poteva vedere le altre isole dei Principi. Yassiadi. Sedef Adasi, con i villaggi e le foreste dell'Anatolia in lontananza.

Imbarcazioni dalle vele bianche fluttuavano languidamente sull'azzurro. Il profumo di aghi di pino, riscaldati dal sole, riempiva il piccolo bagno.

Il fatto di trovarsi in quella casa aveva indubbiamente favorito la loro storia d'amore, l'aveva nutrita e sviluppata. L'isola era proprio un'oasi paradisiaca, in netto contrasto con la turbolenta e violenta Sanliurfa. E la dimora ottomana di Isobel era così tranquilla, così affascinante e serena. Illuminata dal sole e sonnecchiante accanto alle onde del mar di Marmara; non c'erano nemmeno le automobili a disturbare il silenzio.

Per dieci giorni Rob e Christine si erano rimessi in sesto lì. Avevano anche esplorato le altre isole. Avevano visto la tomba del primo ambasciatore inglese presso l'impero ottomano, inviato da Elisabetta I. Avevano annuito mentre una guida locale mostrava loro la casa di legno dove aveva vissuto Trotsky. Avevano riso davanti a una tazza di caffè turco, nei bar sul lungomare di Buyukada e bevuto inebrianti bicchieri di *raki* insieme a Isobel nel suo giardino invaso dal profumo di rose mentre il sole tramontava sopra la lontana Troia.

Ed era stato durante una di quelle dolci e tiepide serate, sotto i gioielli sparsi delle stelle di Marmara, che Christine si era allungata verso di lui e l'aveva baciato. E Rob aveva ricambiato il bacio. Tre giorni più tardi, Isobel aveva chiesto discretamente alla sua domestica di mettere le salviette degli ospiti in un'unica stanza.

Rob attraversò la casa con passo felpato. Le persiane della camera stavano scricchiolando nella brezza estiva. Christine dormiva ancora, i capelli scuri allargati a raggiera sulla federa di cotone egiziano. Lui calpestò il parquet, a piedi nudi, si infilò in fretta vestiti e scarponcini e scese silenziosamente al piano di sotto.

Isobel era al telefono. Sorrise e lo salutò con la mano, poi gli indicò di andare in cucina, dove Andrea, la domestica, stava preparando il caffè. Rob sfilò una sedia da sotto il tavolo e ringraziò la domestica per il caffè, poi rimase seduto là, distratto ma felice, a guardare fuori dalla porta spalancata della cucina, verso le rose e le azalee e le buganville del giardino.

Ezechiele, il gatto – Ezzy, come lo chiamava Isobel – stava inseguendo una farfalla in giro per la cucina. Rob ci giocò per qualche pigro minuto, poi si appoggiò allo schienale e prese un giornale, il *Financial Times* del giorno prima. E lesse di alcuni attentatori suicidi ad Ankara.

Posò subito il giornale. Non ne voleva più sapere niente. Non voleva sentir parlare di violenza o pericolo o politica. Voleva che quell'idillio continuasse; voleva rimanere lì con Christine per sempre, e portarci anche Lizzie.

Ma l'idillio non poteva durare: Steve, il suo caporedattore, cominciava a dare segni di impazienza. Voleva la conclusione della storia oppure assegnargli un altro incarico. Rob aveva spedito un paio di articoletti di cronaca turca per tenerlo buono, ma sapevano tutti che quello stato di grazia non poteva durare tanto.

Uscì in giardino e guardò verso il mare. C'era un'altra alternativa. Doveva semplicemente rinunciare al suo lavoro. Rimanere lì con Christine. Affittare una barca, noleggiarla ai turisti. Diventare un pescatore di calamari come i greci a Burgazada. Unirsi alle file di armeni proprietari di caffè a Yassiadi. Lavoricchiare nel giardino di Isobel. Rinunciare a tutto e trascorrere i suoi giorni al sole. E poteva trovare il modo di portarci anche Lizzie. Con la figlia lì, che rideva sulla spiaggia, sarebbe stato circondato dalle donne che amava, e la vita sarebbe stata perfetta...

Sospirò e sorrise delle sue velleitarie illusioni. L'amore gli stava ottenebrando il cervello. Aveva un lavoro, aveva bisogno di soldi, doveva essere pragmatico.

Osservò un catamarano in lontananza. Mentre attraversava la distesa d'acqua, la linea della sua vela bianca parve simile a un cigno.

Un rumore interruppe il suo sogno a occhi aperti. Rob si voltò e vide Isobel che usciva dalla cucina.

«Ho appena ricevuto una telefonata molto interessante da un vecchio amico di Cambridge, il professor Hugo De Savary. L'hai mai sentito nominare?»

«No...»

«Scrive parecchio. Appare spesso in TV. Ma è comunque un ottimo studioso. Christine lo conosce. Credo abbia seguito le sue lezioni al King's College per un trimestre. In realtà penso fossero amici...» Isobel gli rivolse un sorriso storto. «Dov'è Christine, a proposito?»

«Sta ancora dormendo profondamente.»

«Ah, l'amore appena sbocciato!» Lei lo prese per un braccio. «Scendiamo sulla spiaggia. Ti dirò cosa mi ha raccontato Hugo.»

La spiaggia era sassosa e stretta ma carina, e quasi completamente isolata. Si sedettero su una panca di roccia e lei gli disse della telefonata di De Savary. Lo storico di Cambridge le aveva riferito tutto quello che aveva appreso dalla polizia e aggiunto le sue deduzioni in merito alla catena di orripilanti omicidi avvenuti in Gran Bretagna. La banda di assassini. Il legame con l'Hellfire Club e il nesso dei delitti con i sacrifici umani.

«Perché De Savary ha chiamato te?»

«Siamo vecchi amici. Anch'io insegnavo a Cambridge, non dimenticarlo.»

«Sì, ma cosa c'entra tutto questo con quanto abbiamo scoperto?»

«Hugo sa che io sono una specie di esperta in fatto di antichità turche e sumere, di antiche religioni del Vicino Oriente. Voleva conoscere la mia opinione su una certa teoria, collegata a quegli uomini. Una strana piccola coincidenza. O forse no.» Si interruppe. «Hugo ritiene che questa banda, quella degli assassini, stia cercando qualcosa strettamente legato all'Hellfire Club.»

«Giusto. Questo lo capisco: stanno scavando in luoghi associati con il club. Ma cosa stanno cercando? E cosa c'entrano gli yezidi?»

«La teoria si basa su semplici ipotesi. Hugo non l'ha nemmeno raccontato alla polizia, ma pensa che tutto potrebbe essere legato al Libro Nero. Ecco cosa stanno cercando quei pazzi, forse...»

«Il Libro Nero? Spiegami, per favore.»

Isobel ripercorse la storia di Jerusalem Whaley; era amica di Hugo De Savary da tanto tempo e ne aveva sentiti ormai troppi di racconti più o meno coloriti sull'Hellfire Club. Interminabili racconti di depravazione. «Quando è tornato dalla Terra Santa, Thomas Whaley, o Jerusalem Whaley come in seguito l'hanno soprannominato, ha portato con sé qualcosa di prezioso. Uno scrigno. Un misterioso tesoro...»

«Che cos'era?»

«Non ne ho la minima idea, ma sappiamo che lui attribuiva un enorme valore alla sua scoperta, era convinto che convalidasse una certa teoria. Nelle tante lettere che ha inviato agli amici la definiva la sua 'splendida prova'. Presumibilmente l'oggetto gli era stato dato da un vecchio sacerdote yezidi. Gli yezidi hanno una casta di sacerdoti, sacerdoti cantori che ne tramandano la tradizione orale. Perché non esiste granché, in fatto di tradizione scritta.»

«E questo Whaley ha conosciuto uno di questi sacerdoti, a Gerusalemme? Un sacerdote che gli ha dato qualcosa?»

«Presumibilmente sì. Non possiamo esserne sicuri perché l'autobiografia di Whaley è di una vaghezza irritante, ma secondo alcuni studiosi potrebbe trattarsi del Libro Nero degli yezidi. Il libro sacro dei seguaci del culto degli angeli.»

«Hanno una Bibbia?»

«Ora non più, ma le loro tradizioni orali dicono che un tempo ne esisteva una, un enorme corpus di testi sacri e mistici che includevano miti e credenze degli yezidi. Leggende contemporanee sostengono inoltre che l'unica copia esistente sia stata presa da un inglese secoli fa. È possibile che un sacerdote esiliato abbia consegnato il Libro Nero a Whaley? Per metterlo al sicuro? Gli yezidi si sono sempre sentiti sotto assedio. Potrebbero aver voluto conservare il loro oggetto più prezioso in un posto sicuro, per esempio nella lontana Inghilterra. Buck Whaley si è portato sicuramente qualcosa di importante, al suo ritorno dal Levante. E alla fine questo oggetto, qualunque cosa fosse, l'ha ridotto in pezzi. Era un uomo distrutto.»

«Okay. Quindi adesso dov'è? Il Libro Nero, intendo, se davvero si tratta di questo.»

«È scomparso. Forse bruciato. Forse nascosto.»

La mente di Rob comincio a lavorare a pieno ritmo. Lui osservò i sereni occhi grigi della donna più anziana, poi disse: «Come facciamo a scoprire che cosa stanno davvero cercando questi pazzi assassini? Come possiamo indagare su questo legame con gli yezidi?»

«Lalesh», rispose Isobel. «È l'unico posto in cui potreste ottenere risposte concrete. La città santa degli yezidi. *Lalesh*.»

Lui avvertì un brivido di inquietudine. Lalesh. Sapeva di doverci andare, per trovare le risposte, per concludere la storia. Steve gli stava facendo pressioni perché scrivesse il secondo e ultimo articolo, e per poterlo scrivere come si deve Rob aveva bisogno di chiarire i punti oscuri rimasti: scoprire qualcosa su questo «Libro Nero».

Ma sapeva anche dove si trovava Lalesh. Ne aveva già sentito parlare, da altri giornalisti. Era comparsa più di una volta nei notiziari, in anni recenti. E sempre per motivi sbagliati.

«Conosco Lalesh», disse. «È in Kurdistan, vero? A sud del confine?»

Isobel annuì con aria grave.

«Sì. È in Iraq.»

31

Quella sera Rob disse a Christine che doveva andare a Lalesh e gliene spiegò il motivo.

Lei lo guardò senza parlare. Lui le ripeté che Lalesh era la destinazione più ovvia e necessaria per concludere la storia. Le risposte alla maggior parte dei loro enigmi si trovavano presso gli yezidi. La città santa era l'unico luogo in cui trovare degli studiosi yezidi in grado di svelare l'arcano. E ovviamente era meglio che ci andasse da solo. Conosceva l'Iraq e i suoi rischi. Aveva contatti in quel paese. Il giornale avrebbe coperto la sua stratosferica polizza assicurativa ma non avrebbe certo pagato per Christine. Quindi doveva andare a Lalesh e doveva andarci da solo.

Lei parve acconsentire e accettare, dopo di che si voltò e, senza aprire bocca, uscì in giardino.

Rob esitò. Doveva raggiungerla? Doveva lasciarla da sola?

L'indecisione in cui era immerso fu interrotta da Isobel, che canticchiò a bocca chiusa mentre attraversava la cucina. Guardò Rob e poi la figura in silhouette seduta in giardino.

«Gliel'hai detto?»

«Ha dato l'impressione di capire, ma poi...»

Isobel sospirò. «Faceva così anche a Cambridge. Quando è turbata non scaglia le cose contro i muri, si tiene tutto dentro.»

Rob era molto combattuto. Detestava far soffrire Christine, ma il viaggio era una necessità: lui era un corrispondente estero. Non poteva certo scegliere dove lo avrebbero portato le sue storie.

«Sai, sono un po' stupida», dichiarò Isobel.

«Da cosa?»

«Dal fatto che si sia innamorata di te. Di solito non sceglie uomini del tuo tipo. Con zigomi pronunciati e occhi azzurri. Affascinanti avventurieri. Di solito si tratta di uomini più vecchi. Sai che ha perso il padre quando era ancora ragazza, vero? Christine è come qualsiasi donna che in passato ha avuto un lutto così forte. È sempre stata attratta da uomini che evocavano in qualche modo la figura paterna. Consulenti di grido. Docenti universitari.» Isobel lo guardò negli occhi. «Figure protettive.»

Il suono della sirena di un traghetto li raggiunse, sormontando le acque. Lui ne ascoltò l'eco, poi uscì dalla cucina, in giardino.

Christine sedeva da sola sulla panca, guardando attraverso i pini rischiarati dalla luna. Senza girarsi disse: «Isobel è molto fortunata. Questa casa è splendida».

Rob le si sedette accanto e le prese la mano. La luce della luna faceva sembrare chiarissime le dita di lei. «Christine, mi serve un favore.»

La donna si voltò a guardarlo.

Lui spiegò. «Mentre io sono a Lalesh...» Si interruppe. «Lizzie. Prenditi cura di lei. Puoi?»

Il viso di Christine era immerso nell'ombra. Una nube di passaggio aveva oscurato la luna. «Non capisco. Lizzie è con sua madre.»

Rob sospirò. «Sally è molto indaffarata sul lavoro e con gli studi. Ha degli esami di legge da affrontare. Voglio soltanto che qualcuno di cui davvero mi fido... la tenga d'occhio. Starai da tua sorella, vero? A Camden?»

Christine annuì.

«Ossia a meno di cinque chilometri dalla casa di Sally. Sapere che tu sei là, o negli immediati dintorni, mi renderebbe le cose molto più facili. Poi magari potresti mandarmi qualche e-mail, o telefonare. Chiamerò Sally per assicurarmi che sappia chi sei. Magari sarà pure contenta di avere qualcuno che le dia una mano, chissà...»

I pini sembrarono mormorare e Christine annuì. «Andrò a trovarla. Va bene. E ti manderò un'e-mail, ogni giorno... mentre sei in Iraq.»

Quando lei pronunciò la parola «Iraq» Rob fu percorso da un fremito di paura. Era quello il *vero* motivo per cui voleva che Christine andasse a conoscere sua figlia: era preoccupato per se stesso. Sarebbe riuscito a tornare? Sarebbe ritornato per essere un padre degno di questo nome? La kamikaze di Baghdad tormentava i suoi ricordi. In quell'occasione era stato fortunato, forse in futuro non lo sarebbe stato altrettanto. E se non tornava... be', in tal caso desiderava che sua figlia conoscesse la donna che lui aveva amato.

Iraq. Rabbrividì di nuovo. Quel nome sembrava riassumere in sé tutto il pericolo che lui stava per affrontare. Città di morte. Luogo di decapitazioni. Provincia di uomini salmodianti e pietre antiche e terribili scoperte. E attentatrici suicide dal rossetto scarlatto.

Christine gli strinse con forza la mano.

La mattina dopo Rob si alzò senza svegliare Christine. Lasciò un biglietto sul comodino, poi si vestì, salutò Andrea, abbracciò Isobel, accarezzò il gatto e sotto un sole traverso imboccò il sentiero che conduceva al molo.

Ventiquattro ore più tardi, dopo un viaggio in traghetto, una corsa in taxi, due voli aerei e una estenuante corsa su un taxi abusivo dall'aeroporto di Mardin, raggiunse il chiassoso tumulto del posto di frontiera turco-iracheno di Habur, un caos caliginoso di camion parcheggiati e autocarri dell'esercito e uomini d'affari impazienti e pedoni disorientati con in mano sacchetti della spesa.

Per varcare la frontiera gli ci vollero cinque ore sudate, durante due delle quali venne interrogato da soldati turchi. Chi era? Perché voleva andare in Iraq? Aveva legami con i ribelli curdi? Aveva intenzione di intervistare membri del PKK? Era forse impazzito? Un turista incosciente? Ma non potevano trattenerlo in eterno. Aveva il visto, i documenti, il fax del suo caporedattore, e alla fine riuscì a passare dall'altra parte. Una sbarra si sollevò e lui varcò la linea invisibile. La prima cosa che notò fu una sgargiante bandiera rossa, bianca e verde con al centro un sole giallo, che sventolava sopra di lui: la bandiera del Kurdistan libero. Era vietata in Iran e si poteva finire in prigione se la si sventolava in Turchia. Ma lì, nella regione autonoma dell'Iraq curdo, svolazzava orgogliosamente e liberamente, sventolando nuda contro il cocente cielo azzurro.

Rob guardò verso sud. Un tizio sdentato lo stava fissando da una panchina. Un cane faceva pipì su un vecchio pneumatico. La strada antistante si infilava tra le colline gialle e riarse dal sole, puntando sinuosa verso le pianure della Mesopotamia. Si mise la sacca sulla spalla e si avvicinò a un taxi azzurro ammaccato e arrugginito.

L'autista barbuto lo guardò con occhi strabici. L'unico mezzo di trasporto disponibile era guidato da un uomo guercio. A Rob venne voglia di ridere, invece si piegò verso il finestrino del tassista e disse: «*Salaam aleikum.* Voglio andare a Lalesh».

32

Hugo De Savary prese un taxi dalla piccola stazione ferroviaria. Nel giro di pochi minuti stava sfrecciando attraverso la magnifica campagna del Dorset nel pieno splendore di maggio. Fiori di biancospino e meli rubizzi. Grosse nubi in un cielo tiepido e benevolo.

Il taxi percorse un vialetto attorniato da grandi faggi e si fermò davanti a un imponente maniero con ampie ali ed eleganti comignoli in pietra. Tutt'intorno all'edificio poliziotti in tuta passavano al setaccio i prati ben curati cercando indizi mentre altri stavano uscendo dalla porta d'ingresso sfilandosi guanti di gomma. Lui pagò il tassista, scese dall'auto e lanciò un'occhiata al cartello davanti alla costruzione: CANFORD SCHOOL. Grazie alle ricerche svolte frettolosamente sul treno sapeva che l'edificio era stato trasformato in scuola non molto tempo prima, almeno in base agli standard della sua stessa storia.

La tenuta risaliva all'epoca dei sassoni, quando includeva ampie sezioni di Canford Magna, il villaggio vicino. Ma di quei primi anni sopravvivevano soltanto la chiesa normanna e la trecentesca cucina stile Giovanni di Gand. Il resto della costruzione era stato riedificato nel tardo diciottesimo o primo diciannovesimo secolo. Il maniero, trasformato in scuola negli anni '20, era circondato da un magnifico parco accanto al fiume Stour. De Savary captò l'odore dell'aria fresca, nonostante il tepore della splendida giornata: il fiume era evidentemente vicino.

«Professor De Savary!» Era l'ispettore Forrester. «Grazie per essere venuto con un preavviso così breve.»

De Savary si strinse nelle spalle. «Non sono sicuro di poterle essere poi così utile.»

Forrester sorrise, pur avendo un'aria sfinita, notò l'altro.

Quanto è orrendo questo omicidio? si chiese De Savary. Al telefono, quella mattina, Forrester aveva detto soltanto che includeva «alcuni elementi sacrificali», motivo per cui lui aveva accettato di raggiungerlo. Era bastato quell'accenno per destare il suo interesse professionale: il docente si stava chiedendo vagamente se il tema – quello del sacrificio umano contemporaneo – potesse dare origine a un altro libro, o magari perfino a una serie TV. «Quando è stato scoperto il corpo?» chiese.

«Ieri. Per pura coincidenza. Siamo a metà trimestre, quindi la scuola è chiusa. L'unica persona presente era il custode. La vittima. Ma c'è stata una consegna... attrezzatura sportiva. Un ragazzo curioso ha pensato che stesse succedendo qualcosa di strano e ha ficcato il naso in giro.»

«Ha trovato lui il cadavere?»

«Sì, poveraccio. È ancora con lo psicologo.» Forrester lanciò un'occhiata al professore. «Signor De Savary...»

«Mi chiami Hugo. Anzi, diamoci del tu, cosa ne dici?»

«È uno spettacolo orrendo. Sono in polizia da tanto tempo, ne ho visti di omicidi orripilanti, ma questo...»

«Già, e io sono solo un innocentino arrivato fresco fresco dal mondo dell'accademia?» De Savary sorrise. «Ti prego, Mark, studio culti satanici e impulsi psicotici da più di un decennio. Sono abituato a maneggiare materiali davvero inquietanti. E sono di costituzione robusta, spero. Ho perfino mangiato un sandwich ai gamberetti della Southwest Trains, mentre venivo quaggiù.»

Il poliziotto non rise. Non sorrise nemmeno. Si limitò ad annuire, indifferente. De Savary notò di nuovo la sua espressione stravolta: il detective doveva aver assistito davvero a qualcosa di terribile. Per la prima volta provò una punta di apprensione.

Forrester si schiarì la gola.

«Non ti ho anticipato niente di quello che stai per vedere

perché preferisco non influenzarti. Voglio la tua opinione sincera su ciò che secondo te sta succedendo. Senza preconcetti...»

La porta d'ingresso venne aperta da un poliziotto obbediente. Si ritrovarono nel classico atrio di una scuola privata inglese: c'erano una lista d'onore risalente alla guerra ed elenchi di ragazzi che avevano dato la vita per la patria. C'erano trofei e bacheche per gli avvisi, e qua e là qualche reperto antico, irrimediabilmente graffiato e danneggiato dagli allievi che ci passavano allegramente accanto di corsa, dopo aver messo a tracolla sulle loro giovani spalle le scarpe da rugby coi lacci legati tra loro. Era una scena nostalgica, per De Savary, che ripensò ai suoi giorni di studente a Stowe.

Il salone era dominato da una grande porta situata sul fondo. Era chiusa e sorvegliata da un altro agente. Forrester abbassò lo sguardo sui piedi del professore, poi gli passò dei copriscarpe di plastica.

«C'è un sacco di sangue», spiegò quietamente, poi fece un cenno all'uomo fermo accanto all'enorme portone interno a doppio battente. Il poliziotto gli rivolse una specie di saluto militare e lo spalancò, consentendo loro di passare.

I due uomini entrarono in uno spazio magniloquente. Boiserie e stemmi araldici: un *pastiche* vittoriano del salone di un nobile medievale. Realizzato, però, con una certa maestria, pensò De Savary. Riuscì a immaginarsi alcuni menestrelli a un'estremità, sulla balconata al primo piano, che cantavano la serenata al duca intento a banchettare, seduto a un lungo tavolo all'estremità opposta. Ma cosa *c'era* all'estremità opposta? La polizia aveva nascosto qualcosa dietro un grande paravento.

Forrester lo precedette sull'assito scricchiolante. Più si avvicinavano e più i loro passi suonavano rumorosi, solo che adesso non producevano scricchiolii bensì dei continui *cic-ciac*. Questo perché, si rese conto De Savary, stava calpestando pozze di sangue schizzato. Il pavimento di legno lucidato era viscido a causa del sangue.

Forrester scostò il paravento mobile arrotolandolo e De Savary rimase senza fiato. Di fronte a lui c'era una porta da calcio. Un'intelaiatura portatile, in legno, spinta fin là dai campi sportivi all'esterno. Sospeso tra i pali e la traversa, assicurato all'una e agli altri da legacci di cuoio, c'era un uomo.

O meglio, quello che ne restava. La vittima nuda era stata appesa a testa in giù, le caviglie legate alla traversa. Le braccia erano allargate e assicurate, all'altezza dei polsi, ai due pali. L'orrenda smorfia di dolore sul viso, a pochi centimetri dall'assito imbrattato di sangue, mostrava il tormento cui l'uomo era stato sottoposto.

Era stato scuoiato. Scuoiato vivo, apparentemente, con estrema lentezza e laboriosità, la pelle staccata o raschiata via dal corpo, striscia dopo striscia, un angoscioso lembo dopo l'altro. La carne viva e pulsante era stata lasciata esposta in ogni fase, cosparsa di grumi di grasso giallastro, benché talvolta il grasso fosse stato asportato, mettendo in mostra i nudi muscoli rossi sottostanti. In alcuni punti si riuscivano a scorgere gli organi interni e le ossa.

De Savary si posò un indice sul naso. Sentì l'odore del corpo, del grasso lucido. Vide i muscoli del collo tesi per l'atroce sofferenza, i polmoni grigi e bianchi, la curvatura della gabbia toracica. Somigliava all'illustrazione di un testo di anatomia dedicato ai muscoli e ai tendini del corpo umano. I genitali mancavano, naturalmente. Un'orbita scura e scarlatta spiccava là dove avrebbero dovuto trovarsi il pene e i testicoli. Lui immaginò che fossero stati spinti a viva forza nella bocca della vittima, probabilmente costretta poi a ingoiarli.

Girò intorno al cadavere. Lo scempio sembrava opera di più di una persona. Scorticare così meticolosamente la vittima, senza ucciderla subito, richiedeva accuratezza e abilità. Se la si scuoiava nel modo giusto, una persona poteva sopravvivere per ore, mentre i muscoli e gli organi si seccavano e avvizzivano lentamente. Talvolta la vittima sveniva per il dolore, immaginò De Savary, ma era possibile fargli riprendere i sensi, prima di ricominciare. Non lo entusiasmava raffigurarsi la scena, non lo entusiasmava per niente, ma doveva farlo. Il custode terrorizzato portato fin là. Legato a testa in giù. Appeso per i piedi alla traversa. Poi le braccia assicurate ai due pali. Come una crocifissione al contrario.

E poi – poi De Savary lo immaginò – il terribile orrore che doveva aver sopraffatto la vittima mentre si rendeva conto di cosa gli stavano facendo: l'iniziale, esitante raschiatura della carne all'altezza della caviglia o sul piede. Subito dopo, il dolore lancinante quando la pelle veniva staccata, lasciando la polpa esposta al freddo e al caldo. Se qualcosa avesse toccato la carne viva, la sofferenza sarebbe stata praticamente insopportabile. Lui doveva aver urlato mentre i membri della banda di assassini infierivano sul suo corpo tremante, straziato, lavorando come macellai esperti, levandogli la pelle tutta intera. Forse a un certo punto aveva gridato troppo forte, così gli avevano tranciato i genitali e ripiegato la sanguinolenta manciata di carne nella bocca urlante, per zittirlo.

Infine lo scuoiamento principale: il petto, le braccia. Tecnicamente difficoltoso. Dovevano aver fatto pratica in precedenza, su pecore, capre o magari gatti. Affinando la tecnica.

Si voltò, rabbrividendo.

Forrester gli cinse la spalla con un braccio. «Sì, mi dispiace.»

«Quanti anni aveva? È difficile dirlo quando non c'è... pelle sulla faccia.»

«Tra i quaranta e i cinquanta», rispose Forrester. «Vogliamo uscire?»

«Sì, ti prego.»

Il poliziotto fece strada. Non appena lasciarono l'edificio si diressero verso la panchina in giardino. De Savary fu felice di sedersi. «È... orrendo», disse.

Il sole era ancora tiepido. Forrester si tolse le soprascarpe con un grugnito. Rimasero seduti, oppressi da un silenzio sempre più pesante. La dolcezza dell'aria di inizio estate sembrava viscosa, adesso.

Dopo un po' De Savary disse: «Penso di potervi aiutare».
«Davvero?»
L'accademico riformulò la frase. «Sì, credo di sapere cosa avevano in mente...»
«Cioè?»
«Ci sono evidenti richiami alle tematiche azteche. Tra gli aztechi esistevano... vari metodi di sacrificio umano. Il più noto, naturalmente, è l'estrazione del cuore dalla vittima viva. Il sacerdote affondava il coltello di ossidiana nel petto, squarciava la cavità toracica e strappava il cuore pulsante.»

Rimasero a guardare mentre un'auto della polizia risaliva il vialetto d'accesso. Due agenti scesero, portando delle valigette metalliche. Rivolsero un rapido cenno del capo a Forrester, che lo ricambiò.

«Patologi», disse. «Continua, Hugo, gli aztechi...»
«Davano in pasto le persone ai giaguari. Le facevano morire dissanguate. Trafiggevano guerrieri con piccole frecce fino a ucciderli. Ma uno dei metodi più elaborati era lo *scuoiamento*. Avevano perfino un giorno particolare riservato alla cosa, la festa dello scuoiamento.»
«Una festa?»
«Scorticavano i prigionieri nemici, poi danzavano per le vie della città con indosso le pelli asportate. I nobili aztechi si mettevano spesso addosso la pelle dei nemici scuoiati, lo consideravano un onore per la vittima. In realtà esiste una leggenda secondo cui una volta catturarono una principessa nemica e, qualche settimana dopo, invitarono il padre di lei, un sovrano nemico, a un banchetto per stipulare un accordo di pace. Il re immaginò che intendessero restituirgli la figlia, illesa, come parte dell'accordo. Ma dopo la cena l'imperatore azteco batté le mani e un sacerdote entrò, fasciato dalla pelle della principessa uccisa. Gli aztechi lo giudicavano un immenso onore per il sovrano nemico. Credo che l'offerta di pace non abbia riscosso un gran successo.»

Forrester era impallidito visibilmente. «Non penserai che si siano messi addosso la pelle, vero? Che Cloncurry stia andando in giro in macchina coperto dalla pelle di quel poveraccio.»

«È probabile, invece. È quello che facevano gli aztechi. Indossavano la pelle delle vittime, come un abito, finché non cadeva letteralmente a pezzi, marcia. Il tanfo doveva essere orrendo.»

«Di certo non l'abbiamo ancora trovata. Abbiamo chiamato l'unità cinofila.»

«Buona idea. Ritengo possibilissimo che l'abbiano addosso, visto che stanno seguendo così fedelmente il metodo azteco.»

Si zittirono di nuovo. De Savary osservò l'ondulato terreno a parco, i maestosi alberi curvi sopra il fiume; la splendida scena di quiete bucolica. Difficile conciliarla con quella... quella cosa appesa a un'intelaiatura di legno, a solo qualche metro di distanza da lì. Il cadavere roseo e messo a testa in giù, con il suo orrendo ghigno di dolore.

L'investigatore si alzò. «Allora cosa stavano cercando? La banda, intendo. Ho fatto qualche ricerca. Non esiste alcun legame tra questo posto e l'Hellfire Club.»

«No», disse De Savary, «ma esiste un curioso collegamento tra questa scuola e il Vicino Oriente.»

«E quale sarebbe?»

Lo studioso sorrise, con notevole esitazione.

«Se ben ricordo quanto ho letto sul treno, il negozietto di dolciumi dovrebbe trovarsi quaggiù.» Girò intorno alla facciata dell'edificio, seguito da Forrester. All'estremità dell'ala sud c'era un edificio timpanato attiguo al prospetto principale. Sembrava una cappella. De Savary si fermò.

Forrester fissò il motivo ornamentale rosso e nero sull'imponente portone a doppio battente, un disegno di leoni alati in metallo. «Che cos'è?»

«Il Portico di Ninive. Ha un profondo legame con l'Iraq e la Sumeria. Vogliamo vedere se i nostri tizi sono venuti fin quaggiù?»

Forrester annuì.

De Savary diede una spintarella alla porta metallica, che si aprì fluidamente. L'interno, se si eccettuavano alcune peculiari finestre di vetro istoriato, sembrava quello tipico di un normalissimo negozio di dolciumi in un complesso scolastico elegante. C'era un distributore automatico della Pepsi, un registratore di cassa. E scatole di snack e patatine sparse caoticamente sul pavimento. Troppo caoticamente. La stanza buia era stata saccheggiata. Un esame più attento rivelò che la boiserie di legno lungo una parete era stata divelta; una finestra era rotta. Qualcuno si era introdotto nel locale, cercando freneticamente qualcosa. Se l'avesse trovata o meno era tutt'altra faccenda. De Savary immaginava di no: gli articoli sembravano essere stati sparpagliati da qualcuno in preda alla collera, frustrato e ostacolato nei suoi sforzi.

Uscirono nella pacifica luce del sole e percorsero il vialetto. Il polline fluttuò languido nella mite aria soleggiata mentre De Savary iniziava a raccontare la storia del Portico di Ninive. «Fu commissionato da lady Charlotte Guest e dal marito, sir John, nel 1850 circa e costruito in base a un disegno dell'architetto Charles Barry, meglio noto come creatore del...»

«Palazzo del Parlamento», disse Forrester, con un sorriso timido. «L'architettura è un mio hobby.»

«Esatto! Il Palazzo del Parlamento. Comunque il Portico di Ninive era una loggia privata, costruita espressamente per ospitare alcuni famosi bassorilievi assiri raccolti durante le esplorazioni di epoca vittoriana della Mesopotamia. Da cui la porta decisamente originale, con i leoni assiri.»

«Giusto.»

«Questi bassorilievi, conservati nel porticato, erano stati riportati alla luce da Austen Henry Layard, un assiriologo cugino di lady Charlotte Guest. Erano davvero notevoli e voluminosi. Ognuno di essi pesava diverse tonnellate. In origine avevano ornato importanti ingressi a Nimrud.»

«E Layard e Barry li hanno sistemati qui?»

«Sì. E, insieme a un bel po' di altri bassorilievi, sono rimasti qui, nel Portico di Ninive, fino a poco dopo la fine della prima guerra mondiale, poi l'intera collezione è stata messa in vendita.»

«Quindi non rimane niente?»

«Aspetta! I reperti antichi sono stati sostituiti da calchi di scarso valore. Nel 1923 la stessa Canford Hall è stata venduta dalla famiglia Guest ed è diventata una scuola maschile. A quel punto il Portico di Ninive, ormai spogliato dei suoi antichi tesori, è stato trasformato in un negozietto di dolciumi che vende sandwich e barrette di cioccolato ripieno.»

«I nostri tizi dovevano sapere che non ne restava niente, giusto? Quindi perché tornare qui?»

«La vicenda ha un *denouement* un po' strano. Nel 1992 sono venuti qui due accademici, entrambi esperti di assiriologia. Erano diretti a una conferenza a Bournemouth ma avevano un po' di tempo libero, così hanno deciso di fare una veloce deviazione in questo luogo tanto importante per la loro disciplina. Non si aspettavano di trovare nulla, ovviamente. Per un po' hanno osservato le finestre di vetro istoriato con immagini della Sumeria, e ammirato i particolari echi assiri dell'architettura. Poi per pura coincidenza hanno guardato dietro il distributore automatico della Pepsi... e hanno trovato un bassorilievo originale.»

«Stai scherzando.»

«No. Tutti pensavano che fossero rimasti soltanto dei calchi. Invece – meraviglia delle meraviglie! – c'era anche un altro pezzo. È stato certificato come originale benché fosse coperto da vari strati di vernice bianca. Il bassorilievo è stato staccato e inviato a Londra, dove è stato messo all'asta da Christie's e acquistato da un antiquario giapponese, che forse agiva per conto di una setta religiosa. Se non sbaglio, il prezzo è arrivato a circa otto milioni di sterline, la somma più ingente mai pagata per un reperto antico in qualsiasi parte del mondo. *Et voilà.*»

Avevano raggiunto la riva del fiume. Di fronte a loro scorreva impetuoso lo Stour; la luce del sole screziava il corso d'acqua, reso luccicante dall'arcata di foglie soprastante.

«Continuo a non capire», dichiarò Forrester. Raccolse un rametto e lo buttò nel fiume. «Cosa collega tutto questo alla faccenda dell'Hellfire?»

«Ricordi cosa ti ho detto al telefono l'altro giorno?»

«Sugli yezidi e il Libro Nero? Sul fatto che potrebbe essere quello che stanno cercando?»

«Precisamente. Austen Henry Layard, sai, è stato uno dei primissimi occidentali a incontrare gli yezidi, nel 1847. Stava effettuando degli scavi nell'Iraq settentrionale, a Ur e Ninive. I primi anni dell'archeologia moderna. A un certo punto ha sentito parlare di questa strana setta che viveva vicino a Mosul, nei dintorni di Dahuk. Si è messo in contatto con loro, poi è stato addirittura invitato nella loro città santa, Lalesh. Tra le montagne. Un posto pericoloso, ancora oggi ostile.»

«E là che ha fatto?»

«Bella domanda. Sappiamo che l'hanno invitato ad assistere ad alcune delle loro cerimonie più segrete. Un privilegio, che io sappia, mai concesso ad altri, né prima né dopo di allora.»

«Gli hanno consegnato il Libro Nero?»

De Savary sorrise. «Complimenti, detective! Davvero un lavoro di prim'ordine. Sì, quella è una delle teorie. Gli studiosi hanno ipotizzato che Layard avesse un rapporto molto stretto con gli yezidi, visto il trattamento che gli avevano riservato. Alcuni ritengono che potrebbe avere portato con sé il Libro Nero, dando così origine alle leggende degli yezidi secondo cui il volume è arrivato in Inghilterra.»

«Quindi, se lo avesse riportato in patria con sé potrebbe averlo sistemato qui, nell'edificio progettato per ospitare le antichità più preziose, quelle che ha tenuto per sé, esatto?»

«*Vraiment!*»

Forrester si accigliò. «Ma pensavo avessimo stabilito che era Jerusalem Whaley ad avere il Libro Nero. Cosa c'entra Layard?»

De Savary si strinse nelle spalle. «Chi può dirlo? Forse Whaley pensava di averlo ma non era affatto così. Forse l'ha restituito agli yezidi e Layard è tornato a prenderlo un secolo dopo. Quindi il testo avrebbe viaggiato avanti e indietro! Per quel che può valere, il mio sesto senso mi dice che il libro è sempre stato nelle mani di Jerusalem Whaley e che Layard è soltanto un diversivo.»

«Però possiamo presumere che quelli là stiano cercando proprio il libro. Altrimenti non sarebbero venuti fin qui. Quindi la faccenda non è necessariamente legata all'Hellfire Club di per sé. Loro, in realtà, stanno dando la caccia al Libro Nero degli yezidi. È quello il vero trofeo cui ambiscono.»

«Sì.»

Forrester emise un fischio, quasi allegramente. Diede una pacca sulla spalla al compagno. «Grazie di essere venuto, Hugo.»

Lo studioso sorrise, pur sentendosi in colpa nel farlo. L'odore della carne esposta dell'uomo ucciso era ancora nelle sue narici.

Un forte grido squarciò l'aria del bosco silenzioso.

«Angus! *Angus!*»

Stava succedendo qualcosa. Un altro grido echeggiò nel parco. Si stava avvicinando.

De Savary e Forrester si inerpicarono faticosamente sul pendio. Un agente stava correndo attraverso i prati, inseguendo qualcosa. Gridava il nome «Angus».

«È l'addestratore», spiegò Forrester. «Ha perso il suo cane. Ehi, Johnson! Dov'è andato?»

«Signore! Signore!» L'agente continuò a correre. «L'ha appena superata, signore. Laggiù!»

De Savary si girò e vide un grosso cane galoppare verso gli edifici della scuola. Correva con qualche difficoltà perché stava trascinando qualcosa. Qualcosa di lungo e scivoloso, di color grigio spento. Cos'era? Aveva un aspetto molto strano. Per un attimo il professore accarezzò la surreale e sgradevole ipotesi che il cane stesse trainando una sorta di spettro. Lo raggiunse di corsa. L'animale si voltò, proteggendo il suo trofeo. Ringhiò nel vedere De Savary che si avvicinava.

Lui rabbrividì mentre abbassava lo sguardo. Il cane stava sbavando sopra una guaina lunga e maleodorante, suddivisa in nastri e striscioline.

Era una pelle umana completa.

33

Rob si trovava a Dahuk ormai da dieci giorni. Il tassista di Habur si era rifiutato di procedere oltre.

All'inizio la cosa gli era anche andata bene. Dahuk era una città curda gradevole e animata, più povera di Sanliurfa ma dove non ci si sentiva sottoposti alla minacciosa sorveglianza turca. Inoltre era un luogo interessante per lui, perché gli yezidi erano una presenza ben visibile. C'era perfino un loro centro culturale, una grande e antica casa ottomana alla periferia della città, fatiscente e rumorosa. Rob trascorse i primi giorni ciondolando nell'edificio. Era pieno di bellissime ragazze dai capelli scuri con sorrisi timidi e lunghi abiti ricamati e di giovani ridenti con maglie della squadra di calcio del Barcellona.

Sulla parete nell'atrio spiccava una stupefacente raffigurazione dell'angelo pavone, Melek Taus. Quando lo vide per la prima volta rimase a fissarlo per dieci minuti buoni. Era un'immagine stranamente serena, il demone-dio, l'angelo caduto, con la sua splendida coda color smeraldo e acquamarina. La coda con un migliaio di occhi.

Gli yezidi del centro erano cauti ma non sembravano tanto ostili. Gli uomini baffuti gli offrirono tè e pistacchi. Un paio di loro parlavano un inglese esitante, un discreto numero conosceva il tedesco, cosa che, gli spiegarono, dipendeva dalla forte presenza di yezidi in Germania. «In ogni altro luogo siamo stati annientati, qui non abbiamo futuro, ormai solo voi cristiani potete aiutarci...»

Quello che invece non volevano fare era parlare degli elementi più sottili della loro fede. Non appena Rob cominciava a chiedere notizie del Libro Nero o di Sanliurfa o del *sanjak* o dell'adorazione di Melek Taus, quegli uomini coi baffi assumevano un'espressione accigliata, sprezzante o si chiudevano, facendo finta di non capire. Dopo di che si incavolavano e smettevano di offrire piattini pieni di pistacchi.

L'altro punto dolente era la stessa Lalesh. Aveva scoperto – e se l'era presa con se stesso per non essersi informato prima, per essersi gettato a capofitto nella cosa con tanto impeto – che nessuno ci abitava davvero. Era una città santa nell'accezione più autentica del termine: una cittadina fantasma per angeli, una città riservata unicamente a cose sacre, ossia spiriti santi, testi antichi, santuari venerabili. I villaggi circostanti brulicavano di attività e di gente, ma gli yezidi andavano a Lalesh solo per pregare o venerare, o per le feste religiose, che avrebbero fatto spiccare tra la folla qualsiasi estraneo.

Inoltre, a quanto pareva, il semplice fatto di raggiungerla sarebbe stata un'impresa ardua e perfino pericolosa per chi non era uno yezidi. Di certo nessuno era disposto ad accompagnarci Rob. Nemmeno previa bustarella di cento dollari. Lui fece più di un tentativo. I tassisti si limitavano a guardare con diffidenza i suoi soldi e a pronunciare uno stringato «*La!*»

La decima sera, aveva già voglia di lasciar perdere. Era sdraiato a letto nella sua camera d'albergo. Fuori, la città era rumorosa e fervida. Si alzò, andò alla finestra aperta e osservò i tetti di cemento e i bui vicoletti serpeggianti. Il caldo sole iracheno stava tramontando sopra i monti Zagros di color grigio-oro. Donne anziane con un fazzoletto rosa in testa stavano stendendo il bucato accanto a enormi parabole televisive. Rob riusciva a scorgere una miriade di guglie di chiese, tra i minareti. Chiese degli gnostici, forse. Oppure dei mandei. O dei cristiani assiri. Dei caldei. C'erano così tante sette, là.

Chiudendo la finestra per non sentire il richiamo alla preghiera serale, tornò al letto e prese il cellulare. Lo accese e chiamò in Inghilterra. Dopo alcuni *bip* prolungati, Sally rispose. Lui si aspettava che la ex moglie suonasse concisa ma garbata come al solito, invece fu stranamente cordiale ed entusiasta, e gliene spiegò il motivo. Disse di aver conosciuto la sua «nuova fidanzata» e di averla trovata davvero simpatica, molto simpatica. Disse che Christine le piaceva e che lui doveva essere finalmente tornato in sé, visto che aveva cominciato a uscire con delle vere donne invece che con le ochette che si sceglieva di solito.

Rob rise e ribatté che non aveva mai considerato Sally un'ochetta; vi fu una pausa di silenzio, poi anche lei scoppiò a ridere. Era la prima risata che facevano dall'epoca del divorzio. Chiacchierarono un altro po', come non succedeva da parecchio, poi la donna passò il telefono alla figlia. Lui provò una lancinante tristezza quando udì la voce della bambina. Lizzie raccontò al papà di essere stata allo zoo a vedere «i nanimali». Disse che sapeva alzare le braccia sopra la testa. Rob ascoltò con un misto di gioia e sofferenza, le disse che le voleva bene e lei gli chiese insistentemente di tornare a casa. Poi lui le domandò se aveva conosciuto la signora francese, Christine. Lizzie rispose di sì, e che le piaceva molto e piaceva anche alla mamma. Rob disse che era magnifico, poi mandò un bacio alla figlioletta ridacchiante. Chiuse la comunicazione. Sapere che la sua nuova fidanzata e la sua ex moglie stavano diventando amiche gli dava una sensazione un po' strana, ma era pur sempre meglio così piuttosto che si odiassero. E significava che c'erano più persone a badare a sua figlia quando lui non era là.

Ma poi si rese conto che forse per lui era arrivato il momento di essere «là», forse era arrivato il momento di tornare a casa. Forse a quel punto doveva gettare la spugna. La storia non si era sviluppata come aveva sperato. Non era nemmeno riuscito ad arrivare a Lalesh, ma a quanto pareva non c'era motivo di farlo. Gli yezidi erano troppo criptici. Lui non parlava arabo o curdo abbastanza bene per poter superare la barriera del loro secolare oscurantismo. Come poteva sperare di svelare i segreti di una fede vecchia più di cinquemila anni semplicemente andandosene in giro per quell'antica città dicendo «*Salaam*»? Aveva le mani legate; le sue speranze si affievolivano di ora in ora. Poteva capitare, a volte non riuscivi a ottenere la storia tanto agognata.

Prese la chiave e lasciò la stanza. Era accaldato e preoccupato e aveva bisogno di una birra. E c'era un bar carino all'angolo della via. Si lasciò cadere sulla solita sedia di plastica davanti al Suleiman Café. Il proprietario del locale, Rawaz, gli portò della birra turca ben fredda e un piattino di olive verdi. La vita per le strade di Dahuk gli sfilava davanti. Appoggiò la fronte sulle mani e ripensò all'articolo. Ricordando la sua risoluta e impulsiva eccitazione a casa di Isobel si chiese cosa aveva davvero sperato di trovare. Un misterioso sacerdote che gli spiegasse tutto, magari in un tempio segreto, con selvaggi bassorilievi sulla parete. E le fiammelle guizzanti delle lampade a olio. E naturalmente un paio di adoratori del diavolo, felici di farsi fotografare. Ma invece di tradurre in realtà il suo ingenuo sogno giornalistico stava bevendo birra Efes e ascoltando del pacchiano rock curdo proveniente dal negozio di dischi attiguo. Avrebbe potuto benissimo trovarsi a Sanliurfa, o a Londra.

«Salve.»

Rob alzò gli occhi. C'era un giovanotto dall'aria indecisa in piedi accanto al suo tavolino. Portava jeans puliti e una camicia ben stirata. Aveva un viso rotondo. E un'aria da studioso, perfino da secchione. Eppure sembrava benestante e gentile. Rob lo invitò a sedersi. Si chiamava Karwan.

Karwan sorrise. «Sono uno yezidi.»

«Okay...»

«Oggi sono andato al centro culturale yezidi e alcune donne mi hanno parlato di te. Un giornalista americano. Che vuole sapere di Melek Taus?»

Lui annuì, leggermente a disagio.

Il giovane continuò. «Hanno detto che alloggiavi qui, ma dicono che potresti andartene presto, perché non stai bene qui.»

«Mi trovo bene qui, sono solo un po'... frustrato.»

«Perché?»

«Perché sto scrivendo un articolo. Sulla fede yezidi. Sai, su quello in cui credete davvero. È per un giornale inglese. Ma nessuno vuole dirmelo, quindi è un po' frustrante.»

«Devi capire come mai è così.» Karwan si piegò in avanti con un'espressione zelante sul viso. «Per molte migliaia di anni, signore, siamo stati perseguitati e uccisi per quello in cui crediamo. Quello a cui la gente dice che crediamo. I musulmani ci uccidono, gli indù, i tartari. Tutti dicono che adoriamo Shaitan, il diavolo. Ci uccidono e ci scacciano. Perfino Saddam ci ha ucciso, perfino i nostri compatrioti curdi ci uccidono, sunniti e sciiti, ci uccidono tutti. Tutti.»

«Ma è proprio per questo che voglio scrivere il mio articolo, per raccontare la vera storia. Quello a cui gli yezidi credono davvero.»

Karwan si accigliò, come se stesse prendendo una decisione. Rimase in silenzio per più di un minuto. «Sì, okay. Ecco come la vedo io. Voi americani, la grande aquila, avete aiutato i curdi e protetto gli yezidi. Vedo i soldati americani, sono buoni. Cercano davvero di aiutarci. Quindi... adesso io aiuterò te. Perché sei americano.»

«Davvero lo farai?»

«Sì. E ti aiuterò perché ho studiato per un anno in America, all'Università del Texas. Ecco perché il mio inglese non è poi così male. Gli americani sono stati buoni con me.»

«Hai studiato all'Università del Texas?»

«Sì, sai... Coi bovari. Ad Austin.»

«Splendida musica, ad Austin.»

«Sì. Un posto carino. Se non che», Karwan mordicchiò un'oliva, «se non che le donne in Texas hanno un sedere davvero enorme. Questo è un problema, per me.»

Rob rise. «Cos'hai studiato, là?»

«Antropologia religiosa. Quindi, capisci, posso dirti qualsiasi cosa tu abbia bisogno di sapere. Dopo di che potrai andartene e spiegare a tutti che noi non siamo... satanisti. Vogliamo cominciare?»

Rob prese il taccuino e ordinò altre due birre. E per un'ora tempestò di domande Karwan. Conosceva già, grazie a Isobel e alle proprie ricerche, la maggior parte delle informazioni che ottenne. L'origine dello yezidismo e del culto degli angeli. Si sentì un po' deluso, ma poi il giovane disse qualcosa che gli fece raddrizzare la schiena di scatto.

«Il racconto dell'origine degli yezidi proviene dal Libro Nero. Naturalmente il Libro Nero è scomparso, ormai, ma la storia viene tramandata. Ci dice che abbiamo una distinta... linea di discendenza, mostra in che modo ci differenziamo da tutte le altre razze.»

«Vale a dire?»

«Forse il tutto viene espresso nel modo più efficace da un mito, il mito degli yezidi. In una delle nostre leggende sulla creazione c'erano settantadue Adamo, ognuno più perfetto del precedente, poi il settantaduesimo sposò Eva. E Adamo ed Eva depositarono il loro seme in due vasi.»

Rob lo interruppe, la penna sospesa sopra il taccuino. «Due vasi?»

Karwan annuì. «Rimasero sigillati per nove mesi. Quando vennero riaperti, quello contenente il seme di Eva era pieno di insetti e cose terribili, serpenti e scorpioni. Ma quando aprirono il vaso di Adamo trovarono un bimbo molto grazioso.» Il giovane sorrise. «Venne chiamato Shahid ibn Jayar, il Figlio del Vaso. E questo nome viene usato anche per gli yezidi. Vedi, noi siamo i Figli del Vaso. Questi bambini di Adamo divennero gli antenati degli yezidi. Adamo è il nostro nonno, mentre tutte le altre nazioni discendono da Eva.»

Rob finì di scribacchiare i suoi appunti. Una Chevrolet bianca delle Nazioni Unite stava attraversando faticosamente l'incrocio davanti al caffè.

Karwan disse, piuttosto bruscamente: «Okay. Ecco fatto! Ora devo andare. Però, signore, gli yezidi del centro mi dicono anche che vuoi andare a Lalesh. È vero?»

«Sì. Certo! Ma tutti dicono che è pericoloso. Non mi ci vogliono portare. Sarebbe possibile organizzare la cosa?»

Karwan gli rivolse un sorriso. Stava mordicchiando discretamente un'altra oliva; mise la mano a coppa e depositò il nocciolo sul bordo del portacenere. «Posso accompagnarti io. Ci sarà una festa religiosa. Non è così pericoloso.»

«Quando?»

«Domani. Alle cinque del mattino. Ti vengo a prendere qui, poi ti riporto indietro. E poi tu puoi andare a scrivere di noi su quel famoso giornale, il *Times*, in Inghilterra.»

«È magnifico. Davvero fantastico – *shukran*!»

«Bene.» Il giovanotto si piegò in avanti per stringergli la mano. «Domani ci vediamo qui. Cinque del mattino. Quindi adesso dobbiamo dormire. Arrivederci.» E, detto questo, si alzò e scomparve lungo la strada assolata.

Rob tracannò la birra rimasta. Era felice. Quasi al settimo cielo. Avrebbe ottenuto la sua storia. Il primo uomo a visitare la città santa degli yezidi! *Il nostro inviato in mezzo ai culti dell'Iraq*. Tornò all'albergo quasi di corsa. Chiamò Christine e le riferì la notizia, tutto emozionato; la voce di lei suonò preoccupata e compiaciuta al tempo stesso. Si appoggiò alla testiera del letto con un sorriso, mentre parlavano: presto sarebbe tornato a casa, avrebbe rivisto la figlia e la fidanzata – con il suo incarico portato finalmente a termine.

La mattina dopo trovò Karwan ad aspettarlo, come promesso, accanto ai tavolini del caffè. Parcheggiato nei pressi del locale dalle saracinesche abbassate c'era un vecchio pick-up Ford carico di pane piatto e frutta racchiusa in sacchi di plastica.

«Frutta per la festa», spiegò il giovane. «Vieni. Non c'è molto spazio.»

Erano in tre, pigiati nell'abitacolo del camioncino. Karwan, Rob e un uomo anziano con le basette. L'autista era lo zio di Karwan, a quanto pareva, e Rob gli strinse la mano. Il giovane disse: «Quest'anno ha avuto soltanto tre incidenti, quindi dovremmo essere a posto».

Il pick-up uscì sferragliando da Dahuk e si infilò tra le montagne. Fu un viaggio lungo che mise a dura prova la sua spina dorsale, ma a Rob non importava. Era sulla pista giusta, finalmente. La *sua* storia stava arrivando al dunque.

La strada si inerpicava tra foreste di pini e boschi di querce. Mentre salivano, la grigia aria del mattino cominciò a farsi più tersa. Il sole stava sorgendo, brillante e tiepido. Poi la strada si tuffò in una valle di un verde acceso. Casupole di pietra misere ma graziose erano situate al di sopra di torrenti impetuosi. Bambini sporchi dal sorriso abbagliante corsero giù verso il pick-up e salutarono con la mano. Rob ricambiò il gesto e pensò alla figlia.

La strada proseguiva, ancora e ancora. Serpeggiava intorno a una grande montagna e Karwan gli spiegò che era uno dei Sette Pilastri di Satana. Rob annuì. La strada attraversò fiumi impetuosi, passando su traballanti ponti di legno. Poi, finalmente, si fermarono.

Karwan gli diede di gomito. «Lalesh!»

Ce l'aveva fatta. La prima cosa che vide fu un bizzarro edificio di forma conica dal tetto stranamente scanalato. C'erano altre costruzioni coniche, disposte intorno a una piazzetta centrale piena di gente che sfilava in processione, cantando e salmodiando. Uomini anziani avanzavano in fila indiana, suonando lunghi flauti di legno. Rob scese dal camioncino, insieme a Karwan, e osservò la scena.

Una figura vestita di nero uscì da un edificio sudicio. Si avvicinò a una serie di ciotole di pietra da cui si levavano focherelli fluttuanti. Altri uomini, con indosso tuniche bianche, sfilavano dietro di lui.

«Quelli sono i fuochi sacri», spiegò Karwan, indicando le fiamme gialle che danzavano nelle ciotole. «Gli uomini devono girarci intorno sette volte.»

La folla si spinse in avanti, gridando un nome. «Melek Taus, Melek Taus!»

Il giovane annuì. «Stanno lodando l'angelo pavone, naturalmente.»

La cerimonia continuò, pittoresca, inusuale e stranamente toccante. Rob osservò astanti e spettatori; dopo l'iniziale fermento del cerimoniale, molti fedeli si erano spostati su vicini spiazzi erbosi e su pendii affacciati sulle torri coniche di Lalesh: si preparavano a mangiare: pomodori, formaggio, pane piatto e prugne. Il sole era ormai alto nel cielo. Era una tiepida giornata in montagna.

«Ogni yezidi», gli spiegò Karwan, «a un certo punto della sua vita, deve venire a Lalesh. In pellegrinaggio sulla tomba dello sceicco Mussafir. È stato lui a fissare le cerimonie degli yezidi.»

Rob si avvicinò lentamente alla tetra soglia di un tempio per sbirciare all'interno. Era buio ma riuscì giusto a distinguere dei pellegrini che avvolgevano pezze colorate intorno a pilastri di legno. Altri stavano invece sistemando del pane su bassi scaffali. Su una parete vide una scritta distintamente cuneiforme; *doveva* essere cuneiforme, ossia vergata nell'antichissimo e più primitivo alfabeto del mondo. Risalente all'epoca dei sumeri.

Cuneiforme! Mentre raddrizzava la schiena uscendo dal tempio si sentì privilegiato per il semplice fatto di trovarsi là. Era un miracolo che tutto quello fosse sopravvissuto: la città, la fede, la gente, la liturgia e il rituale. Era una cosa anche ammirevole. L'intera atmosfera di Lalesh, la festa, risultava lirica, poetica. Gli unici aspetti minacciosi erano le immagini multicolori e sprezzanti di Melek Taus, l'onnipresente demone-dio, che era raffigurato su muri e porte, perfino su manifesti. Eppure le persone sembravano cordiali, felici di trovarsi all'aperto e al sole, felici di praticare la loro peculiare religione.

Rob voleva parlare con alcuni yezidi. Convinse Karwan a fargli da interprete; su un fazzoletto di terreno erboso trovarono una giocosa donna di mezza età intenta a versare il tè per i figli.

Si piegò verso di lei e chiese: «Mi parla del Libro Nero?»
La donna sorrise, colpendolo vigorosamente con un dito.
Karwan tradusse le sue parole. «Dice che il Libro Nero è la Bibbia degli yezidi ed è scritto in oro. Dice che lo avete voi cristiani! Voi inglesi. Dice che avete preso voi il nostro libro sacro. Ed è per questo che gli occidentali hanno la scienza e l'istruzione: perché avete il libro, che è arrivato dal cielo.»
La donna sorrise cordialmente a Rob, poi addentò un grosso pomodoro, facendosi schizzare semi rosso brillante sulla camicetta e strappando una tonante risata al marito.
La cerimonia nella piazza era quasi conclusa. Bambine e bambini vestiti di bianco si trovavano nello spiazzo centrale e stavano portando a termine la danza spiraleggiante intorno alle fiamme sacre. Rob li osservò. Senza farsi troppo notare, scattò qualche foto col cellulare. Scribacchiò un paio di appunti. Poi, quando alzò gli occhi, notò un'altra cosa. Ora che gli spettatori stavano guardando altrove, tutti gli anziani si stavano infilando, uno dopo l'altro, in un basso edificio all'estremità opposta della piazzetta. Il loro gesto sembrava in un certo senso furtivo, clandestino, o almeno significativo. C'era un guardiano accanto alla porta di quella bassa costruzione, benché non ve ne fossero accanto a nessun altro ingresso. Come mai? E la porta che stavano usando si distingueva dalle altre: accanto a essa spiccava uno strano serpente nero scolpito nella pietra. Il simbolo di un lungo serpente proprio di fianco alla soglia.
Rob provò quel particolare fremito. *Ci siamo*, pensò. Doveva scoprire cosa stava succedendo. Doveva oltrepassare quella misteriosa porta. Ma come riuscirci senza farsi beccare? Si guardò intorno. Karwan era steso sull'erba, a sonnecchiare. Non c'era traccia dell'autista del pick-up, probabilmente stava dormendo nell'abitacolo. Era stata una lunga giornata.
Quella era la sua occasione. Da afferrare al volo, subito. Ridisceso il pendio, attraversò rapido la piazza. Uno dei ragazzini salmodianti aveva lasciato cadere il suo copricapo bianco accanto al pozzo sotto il ruscello. Rob guardò a destra e a sini-

stra, poi lo arraffò e se lo mise in testa. Si guardò di nuovo intorno. Nessuno stava badando a lui. Sgattaiolò verso il basso edificio. Il guardiano era ancora sulla soglia e stava per chiudere la porta. Lui aveva soltanto una chance. Si coprì la parte inferiore del volto con il tessuto bianco, poi si lanciò oltre la soglia del tempio.

Il guardiano stava sbadigliando e lo guardò a malapena. Per un attimo sembrò perplesso, poi si strinse nelle spalle e chiuse la porta dietro di loro. Rob si trovava all'interno del tempio.

Vi regnava una fitta oscurità. Il fumo acre delle lampade a olio rendeva l'aria viziata. Gli anziani yezidi erano disposti in varie file, salmodiando, mormorando e cantando molto sommessamente. Recitavano preghiere. Altri invece erano in ginocchio, si prostravano e si chinavano, toccando il pavimento con la fronte. Un bagliore luminoso colmava l'estremità opposta del tempio. Rob strizzò gli occhi per riuscire a vedere attraverso il fumo. Una porta si era aperta fugacemente. Una ragazza vestita di bianco stava portando un oggetto nascosto da una ruvida coperta. Il salmodiare aumentò leggermente di volume. La fanciulla posò l'oggetto su un altare sopra il quale l'immagine scintillante dell'angelo pavone li fissava tutti dall'alto, sereno e superbo, sprezzante e crudele.

Rob cominciò ad avvicinarsi il più possibile cercando di non attirare l'attenzione, disperatamente ansioso di vedere cosa si celasse sotto la coperta. Avanzò lentamente, sempre di più. Le preghiere e il salmodiare divennero più forti eppure più cupi. Si abbassarono di tono. Un mantra ipnotico. Il fumo delle lampade a olio era talmente denso da fargli pizzicare e lacrimare gli occhi. Lui si sfregò il viso e cercò di aguzzare la vista.

La ragazza tolse la coperta di scatto, e il salmodiare si interruppe.

Sull'altare era posato un teschio, ma diverso da qualsiasi altro teschio Rob avesse mai visto. Era umano eppure non umano. Aveva orbite oculari ricurve, oblique. Zigomi alti. Sembrava il teschio di un uccello mostruoso o di un serpente deforme. Eppure restava comunque umano.

Poi sentì una dura lama di coltello premergli fredda sulla gola.

34

Tutti stavano urlando e sgomitando. Il coltello punse la gola di Rob, schiacciandogli con forza la trachea. Qualcuno gli gettò un cappuccio sulla testa e lui batté le palpebre nel buio.

Delle porte si chiusero con un tonfo e si aprirono, e lui si sentì spingere in un'altra stanza; se ne accorse perché adesso i rumori suonavano diversi, gli echi più deboli. Si trovava indubbiamente in uno spazio più angusto. Ma le voci erano ancora alte e rabbiose, parole curde sparate a raffica. Minacce e urla.

Uno stivale lo colpì dietro le ginocchia. Lui si accasciò sul pavimento. Varie immagini gli attraversarono la mente: le vittime nei video diffusi in Internet. Tute arancioni. *Allahu Akhbar*. Il suono di un coltello che tranciava una trachea e lo spumeggiare cremoso del sangue. *Allahu Akhbar*.

No. Rob cominciò a lottare. Si dimenò ripetutamente, ma aveva il corpo coperto di mani che lo tenevano giù. Il cappuccio era fatto di vecchia tela di sacco, puzzava di fiato stantio. A malapena intravedeva la luce attraverso la trama del tessuto che gli avvolgeva il viso. Riuscì a distinguere le sagome di uomini urlanti.

Una seconda porta si aprì da qualche parte. Le voci aumentarono ancora di volume e Rob udì una donna gridare una domanda e alcuni uomini rispondere urlando. Il caos era totale. Tentò di respirare lentamente, per calmarsi. Venne spinto su un fianco, a terra, e attraverso la stoffa intravide vagamente delle tuniche yezidi. Tuniche e sandali e uomini.

Gli stavano legando i polsi dietro la schiena. La corda ruvida gli affondò nella carne. Fece una smorfia di dolore. Poi udì un uomo ringhiargli contro – in arabo? Riconosceva quelle parole? Si contorse e cercò di aguzzare la vista nel tentativo di scorgere qualcosa attraverso il rozzo tessuto del cappuccio, e deglutì a fatica: cos'era quel lampo? Era di nuovo il coltello? Il grosso coltello che gli avevano puntato alla gola?

Era terrorizzato. Pensò alla figlia. Alla sua adorabile risata. Ai suoi capelli biondi in un giorno soleggiato: brillanti come il sole stesso. Ai suoi occhi azzurri che lo fissavano dal basso. *Papà. Nanimali. Papà.* E adesso probabilmente lui stava per morire. Non l'avrebbe più rivista. Le avrebbe rovinato la vita, non rivedendola più. Sarebbe stato il padre che Lizzie non aveva mai avuto.

Il dolore gli montò dentro. Per poco non pianse. Il tessuto era caldo e il cuore gli batteva all'impazzata, ma doveva assolutamente bloccare il panico. Perché non era ancora morto. L'avevano soltanto legato. E spaventato.

Ma poi, non appena riacquistò la speranza, pensò a Franz Breitner. *Lui* lo avevano ucciso; quello non era stato un problema, per gli operai yezidi a Gobekli. Lo avevano spinto sopra un palo dalla punta aguzza, infilzandolo come una rana in un laboratorio. Come se niente fosse. Ricordò lo zampillo di sangue che sgorgava dalla ferita nel petto di Franz. Sangue che sprizzava sul terriccio giallo di Gobekli. Poi, la capra tremante che veniva sventrata nelle strade di Sanliurfa.

Urlò. La sua unica speranza era Karwan. Il suo amico. Il suo amico yezidi. Forse lui avrebbe sentito. Le sue grida echeggiarono nella stanza. Poi si udirono di nuovo le voci curde, che lo maledivano. Venne spintonato e preso a calci. Una mano gli strinse il collo, strozzandolo quasi; ne sentì un'altra serrargli il braccio con forza. Ma cominciò a scalciare rabbiosamente; adesso era furibondo. Morse il cappuccio. Se avevano intenzione di ucciderlo, avrebbe lottato, fino alla fine avrebbe dato loro del filo da torcere...

Poi il cappuccio gli venne sfilato di colpo.

Rob boccheggiò, battendo le palpebre nella luce. Un viso lo stava fissando dall'alto. Era Karwan.

Ma non era il Karwan di prima, il giovanotto cordiale, dal viso tondo. Questo era un Karwan serio, dall'espressione cupa, furioso eppure autoritario.

Stava dando ordini agli uomini più anziani intorno a lui, parlando bruscamente, in curdo. Dicendo loro cosa fare. Ed era evidente che gli anziani con la tunica gli stavano obbedendo; in pratica gli si stavano prostrando di fronte. Uno di loro passò un cencio bagnato sul viso di Rob. Fu rinfrescante, anche se l'odore di muffa era tremendo. Un altro lo stava aiutando a mettersi seduto; lo avevano appoggiato contro il muro in fondo.

Il giovane abbaiò un altro ordine. A quanto pareva, aveva imposto agli uomini in tunica di andarsene, perché cominciarono a uscire, obbedienti. Varcarono la soglia uno dopo l'altro, e la porta si richiuse con un tonfo, lasciando Karwan e Rob soli nella stanzetta. Rob si guardò intorno. Era uno spazio tetro, con nude pareti dipinte e due finestre strettissime e alte da cui filtrava pochissima luce. Forse era una sorta di magazzino, un'anticamera del tempio.

La corda intorno ai polsi gli faceva ancora male. Gli avevano sfilato il cappuccio ma era ancora legato. Sfregò urgentemente i polsi l'uno contro l'altro, come meglio poteva, per riattivare almeno in parte la circolazione. Poi guardò Karwan. Il giovane yezidi era accosciato su un tappeto stinto ma riccamente ricamato. Stava fissando Rob. Sospirò. «Ho cercato di aiutarti, signor Luttrell. Pensavamo che se ti avessimo permesso di venire qui saresti stato soddisfatto. Invece sei dovuto andare a cercare qualcosa di più. Sempre. Voi occidentali volete sempre qualcosa di più.»

Rob era confuso: a cosa si riferiva Karwan? Il giovane si stava strofinando gli occhi con pollice e indice. Sembrava esausto. Fuori dalle finestre sentiva i fiochi rumori di Lalesh: bambini che ridevano e scherzavano, e il chiocciolio della fontana.

Karwan piegò il busto in avanti. «Ma qual è il vostro problema? Perché volete sempre sapere tutto? Breitner era uguale. Il tedesco. Identico.» Rob sgranò gli occhi. L'altro annuì. «Sì. Breitner. A Gobekli Tepe...»

Incupito, passò un dito sul disegno del tappeto che aveva davanti, seguendo con l'indice il labirinto scarlatto del ricamo. Sembrava che stesse meditando, sul punto di prendere una decisione importante. Rob aspettò. Sentiva la gola riarsa e i polsi che martellavano a causa della corda. «Posso avere da bere, Karwan?» chiese.

Lo yezidi allungò un braccio per prendere una bottiglietta di plastica di acqua minerale, poi gliela accostò alla bocca e lui bevve, rabbrividendo e boccheggiando e deglutendo. Karwan posò la bottiglietta sul pavimento di cemento e sospirò per la seconda volta.

«Voglio dirti la verità. Ormai sarebbe inutile nasconderla. Forse la verità può aiutare gli yezidi. Perché le menzogne e gli inganni ci stanno danneggiando. Io sono il figlio di uno sceicco yezidi. Un capo. Ma sono anche uno che ha studiato la nostra fede dall'esterno. Quindi mi trovo in una posizione speciale, signor Luttrell. Forse questo mi permette una certa... possibilità di scelta.» Il suo sguardo evitava quello di Rob. Un effetto del senso di colpa? «Quanto sto per dirti non è stato rivelato a un estraneo per migliaia di anni. Forse mai.»

Rob ascoltava attentamente. Il tono di voce di Karwan era piatto, quasi monocorde, come se il suo fosse un monologo preparato o qualcosa su cui lui aveva riflettuto per diversi anni: un discorso provato e riprovato.

«Gli yezidi credono che Gobekli Tepe sia l'antica sede del Giardino dell'Eden. Presumo che tu lo sappia. E penso che le nostre credenze abbiano... permeato altre religioni.» Si strinse nelle spalle ed espirò a fondo. «Come ti ho detto, siamo convinti di essere diretti discendenti di Adamo. Siamo i Figli del Vaso. Gobekli Tepe, quindi, è la dimora dei nostri antenati. Ogni yezidi che faccia parte della casta sacerdotale, la classe superiore, come il sottoscritto, si sente dire che dobbiamo proteggere Gobekli Tepe. Proteggere e difendere il tempio dei nostri antenati. Per lo stesso motivo ci viene insegnato dai nostri padri, e dai padri dei nostri padri, che dobbiamo tenere al sicuro i segreti di Gobekli. Dobbiamo nascondere o distruggere qualsiasi cosa prelevata da là. Come quei... resti... nel museo di Sanliurfa. È questo il nostro compito, in qualità di yezidi. Perché i nostri antenati hanno sepolto Gobekli Tepe sotto tutta quella terra... per un motivo ben preciso.» Karwan prese la bottiglietta e bevve un po' d'acqua; fissò direttamente Rob, gli occhi castano scuro che ardevano nella penombra del piccolo magazzino. «Naturalmente intuisco la tua domanda, signor Luttrell. Perché? Perché i miei antenati yezidi hanno seppellito Gobekli Tepe? Perché *noi* dobbiamo proteggerla? Cos'è successo là?» Sorrise, ma il sorriso parve addolorato, perfino tormentato. «Questo non ci viene insegnato. Nessuno ce lo spiega. Non abbiamo una religione scritta. Tutto viene tramandato oralmente, di bocca in bocca, di orecchio in orecchio, di padre in figlio. Quando ero piccolo chiedevo a mio padre perché avevamo queste tradizioni. E lui rispondeva: 'Perché sono tradizioni, tutto qui'.»

Rob fece per parlare ma l'altro alzò una mano impaziente per zittirlo. «Naturalmente, nulla di tutto ciò ha avuto importanza per molti secoli. Nessuno minacciava Gobekli Tepe. Nessuno, a parte gli yezidi, sapeva nemmeno che si trovasse là sotto. Se ne stava lì, sepolta da millenni. Ma poi è arrivato il tedesco, gli archeologi con i loro badili e scavatori e macchine, a sondare, scavare, dissotterrare, a riportare tutto alla luce. Per gli yezidi disseppellire Gobekli è una cosa terribile. Come esporre all'aria una tremenda ferita. Ci fa soffrire. Ciò che i nostri antenati hanno seppellito deve rimanere sepolto, ciò che ora è stato esposto all'aria dev'essere nascosto nuovamente e protetto. Così noi, gli yezidi, ci siamo fatti assumere da lui, siamo diventati i suoi operai per poter ritardare gli scavi, fermare quegli interminabili scavi. Ma lui ha continuato comunque, ha continuato a esporre la ferita...»

«Quindi avete ucciso Franz e poi...»

Karwan ringhiò: «No! Non siamo diavoli. Non siamo assassini. Abbiamo cercato di spaventarlo. Di farlo scappare, di farvi scappare tutti mettendovi paura. Ma lui dev'essere caduto. Tutto qui.»

«E... la *pulsa dinura*?»

«Sì. Sì, certo. E i problemi al tempio. Abbiamo cercato... qual è la parola... abbiamo cercato di intralciare gli scavi, di bloccarli. Ma il tedesco era così determinato. Continuava a scavare, a disseppellire il Giardino dell'Eden, il giardino dei vasi. Lo disseppelliva perfino di notte. Così c'è stata una lite. E lui è caduto. È stato un incidente, credo.»

Rob fece per protestare. Karwan si strinse nelle spalle. «Puoi crederci oppure no. Come preferisci. Sono stanco di bugie.»

«Allora cos'è il teschio?»

L'altro espirò, lentamente. «Non lo so. Quando sono andato nel Texas ho studiato la mia stessa religione. Ho visto la... struttura dei suoi miti. Da una prospettiva diversa. E non lo so. Non so chi sia Melek Taus né cosa sia il teschio. L'unica cosa che so è che dobbiamo venerare il teschio e il pavone. E che non dobbiamo mai rivelare questi segreti. E non dobbiamo mai e poi mai mescolarci con i non yezidi, mai sposarci al di fuori della fede. Perché voi – i non yezidi – siete contaminati.»

«È un animale? Il teschio, intendo.»

«Non lo so! Credimi. Penso...» Karwan si stava sforzando di trovare le parole giuste. «Penso che sia successo qualcosa a Gobekli Tepe. Al nostro tempio nell'Eden. Qualcosa di terribile, diecimila anni fa. Altrimenti perché lo abbiamo sepolto? Perché seppellire quel luogo magnifico, a meno che non fosse un luogo di vergogna o di sofferenza? Doveva pur esserci un motivo per farlo.»

«Perché me lo stai dicendo ora? Perché proprio adesso? Perché a me?»

«Perché hai continuato a venire. Non hai voluto arrenderti. Quindi ora ti sto dicendo tutto. Hai trovato le anfore, con quei terribili resti. Qual è il loro scopo? Perché quei bimbi vennero messi là dentro? Questo mi spaventa. Ci sono troppe cose che non so. Tutto ciò che abbiamo sono miti e tradizioni. Non abbiamo un libro che ci spieghi. Non più.»

Fuori si udirono nuovamente delle voci. Sembravano dei saluti. A esse si aggiunse il rombo di alcuni motori di auto che si avviavano. Sembrava che la gente stesse lasciando Lalesh. Rob voleva annotare le parole di Karwan, provava un bisogno fisico di appuntarsi tutto, ma la corda gli stringeva ancora i polsi. Non poté fare altro che chiedere: «Allora, cosa c'entra il Libro Nero?»

Karwan scosse il capo. «Ah, sì. Il Libro Nero. Che cos'è? Non sono poi così sicuro che sia davvero un libro. Credo fosse una prova, una chiave, qualcosa capace di spiegare il grande mistero. Ma è scomparso. Ci è stato sottratto. E ora siamo rimasti con... con le nostre leggende. E il nostro angelo pavone. Basta così. Ti ho detto cose che non avrei mai dovuto rivelare a nessuno. Ma non avevo altra scelta. Il mondo disprezza gli yezidi. Veniamo maltrattati e perseguitati, chiamati 'adoratori del diavolo'. La situazione non può certo peggiorare ulteriormente. Forse se riveliamo al mondo un po' più di verità, ci tratteranno meglio.» Bevve un altro piccolo sorso di acqua. «Siamo i custodi di un segreto, signor Luttrell, un terribile segreto che non comprendiamo. Eppure dobbiamo restare aggrappati al nostro silenzio. E proteggere il passato sepolto. È il nostro fardello. Nei secoli dei secoli. Siamo i Figli del Vaso.»

«E ora...»

«Ora ti riporto in Turchia. Ti riaccompagneremo in auto alla frontiera, così potrai tornare a casa in aereo e poi raccontare a tutti di noi. Di' alla gente che non siamo satanisti. Racconta la nostra sofferenza. Di' quello che vuoi, ma non mentire.»

Lo yezidi si alzò e gridò qualcosa dalla finestra. La porta si spalancò e altri uomini entrarono. Rob venne spintonato di nuovo, ma stavolta con uno scopo e una quieta determinazione. Fu scortato attraverso il tempio e poi fuori. Mentre veniva spinto diede un'occhiata all'altare: il teschio era scomparso. Subito dopo, si ritrovò fuori, al sole. Alcuni bambini lo stavano indicando. Vide delle donne che lo fissavano, la mano che copriva la bocca. Gli uomini lo stavano spingendo verso il pick-up Ford.

Il guidatore era pronto. La borsa di Rob si trovava sul sedile del passeggero, in attesa. Due uomini lo aiutarono a salire nell'abitacolo. Guardò fuori dal finestrino mentre un altro tizio saliva a bordo: un uomo bruno e barbuto, più giovane di Karwan. Forte e muscoloso, e taciturno. Sarebbe rimasto seduto tra Rob, sistemato sul sedile centrale, e la portiera del camioncino.

Il pick-up si mise in moto, le ruote che giravano vorticosamente nella polvere. L'ultima immagine di Lalesh che Rob vide fu quella di Karwan, fermo in mezzo ai bambini che osservavano la loro partenza, accanto a una delle torri coniche. Aveva un'espressione terribilmente triste.

Poi Lalesh scomparve dietro un pendio mentre il camioncino scendeva rapido lungo la collina, diretto verso la frontiera turca.

35

Non appena Rob venne spinto oltre la frontiera turca, a Habur, telefonò a Christine, poi saltò su un taxi diretto verso la città più vicina. Mardin. Sette esasperanti ore dopo prese una stanza in albergo, chiamò di nuovo Christine, chiamò la figlia e infine si addormentò con il telefono in mano, tanto era stanco.

Il mattino dopo si sedette davanti al suo laptop e scrisse – subito, appassionatamente, e da cima a fondo – l'intera storia.

Rapito dalle sette del Kurdistan.

Era convinto che scrivere il pezzo in fretta e senza riflettere fosse l'unica soluzione possibile. Vi figuravano così tanti elementi disparati che, se si fosse seduto a meditare, se avesse tentato di dare forma a una narrazione coerente, avrebbe rischiato di perdersi nella miriade di dettagli e nell'infinità di aspetti meno noti. Inoltre, se ci avesse lavorato troppo, l'articolo sarebbe potuto sembrare costruito: la storia era talmente assurda che doveva suonare semplice e veritiera, per funzionare. Estremamente immediata. Estremamente sincera. Come se Rob stesse raccontando a qualcuno un lungo e sbalorditivo aneddoto davanti a una tazza di caffè. Quindi la scrisse di getto. Gobekli Tepe e le anfore nel museo, gli yezidi e il culto degli angeli e l'adorazione di Melek Taus. Le cerimonie a Lalesh e il teschio sull'altare e il mistero del Libro Nero. Il tutto, l'intera vicenda, ravvivato da violenza e omicidio. E adesso la cronaca vantava un finale efficace: si concludeva con Rob steso su un fianco e incappucciato in una sudicia stanzetta tra le montagne del Kurdistan.

Gli ci vollero cinque ore per scrivere l'articolo. Cinque ore durante le quali alzò a malapena gli occhi dal portatile, tanto era concentrato. In stato di grazia.

Dopo aver controllato l'ortografia per sei minuti, copiò il pezzo su una chiavetta, lasciò l'albergo e raggiunse direttamente un Internet café, dove spedì per e-mail l'articolo a Steve che, a Londra, lo stava aspettando con impazienza.

Rimase seduto nervosamente nel silenzioso locale, accanto al computer, sperando che Steve gli telefonasse in fretta con una risposta. Il cocente sole di Mardin brillava nelle strade lì davanti, ma nell'Internet café regnava un'atmosfera quasi sepolcrale. C'era solo un altro tizio, impegnato a bere una sconosciuta bibita turca e a fare un gioco sul computer. Il ragazzo aveva in testa delle voluminose cuffie spesse. Stava sventrando un mostro sul monitor con un AK47 virtuale. Il mostro aveva artigli viola e occhi tristi. Le interiora gli sgorgarono dal ventre, vivide e verdi.

Rob tornò al proprio schermo. Controllò le condizioni meteo in Spagna, senza motivo. Digitò il suo nome in Google. Poi quello di Christine. Scoprì che era l'autrice di *Cannibalismo neandertaliano nell'era glaciale* su una recente appendice di *American Archeology*. Trovò anche una graziosa foto che la ritraeva mentre riceveva un oscuro premio a Berlino.

Fissò la foto. Christine gli mancava. Non tanto quanto sua figlia, ma gli mancava. La conversazione garbata, il suo profumo, la sua affabilità. Il modo in cui sorrideva quando facevano l'amore, a occhi chiusi, come se stesse sognando qualcosa di dolcissimo avvenuto molto tempo prima.

Il suo cellulare squillò.

«Robbie!»

«Steve...» Il cuore gli batteva all'impazzata. Lui odiava quella fase. «Allora?»

«Allora», disse Steve, «non so cosa dire...»

L'umore di Rob scese in picchiata. «Non ti piace?»

Una pausa. «Ma no, idiota. Mi piace un sacco!»

L'umore di Rob schizzò alle stelle.

Steve stava ridendo. «Gesù, Rob, ti ho solo mandato a scrivere un fottuto articolo di storia. Ho pensato che potesse giovarti. Una breve pausa rilassante. Ma tu assisti a un omicidio. Vieni aggredito da satanisti. Trovi un lattante dell'età della pietra chiuso in un vasetto. Scopri qualche altro adoratore del diavolo. Senti malvage preghiere di morte curde. Tu... tu... tu...» Cominciava a mancargli il fiato. «Poi vai in Iraq e conosci un tizio misterioso che ti porta in una città santa dove il suo popolo venera un fottuto piccione e li sorprendi mentre si inchinano tutti davanti a un teschio alieno, e a quel punto un gruppo di invasati arriva di corsa cercando di accoltellarti prima di dirti che loro discendono direttamente da Adamo ed Eva.»

Rob rimase in silenzio, poi scoppiò a ridere. La sua risata fu estremamente sonora, tanto che il giovane ammazzamostri davanti al computer dall'altra parte del locale alzò gli occhi e si diede qualche colpetto sulle cuffie per controllare che funzionassero correttamente. «Quindi trovi che la storia sia buona? Ho cercato di essere obiettivo, con gli yezidi. Forse troppo, solo che...»

Steve lo interruppe. «È più che buona! È perfetta. E la pensa così anche il direttore. La pubblichiamo domani, nelle pagine centrali, e mettiamo anche un piccolo box di richiamo sulla prima.»

«Domani?»

«Già. Va direttamente in stampa. Abbiamo ricevuto anche le tue foto. Hai fatto davvero un ottimo lavoro.»

«È fantastico, è...»

«Assolutamente fantastico, sì, lo so. Allora, quando torni?»

«Non so... insomma, sto cercando di prendere il primo volo disponibile, ma sono tutti pieni. E non mi va di farmi ventiquattro ore di autobus fino ad Ankara. Comunque, sarò sicuramente a Londra prima del week-end.»

«Bravo. Vieni al giornale e ti offrirò il pranzo. Potremmo perfino andare in un ristorante vero e proprio. A farci una pizza.»

Rob ridacchiò. Salutò il suo principale, poi pagò il proprietario dell'Internet cafè e uscì in strada.

Era una città carina, Mardin. Dal poco che aveva visto, sembrava povera ma ricca di storia e di atmosfera. Si diceva che risalisse al diluvio universale: c'erano strade romane e resti bizantini e orafi siriani, e strani vicoli che correvano sotto le case. Ma a lui non importava, ormai. Ne aveva abbastanza di miti e leggende orientali. Adesso voleva tornare a casa, nella fresca, moderna, piovosa, splendida Londra, high tech ed europea. Per abbracciare la figlia e baciare Christine.

Fermo accanto alla porta di una panetteria le telefonò. Lo aveva già fatto due volte, quel giorno, solo che gli piaceva parlare con lei. Christine rispose subito. Rob le raccontò che la storia era stata ben accolta, al giornale, e lei rispose che era fantastico e che lo rivoleva in Inghilterra. Promise di raggiungerla il prima possibile, cinque giorni al massimo. Poi lei gli raccontò che continuava a vedere spesso sua figlia e che stavano diventando grandi amiche. In realtà Sally le aveva chiesto se le avrebbe fatto piacere darle una mano con Lizzie. Doveva stare tutto il giorno a lezione a Cambridge, così Christine aveva accettato di tenerle la bambina. Avrebbero trascorso il pomeriggio andando a trovare De Savary, il suo vecchio amico ed ex professore; sempre che a Rob non dispiacesse, ovvio. Lei voleva parlare con De Savary del legame con gli omicidi in Inghilterra, visto che lui sembrava così informato sulle attività della polizia. E Lizzie era ansiosa di andare a vedere mucche e pecore.

Gli disse che sentiva la sua mancanza, e molto, e Rob disse che non vedeva l'ora di rivederla, poi riagganciarono. Lui si incamminò verso l'albergo, situato in quella stessa via, pensando al pranzo. Camminando con calma, felice. Non appena rimise in tasca il cellulare, però, un'acuta e repentina consapevolezza lo costrinse a fermarsi di scatto. De Savary. Cambridge. Gli omicidi.

Una metà della storia era ancora irrisolta. La metà inglese. La vicenda non era conclusa, si era solo spostata altrove.

Da felice e soddisfatto era tornato a sentirsi teso e bramoso. Caricato in vista dell'azione. Pronto per la puntata seguente. Più che pronto: temeva che succedesse qualcosa, durante la sua assenza. Doveva tornare in Inghilterra il prima possibile. Magari poteva trovare un nuovo volo via Istanbul. Magari poteva noleggiare un aereo...

Avvertì il fremito di una nuova ansietà.

36

Forrester e Boijer stavano fissando lo Stige.

«Ricordo di averlo studiato a scuola», disse Boijer. «Lo Stige è il fiume che circonda il regno dei morti. Dobbiamo attraversarlo per raggiungere la terra degli spettri.»

Forrester osservò la penombra umida e sotterranea. Lo Stige non era molto ampio ma impetuoso; scendeva a precipizio lungo il suo antico canale, poi svoltava un angolo roccioso e scompariva nell'intrico di grotte e caverne. Era un posto adatto per abbandonare la vita terrena. L'unica nota stonata era il vecchio sacchetto di patatine sulla riva opposta.

«Naturalmente», intervenne la guida, «Stige è solo un nome che gli hanno attribuito. In realtà è un fiume artificiale fatto realizzare dal secondo baronetto, Francis Dashwood, quando stavano riadattando le grotte, anche se ci sono tantissimi *veri* fiumi e falde acquifere in questo complesso di grotte in gesso e selce. È un labirinto sconfinato.»

La guida, Kevin Bigglestone, si lisciò i flosci capelli castani e sorrise ai poliziotti. «Devo mostrarvi il resto?»

«Faccia strada.»

Bigglestone diede inizio al suo tour guidato delle grotte Hellfire, a una decina di chilometri dalla tenuta Dashwood di West Wycombe. «Okay», disse, «eccoci qua.»

Sollevò il suo ombrello come se stesse guidando un gruppo turistico. Boijer ridacchiò e Forrester gli scoccò un'occhiata ammonitrice: avevano bisogno di quel tizio. Avevano bisogno della collaborazione di tutti, a West Wycombe, se volevano che il loro piano funzionasse.

«Allora», aggiunse Bigglestone, il viso paffuto a malapena

visibile nel buio delle grotte. «Cosa sappiamo dell'Hellfire Club settecentesco? Perché si riuniva qui? In queste caverne fredde e appiccicose? Durante il sedicesimo secolo in Europa sorsero varie società segrete, per esempio quella dei Rosacroce. Erano tutte consacrate al libero pensiero, alle tradizioni occulte, a indagare i misteri delle varie credenze. Prima del diciottesimo secolo alcuni membri d'élite di queste società svilupparono la convinzione che in Terra Santa si potessero trovare valide prove, testi e materiali capaci di minare le basi storiche e teologiche del cristianesimo. Forse di tutte le principali fedi.» La guida alzò di nuovo l'ombrello. «Naturalmente era una pia illusione, in un'epoca di anticlericalismo e laicismo rivoluzionario. Ma queste leggende e tradizioni bastarono a illudere alcuni uomini molto ricchi...» Raggiunse il ponte che attraversava lo Stige e si voltò. «Alcuni aristocratici inglesi dotati di spirito ribelle rimasero particolarmente affascinati da quelle leggende. Uno di loro, il secondo barone Le Despencer, sir Francis Dashwood, nel diciottesimo secolo attraversò davvero la Turchia cercando la verità. Quando tornò in patria era talmente ispirato dalle sue scoperte che fondò prima il Divan Club e poi l'Hellfire Club. E le *raisons d'être* dell'Hellfire Club erano il disprezzo e la confutazione di ogni ortodossia religiosa.»

Forrester lo interruppe. «Come lo sappiamo?»

«Abbiamo molti indizi, in quest'area, che rivelano il disprezzo di Dashwood per il dogma. Per esempio adottò il motto 'Fay ce que voudras' o 'Fa' ciò che vuoi', tratto da Rabelais, autore di numerose satire contro la Chiesa. Il motto fu in seguito adottato dal satanista Aleister Crowley nel ventesimo secolo e oggigiorno è comunemente usato da satanisti sparsi in tutto il mondo. Dashwood lo fece incidere sull'arcata all'ingresso della Medmenham Abbey, un'abbazia in rovina situata poco lontano da qui che lui affittava ad altri per delle feste.»

«Esatto, signore», confermò Boijer, guardando Forrester. «L'ho vista. Stamattina.»

Bigglestone li invitò a seguirli, sempre proseguendo con il

suo tono da guida turistica. «Nel 1752 Dashwood fece un altro viaggio, stavolta in Italia. Il viaggio fu effettuato in gran segreto, nessuno sa di preciso dove sia andato. Secondo una teoria si recò a Venezia per comprare libri di magia. Altri esperti ritengono invece che possa avere visitato Napoli, per vedere gli scavi che stavano riportando alla luce un bordello dell'antica Roma.»

«Perché mai avrebbe dovuto farlo?»

«Dashwood era un uomo molto libidinoso, detective Forrester! Nei giardini di West Wycombe c'è una statua di Priapo, il dio greco afflitto da una perenne erezione.»

Boijer rise. «Dovrebbe ridurre le dosi di Viagra.»

Bigglestone ignorò l'interruzione. «Sotto la statua di Priapo Dashwood fece incidere dal suo scultore *Peni Tento Non Penitenti*, ossia, all'incirca, 'Un pene teso, non penitenza', confermando, detective Forrester, il suo esplicito rifiuto del cristianesimo. Della moralità religiosa.» Stavano scendendo di buon passo nella caverna principale. Bigglestone si esibì in ripetuti affondi con l'ombrello, come se stesse tenendo a bada un brigante. «Guardate. Secondo Horace Walpole queste grotte più piccole erano dotate di letti in modo che i confratelli potessero spassarsela con delle ragazze. I festini a luci rosse nelle grotte erano la regola, ai tempi di Dashwood, così come quelli in cui l'alcol scorreva a fiumi. Si parla anche di adorazione del diavolo, masturbazione di gruppo e così via.»

Erano sbucati in una grotta più grande, in cui stavolta erano intagliate figure d'ispirazione gotica e religiosa: una versione vagamente parodistica di una chiesa.

La guida puntò l'ombrello verso l'alto. «Proprio sopra di noi si trova la chiesa di St Lawrence, costruita dallo stesso Francis Dashwood e il cui soffitto è una copia esatta di quello del Tempio del Sole di Palmira, in Siria, ormai in rovina. Dashwood non fu influenzato solo dagli antichi misteri ma anche dagli antichi culti del sole. Ma in cosa credeva davvero? Ci sono parecchie controversie in merito. Alcuni sostengono che la sua visione politica e spirituale possa essere riepilogata così: l'Inghilterra doveva essere dominata da un'élite, e tale élite nobile doveva praticare una religione pagana.» Sorrise. «Eppure, queste opinioni erano accompagnate da una spiccata tendenza al libertinaggio: orge da ubriachi, un oltraggioso comportamento blasfemo e così via. Tutto ciò fa sorgere spontanea una domanda: qual era il principio fondamentale del club?»

«Lei cosa ne pensa?» chiese Forrester.

«Me lo chiede come se si aspettasse una risposta breve! Temo sia impossibile, detective. Tutto ciò che sappiamo è che, nel suo periodo di massimo fulgore, l'Hellfire Club includeva tra i suoi membri le figure più eminenti della società inglese. In realtà, già nel 1762 i frati di Medmenham, come si facevano chiamare, dominavano i circoli ai vertici del governo inglese, e quindi il nascente impero britannico.» Bigglestone cominciò a riattraversare le grotte situate più in alto, dirigendosi verso il parcheggio e continuando a spiegare. «Nel 1762 l'esistenza del club divenne di pubblico dominio. Fu rivelato che tra i suoi membri figuravano il primo ministro, il cancelliere dello Scacchiere, più vari lord, nobili e ministri del Gabinetto. La rivelazione fece sì che l'Hellfire Club diventasse sinonimo di malvagità aristocratica ed esclusivismo lascivo.» L'uomo ridacchiò. «In seguito allo scandalo, molti dei membri più famosi, quali Walpole, Wilkes, Hogarth e Benjamin Franklin, decisero di lasciarlo. La sua ultimissima riunione si tenne nel 1774.»

Si trovavano nello stretto corridoio di roccia che dal sistema di grotte portava all'entrata e alla biglietteria; le pareti erano molto ravvicinate tra loro e fradice.

«Da quel momento le grotte Hellfire furono costrette ad affrontare secoli di trascuratezza, ma rimasero un ricordo vivo e spesso inquietante. È improbabile, tuttavia, che rivelino mai il loro segreto finale, perché i membri del club si sono portati i loro misteri nella tomba. Si dice che l'ultimo segretario dell'Ordine, Paul Whitehead, abbia trascorso i suoi ultimi tre giorni di vita a bruciare tutti i documenti importanti. Quindi, per sapere cosa succedesse davvero all'interno delle grotte, dovremmo forse cercare la risposta... tra le fiamme dell'inferno!»

Si interruppe. Boijer stava applaudendo educatamente. La guida fece un piccolo inchino, poi guardò l'orologio. «Accidenti, sono quasi le sei. Devo andare! Spero che il piano di domani funzioni, signori. Il dodicesimo baronetto è molto ansioso di aiutare la polizia a prendere quegli orrendi assassini.»

Attraversò speditamente lo spiazzo asfaltato e scomparve giù per un sentiero sul pendio. Boijer e Forrester raggiunsero lentamente l'auto della polizia, parcheggiata all'ombra di una quercia.

Mentre camminavano riesaminarono il loro piano. Hugo De Savary, per telefono e via e-mail, aveva convinto Forrester che la banda era destinata a visitare le grotte di Hellfire perché, se davvero stava cercando il Libro Nero, il tesoro che Whaley aveva portato con sé dalla Terra Santa, quello era un posto che doveva assolutamente setacciare, visto che si trovava nell'epicentro del fenomeno Hellfire Club.

Ma quando avrebbe perlustrato le grotte? Forrester era giunto alla conclusione che la banda colpisse un determinato bersaglio quando aveva maggiori probabilità di trovarlo deserto. Craven Street in piena notte e durante il week-end, la Canford School di prima mattina e a metà trimestre.

Quindi la polizia aveva preparato una trappola. Forrester aveva fatto visita all'attuale proprietario della tenuta di West Wycombe, il dodicesimo baronetto Edward Francis Dashwood, diretto discendente del lord dell'Hellfire, e ottenuto la sua autorizzazione a chiudere le grotte per un'intera giornata. La chiusura straordinaria era stata falsamente pubblicizzata come «decisa per festeggiare l'anniversario di nozze del baronetto e concedere una vacanza al leale staff di West Wycombe». Annunci in tal senso erano apparsi su tutti i quotidiani locali. La notizia era stata pubblicatan da importanti siti web. Scotland Yard aveva perfino convinto la BBC a trasmettere un breve servizio incentrato sulla scandalosa storia del luogo, che ne menzionava la chiusura temporanea. Quindi, per quanto riguardava il pubblico, le grotte dell'Hellfire sarebbero state completamente deserte. L'esca era stata sistemata nella trappola.

La banda di criminali sarebbe davvero comparsa? Era un'eventualità poco probabile, Forrester lo sapeva, ma era l'unica idea cui aggrapparsi. Si sentiva decisamente pessimista mentre Boijer guidava a gran velocità lungo le stradine di campagna che portavano al loro albergo.

L'unico altro indizio di cui disponevano era una ripresa delle telecamere di sorveglianza della Canford School che mostrava Cloncurry. La banda aveva messo fuori uso le altre telecamere tagliandone i cavi, ma una era passata inosservata e aveva fornito un'immagine un po' sfuocata di Cloncurry che attraversava l'edificio. Il giovane aveva fissato l'obiettivo con uno sguardo agghiacciante, mentre lo superava. Come se sapesse che lo stava riprendendo. E se ne infischiasse altamente.

Forrester aveva studiato per ore quell'immagine sgranata, tentando di entrare nella mente del giovane. Cosa tutt'altro che facile: quello era un uomo capace di scuoiare una vittima legata, ancora viva. Un uomo capace di tranciare allegramente una lingua e seppellire nel terreno una testa che urlava. Un uomo capace di tutto.

Era incredibilmente bello, con zigomi alti e occhi dal taglio quasi orientale. Un profilo spigoloso e affascinante. E, in un certo senso, questo rendeva ancora più sinistra la sua profonda crudeltà.

Boijer stava parcheggiando l'auto. Alloggiavano all'Holiday Inn di High Wycombe, subito dopo l'uscita dell'M40. Fu una notte inquieta. Dopo cena Forrester fumò un pezzetto minuscolo di spinello, che però non lo aiutò affatto a dormire. Per tutta la notte sognò, madido di sudore, grotte e donne nude e grotteschi festini; sognò una bambina smarritasi tra gli adulti ridenti, una bambina che piangeva invocando il padre, persa nelle grotte.

Si svegliò di buon'ora, con la bocca secca. Allungandosi verso il comodino prese il telefono e chiamò Boijer, svegliandolo. Raggiunsero direttamente, in auto, il gabbiotto prefabbricato nascosto dietro la collina, dalla parte opposta rispetto all'ingresso principale delle grotte. Le grotte stesse erano vuote, la biglietteria chiusa a chiave. La tenuta dei Dashwood era quasi completamente deserta: tutto il personale aveva ricevuto l'ordine di stare alla larga.

Con Boijer e Forrester c'erano altri tre agenti nella baracca. Si davano il turno per controllare le riprese della videosorveglianza. Era una giornata calda, limpida e perfetta. Mentre le ore passavano lentamente, l'ispettore guardò fuori dalla finestrella e ripensò all'articolo che aveva letto, un pezzo del *Times* sugli yezidi e il Libro Nero. A quanto pareva un giornalista, in Turchia, stava seguendo un altro filone della stessa assurda vicenda.

Aveva riletto l'articolo la sera prima, poi telefonato a De Savary per conoscere la sua opinione. Hugo aveva confermato di averlo letto anche lui, concordando sul fatto che si trattasse di un'eco davvero peculiare e piuttosto intrigante, per poi dire a Forrester che esisteva un ulteriore legame: la fidanzata francese del giornalista, menzionata nell'articolo, era una sua ex studentessa e un'amica, e sarebbe andata a trovarlo l'indomani.

L'ispettore lo aveva pregato di interrogarla, di scoprire quale potesse essere il nesso tra Turchia e Inghilterra. Tra *là* e *qui*. Tra l'improvvisa paura degli yezidi e l'improvvisa violenza di Cloncurry. De Savary aveva acconsentito e per un attimo Forrester aveva provato un barlume di speranza: forse *potevano* davvero sbrogliare quella matassa. Ma adesso, quindici ore più tardi, quell'ottimismo era di nuovo scomparso. Non stava succedendo niente.

Sospirò. Boijer stava raccontando un aneddoto scurrile su un collega in una piscina. Tutti ridacchiarono. Qualcuno distribuì dell'altro caffè. La giornata passava con estrema lentezza e nella baracca cominciava a mancare l'aria. Dov'erano quei tizi? Cosa stavano facendo? Cloncurry stava solo provocando la polizia?

Giunse il crepuscolo, tenue e fragrante. Una serena, tranquilla serata di maggio. Ma Forrester era di pessimo umore. Andò a fare una passeggiata. Ormai erano le dieci di sera. La banda non sarebbe più venuta, il piano non aveva funzionato. Avanzò di buon passo nel buio, guardando torvo la luna. Diede un calcio a una vecchia bottiglietta di succo di mela. Pensò alla figlia. *Mee-laa. Mee-laa. Mee-laa paa-pi.* Il cuore gli bruciò di sofferenza. Cercò di resistere a quelle sensazioni, ma... Era tutto inutile, anche la sua rabbia. Vedeva tutto nero.

Forse il vecchio sir Francis Dashwood aveva ragione. Dov'era Dio, comunque? Perché permetteva che avvenissero cose tanto terribili? Perché permetteva la morte? Perché permetteva la morte di bambini? Perché permetteva l'esistenza di persone come Cloncurry? Non c'era nessun Dio. Non c'era nulla. Solo una bimba smarrita nelle grotte, poi il silenzio.

«Signore!»

Era Boijer che usciva di corsa dalla baracca, seguito dai tre agenti armati.

«Signore. Una grossa Beamer, nel parcheggio – adesso!»

Forrester sentì l'energia riaffiorare all'istante. Si lanciò dietro a Boijer e ai poliziotti armati. Corsero oltre l'angolo, verso il parcheggio. Qualcuno aveva fatto accendere i faretti di sicurezza che avevano disposto lungo la recinzione che circondava lo spiazzo. L'ingresso delle grotte era inondato di luce abbagliante.

Al centro del parcheggio spoglio spiccava una grossa, nuova e lucida BMW nera. Nonostante i finestrini oscurati Forrester riuscì a distinguere alcune massicce figure all'interno.

Gli agenti puntarono i fucili contro il veicolo. Lui prese il megafono dalla mano di Boijer, la sua voce amplificata che tuonava nello spazio vuoto illuminato a giorno: «Fermi dove siete. Siete circondati da poliziotti armati». Contò le sagome scure a bordo dell'auto. Cinque, oppure sei?

La macchina non si mosse.

«Scendete dall'auto. Molto lentamente. Subito.»
Le portiere rimasero chiuse.

Gli agenti accovacciati si abbassarono ulteriormente, puntando i fucili. La portiera del guidatore si stava aprendo, con estrema lentezza. Forrester si sporse in avanti, per intravedere finalmente la banda.

Una lattina di sidro cadde rumorosamente sul cemento. Il guidatore scese dall'auto. Era sui diciassette anni, visibilmente ubriaco, visibilmente terrorizzato. Altre due figure smontarono e alzarono mani tremanti. Anche loro dovevano avere diciassette o diciotto anni. Avevano cordoncini rosa di sparacoriandoli drappeggiati sulle spalle. Sulla guancia di uno di loro spiccava un'impronta di rossetto scarlatto. Il più alto dei tre se la stava facendo sotto: una grossa macchia di urina si allargava sul davanti dei suoi jeans.

Ragazzi. Erano solo *ragazzi*. Studenti impegnati in una burla. Probabilmente volevano provare il brivido di entrare di notte nelle grotte maledette.

«Cristo santo!» disse bruscamente Forrester a Boijer. «Cristo *santo*.» Sputò per terra e maledisse la sorte, poi disse al sergente di arrestare i ragazzi. Per qualcosa, qualsiasi cosa. Guida in stato di ebbrezza.

«Gesù!» Tornò stancamente alla baracca, sentendosi un idiota. Quel bastardo di Cloncurry gli stava facendo fare la figura dell'idiota. Il raffinato giovane psicopatico era sfuggito a tutti loro, di nuovo: era troppo furbo per lasciarsi abbindolare da un trucco così stupido. E ora cosa sarebbe successo? Chi avrebbe ucciso? E come?

Forrester corse alla macchina della polizia, afferrò la giacca e trovò il cellulare. Con mani tremanti digitò il numero. Accostò il telefonino all'orecchio sperando di sentire il segnale di libero. *Avanti avanti avanti*. Stava pregando ardentemente di non essere arrivato troppo tardi.

Ma il telefono continuò semplicemente a squillare.

37

Quando Hugo De Savary si svegliò, il suo amante stava già uscendo dalla porta, borbottando qualcosa su una conferenza di antropologia al St John.

Sceso al piano di sotto, vide che il bel ragazzo aveva lasciato la cucina un inferno, come al solito: briciole di pane ovunque, una copia del *Guardian* sventrata, macchie di marmellata su un piatto pieno di avanzi e fondi di caffè scuri e fradici nel lavandino. Eppure la cosa non gli diede fastidio. Era felice. Quella mattina l'amante lo aveva baciato appassionatamente, lo aveva svegliato con un bacio. La loro relazione stava procedendo a gonfie vele. E, meglio ancora, lo aspettava una delle sue cose preferite: una giornata di pura ricerca. Nessuna stressante necessità di scrivere, nessuna riunione noiosa a Cambridge e men che meno a Londra, nessuna telefonata importante. L'unica cosa che doveva fare era sedersi nel giardino del suo cottage di campagna, esaminare qualche documento e leggere una o due tesi non pubblicate. Una splendida giornata di placida lettura e riflessione. Più tardi avrebbe potuto raggiungere Grantchester in auto per sbrigare qualche commissione e comprare un paio di libri; verso le tre aveva l'unico impegno della giornata, l'appuntamento con la sua ex allieva, Christine Meyer. Sarebbe venuta a passare il pomeriggio lì portandosi dietro la figlia del fidanzato, il giornalista autore di quell'interessante articolo del *Times* sugli yezidi, il Libro Nero e quello strano luogo chiamato Gobekli Tepe. Quando lo aveva contattato, lei aveva detto di voler parlare delle connessioni tra l'articolo del fidanzato e la serie di omicidi in Inghilterra.

De Savary era ansioso di parlarne, ma più che altro era ansioso di rivedere Christine. Di tutti i suoi studenti, Christine era stata una delle più brillanti – la sua preferita – e stava facendo davvero un ottimo lavoro a Gobekli Tepe. Ottimo ma spaventoso, a giudicare dagli elementi più inquietanti riportati nell'articolo del *Times*.

Passò dieci minuti a sparecchiare rapidamente il tavolo della colazione, poi mandò un SMS al suo amante: *È davvero impossibile affettare il pane senza demolire la cucina? Hugo xx*.

Mentre faceva scorrere giù per lo scarico i fondi del caffè ricevette una risposta. *Non radere al suolo mio villaggio ok ho gli esami finali xxx*.

De Savary scoppiò in una sonora risata. Si chiese se si stava innamorando di Andrew Halloran. Sapeva che sarebbe stato stupido: il giovane aveva solo ventun anni e lui quarantacinque. Ma Andrew era così bello, con quella sua noncuranza sexy. Ogni mattina si infilava dei vestiti a caso eppure sembrava sempre... perfetto. Soprattutto con quella cortissima barbetta ispida che dava risalto agli occhi azzurro intenso. E a De Savary piaceva pure che Andrew stesse con ogni probabilità frequentando anche altri uomini. Un pizzico di senape nel sandwich: era davvero stimolante. Il dolce tormento della gelosia...

Radunando documenti e libri uscì in giardino. Era una splendida giornata, talmente splendida da rendere quasi impossibile concentrarsi: il canto degli uccelli era troppo dolce, il profumo dei fiori di fine maggio troppo inebriante. Sentì dei bambini ridere in un giardino dall'altra parte dei prati del Cambridgeshire, benché il suo cottage fosse molto isolato.

Tentò di focalizzare l'attenzione sul lavoro. Stava esaminando un lungo ed erudito articolo del *Times Literary Supplement* sulla violenza come parte integrante della cultura inglese. Ma, mentre restava seduto sotto il sole del mattino, la sua mente continuava a tornare sui temi che negli ultimi tempi avevano dominato i suoi pensieri: la banda di assassini che stava attraversando l'Inghilterra e i legami con la strana vicenda turca.

Raccogliendo dal prato il telefono intiepidito dal sole, si

chiese se fosse il caso di chiamare l'ispettore capo Forrester per scoprire se la polizia stava avendo fortuna nelle grotte di West Wycombe, ma poi ci ripensò e lo riappoggiò a terra. Era sicuro che la banda, a un certo punto, avrebbe perlustrato le grotte. Se stavano cercando tanto spasmodicamente il Libro Nero, le grotte dell'Hellfire erano il posto ovvio in cui guardare. Il fatto che la trappola della polizia funzionasse o meno era tutto un altro paio di maniche. Era una scommessa... Ma a volte anche le scommesse più azzardate si vincono, no?

Il sole era caldo, ormai. De Savary lasciò cadere le carte sull'erba, si allungò sulla sedia a sdraio e chiuse gli occhi. I bambini stavano ancora ridendo, in un punto imprecisato oltre le marcite. Pensò agli yezidi. Quel giornalista, Rob Luttrell, aveva davvero scoperto qualcosa. Un tempo il Libro Nero degli yezidi doveva aver svelato informazioni cruciali su quel tempio straordinario, Gobekli Tepe, che sembrava rappresentare un elemento così essenziale della loro fede e della loro ascendenza. Un fremito di inquietudine lo attraversò mentre ripensava all'articolo del *Times*. Era sicuro che anche quei pazzi assassini l'avevano letto – letto e memorizzato bene. Non erano stupidi. L'articolo lasciava intendere che Rob Luttrell avesse raccolto informazioni vitali sul Libro Nero. Menzionava anche Christine. Quindi la banda, a un certo punto, probabilmente si sarebbe messa sulle loro tracce. De Savary si ripromise di dirle, quando arrivava, che poteva essere in pericolo. Loro due, Rob e Christine, dovevano stare attenti, finché la banda non fosse stata catturata.

Si sporse dalla sedia a sdraio e prese la tesi fotocopiata, *Paura della massa: tumulti e sfrenatezze nella Londra della Reggenza*. Gli uccelli cinguettavano sul melo dietro di lui. Per un po', lesse e prese appunti.

Tre ore più tardi aveva finito. Si infilò le scarpe, prese la sua auto sportiva e andò a Grantchester. Entrò nella libreria e ci passò un'ora ciondolando allegramente tra gli scaffali, dopo di che si recò a piedi nel negozio di computer a comprare alcune cartucce per la stampante. Poi si ricordò dell'imminente visita di Christine, così si fermò in un supermercato ad acquistare limonata fresca e tre cestini di fragole. Potevano sedersi in giardino e mangiare le fragole al sole.

Mentre tornava al cottage canticchiò un motivo a bocca chiusa. Il *Concerto per due violini* di Bach. Un pezzo davvero magnifico. Decise di scaricarne una nuova versione, quando ne avesse avuto il tempo.

Per un'altra ora fece ricerche con Google nel suo studio, poi sentì il batacchio che annunciava l'arrivo di Christine. Era sorridente e abbronzata, con un'angelica bimbetta bionda al seguito. De Savary si illuminò di piacere; aveva sempre pensato che, se non fosse stato gay, Christine era proprio il genere di ragazza che avrebbe potuto amare: incantevole e sexy, ma modesta e in un certo senso anche innocente. E naturalmente molto dotata e intelligente. L'abbronzatura poi le donava, così come la bambina al suo fianco.

Lei posò una mano sulla spalla della piccola: «Questa è Lizzie, la figlia di Robert. Sua madre è in città a seguire un corso... e io sono la sua mamma adottiva per l'intera giornata!»

La bimba si esibì in un dolce e buffo inchino, come se stesse incontrando la regina, poi ridacchiò e strinse solennemente la mano a De Savary.

Mentre Christine lo seguiva in giardino gli stava già raccontando pettegolezzi, aneddoti e teorie: sembrava che fossero tornati nelle stanze di Hugo al King's College a ridere e conversare appassionatamente di archeologia e amore, di Sutton Hoo e James Joyce, del principe di Palenque e del significato del sesso.

In giardino lui versò la limonata e offrì le fragole. Christine stava descrivendo animatamente Rob. De Savary riuscì a leggerle l'amore negli occhi. Parlarono di lui per un po' e Lizzie disse che non vedeva l'ora di rivedere il padre perché le avrebbe portato un leone. E un lama. Poi chiese se poteva giocare al computer e De Savary fu felice di acconsentire, fintanto che fosse rimasta dove potevano vederla; la bambina tornò di corsa nel cottage e si sedette accanto alla portafinestra aperta, assorbita dal suo gioco elettronico.

De Savary era contento di poter parlare più liberamente con Christine, anche perché voleva accennarle un'altra cosa. «Allora», le disse, «raccontami di Gobekli. Suona *incroyable*.»

Per un'ora lei delineò l'intera, appassionante storia. Quando finì, il sole stava giusto sfiorando le cime degli alberi accanto alle marcite. Il professore scosse il capo. Discussero della strana sepoltura del sito, poi passarono all'Hellfire Club e al Libro Nero, conversando come facevano un tempo, due menti impegnate e vivaci con interessi culturali simili: letteratura, storia, archeologia, pittura. De Savary si stava davvero godendo la conversazione. Christine gli spiegò, tra l'altro, che stava tentando di insegnare a Rob le spaventose delizie di James Joyce, e a lui si illuminarono gli occhi: questo gli forniva lo spunto per illustrarle una delle sue più recenti teorie. Decise di rivelargliela. «Sai, Christine, l'altro giorno stavo leggendo di nuovo James Joyce e una cosa mi ha colpito...»

«Sì?»

«C'è un passaggio in *Dedalus* e mi sono chiesto se...»

«Cos'è stato?»

«Scusa?»

«Cos'era quello?»

Poi lui lo sentì. Un forte tonfo dietro di loro. Proveniente dal cottage. Uno schianto strano, fragoroso e sinistro.

Il suo primo pensiero fu per Lizzie. Si alzò e si voltò, ma Christine stava già sfrecciando verso la casa, superandolo. Lui lasciò cadere sul prato il bicchiere di limonata e la seguì, ma mentre correva sentì qualcosa di peggio: un grido soffocato.

Trovò Christine all'interno del cottage, trattenuta da diversi giovani in jeans scuri e passamontagna. Soltanto uno di loro era a viso scoperto. Era bruno e bello. De Savary lo riconobbe subito, avendo visto le riprese della videosorveglianza in un'e-mail inviatagli da Forrester.

Era Jamie Cloncurry.

De Savary avrebbe voluto urlare contro quell'assurdità. I giovani avevano pistole e coltelli. Una delle pistole era puntata contro di lui. Era una cosa oltraggiosa, ridicola! Quello era il Cambridgeshire. Lui era appena stato al supermercato a comprare delle fragole. Sulla strada di casa aveva fischiettato una melodia di Bach. E adesso nel suo cottage c'erano degli psicopatici armati!

Christine stava cercando di gridare e si dimenava, ma poi uno degli uomini le sferrò un violento pugno allo stomaco e lei smise di divincolarsi. Gemette. Aveva gli occhi febbrili e sgranati. Fissò De Savary e lui vide nel suo sguardo un terrore assoluto.

L'uomo più alto, Jamie Cloncurry, fece ondeggiare languidamente la pistola nella sua direzione. «Legatelo alla sedia.»

Due membri della banda eseguirono l'ordine, in religioso silenzio. Gli misero un bavaglio sporco di sudore intorno alla bocca e lo strinsero con ferocia, schiacciandogli contro gli incisivi le labbra, che si spaccarono e iniziarono a sanguinare. Ma non era tanto il dolore a terrorizzarlo. Gli uomini lo stavano legando alla sedia messo al contrario: a cavalcioni della seduta, il petto premuto contro lo schienale di legno. Gli annodarono tutt'intorno robusti legacci. Gli legarono le caviglie, molto strettamente, sotto la sedia, e lo stesso fecero coi polsi. Il mento poggiava dolorosamente sullo schienale. Il suo corpo era tutto un dolore. Non poteva muoversi. Non riusciva a vedere Christine o Lizzie; le sue orecchie colsero un fioco piagnucolio in un'altra stanza. Ma poi i suoi pensieri vennero sommersi dal terrore quando udì le parole di Jamie Cloncurry, fermo da qualche parte dietro di lui.

«Ha mai sentito parlare dell'aquila di sangue, professor De Savary?»

Hugo deglutì, poi non riuscì a evitarlo: cominciò a piangere. Le lacrime gli rigarono il volto. Aveva immaginato che intendessero ucciderlo. Ma così? L'aquila di sangue?

Jamie Cloncurry gli girò intorno e lo osservò da vicino, il

suo bel viso pallido quasi impercettibilmente arrossato. «Certo che ne ha sentito parlare, vero? Dopo tutto ha scritto quel libro. Quel pessimo esempio di divulgazione storica per le masse. *La furia degli uomini del Nord.*» Sul volto di Cloncurry c'era un sorriso sprezzante. «Tutto sui riti e le credenze vichinghe. Alquanto volgare, se mi è consentito dirlo, ma suppongo che sia con questi espedienti che si incrementano le vendite...» Il giovane teneva un libro tra le mani e cominciò a leggerne uno stralcio: «'E ora veniamo a uno dei concetti più repellenti negli annali della crudeltà vichinga: la cosiddetta aquila di sangue. Alcuni studiosi negano che questo macabro rito sacrificale sia mai esistito, ma vari riferimenti presenti nelle saghe e nella poesia scaldica possono lasciare ben pochi dubbi in una mentalità aperta: il rito dell'aquila di sangue è esistito. Era un'autentica cerimonia sacrificale del Nord'.» Rivolse un sorriso a De Savary, poi continuò a citare: «'Il famigerato rito dell'aquila di sangue fu eseguito, stando a resoconti delle genti del Nord, su vari personaggi illustri, incluso il re Ella di Northumbria, Halfdan, figlio di re Harfagri di Norvegia, e re Edmund d'Inghilterra'.»

De Savary sentì le budella cominciare a liquefarsi. Si chiese se stava per farsela addosso.

Cloncurry girò una pagina e continuò a leggere. «'Resoconti dell'esecuzione dell'aquila di sangue differiscono nei dettagli, ma gli elementi essenziali rimangono gli stessi. Prima alla vittima viene squarciata la schiena, in prossimità della spina dorsale. Talvolta la pelle viene precedentemente asportata. Poi le costole esposte vengono staccate dalla colonna vertebrale, forse con un martello o un maglio, o forse tranciate. Le costole rotte vengono poi allargate verso l'esterno come in un pollo cotto alla diavola, mettendo in mostra i sottostanti polmoni grigi. La vittima rimane perfettamente cosciente mentre i polmoni pulsanti gli vengono estratti dalla cavità toracica e buttati sulle spalle, tanto da farla somigliare a un'aquila con le ali allargate. Talvolta si spargeva del sale sulle enormi ferite. Prima o poi, la vittima moriva, magari per asfissia o per la perdita di sangue, o per un attacco cardiaco dovuto al puro terrore provocato dalla crudeltà dell'atto. Il poeta irlandese Seamus Heaney cita l'aquila di sangue nel poema *Viking Dublin*: "Con l'aplomb di un macellaio ti allargavano i polmoni, e ti creavano tiepide ali per le spalle'". »

Cloncurry chiuse il libro di scatto e lo posò sul tavolo da pranzo. De Savary stava tremando di paura. Il giovanotto alto fece un ampio sorriso. « 'Prima o poi la vittima moriva.' Che ne dice, professor De Savary, vediamo se è *prima* o *poi*? »

Lo studioso chiuse gli occhi. Sentiva gli uomini dietro di lui. Il suo intestino era vuoto: se l'era fatta addosso per il terrore. Un orrendo tanfo fecale gli offendeva le narici. Udì dei mormorii dietro di lui, poi sentì una prima fitta paralizzante di dolore quando il coltello gli affondò nella schiena e venne tirato con forza verso il basso. Lo shock lo fece quasi vomitare. Oscillò avanti e indietro sulla sedia. Sullo sfondo, un uomo rise.

Jamie Cloncurry parlò di nuovo. « Dovrò tagliarle le costole con delle umili pinze. Temo che non disponiamo di un maglio... »

Un'altra risata. De Savary sentì uno scricchiolio e poi una sofferenza martellante accanto al cuore, come se gli avessero sparato; capì che gli stavano tranciando le costole, una a una. Le sentì piegarsi, poi spezzarsi. *Crac*. Come qualcosa di teso che si strappasse. Udì un altro *crac*, poi un altro ancora. Sperò di venire soffocato dal proprio vomito, e sperò di morire molto presto.

Ma non era ancora morto: riuscì a *sentire* le mani di Cloncurry mentre gli frugavano nella cavità toracica. Provò la surreale sensazione che qualcuno gli tirasse fuori i polmoni, poi la straziante vertigine di dolore mentre venivano esposti all'aria. I suoi stessi polmoni gli penzolarono giù dalle spalle, unticci e caldi. I suoi stessi polmoni... Uno strano odore si diffuse nell'aria. In parte di pesce, in parte metallico: l'odore dei suoi stessi polmoni. Per poco non perse i sensi.

Non perse conoscenza, però. La banda aveva lavorato bene, mantenendolo vivo e cosciente. In modo che potesse soffrire.

Guardò in uno specchio mentre la bambina e Christine venivano spinte fuori dalla stanza. Le stavano portando via. La banda si preparava ad andarsene; lo avrebbe lasciato lì, a morire da solo. Con le costole spaccate e divaricate, e i suoi stessi polmoni drappeggiati sulle spalle.

La porta si chiuse con un tonfo: se n'erano andati.

Legato alla sedia, De Savary soffocò i rantoli di dolore e l'angoscia dell'annichilimento. Stava per dirlo a Christine, ma non ne aveva avuto il tempo. E ora stava morendo. Non c'era nessuno a salvarlo.

Poi la vide. C'era una penna posata sul tavolo, molto vicino a lui, accanto al suo libro sui vichinghi. Il bavaglio ormai si era allentato, un po' per i suoi sforzi, un po' per il vomito. Forse sarebbe riuscito a raggiungerla con la bocca. E a scrivere qualcosa, a dare un senso ai suoi ultimi istanti di vita.

Lacrime di dolore gli offuscavano la vista mentre si allungava e lottava; il titolo del suo libro lo fissò.

La furia degli uomini del Nord, di Hugo De Savary.

38

Rob era seduto nell'ufficio dell'ispettore capo Forrester a Scotland Yard. Dalla finestra aperta entrava uno spiffero gelido e sibilante. Era una giornata stranamente fresca per quella stagione, bagnata e nuvolosa. Lui pensò alla figlia e lottò per reprimere la rabbia e la disperazione.

Ma rabbia e disperazione erano troppo potenti. Si sentiva come se fosse immerso fino alla vita in un impetuoso vortice d'acqua: da un momento all'altro avrebbe perso il controllo, perso la presa, e sarebbe stato trascinato via dalle sue emozioni. Come le persone sorprese dallo tsunami in Asia. Doveva concentrarsi sul bisogno di restare in piedi.

Aveva raccontato ai poliziotti tutto quello che sapeva sugli yezidi e il Libro Nero. Il braccio destro di Forrester, Boijer, aveva preso appunti mentre l'ispettore studiava intensamente e con aria grave il volto di Rob. Quando quest'ultimo terminò di parlare, Forrester sospirò e ruotò sulla poltroncina girevole.

«Bene, è abbastanza chiaro come e perché le hanno rapite.»

Boijer annuì. In tono cupo, Rob chiese: «Davvero?»

Sapeva del rapimento della figlia soltanto da poche ore, da quando era atterrato a Heathrow da Istanbul. Era corso subito a casa della ex moglie, per poi andare a parlare con quei poliziotti, quindi non aveva avuto il tempo di capire come fosse successo.

Il poliziotto disse: «Ovviamente Cloncurry ha letto il suo articolo sul *Times* di qualche giorno fa».

«Immagino di sì...» Le parole parvero aride e inutili nella bocca di Rob. *Tutto* sembrava arido e inutile. Si ricordò di una cosa che gli aveva detto Christine, il nome assiro per l'inferno: il deserto dell'angoscia.

Ecco dove si trovava lui. Nel deserto dell'angoscia.

L'ispettore stava ancora parlando. «Ovviamente, signor Luttrell, sono convinti che lei sappia qualcosa del Libro Nero. Quindi devono aver svolto qualche ricerca su di lei, inserito il suo nome in Google e trovato l'indirizzo della sua ex moglie. Quella era la sua vecchia casa, giusto? Il suo indirizzo segnato sui registri elettorali?»

«Sì. Non l'ho mai cambiato.»

«Quindi per loro è stato facile. Devono aver sorvegliato la casa per parecchi giorni. Sorvegliato e aspettato.»

Rob mormorò: «E poi è comparsa Christine...»

Boijer intervenne: «... che gli ha facilitato le cose. Sono andate tutte e tre a Cambridge, loro le hanno seguite, dopo di che la sua fidanzata ha portato sua figlia a passare il pomeriggio in un cottage isolato. Non poteva scegliere posto peggiore.»

«Forse conoscevano già De Savary», aggiunse Forrester. «Era un autore di best-seller, con diversi libri sul sacrificio umano e sull'Hellfire Club al suo attivo. Cloncurry li ha sicuramente letti, oppure l'ha visto in TV.»

«Poi...» Rob stava ancora barcollando nel vortice di acque scure. Costrinse la mente a concentrarsi. «Poi sono rimasti ad aspettare davanti al cottage, sapendo che potevano prendere tutt'e due, Christine e mia figlia.»

«Già», confermò Boijer. «Devono aver aspettato per ore, poi hanno fatto irruzione nella casa.»

Rob guardò torvo Forrester. «Morirà, vero? Mia figlia. Vero? Tutti gli altri li hanno uccisi.»

L'ispettore fece una smorfia e scosse il capo. «No... Niente affatto. Non è quello che crediamo...»

«Oh, avanti.»

«La prego.»

«No!» Rob stava quasi gridando. Si alzò e fissò i poliziotti dall'alto. «Come fa a dirlo? 'Non è quello che crediamo...' Lei non sa cosa significhi, ispettore. Non può saperlo, cazzo. Mia figlia è stata rapita da una banda di pazzi assassini. È la mia unica figlia e la perderò!»

Boijer gli rivolse dei gesti: *Si calmi. Si sieda. Si calmi.*

Lui inspirò ed espirò, in maniera lenta e ponderata. Sapeva che stava facendo una scenata ma non gli importava. Doveva assolutamente sfogare le emozioni. Non poteva tenersele dentro. Per qualche istante rimase come impalato, la vista offuscata dalla rabbia. Alla fine si rimise seduto.

L'ispettore Forrester continuò, calmissimo. «So che in questo momento le riesce molto difficile rendersene conto, ma il fatto è che la banda, per quanto ne sappiamo, non ha fatto del male né a sua figlia Lizzie né a Christine Meyer.»

Rob annuì con aria cupa, senza aprire bocca. In caso contrario, non sapeva cosa avrebbe detto.

Il poliziotto proseguì con il suo ragionamento. «Sulla scena del crimine non abbiamo trovato altro sangue, oltre a quello di De Savary. In qualsiasi altra occasione in cui hanno colpito, quegli uomini, hanno ucciso senza il minimo rimorso, come dice lei. Ma stavolta non l'hanno fatto, optando invece per un rapimento. Perché? Perché vogliono arrivare a lei.»

Le acque che vorticavano intorno a Rob parvero perdere vigore. Lui fissò Forrester, attento e perfino speranzoso: c'era una certa logica nel suo discorso, una certa chiarezza. Voleva crederci, voleva *davvero* fidarsi di quel poliziotto.

«Ha fornito un indirizzo e-mail, in calce al suo articolo?» chiese Forrester.

«Sì», rispose lui. «È la prassi. Un indirizzo e-mail del *Times*.»

Boijer stava scrivendo qualcosa sul suo bloc-notes. Forrester concluse dicendo: «Prevedo che Jamie Cloncurry si metterà in contatto con lei. Molto presto. Vuole il Libro Nero. Lo vuole disperatamente».

«E se mi contatta? Cosa cazzo faccio, a quel punto?»

«Mi telefona subito. Eccole il mio numero di cellulare.» Gli passò un biglietto da visita. «Dobbiamo tenerlo sulla corda, convincere la banda che lei ha il libro. Il materiale degli yezidi.»

Rob rimase sconcertato. «Anche se non ho niente?»

«Loro non lo sanno. Se lasciamo intendere che lei abbia ciò che vogliono, riusciremo a guadagnare tempo. Tempo prezioso, che potrebbe consentirci di catturare Cloncurry.»

Lui alzò lo sguardo al di sopra della spalla di Forrester, oltre il tramezzo di vetro. Pensò a tutte le centinaia di poliziotti che stavano lavorando così duramente, in quel momento, in quello stesso edificio. Decine di agenti impegnati su quel caso. Erano sicuramente in grado di rintracciare una banda di assassini, vero? La scia di sangue e crudeltà era su tutti i giornali, ormai. Avrebbe voluto irrompere in quell'ufficio e urlare a tutti: *Prendeteli! Fate il vostro lavoro! Catturate quei maledetti pazzi! Che cosa aspettate?*

«Dove credete che siano?» disse invece.

«Abbiamo qualche indizio», dichiarò Boijer. «L'italiano, Luca Marsinelli, ha un brevetto di volo. Forse stanno utilizzando degli aerei per entrare e uscire dal paese, dei jet privati...»

«Ma sono solo dei ragazzi...»

Forrester scosse il capo. «Non sono solo dei ragazzi, o almeno non dei ragazzi qualsiasi. Questi sono ragazzi *ricchi*. Marsinelli è orfano ma ha ereditato un'autentica fortuna nel settore tessile dalle sue parti. È ricco sfondato. Riteniamo che un altro membro della banda sia il figlio di un famoso gestore di fondi speculativi nel Connecticut. Questi ragazzi dispongono di depositi fiduciari, patrimoni privati, conti bancari nell'isola di Jersey. Possono comprarsi delle auto nuove facendo semplicemente così.» Fece schioccare le dita. «Ci sono un sacco di campi d'aviazione nell'East Anglia, vecchie piste d'atterraggio americane risalenti alla guerra. Forse hanno portato sua figlia fuori dal paese in aereo; consideriamo l'Italia una destinazione ovvia, visti i contatti di Marsinelli, che possiede una tenuta nei pressi di un lago. Poi c'è la famiglia di Cloncurry in Piccardia, e anche quella la stanno tenendo sotto sorveglianza. La polizia francese e quella italiana sono state informate di tutto.»

Improvvisamente, Rob sbadigliò. Fu uno strano sbadiglio dovuto alla frustrazione e all'amarezza, non alla stanchezza. Era uno sbadiglio da eccesso di adrenalina. Era assetato e stanco e nervoso e furioso. Le due persone che più amava: Lizzie e Christine. Rapite, in lacrime, sofferenti, perse nel deserto dell'angoscia. Non riusciva nemmeno a pensarci.

Si alzò. «Okay, ispettore, continuerò a controllare le mie e-mail.»

«Bene. E può chiamarmi in qualsiasi momento, signor Luttrell. Anche alle cinque del mattino. Non mi importa.» Per un attimo gli occhi di Forrester parvero velarsi. «Rob, capisco almeno in parte cosa sta passando. Mi creda.» Diede un colpo di tosse, poi continuò. «Cloncurry è giovane e arrogante, oltre che psicotico. Si crede più intelligente di tutti. Quelli così non riescono a resistere alla tentazione di prendere in giro la polizia sbandierando la loro astuzia. Ed è in questo modo che finiscono per essere arrestati.»

Gli strinse la mano. Nella stretta di Forrester c'era una fermezza che, intuì Rob, andava al di là della rassicurazione professionale: includeva l'empatia. E c'era qualcosa di particolare anche nel suo sguardo; la compassione, perfino la sofferenza, erano evidenti nei suoi occhi.

Rob ringraziò, poi si voltò e lasciò l'edificio, camminando come uno zombie fino alla fermata dell'autobus; prese quello che l'avrebbe portato fino al suo minuscolo appartamentino di Islington. Il viaggio fu un incubo a occhi aperti. Ovunque guardasse vedeva bambini e bambine che giocavano con gli amici, che saltavano sui marciapiedi, che facevano compere con la madre. Da una parte, desiderava continuare a guardarle come per accertarsi che una di loro fosse Lizzie, ben sapendo che era impossibile. Ma dall'altra voleva voltarsi, per non essere costretto a vederle. Perché gli ricordavano Lizzie. Il profumo dei suoi capelli di neonata dopo che le aveva fatto il bagnetto, gli occhi azzurri e fiduciosi. Sentì di nuovo l'onda di marea dello strazio, enorme e devastante.

Arrivato nell'appartamento, ignorò le valigie non ancora disfatte e il latte marcescente sul piano di lavoro della cucina e andò direttamente al suo laptop, lo accese, lo avviò e controllò le e-mail.

Niente. Controllò di nuovo, aggiornando la pagina; ancora niente.

Fece una doccia, cominciò a vestirsi e si bloccò. Svuotò una delle valigie, poi si bloccò ancora. Tentò di non pensare a Lizzie, senza riuscirvi; era furioso, vicino al punto di rottura, ma non poteva fare altro che quella cosa ridicola: continuare a controllare le sue e-mail.

Senza camicia e scalzo tornò al portatile e cliccò. Trasalì. Eccola, inviata dieci minuti prima. Una mail di Jamie Cloncurry.

In preda alla paura e alla speranza, fissò l'oggetto. *Tua figlia.*

All'interno avrebbe forse trovato un'orrenda immagine del cadavere di Lizzie? Carbonizzata o decapitata? Sepolta viva e morta asfissiata? Oppure il messaggio avrebbe detto che lei era al sicuro?

La tensione e l'ansia erano indescrivibili. Sudando copiosamente, aprì l'e-mail. Non conteneva foto, solo testo. Cominciava in maniera alquanto stringata.

Abbiamo tua figlia, Rob. Se la rivuoi devi consegnarci il Libro Nero oppure dirci esattamente dove si trova. Altrimenti lei morirà, in un modo che non intendo rivelarti. Sono sicuro che la tua immaginazione può fare il resto. Anche la tua fidanzata è illesa, ma le uccideremo entrambe se non ci aiuti.

Lui avrebbe voluto scagliare il laptop contro il muro ma continuò a leggere. C'era di più. Molto di più.

A proposito, ho letto il tuo pezzo sui palestinesi. Molto commovente. Straziante. La tua prosa sarebbe davvero anche d'effetto, se solo non fossi così prevedibilmente liberal. Ma mi chiedo se hai mai riflettuto a fondo sulla situazione israeliana e su cosa ne costituisce il fondamento. L'hai fatto, Rob?

Guardala in questo modo: chi ti fa più paura? In termini di razza, intendo. Quale razza ti inquieta di più, sotto sotto? Azzarderei l'ipotesi che siano i neri – gli africani, vero? È così, no? Quando ne vedi una banda con le felpe col cappuccio, per le strade di Londra, attraversi la strada? Be', non sei certo il solo, Rob. Lo facciamo tutti. E la paura dei neri è statisticamente apprezzabile, in termini di microcriminalità per le strade. Hai molte più probabilità di venire aggredito e derubato da un uomo di colore che non da un bianco, e men che meno da un giapponese o un coreano, vista la percentuale di neri nella popolazione complessiva.

Ma rifletti un po' più a fondo.

Ho letto i tuoi articoli e so che non sei stupido. Non capisci niente di politica, ma non sei stupido. Quindi rifletti. Quale razza uccide più di qualsiasi altra, in realtà? Quale, tra le razze umane, è la più letale?

La più intelligente, Rob. La più intelligente.

Esaminiamo a fondo la cosa. Tu hai paura dei neri. Ma in realtà quante persone sono state uccise da africani, a livello globale? Da eserciti africani o dal potere africano? Qualche migliaio? Forse poche centinaia di migliaia? E questo per quanto riguarda l'intera Africa. Quindi vedi, gli africani, pro capite, non sono poi così pericolosi. Sono del tutto disorganizzati e chiaramente incapaci di autogovernarsi, ma non sono pericolosi su scala globale. Ora prendi gli arabi. Gli arabi hanno padroneggiato a stento l'uso del computer. Non riescono a invadere con successo un'altra nazione sin dal quindicesimo secolo. L'11 settembre ha rappresentato il loro più riuscito tentativo di uccidere un ingente numero di persone negli ultimi duecento anni. E ne hanno uccise tremila.

Gli americani potrebbero eliminarne altrettante con il napalm in un solo minuto. Con un comando a distanza.

Quindi chi sono le persone organizzate che uccidono *davvero*, Rob? Per capirlo dobbiamo dirigerci verso il Nord. Dove vivono le persone intelligenti.

Tra le nazioni europee, gli inglesi e i tedeschi hanno ucciso più di qualsiasi altra nazione. Considera l'impero britannico. Gli inglesi hanno sterminato gli aborigeni della Tasmania, in toto. Li hanno cancellati dalla faccia della terra. Gli inglesi in Tasmania si dedicavano a un vero e proprio sport che consisteva nel braccarli. Uno sport sanguinario, come la caccia alla volpe.

L'unico popolo europeo capace di eguagliare gli inglesi in termini di pura letalità è quello tedesco. I tedeschi sono stati lenti a recuperare lo svantaggio, non possedendo un impero e tutto il resto, ma se la sono cavata discretamente nel ventesimo secolo. Hanno sterminato sei milioni di ebrei. Hanno ucciso cinque milioni di polacchi, forse tra i dieci e i venti milioni di russi. Troppi per poterli contare.

E qual è il quoziente intellettivo degli inglesi e dei tedeschi? È di circa 102-105, nettamente superiore alla media, e molto al di sopra di quasi tutte le altre razze. Questo piccolo margine è sufficientemente significativo per fare di inglesi e tedeschi due tra i popoli più letali del mondo, oltre ad annoverarli tra i più intelligenti.

Ma guardiamo ancora più lontano. Chi è perfino più intelligente degli inglesi e dei tedeschi, Rob? I cinesi. Hanno un QI medio di 107. E hanno ucciso forse cento milioni di persone solo nel ventesimo secolo. Certo, hanno ucciso il loro stesso popolo, ma i gusti sono gusti.

Ma andiamo direttamente al vertice.

In base al numero di abitanti, chi ha maggiori probabilità di ucciderti? I crucchi o gli inglesi? Un nero o un cinese? Un coreano o un kazako? Un negro o un mangiaspaghetti?

No, sono gli ebrei. Gli ebrei hanno ucciso più persone di

chiunque altro, su questo pianeta. Naturalmente, date le minuscole dimensioni della popolazione ebraica, hanno dovuto effettuare tutti i loro massacri per interposta persona, potremmo dire: imbrigliando il potere di altre nazioni o inducendo altre nazioni a combattere tra loro. Vivono e uccidono trasformando la loro intelligenza in un'arma, ed è impossibile dire quanti ne abbiano passati a fil di spada. Pensaci. Gli ebrei hanno inventato il cristianesimo: quanta gente è morta per la croce e a causa della croce? Cinquanta milioni? Gli ebrei hanno creato il comunismo. Altri cento milioni. Poi c'è la bomba atomica. Inventata dagli ebrei. Quante persone ucciderà?

Gli ebrei, travestiti da neoconservatori, hanno perfino escogitato la seconda guerra del Golfo. Eppure quella è stata un'operazione su scala ridotta, in base ai loro standard: ha ucciso solo un milione di persone. Decisamente insignificante. Ma almeno continuano a tenere le mani in pasta. Forse perché stanno facendo le prove per la Grande guerra tra islam e cristianesimo, che tutti sappiamo in arrivo e che tutti sappiamo verrà scatenata dagli ebrei. Perché sono loro a dare inizio a tutte le guerre; perché loro sono così intelligenti.

Qual è il quoziente intellettivo medio degli ebrei askenaziti? 115. Sono di gran lunga la razza più intelligente della terra. E gli ebrei hanno maggiori probabilità di toglierti la vita, storicamente, rispetto a chiunque altro. Solo che non lo fanno per la strada, con un coltello, cercando dieci dollari per comprarsi del crack.

Rob fissò l'e-mail. Quel lerciume razzista era quasi traumatizzante nella sua psicoticità. E talmente folle da lasciare storditi. Eppure poteva contenere degli indizi.

Lo rilesse due volte, poi prese il telefono e chiamò l'ispettore Forrester.

39

L'ispettore capo Forrester era al telefono per fissare un appuntamento con la sua psicologa, Janice Edwards; voleva chiederle cosa pensasse del caso Cloncurry, visto che era un'esperta di psicologia evolutiva: sull'argomento aveva scritto libri complessi, premiati da recensioni favorevoli.

La segretaria della terapeuta rimase sul vago. Gli disse che Janice era molto impegnata e che, quella settimana, poteva trovare il tempo di riceverlo solo l'indomani, quando si sarebbe recata al Royal College of Surgeons per la riunione mensile del College Trust.

«Va benissimo. Quindi posso vederla là?»

La segretaria sospirò. «Prenderò nota.»

Il mattino dopo Forrester raggiunse Holborn con la metropolitana e rimase ad aspettare nell'atrio a colonne del Royal College finché Janice non arrivò per guidarlo fino all'ampio e lucente museo in acciaio e vetro del College, definendolo un «buon posto per parlare».

Il museo era davvero notevole. Un dedalo di enormi scaffalature in vetro su cui erano disposti vasi e reperti.

«Questa è chiamata Galleria di cristallo», spiegò lei, indicando l'esposizione dei risultati delle dissezioni. «È stata rimessa a nuovo un paio di anni fa e ne andiamo molto fieri. È costata milioni di sterline.»

Forrester annuì educatamente.

«È uno dei miei reperti preferiti», disse la dottoressa. «Guardi. La gola conservata di un suicida. Quest'uomo si è tagliato la gola, si vedono le lacerazioni della carne. Hunter era un dissettore davvero geniale.» Gli sorrise. «Bene, stavamo dicendo?»

«Crede che possa esistere un gene che predispone all'omicidio?»

Lei scosse il capo. «No.»

«Assolutamente no?»

«Non un unico gene, no. Ma forse un complesso di geni. Sì. Non vedo perché dovrebbe essere impossibile, però non siamo in grado di appurarlo con sicurezza. Questa è ancora una scienza in erba.»

«Giusto.»

«Abbiamo appena iniziato a decifrare la genetica. Per esempio, ha mai notato come l'omosessualità e la spiccata intelligenza siano legate?»

«Lo sono?»

«Sì.» Lei sorrise. «Le persone omosessuali hanno un quoziente intellettivo di circa dieci punti superiore alla media. Qui è chiaramente al lavoro un elemento genetico. Un complesso di geni. Ma non abbiamo la più pallida idea di come funzioni la cosa.»

Forrester annuì. Lanciò un'occhiata a degli imprecisati esemplari animali. Un vaso di vetro contenente un missinoide. Lo stomaco grigio chiaro di un cigno.

Janice Edwards continuò. «Quanto all'ereditarietà dell'istinto omicida, be'... dipende da come interagiscono questi geni. Tra loro e con l'ambiente. Qualcuno con questo tratto potrebbe comunque condurre un'esistenza perfettamente normale, se i suoi impulsi non vengono in qualche modo catalizzati o scatenati.»

«Ma...» Forrester era confuso. «Pensa che la tendenza omicida potrebbe essere ereditata?»

«Prendiamo il talento musicale. Sembra che sia parzialmente ereditabile. Consideri la famiglia Bach: compositori geniali nel corso di varie generazioni. Certo, l'ambiente ha giocato un ruolo di rilievo, ma i geni devono sicuramente essere coinvolti. Quindi, se si può ereditare qualcosa di complesso come la capacità di comporre musica, perché non un impulso alquanto primitivo come l'omicidio?»

«E i sacrifici umani? Sarebbe possibile ereditare il desiderio di compierne?»

Lei si accigliò. «Non ne sono sicura. Un concetto decisamente astruso. Perché questa domanda, se posso chiedere?»

Forrester le raccontò la storia dei Cloncurry. Una famiglia aristocratica con un passato all'insegna dei valori marziali, alcuni membri della quale avevano portato la propria aggressività fino a limiti spaventosi che rasentavano il sacrificio umano. E adesso avevano generato Jamie Cloncurry, un assassino che compiva sacrifici umani senza alcun senso di colpa o giustificazione logica. Cosa perfino più incomprensibile, la famiglia sembrava attratta da siti che erano stati teatro di sacrifici umani: viveva nei pressi nella principale fossa sacrificale della Francia e dei campi di battaglia della Grande guerra insanguinati dal suo terrificante antenato, il generale Cloncurry.

Janice annuì, con aria meditabonda. «Interessante. Dicono che gli assassini tornano spesso sul luogo del delitto, no?» Si strinse nelle spalle. «Ma è davvero strano. Perché stabilirsi là, vicino ai campi di battaglia? Potrebbe essere una coincidenza. Forse in qualche modo intendono rendere omaggio agli antenati. Dovrebbe chiedere delucidazioni a un antropologo.»

Si incamminò nella Galleria di cristallo. Due ragazze sedevano per terra a gambe incrociate con un album da disegno posato in grembo e minuscole lattine di pittura allineate accanto a loro. Studentesse d'arte, immaginò Forrester. Una di loro era cinese e stava osservando con profonda concentrazione, strizzando gli occhi, cinque feti dall'aria inquietante: gemelli umani deformi.

Janice Edwards proseguì il suo ragionamento. «A dire il vero, mi sembra simile a una psicosi ereditaria e omicida che probabilmente, in determinate situazioni, assume la forma di un sacrificio.»

«Cosa significa?»

«Penso che una psicosi che predisponga a un'estrema violenza potrebbe essere ereditata. Come riuscirebbe a sopravvivere un simile tratto, in termini darwiniani? In generale, nella storia, una tendenza all'eccessiva violenza potrebbe non essere sempre una cosa negativa: per esempio, se la sete di sangue e la brutalità venissero incanalate, potrebbe rivelarsi adattativa.»

«In che modo?»

«Se, per esempio, nella famiglia esistesse una tradizione militare. La prole più violenta potrebbe essere spedita direttamente nell'esercito, dove la sua aggressività e la sua sete di sangue si dimostrerebbero un vantaggio.»

Continuarono a camminare, superando le studentesse. Più avanti, nella galleria, c'era un'altra serie di minuscoli feti che mostravano lo sviluppo dell'embrione a partire dalle quattro settimane fino ai nove mesi. Erano incredibilmente ben conservati e fluttuavano nel liquido trasparente come minuscoli alieni in assenza di gravità. Le loro espressioni erano umane sin da una fase precoce: facevano smorfie e gridavano. Silenziosamente.

Forrester tossicchiò e guardò il suo taccuino. «Quindi, Janice, se questi tizi hanni i geni che li predispongono all'omicidio e al sadismo, forse finora si sono mimetizzati? Magari grazie alla storia imperialista dell'Inghilterra? A tutte le guerre che abbiamo combattuto?»

«Possibilissimo. Ma oggigiorno un simile tratto risulterebbe problematico. La profonda aggressività non ha sbocchi in un'epoca di divieti di fumare e bombe intelligenti. Uccidiamo spesso per interposta persona, se mai uccidiamo. E ora abbiamo il giovane Jamie Cloncurry, che è forse ciò che definiamo una 'celebrità genetica'. Racchiude dentro di sé i geni sadici dei suoi antenati, ma nella maniera più esasperata. Cosa può fare con le proprie doti, oltre a uccidere? Capisco il suo dilemma, sempre che questo non suoni spietato.»

Forrester fissò un mezzo cervello umano in salamoia. Sembrava un vecchio cavolfiore avvizzito. Lesse il cartellino: il cervello era quello di Charles Babbage, «inventore del computer».

«Cosa mi dice di una propensione al sacrificio umano, allora? Siamo sicuri che sia impossibile ereditare quello, come tratto?»

«Forse nell'antichità un simile complesso di geni avrebbe potuto indurre a compiere sacrifici umani, in una società religiosa già strutturata per simili atti.»

Lui ci pensò su per un attimo, poi prese alcuni fogli dalla tasca: una stampata dell'e-mail inviatagli da Rob Luttrell. La mostrò a Janice, che la scorse molto rapidamente.

«Antisemitismo. Sì, sì. Questo genere di cose è un sintomo di psicosi piuttosto comune. Soprattutto se la vittima è molto intelligente. Il tipo di psicotici più ottuso pensa semplicemente che degli alieni vivano nel suo tostapane, ma un uomo intelligente, impazzendo, percepisce schemi e complotti più affascinanti. E l'antisemitismo è una caratteristica consueta. Ricorda il matematico, John Nash?»

«Il tizio di quel film? *A Beautiful Mind*?»

«Una delle più straordinarie menti matematiche del suo tempo. Vinse il Nobel, credo. Tra i venti e i quarant'anni fu completamente schizofrenico, e ossessivamente antisemita. Era convinto che gli ebrei fossero ovunque, impegnati a conquistare il mondo. Un alto livello di intelligenza non è affatto una difesa contro la follia pericolosa. Il quoziente intellettivo medio dei leader nazisti era di circa 138. Altissimo.»

Forrester prese il fascio di fogli e, ripiegatolo, lo rimise in tasca. Aveva un'ultima domanda. Era un grosso azzardo, ma tentò comunque. «Forse lei potrebbe aiutarmi con un'ultima cosa. Quando abbiamo trovato quel poveretto, De Savary, lui aveva scritto una parola, un'unica parola sulla prima pagina di un libro. La carta era fradicia di macchioline di sangue.»

«Come, scusi?»

«Ha scritto con la bocca. Teneva la penna tra le labbra, e tossiva sangue mentre scriveva.»

La dottoressa fece una smorfia. «È orribile.»

Forrester annuì. «Cosa tutt'altro che sorprendente, la scritta risulta a malapena leggibile.»

«Okay...»

«Ma sembra che la parola sia 'undish'.»

«Undish?»

«Undish.»

«Non ho la minima idea di cosa signifìchi.»

L'ispettore sospirò. «Ho svolto qualche ricerca in merito, è c'è un gruppo polacco di death metal chiamato Undish.»

«Capisco. Be'... ha la sua risposta, no? Simili sette sataniche non sono spesso influenzate da questa musica terribile? Death metal o comunque si chiami?»

«Sì», confermò lui. Janice si stava dirigendo verso l'uscita, superando scure assi antiche su cui spiccavano vene dissezionate. Forrester la seguì, aggiungendo: «Ma perché mai una persona come De Savary avrebbe dovuto conoscere una band di death metal? E perché indicarcela, comunque? Se aveva un'ultima parola da scrivere, mentre soffriva atrocemente, perché scrivere *quella*?»

La dottoressa Edwards guardò l'orologio. «Mi spiace, devo andare. Ho un altro appuntamento.» Sorrise. «Se vuole possiamo fissare una vera e propria seduta, la settimana prossima; chiami la mia segretaria.»

Forrester la salutò e scese lo scalone, oltrepassando i plinti e i piedistalli, e i cupi e seri mezzibusti di medici famosi. Poi, provando un certo sollievo, uscì nelle strade soleggiate di Bloomsbury. La conversazione con Janice gli aveva fornito alcuni spunti interessanti. Voleva esaminarli a fondo. Subito. La frase usata dalla dottoressa, «rendere omaggio agli antenati», lo aveva spinto a riflettere. Intensamente. Collimava con qualcosa nell'articolo di Rob Luttrell sul *Times*. Qualcosa in merito agli antenati. E al posto in cui si sceglie di vivere.

Raggiunse a grandi passi la stazione di Holborn, canticchiò impazientemente a bocca chiusa sul vagone della metropolitana, sfrecciò attraverso le affollate vie dello shopping di Victoria. Raggiunta Scotland Yard, salì le scale di corsa ed entrò nel suo ufficio sbattendo la porta. Avrebbe fatto cadere la foto della figlia defunta, se non fosse già stata posata a faccia in giù sulla scrivania.

Accese subito il computer e inserì in Google *antenati casa sepolta*.

Lo trovò. Immediatamente. Il suo premio. Proprio quello che cercava, quello che ricordava di aver letto nell'articolo del *Times*.

Cayonu e Çatal Hüyük. Due antichi siti turchi, nei pressi del tempio di Gobekli Tepe.

L'aspetto cruciale di questi siti, per Forrester, era rappresentato da quanto avvenuto sotto le case e gli edifici. Perché gli abitanti avevano sepolto le ossa delle loro vittime sacrificali nel pavimento sotto le proprie case. Di conseguenza, quelle persone vivevano e lavoravano e dormivano e facevano l'amore e mangiavano direttamente sopra le loro vittime. E la cosa sembrava essere andata avanti per secoli: nuovi strati di ossa e corpi umani, poi un altro piano, poi altre ossa. Vivere sopra le vittime sacrificali dei propri antenati. Nella Camera dei teschi.

Bevve una sorsata trionfante da una bottiglia di Evian. Perché voler vivere vicino o addirittura sopra le proprie vittime? Perché così tanti assassini desideravano farlo? Guardò fuori dalla finestra, verso il soleggiato cielo londinese, e riflettè sulla strana eco della cosa presente in così tanti casi di omicidio moderni. Come Fred West in Inghilterra, che seppelliva nel giardino posteriore le figlie assassinate. O John Wayne Gacy nell'Indiana, che tumulava sotto casa sua decine di ragazzi che aveva ucciso. Ovunque si avesse una serie di omicidi, il primo posto in cui si cercavano i cadaveri era l'interno dell'abitazione dell'assassino o sotto le assi del pavimento. Era una procedura investigativa di routine. Perché gli assassini seppellivano molto spesso le loro vittime nelle vicinanze.

Forrester non aveva mai riflettuto adeguatamente su quel

fenomeno nel suo complesso, ma facendolo ora rimase colpito dalla stranezza della cosa. Evidentemente c'era un impulso profondo, forse inconscio: quello di vivere vicino o sopra le proprie vittime, un impulso che presumibilmente era stato presente nell'umanità anche diecimila anni prima. E forse era questo, che stavano facendo i Cloncurry: vivevano sopra i corpi delle loro stesse vittime, tutti quei soldati uccisi dal Macellaio di Albert.

Sì.

Mandò giù un'altra boccata di Evian tiepida. Cosa dire della fossa comune sacrificale? Forse la famiglia di Cloncurry coglieva anche una certa affinità con tali vittime: dopo tutto, quelle nella fossa di Ribemont erano celtiche. Guerrieri galli...

Raddrizzò la schiena. Qualcosa stava strattonando i suoi pensieri, come un chiodo al quale si fosse impigliato il filo di un pullover che a poco a poco si disfa. Celtiche. Celti. Celti? Da dove provenivano in origine i Cloncurry? Decise di cercare *antenati Cloncurry*.

In meno di due minuti trovò la risposta. La famiglia Cloncurry discendeva, per matrimonio, da un'antica famiglia irlandese. Ma non da una famiglia irlandese qualunque. I suoi antenati erano... i Whaley.

I Cloncurry erano discendenti di Buck e Burnchapel Whaley, i fondatori dell'Hellfire Club irlandese!

Rivolse un sorriso radioso allo schermo. Ormai era lanciatissimo, euforico. Sentiva di poter decifrare l'intero enigma. Continuava a fare centro, ottenendo il punteggio massimo con ogni palla. Poteva risolvere subito quella dannata faccenda. Seduta stante. Proprio lì, alla sua scrivania.

Quindi dove poteva trovarsi la banda? Dove poteva essersi nascosta? Lui, Boijer e il resto della squadra avevano a lungo creduto che continuasse a entrare e uscire dall'Inghilterra, recandosi in Italia, o in Francia. A bordo di un aereo privato o magari di un'imbarcazione. Ma forse stavano guardando nel posto sbagliato. Il semplice fatto che alcuni membri della banda fossero italiani o francesi non significava necessariamente che stessero andando in Francia o in Italia. Potevano benissimo trovarsi in un altro paese, ma potevano trovarsi anche nell'unico paese per entrare nel quale non serviva il passaporto, quando si lasciava l'Inghilterra. Alzò gli occhi. Boijer stava entrando nell'ufficio.

«Ecco il mio amico finlandese!»

«Signore?»

«Credo di saperlo.»

«Cosa?»

«Dove si stanno nascondendo, Boijer. Credo di sapere dove si sono nascosti.»

40

Rob era seduto nel suo appartamento a guardare ossessivamente il filmato. Cloncurry glielo aveva mandato tre giorni prima, via e-mail.

Il video mostrava sua figlia e Christine in una normalissima stanzetta. Lizzie era imbavagliata, così come Christine. Erano legate, saldamente e copiosamente, a due sedie di legno.

E questo era tutto ciò che mostrava di loro. Portavano vestiti puliti. Non sembravano ferite. Ma lo stretto bavaglio di pelle sulla loro bocca e il terrore crescente nei loro occhi rendevano il filmato quasi insopportabile, per Rob.

Però lo guardava ogni dieci o quindici minuti. Lo guardava e continuava a guardarlo, dopo di che si aggirava per l'appartamento senza essersi vestito o rasato o fatto la doccia, stravolto dalla disperazione. Si sentiva come un vecchio eremita impazzito nel deserto dell'angoscia. Tentò di mangiare del pane tostato e poi rinunciò. Da parecchio tempo non consumava un vero e proprio pasto. A parte la colazione offertagli qualche giorno prima dalla ex moglie.

Era andato da Sally per parlare del destino della loro figlia e lei, con la sua consueta generosità, gli aveva preparato bacon e uova, e per la prima volta da secoli Rob aveva avuto appetito e aveva divorato metà del cibo, ma poi Sally si era messa a piangere. Così lui si era alzato e l'aveva consolata con un abbraccio, riuscendo però solo a peggiorare le cose; lei lo aveva spinto via e aveva detto che era tutta colpa sua, aveva urlato e pianto, e lo aveva schiaffeggiato. E Rob era rimasto immobile mentre lei lo prendeva a schiaffi e poi lo colpiva più volte alla pancia, agitando freneticamente le braccia. Aveva incassato passivamente i colpi, perché sentiva che Sally aveva ragione. Aveva *ragione* a essere arrabbiata. Era stato lui a far piombare su di loro quell'orrenda catastrofe. La sua incessante ricerca di una buona storia, il suo egoistico desiderio di fama giornalistica, la sua insensata negazione del pericolo sempre più evidente. Il semplice fatto che non si fosse trovato in Inghilterra per proteggere Lizzie. Tutto.

Il violento senso di colpa e l'odio di sé che provò in quel momento risultarono quasi piacevoli. Almeno erano reali: emozioni genuine, brucianti. Qualcosa che riusciva a penetrare nell'assurdo torpore disperato che lo avvolgeva secondo dopo secondo.

L'unica altra sua ancora di salvezza, quanto a sanità mentale, era il telefono. Passava ore a fissarlo angosciato, sollecitandolo mentalmente a suonare. E il telefono suonò, diverse volte. A volte riceveva chiamate dagli amici, a volte dai colleghi di lavoro, a volte da Isobel in Turchia. Tutti cercavano di aiutarlo, ma lui era impaziente: aspettava con impazienza l'unica telefonata che desiderava ricevere, quella di Scotland Yard.

Sapeva già che i poliziotti avevano una pista promettente: Forrester aveva chiamato quattro giorni prima per dire che adesso pensavano che la banda potesse trovarsi nei dintorni di Montpelier House, a sud di Dublino. La sede originaria dell'Hellfire Club irlandese. L'ispettore aveva spiegato cosa li avesse portati a quella conclusione: il fatto che i killer continuassero sicuramente a entrare e uscire dal paese, vista la loro capacità di volatilizzarsi, eppure non venissero mai rintracciati dalla dogana e dal controllo passaporti. Questo significava che, quando lasciavano l'Inghilterra, si rifugiavano in un paese straniero per accedere al quale non c'erano controlli doganali.

Dovevano aver raggiunto in auto o in aereo l'Irlanda.

Era un'ipotesi estremamente plausibile ma Forrester si era sentito in dovere, mentre parlava con Rob, di aggiungere una contorta teoria che sembrava corroborarla, una teoria imperniata su vittime sepolte e la fossa di Ribemont e Çatal Hüyük e un assassino di nome Gacy, e il fatto che Cloncurry avrebbe quasi sicuramente scelto un luogo vicino alle vittime dei suoi antenati... E a quel punto Rob aveva interrotto la comunicazione.

Era tutt'altro che convinto della fondatezza di quelle congetture basate sulla psicologia. Sembrava una semplice intuizione, e lui non si fidava delle intuizioni. Non si fidava di nessuno. Non si fidava di se stesso. Riusciva a fidarsi soltanto dell'odio che provava per se stesso e della ferocia della sua angoscia.

Quella notte andò a letto e dormì per tre ore. Sognò un animale crocifisso che urlava, un maiale o forse un cane. Quando si svegliò era l'alba. L'immagine dell'animale inchiodato alla croce non voleva abbandonarlo. Prese del Valium. Quando si svegliò di nuovo era mezzogiorno. Il suo cellulare stava squillando. *Squillando!* Andò di corsa al tavolino per prenderlo.

«Pronto? Pronto!»

«Rob.»

Era... Isobel. Lui sentì il suo umore calare in picchiata; apprezzava e ammirava Isobel, aveva un disperato bisogno della sua saggezza e del suo aiuto, ma al momento voleva essere contattato solo dalla polizia, la polizia, la polizia.

«Isobel...»

«Nessuna novità, quindi?»

Lui buttò fuori il fiato. «Nessuna, dall'ultima volta. Niente. Solo... solo le e-mail di quel bastardo. Di Cloncurry. I video...»

«Robert, mi dispiace. Mi dispiace *tanto*. Ma...» Lei si interruppe. Rob se la raffigurò nella sua graziosa casetta di legno, lo sguardo perso nell'azzurro mare turco. L'immagine lo commosse, perché gli ricordava di quando lui e Christine si erano innamorati. Là, sotto le stelle di Marmara.

«Robert, ho un'idea.»

«Uh.»

«Sul Libro Nero.»

«Okay...» Lui faticò a racimolare almeno un briciolo di interesse.

Isobel non si lasciò scoraggiare. «Ascolta, Rob. Il Libro. È quello che stanno cercando quei bastardi, vero? Il Libro Nero. Vogliono disperatamente rintracciarlo. E tu, per tenerli buoni, hai detto loro che puoi trovarlo o l'hai trovato, o comunque sia... Giusto?»

«Sì, ma... Isobel, noi non lo *abbiamo*. Non abbiamo idea di dove sia nascosto.»

«Ma è proprio questo il punto! Prova a immaginare che lo troviamo. Se localizziamo il Libro Nero avremo davvero potere su di loro, giusto? Potremo... fare uno scambio... negoziare... capisci cosa intendo?»

Rob mugolò un assenso scontroso. Avrebbe voluto sentirsi rincuorato e incitato da quella telefonata, ma era troppo stanco.

Isobel continuò a parlare. Intanto lui si aggirò per l'appartamento a piedi nudi, tenendo incastrato il telefono sotto il mento, poi si sedette alla scrivania a fissare il portatile scintillante. Non c'era nessuna e-mail da parte di Cloncurry. Nessuna nuova e-mail, almeno.

La donna stava ancora parlando e lui tentò di concentrarsi. «Isobel, non ti seguo. Scusami. Puoi ripetere?»

«*Certo...*» Lei sospirò. «Lasciami spiegare. Credo che loro – gli assassini – possano essere fuori strada. Riguardo al libro.»

«Perché?»

«Ho fatto qualche ricerca. Sappiamo che a un certo punto la banda si è interessata a Layard, l'assiriologo che ha incontrato gli yezidi, esatto?»

Un vago ricordo affiorò nel mare di disperazione che lo distraeva. «L'irruzione nel complesso scolastico, vuoi dire?»

«Sì.» La voce di Isobel suonava briosa, adesso. «Austen Henry Layard, che promosse la costruzione del Portico di Ninive. Alla Canford School. È famoso per avere incontrato gli yezidi. Nel 1847.»

«Okay... lo sappiamo...»

«Ma la verità è che li ha incontrati due volte! Successe di nuovo nel 1850.»

«Giusto... quindi...»

«È tutto scritto in questo libro che ho, me ne sono appena ricordata. Qui. *La conquista dell'Assiria*. Ecco cosa dice: Layard si recò a Lalesh nel 1847. Come sappiamo. Poi tornò a Costantinopoli e là incontrò l'ambasciatore inglese presso la Sublime Porta.»

«Sublime...»

«Porta. L'impero ottomano. L'ambasciatore era sir Stratford Canning. Ed è a quel punto che tutto cambia. Tre anni dopo, Layard torna dagli yezidi e stavolta ottiene un'accoglienza inspiegabilmente trionfale e trova tutti gli antichi reperti che lo hanno reso famoso. E tutto questo è verissimo. È scritto sui libri di storia. Capisci, quindi?»

Rob scacciò dalla mente l'immagine della figlia. I bavagli di pelle... «Veramente no, non ho la minima idea di dove vuoi arrivare.»

«Okay, Rob, scusami. Vado dritta al punto. Durante la sua prima spedizione Layard si recò a Lalesh. Secondo me, mentre era là gli yezidi gli parlarono del Libro Nero, di come fosse stato loro sottratto da un inglese, Jerusalem Whaley. Layard fu il primo inglese che gli yezidi avessero mai incontrato, probabilmente il primo occidentale – dopo la visita di Whaley – quindi l'ipotesi appare perfettamente sensata. Devono avergli detto che volevano riavere il Libro.»

«Sì, forse...»

«Quindi Layard va a Costantinopoli e parla delle sue scoperte all'ambasciatore, Canning. Abbiamo la certezza che si sono incontrati. E sappiamo anche che sir Stratford Canning era anglo-irlandese, di ascendenza protestante».

A lui parve di indovinare, finalmente, dove Isobel volesse andare a parare. «Canning era irlandese?»

«Sì! Un membro dell'aristocrazia anglo-irlandese. Un circolo estremamente ristretto. Persone come Whaley e lord Saint Leger. I membri dell'Hellfire. Sono tutti collegati.»

«Be', sì, senza dubbio è strano. Ma cosa c'entra con tutto il resto?»

«Più o meno nello stesso periodo, in Irlanda si stavano diffondendo rapidamente voci su un certo Edward Hincks.»

«Come, scusa? Non ti seguo più.»

«Hincks era un oscuro parroco irlandese di Cork che riuscì da solo a decifrare la scrittura cuneiforme! È tutto vero, Rob. Cercalo con Google. È uno dei grandi misteri dell'assiriologia. L'intera Europa colta stava tentando di decifrarla, e questo parroco irlandese di campagna li batte tutti sul tempo.» Isobel stava parlando in fretta, a causa dell'entusiasmo. «Quindi facciamo due più due. Come ha fatto Hinck a decifrare all'improvviso il cuneiforme? Era solo un prete protestante sconosciuto che abitava nel bel mezzo del nulla. Negli acquitrini dell'Eire.»

«Credi che abbia trovato il Libro?»

«Credo che abbia trovato il Libro Nero. Era scritto quasi sicuramente in cuneiforme, quindi Hincks deve averlo in qualche modo scovato, in Irlanda, e tradotto, decifrando così il cuneiforme e capendo di aver trovato il tesoro di Whaley. Il famoso testo degli yezidi, un tempo appartenuto ai membri dell'Hellfire. Forse tentò di mantenere il segreto: soltanto pochi ricchi protestanti irlandesi dovevano sapere cosa aveva trovato, persone già al corrente della storia di Whaley e i membri dell'Hellfire Club irlandese, innanzi tutto.»

«Nobili irlandesi, vuoi dire. Persone come... *Canning*?»

Per poco Isobel non strillò. «Esatto, Rob. Sir Stratford Canning rivestiva un'enorme importanza nei circoli anglo-irlandesi. Come molti uomini del suo genere, si vergognava senza dubbio del suo passato come membro dell'Hellfire. Quindi, quando venne a sapere che il libro di Whaley era stato trovato, ebbe l'idea perfetta per risolvere tutti i loro problemi. Loro volevano sbarazzarsi del Libro. E lui sapeva che Layard ne aveva bisogno per restituirlo agli yezidi. E Hincks lo aveva appena trovato.»

«Quindi il Libro Nero venne rispedito a Costantinopoli...»

«E, alla fine, restituito agli yezidi... tramite Austen Layard!»

Il telefono si zittì. Rob rifletté sull'idea. Tentò di non pensare alla figlia. «Be', è una teoria...»

«È più di una teoria, Rob. Senti questo!» Lui sentì il fruscio di pagine sfogliate. «Ecco, *ascolta*. Ecco il resoconto della seconda visita di Layard agli yezidi. 'Quando tra gli yezidi si sparse la voce che Layard era tornato a Costantinopoli, fu deciso di inviare quattro sacerdoti e un capo yezidi', che andarono fino a Costantinopoli.»

«Quindi...»

«C'è di più. Dopo alcuni 'negoziati segreti' con Layard e Canning nella capitale ottomana, Layard e gli yezidi si diressero verso est, in Kurdistan, tornando nelle terre degli yezidi.» Isobel riprese fiato, poi citò direttamente: «'Il viaggio dal lago Van a Mosul divenne una processione trionfale... Caldi sentimenti di gratitudine si riversarono copiosi su Layard. Era a lui che gli yezidi si erano rivolti ed egli si era dimostrato degno della loro fiducia. In seguito il gruppo attraversò i villaggi yezidi, fino a Urfa, accompagnato da 'centinaia di persone che cantavano e gridavano'».

Rob percepiva l'eccitazione di Isobel ma non riusciva a condividerla. Fissando con aria tetra il nuvoloso cielo di Londra, disse: «Okay. Ho capito. Potresti avere ragione. Il Libro Nero si trova nel Kurdistan, quindi. Da qualche parte. Non in Inghilterra né in Irlanda. È stato restituito da Layard, dopo tutto. La banda si sbaglia. Naturale».

«Naturale, tesoro», ribatté Isobel. «Ma non si trova semplicemente nel Kurdistan, è a *Urfa*. Capisci? Il libro parla di Urfa. Lalesh è ovviamente la città santa degli yezidi, ma l'antica capitale amministrativa, la capitale politica, è Urfa. Il Libro si trova a Sanliurfa! Nascosto da qualche parte. Quindi Layard l'ha portato là, agli yezidi che, in cambio, gli hanno rivelato dove poteva trovare degli straordinari reperti. E Canning e Layard hanno ottenuto la fama tanto agognata. Tutto torna!»

Rob aveva la gola riarsa. Provò un impeto di sarcastica disperazione. «Okay. È magnifico, Izzy. È possibile. Ma come diavolo facciamo a metterci sopra le mani? Come? Gli yezidi hanno appena cercato di ucciderci. A Sanliurfa non possiamo più mettere piede. Mi stai dicendo che basta che torniamo là a pretendere che ci consegnino il loro testo sacro? C'è qualcos'altro che dovremmo fare, già che ci siamo? Camminare sulle acque del lago Van, magari?»

«Non sto parlando di te», dichiarò Isobel con un sospiro, in tono risoluto. «Mi riferivo a me. Tutto questo offre una chance a *me*! Ho degli amici a Urfa. E se riesco ad arrivare al Libro Nero per prima – magari perfino a farmelo prestare per poche ore, solo per farne una copia – avremo qualcosa con cui fare leva su Cloncurry. Possiamo scambiare ciò che sappiamo con Lizzie e Christine. E io conosco davvero alcuni yezidi. Credo di poterlo trovare. Trovare il Libro.»

«Isobel...»

«Non cercare di dissuadermi, non ci riusciresti! Ho intenzione di andare a Sanliurfa, Rob. Ho intenzione di trovarti il Libro. Christine è mia amica. E tua figlia è come se fosse mia figlia. Voglio rendermi utile. Posso riuscirci. Fidati di me.»

«Ma Isobel, è pericoloso. La tua è solo un'ipotesi. E gli yezidi che ho incontrato erano sicuri che il Libro si trovasse ancora in Inghilterra. Come mai? E poi c'è Kiribali...»

La donna ridacchiò. «Kiribali non conosce *me*. E comunque ho sessantotto anni. Se vengo decapitata da un nestoriano psicotico, amen, non dovrò preoccuparmi di farmi prescrivere degli occhiali nuovi. Ma credo che me la caverò, Rob. Ho già un'idea su dove potrebbe trovarsi il Libro. Prendo un aereo per Sanliurfa stasera stessa.»

Rob era indeciso. La speranza offerta da Isobel era tenue, molto tenue, eppure ci si voleva aggrappare, forse perché non ne aveva altre. E si rese anche conto che lei era disposta a rischiare la vita, a prescindere dal risultato finale. «Grazie, Isobel. Grazie. Qualsiasi cosa succeda. Grazie per ciò che fai.»

«*De nada*. Salveremo quelle ragazze, Rob. Ti rivedrò presto. Vi rivedrò tutti e tre.»

Lui si appoggiò allo schienale della sedia e chiuse gli occhi, poi andò a passare il pomeriggio fuori, a bere da solo in un pub. A un certo punto tornò a casa, ma vi rimase solo pochi minuti: il silenzio era insopportabile, così tornò a girare per le strade e continuò a bere. Passò di pub in pub, bevendo lentamente e in totale solitudine, controllando il cellulare ogni cinque minuti. Il giorno successivo fece la stessa cosa, e anche quello dopo ancora. Sally telefonò cinque volte. I suoi amici del *Times* telefonarono. Steve telefonò. Sally telefonò. La polizia no.

E durante tutto quel tempo Isobel continuò a chiamarlo, quasi ogni due ore, aggiornandolo sui suoi progressi a Urfa. Disse che sentiva di essere «vicina alla verità, vicina al Libro». Disse che alcuni degli yezidi negavano di averlo, eppure altri pensavano che lei avesse ragione, che il Libro fosse stato restituito, ma non sapevano dove si trovasse. «Sono vicina, Rob», dichiarò, «molto vicina.»

Rob riuscì a sentire il richiamo del muezzin sullo sfondo, durante quell'ultima telefonata, dietro la voce accalorata e incoraggiante di Isobel. Fu una sensazione stranamente orribile, udire il trambusto di Sanliurfa. Se lui non fosse mai andato là, nulla di tutto ciò sarebbe successo. Non voleva ripensare mai più al Kurdistan.

Per altri due giorni non fece altro che affogare nella disperazione. Isobel smise di telefonare. Steve smise di chiamare così spesso. Il silenzio era sempre più insopportabile. Tentò di bere del tè e tentò di rassicurare Sally e andò al supermercato a comprare della vodka, poi tornò a casa e andò subito a sedersi davanti al portatile, per l'ennesima volta. Ormai lo faceva meccanicamente, senza aspettarsi nulla.

Ma stavolta sul monitor c'era il minuscolo simbolo di una busta. Era arrivata una nuova e-mail, e il mittente era... *Cloncurry*.

Aprì il messaggio, digrignando i denti per la tensione.

L'e-mail non conteneva testo ma solo il link a un video. Rob cliccò, lo schermo emise un ronzio e un'immagine lo riempì di colpo: vide Christine e sua figlia in una stanza spoglia, di nuovo legate alle sedie. La stanza era leggermente diversa, più piccola dell'ultima. Gli abiti delle prigioniere erano cambiati. Evidentemente Christine e Lizzie erano state spostate altrove.

Ma non fu nulla di tutto ciò a farlo rabbrividire per un nuovo, acuto timore e un'angoscia più profonda, bensì il fatto che i due ostaggi fossero *incappucciati*. Gli avevano infilato uno spesso cappuccio nero sulla testa.

Rob fece una smorfia. Ricordò il terrore provato a causa di quel puzzolente cappuccio a Lalesh. *Quando fissava il buio.*

Quelle nuove e agghiaccianti riprese – Lizzie e Christine, silenziose, incappucciate e assicurate alle sedie – durarono tre lunghi minuti. Poi comparve Cloncurry, che si rivolse direttamente alla webcam.

Rob fissò il viso magro e avvenente.

«Ciao, Rob! Come puoi vedere ci siamo trasferiti in un posto più... stimolante. Le abbiamo incappucciate perché vogliamo spaventarle a morte. Allora. Dimmi del Libro Nero. Sei davvero sulle sue tracce? Ho bisogno di saperlo. Ho bisogno che tu mi tenga costantemente informato. Ti prego, non avere segreti con me. I segreti non mi piacciono. I segreti di famiglia sono cose davvero terribili, non trovi? Quindi dimmelo. Se vuoi avere ancora una famiglia, se non vuoi vederla morta, dimmelo. Dimmelo presto. Non costringermi a fare quello che non voglio fare.»

Cloncurry si voltò. Diede l'impressione di parlare con qualcuno che si trovava dietro la webcam. Sussurrando. Rob sentì delle risate arrivare da un punto della stanza non inquadrato. Poi il giovane si girò di nuovo verso la telecamera. «Insomma, veniamo ai punti fondamentali, Rob. Sai cosa mi piace fare, sai qual è il mio mestiere. È il sacrificio, no? Il sacrificio umano. Ma il problema è che qui ho solo l'imbarazzo della scelta. Voglio dire, come *devo* uccidere tua figlia? E Christine? Perché esistono così tanti metodi di sacrificio, giusto? Quali sono i tuoi preferiti, Rob? A me piacciono quelli vichinghi, e a te? L'aquila di sangue, per esempio. Il professore si è spaventato parecchio, credo, quando gli abbiamo estratto i polmoni. Era spaventato ma secondo me era anche... favorevolmente impressionato, sebbene non tocchi a me dirlo. Ma avremmo potuto essere molto... *più crudeli.*» Sorrise.

Rob rimase seduto nel suo appartamento, sudando.

Cloncurry si avvicinò ancor più alla telecamera. «Per esempio c'è un delizioso rito tipico dei celti. I celti impalavano le vittime. Soprattutto giovani donne. Prima le spogliavano, poi le portavano in un campo, le issavano in cima a un acuminato palo di legno e divaricavano loro le gambe, e poi... be', poi le tiravano giù, di scatto, sopra il palo. Infilzandole. Attraverso la vagina. O forse l'ano.» Il giovane sbadigliò, poi riprese a parlare. «Però, non ho molta voglia di fare una cosa del genere alla tua adorabile fidanzata, Rob. Insomma, se la infilzassi con una picca che cosa succederebbe? Te lo dico io: sanguinerebbe su tutto il tappeto. E poi dovremmo comprare una grossa macchina per pulire la moquette. Una spesa inutile!» Sorrise di nuovo. «Quindi dammi il fottuto Libro Nero. La merda di Whaley. La roba che hai trovato a Lalesh. Consegnamelo. Subito.»

La webcam dondolò leggermente. Cloncurry allungò una mano per stabilizzarla, poi disse, guardando direttamente in camera: «Quanto al sacrificio di *bambini*, con la piccola Lizzie qui. Be'...»

Si alzò e raggiunse la sedia della piccola. Con un ampio gesto da prestigiatore sfilò di scatto il cappuccio, ed ecco là Lizzie. Che fissava, terrorizzata, la webcam, il bavaglio di pelle serrato sulla bocca.

Cloncurry le carezzò i capelli. «Così tanti metodi, ma solo

una bambina. Quale sceglieremo? Gli inca portavano i bambini sulle montagne e li lasciavano lì a morire assiderati. Ma temo sia una procedura piuttosto lenta. Piuttosto... *noiosa*. Cosa dire invece di uno dei più raffinati metodi aztechi? Può darsi che tu abbia sentito nominare, per puro caso, il dio Tlaloc...»

Girò intorno alla sedia di Lizzie. «Il dio Tlaloc era un po' uno stronzo, per dirla tutta, Rob. Voleva che la sua sete venisse saziata da lacrime umane. Quindi i sacerdoti aztechi dovevano far piangere i bambini. Ci riuscivano strappando loro le unghie. Molto lentamente. Una a una.»

Adesso stava slegando una delle mani di Lizzie; Rob vide che la manina della figlia stava tremando di paura. «Sì, Rob, strappavano le unghie, poi tagliavano ditine come queste.» Le accarezzò le dita. «E questo faceva piangere i bambini, naturalmente. Sentirsi strappare le unghie. E poi gli aztechi raccoglievano le lacrime dei bambini singhiozzanti e davano il liquido a Tlaloc. Infine i piccoli venivano decapitati.»

Il giovane sorrise e poi, bruscamente, legò di nuovo la mano di Lizzie al bracciolo della sedia. «Quindi ecco cosa potrei fare, Rob, potrei seguire l'antico metodo azteco. Ma sono davvero convinto che tu dovresti cercare di dissuadermi. Non costringermi a strapparle le unghie, amputarle le dita e poi tagliarle la testa. Ma se mi vedrò costretto dalla tua ostinazione a fare una qualsiasi di queste cose, mi assicurerò di mandarti le lacrime racchiuse in un vasetto di plastica. Quindi datti una mossa, sbrigati, mettiti al lavoro.» Sorrise. «*Zac zac!*»

L'assassino si piegò in avanti, cercando un interruttore. Il video si interruppe, l'immagine si cristallizzò.

Rob rimase a fissare per dieci minuti il computer silenzioso. Il fermo immagine finale del sorriso di Cloncurry. I suoi zigomi alti, gli scintillanti occhi verdi, i capelli scuri. Sedute nella stanza, alle sue spalle, c'erano la figlia e la fidanzata di Rob, legate alla sedia, in attesa di essere impalate, di essere mutilate e uccise. Lui non dubitava minimamente della volontà di Cloncurry di fare quelle cose. Aveva letto il rapporto sull'omicidio di De Savary.

Trascorse il giorno seguente con Sally. Poi ricevette un'altra e-mail. Con un altro video. E questo era talmente mostruoso che lui vomitò, mentre lo guardava.

41

Non appena ricevette l'e-mail con il nuovo video, Rob andò a Scotland Yard, nell'ufficio di Forrester. Non telefonò nemmeno, prima, non spedì un SMS né un'e-mail, si pulì il vomito dalla bocca e si lavò la faccia con l'acqua fredda, poi fermò un taxi.

Mentre si dirigeva verso Victoria osservò tutte quelle persone felici che facevano compere, passeggiavano, salivano e scendevano dagli autobus, ammiravano le vetrine. Era difficile riconciliare la normalità della scena per le strade con l'oscenità delle immagini nel video che aveva appena guardato.

Cercò di non pensarci. Doveva dominare la rabbia. Potevano ancora salvare sua figlia, anche se ormai era troppo tardi per Christine. Rob sedeva sul sedile posteriore del taxi e aveva una gran voglia di sfondare il finestrino con un pugno, ma non voleva perdere il controllo. Non ancora, comunque. Quello che avrebbe fatto, se mai ne avesse avuto l'occasione, era uccidere Cloncurry. E non limitarsi a ucciderlo con un coltello o un'accetta: voleva colpirlo alla testa con un attizzatoio, fracassargli la nuca finché il cervello non gli fuoriusciva dagli occhi. No, peggio, lo avrebbe bruciato lentamente con l'acido, facendo marcire quel suo bel viso. Qualsiasi cosa. Qualsiasi cosa qualsiasi cosa qualsiasi cosa QUALSIASI COSA QUALSIASI COSA.

Voleva un risarcimento per quello che gli aveva appena visto fare a Christine nel video. Voleva una vendetta omicida. *Subito.*

Il taxi si fermò davanti all'atrio in vetro e acciaio di New Scotland Yard e lui pagò il tassista, con un grugnito feroce, e varcò la doppia porta a vetri. Le ragazze della reception tentarono di fermarlo ma lui le fulminò con un'occhiataccia talmente rabbiosa che loro non seppero cosa fare, poi Boijer lo vide nella hall.

«Dovete vederlo anche voi», annunciò Rob.

Il finlandese dal viso amichevole gli rivolse un sorriso ma lui non lo ricambiò. L'espressione di Boijer si incupì; Rob si accigliò di rimando.

Salirono con l'ascensore, senza parlare. Raggiunsero il corridoio di Forrester. Boijer bussò alla porta del suo superiore ma Rob non aspettò una risposta e la spalancò con forza. Forrester stava sorseggiando una tazza di tè mentre studiava delle cartellette e sobbalzò, spaventato, quando l'uomo irruppe nel suo ufficio e si buttò sulla sedia accanto alla sua. Bruscamente, Rob disse: «Dia un'occhiata a questa mail di Cloncurry. È un video».

«Ma perché non ci ha telefonato? Avremmo potuto...»

«*La guardi. Subito.*»

Lanciando un'occhiata preoccupata a Boijer, l'ispettore si sporse in avanti verso il monitor e aprì il browser. Andò sulla pagina della webmail di Rob, che gli comunicò la password.

«Ecco», disse lui. «C'è solo il link a un video. Lo apra.»

Forrester cliccò e il video prese vita con un sibilo, mostrando la stessa scena di prima. Christine e Lizzie legate alle sedie. Stessi abiti, stessi cappucci, una stanza normalissima come la precedente. Difficile a dirsi.

«L'ho già visto», disse l'ispettore in tono gentile. «Ci stiamo lavorando, Rob. Pensiamo che le tenga incappucciate per evitare che possano battere le palpebre e inviarle così dei messaggi, alcune persone lo sanno fare, mandano messaggi aprendo e chiudendo rapidamente gli occhi. Comunque c'è una cosa che volevo dirle...»

«Ispettore.»

«Ho svolto ricerche sui Cloncurry e i Whaley, i loro antenati, è una nuova angolazione e...»

«*Ispettore!*» Rob era colmo di legittima rabbia. E di sofferenza. «Faccia silenzio. *Guardi il video. Ora.*»

I due poliziotti si scambiarono un'altra occhiata ansiosa. Boijer girò intorno alla scrivania per poter vedere anche lui. I tre uomini fissarono il monitor mentre il breve video cominciava a scorrere.

Una figura spuntò dalla sinistra dello schermo. Era Cloncurry. Reggeva un'enorme pentola: un pentolone di metallo grigio, pieno di acqua bollente. Lo posò a terra, poi scomparve di nuovo. Christine e Lizzie erano sedute là, con il loro orrendo cappuccio nero, presumibilmente ignare. Senza intuire cosa stesse per fare il giovane.

Adesso Cloncurry era tornato, con una sorta di treppiede metallico e un fornelletto da campeggio che emetteva già una forte fiamma azzurra. Piazzò il treppiede davanti a Christine e sistemò il fornelletto a gas tra le gambe del sostegno metallico, poi prese il pentolone di acqua bollente e lo poggiò sopra quest'ultimo. Con sotto la fiamma ardente, l'acqua cominciò a gorgogliare e bollire.

Apparentemente soddisfatto, Cloncurry si rivolse alla telecamera. «Gli svedesi sono proprio strani, vero, Rob? Insomma, guarda la loro cucina. Tartine. Carpaccio di salmone. Tutta quella roba con le aringhe. E ora questo! Comunque, siamo tutti pronti. Spero che tu ti renda conto della spesa che abbiamo dovuto affrontare, Robert. Questa pentola è costata cinquanta sterline. Potrei anche riportarla indietro, dopo, e scambiarla con un portatoast in argento.» Distolse lo sguardo dalla telecamera. «Okay. Allora. Ragazzi. Qualcuno ha il coltello?» Stava guardando un punto non inquadrato. «Ehi, mi sentite? Il coltellaccio per affettare la gente? Sì. Eccolo. Grazie mille.»

Prendendo l'arma dalla mano di un assistente non inquadrato, lo inclinò e fece correre un pollice lungo il filo della lama. «Perfetto.»

Aveva ripreso a fissare l'obiettivo. «Naturalmente non sto parlando della Svezia moderna, Rob. No. Non mi riferisco a

sedie dell'Ikea o a Volvo e Saab e campi da tennis coperti.»
Rise. «Mi riferisco alla Svezia prima che i suoi abitanti diventassero tutti gay. La vera Svezia. La Svezia medievale. I barbari coi capelli lunghi: quelli sì che sapevano come trattare le vittime, sapevano come fare sacrifici... a Odino. E Thor. *Lo sai.* Perché è questo che stiamo per fare, in una maniera molto speciale. Stamattina faremo tutto alla svedese. Un tipico sacrificio svedese dei tempi antichi. La bollitura delle viscere.» Il coltello scintillò nell'aria. «Apriremo in due una delle tue ragazze e faremo bollire i suoi organi, mentre è ancora viva, in questo vecchio pentolone. Ma quale delle due vogliamo sacrificare? Quale preferisci?» I suoi occhi sfavillarono. «Quale? La ragazza piccola o quella grande? Mmm? Credo che dovremmo tenere per ultimo il pezzo migliore, non pensi? E per quanto tu ami la qui presente deliziosa Christine, con quell'adorabile voglia vicino al capezzolo – sì, quella – immagino che tu sia più affezionato a tua figlia. Quindi credo che dovremmo tenere da parte la tua figlioletta per un rituale diverso, più tardi, magari domani, e aprire invece in due la francese. Ha un pancino così grazioso, dopo tutto. Vogliamo aprire in due la tua amica? Sì, credo proprio di sì.»

L'assassino si sporse verso la figura incappucciata di Christine, che stava agitando freneticamente gambe e braccia e inarcando la schiena nel vano tentativo di sfuggire ai legacci. Rob riuscì a vedere il cappuccio gonfiarsi e sgonfiarsi mentre lei ansimava per la paura.

Cloncurry le sollevò la felpa di qualche centimetro e lei si ritrasse di scatto dal suo tocco.

«Santo cielo. Non sembra entusiasta dell'idea, vero? Tutto quello che sto per fare è cavarti intestini e stomaco e magari la vescica per poi farli bollire lentamente in questa pentola, in modo che ti ci voglia almeno una mezz'ora per morire. Tutto qui, non sei mica dal dentista. Cosa c'è di sbagliato nel mio piano, Christine?»

Nella maleodorante tensione che regnava nell'ufficio, Forrester si sporse in avanti per spegnere il video.

Rob scattò. «No! *Lo guardi.* Voglio che lo guardi. Io l'ho dovuto guardare, cazzo. Lo guardi!»

L'ispettore si appoggiò allo schienale. Rob notò il luccichio delle lacrime nei suoi occhi. Non gli importava. Lui aveva dovuto guardarlo. Adesso dovevano guardarlo *loro*.

Guardarono.

Il movimento iniziale di Cloncurry con il coltello fu rapido. Con una disinvoltura da professionista, quasi avesse fatto pratica come macellaio, il giovane affondò la lama nel ventre nudo di Christine e la tirò violentemente di lato. Il sangue sgorgò, colando giù per la lama e sul grembo di lei. Un gemito risuonò chiaramente udibile, nonostante il bavaglio e il cappuccio che smorzavano la voce della donna. Il sangue stillava lentamente, e gli organi interni rosa e rossi cominciavano a sgorgare e fare capolino dallo squarcio orizzontale, come le macchiate testoline rosa di neonati deformi.

«Bene, guardate qui», disse Cloncurry, divaricando l'enorme ferita per guardare all'interno. «Chi è che spinge, davanti alla fila? Il signor Utero? Avanti, ragazzo, dai una chance anche agli altri.»

Lasciando cadere il coltello, l'assassino allungò le mani e le infilò nel taglio su un lato del ventre di Christine. Rob non poté fare a meno di notare come fosse chiara la pancia di lei. La sua abbronzatura era scomparsa, nel corso della prigionia; la pelle sembrava quasi bianca. Ma il biancore era colorato dal sangue che gocciolava lentamente. E i gemiti si stavano trasformando in uggiolii di dolore, mentre Cloncurry estraeva delicatamente gli intestini: volute di grigio pastello e azzurro oleoso, simili a file di oscene salsicce crude.

Con estrema cura, Cloncurry tirò fuori altri organi, ancora collegati al corpo di Christine da vene, arterie, muscoli e gangli grigio-bianchi. Poi accompagnò la massa di visceri fino alla pentola e la lasciò cadere con un *plop* nell'acqua bollente.

Christine si dimenò spasmodicamente.

«Ora vedi come erano astuti questi svedesi. Puoi estrarre tutti gli organi inferiori, ma la vittima continua a vivere perché è ancora collegata ai principali organi interni, quindi il metabolismo non si ferma. Solo che nel frattempo lei viene *anche* bollita a morte.» Cloncurry stava sogghignando. «Ehi. Vogliamo aggiungere un po' di pepe? Per renderlo più saporito. Uno squisito stufato di fidanzata.»

La voce smorzata di Christine era un assurdo, singhiozzante, straziante gemito di dolore. Soffocato dal bavaglio e dal cappuccio, era un suono che Rob non aveva mai sentito emettere da nessuno.

Cloncurry aveva preso un grosso cucchiaio di legno da qualche parte e stava mescolando le viscere di lei nel pentolone. Continuò a farlo per qualche attimo bruciante, punteggiato dai disperati mugolii della vittima. Lui sospirò di frustrazione. «Gesù. Un po' piagnucolona, vero? Non ha mai emesso gemiti come questi, quando me la facevo. Pensi che le stia piacendo? Mmm.» Sorrise.

Il gemito divenne un sommesso mormorio, poi praticamente un uggiolio. Cloncurry diede un'altra mescolata. «Tieni duro, Christine, ormai non manca molto. Penso che l'intingolo si stia addensando.» Sorrise. «Ah, guardate, cosa abbiamo qui? Guardate questo! Il signor Rene!»

Si girò verso la webcam e tenne sollevato il cucchiaio di legno, su cui poggiava uno dei reni marrone scuro di Christine, da cui penzolavano vene e arterie, simili a spaghetti rosso sangue.

Forrester spostò lo sguardo sul pavimento.

«Ci siamo», disse Rob. «Il filmato termina più o meno qui. Christine si affloscia sulla sedia. Lei... lei *muore*.»

Boijer si allungò in avanti per chiudere l'e-mail, poi si voltò verso Rob. Non disse niente, ma aveva gli occhi palesemente lucidi.

Per un po' i tre uomini rimasero seduti nella stanza, quasi

incapaci di parlare. Rob si strinse nelle spalle, afflitto, guardando i due poliziotti, poi si alzò per andarsene.

E in quel momento il telefono squillò.

Forrester rispose. Il suo sguardo incrociò quello di Rob al capo opposto della stanza, mentre parlava sommessamente al telefono. Alla fine riagganciò. «Sarà troppo tardi per... per Christine, ma possiamo ancora salvare sua figlia.»

Rob, accanto alla porta aperta, lo fissò.

Forrester annuì, cupamente. «Erano i Gardai, la polizia irlandese. *Li hanno trovati.*»

42

Forrester e Rob si incontrarono all'aeroporto di Dublino. L'ispettore era accompagnato da un gruppo di poliziotti irlandesi con il tipico distintivo a forma di stella appuntato sul berretto.

I convenevoli furono ridotti al minimo. Forrester e i suoi colleghi irlandesi accompagnarono subito Rob attraverso la sala arrivi e fino a un parcheggio ventoso; salirono senza parlare su un minivan.

Fu lui a spezzare il silenzio tetro e terrificante. «La mia ex moglie è già qui?»

Forrester annuì. «È arrivata sul volo prima del suo. Si trova sulla scena.»

«Era l'ultimo posto rimasto su quel volo», ribatté lui. Si sentiva tenuto a spiegare le sue mosse. Si sentiva costantemente in colpa, ormai. In colpa per la morte di Christine, in colpa per l'incombente destino di Lizzie. In colpa per la sua letale stupidità. «Così...» aggiunse, tentando di dominare le emozioni, «io ho preso quello successivo. L'ho lasciata partire per prima.»

Tutti i poliziotti annuirono. Rob non sapeva cos'altro dire. Sospirò e si morse le nocche e tentò di non pensare a Christine. Poi alzò lo sguardo e raccontò a Forrester e Boijer di Isobel e dei suoi tentativi di rintracciare il Libro Nero. Non aveva sue notizie da un po', disse, e non riusciva a telefonarle, ma quel silenzio poteva benissimo significare che lei era vicina al suo obiettivo. In pieno deserto, al di fuori della portata di qualsiasi segnale telefonico.

I poliziotti si strinsero nelle spalle, come se si stessero sforzando di dimostrarsi colpiti dalla notizia. Lui non poteva certo fargliene una colpa: sembrava una scommessa azzardata, fumosa e così lontana, lontanissima, in confronto alla realtà della fredda e piovosa Irlanda. E a una banda di assassini messa con le spalle al muro. E a un corpo sventrato. E a una figlia sul punto di essere squartata.

Alla fine chiese: «Allora, quali sono le ultime...»

Il poliziotto irlandese di più alto grado si presentò. Aveva capelli brizzolati e un viso serio, dalla mascella decisa. «Detective Liam Dooley.»

Si strinsero la mano.

«Li teniamo sotto sorveglianza già da un po'. Non possiamo fare irruzione, è ovvio. Sono armati di tutto punto. Hanno ucciso... la donna... la sua amica. Mi spiace. Ma la bambina è ancora viva e vogliamo salvarla. La salveremo. Però dobbiamo procedere con cautela.»

«Sì», disse Rob. Erano bloccati nel traffico sull'affollata circonvallazione di Dublino. Guardò fuori dai finestrini chiazzati di pioggia.

Dooley si piegò in avanti per battere sulla spalla dell'agente al volante; lui accese la sirena e il minivan dei Gardai cominciò a infilarsi tra gli altri veicoli, che si scostarono per lasciarlo passare.

«Okay», dichiarò Dooley, parlando ad alta voce per sovrastare il rumore della sirena. «Sono sicuro che l'ispettore Forrester l'ha già ragguagliata, ma ecco qual è la situazione attuale. Ne abbiamo beccato uno, l'italiano...»

«Marsinelli», disse Forrester.

«Sì, lui. Marsinelli. Lo abbiamo preso ieri. Naturalmente questo ha messo in allarme i suoi compagni, sanno che li abbiamo circondati e noi sappiamo che sono armati.»

Rob annuì e sospirò, poi si arrese alle emozioni e si accasciò in avanti, la testa premuta con forza sul sedile di fronte. Pensando a Christine. Al modo in cui doveva aver sentito il sibilo dei suoi stessi organi che bollivano...

Forrester gli posò una mano sulla spalla per confortarlo. «Li prenderemo, Rob, non si preoccupi. I Gardai sanno quello che fanno. Si sono occupati di terrorismo irlandese per trent'anni. Tireremo Lizzie fuori di là.»

Lui grugnì; non si sentiva solo triste e spaventato, provava anche un risentimento sempre più profondo nei confronti della polizia. I poliziotti avevano arrestato solo uno dei membri della banda e sua figlia si trovava ancora dentro il cottage, ancora nelle mani di Cloncurry. E Christine era già morta. Gli sbirri irlandesi stavano incasinando tutto. «Quello che mi state dicendo, allora», chiese, «è che ci troviamo in una completa fase di stallo? Avete circondato l'edificio, quindi loro non possono uscire, ma voi non potete entrare nel caso facciano qualcosa a mia figlia. Ma lui ha già trucidato la mia ragazza! E sappiamo che ha già ucciso prima. Quindi come facciamo a sapere che non sta uccidendo Lizzie proprio adesso? In questo preciso fottuto istante?»

Dooley scosse il capo. «Sappiamo che sua figlia sta bene perché stiamo parlando costantemente con Cloncurry.»

«Come?»

«Tramite webcam. Ne ha installata un'altra, stavolta capace di trasmettere e ricevere. Abbiamo visto sua figlia, e sta bene. Illesa. Legata. Come prima.»

Rob si girò verso Forrester in cerca di rassicurazioni. L'ispettore annuì. «Cloncurry sta farneticando parecchio. Potrebbe essere drogato.»

«E se all'improvviso esplode?»

Nell'abitacolo calò un silenzio opprimente. La sirena era stata spenta. Nessuno parlò. A un certo punto Dooley disse: «Per qualche strano motivo sembra deciso a farsi consegnare qualcosa da lei. Vuole questo Libro Nero o qualsiasi cosa sia. Continua a farneticarne. Crediamo sia convinto che lo abbia lei. Non ucciderà sua figlia, finché continua a pensarlo.»

Rob non riuscì a seguire la logica del ragionamento. Non riusciva a star dietro a niente.

Uscirono dall'autostrada, lasciandosi alle spalle gli ultimi sobborghi di Dublino, e sfrecciarono lungo stradine di campagna, infilandosi fra verdi colline rivestite di fitti boschi. Fattorie dipinte di bianco costellavano i campi. Un cartello indicava WICKLOW MOUNTAINS 5 KM. Stava ancora piovigginando.

Dooley aggiunse in tono pacato: «E, naturalmente, se notiamo anche il minimo segnale che Cloncurry sta per fare del male a sua figlia, entriamo, a prescindere dai rischi. Abbiamo agenti armati ovunque. Glielo assicuro».

Rob chiuse gli occhi. Riusciva benissimo a immaginarsi la scena: la polizia che faceva irruzione, la mischia e il caos. E Cloncurry che, silenziosamente, sorrideva e tagliava la gola a sua figlia con un coltello da cucina oppure le sparava alla tempia, subito prima che gli agenti sfondassero la porta. Cosa poteva impedirglielo? Perché un pazzo come Jamie Cloncurry avrebbe dovuto tenere in vita la figlia di Rob? Ma forse la polizia aveva ragione. Cloncurry doveva essere disperatamente ansioso di trovare il Libro Nero – era quello che aveva dedotto anche Isobel. E doveva aver creduto a Rob quando quest'ultimo aveva sostenuto di poterlo trovare, altrimenti avrebbe ucciso Lizzie come Christine.

Il problema era che Rob non aveva la minima idea di dove si trovasse il Libro. E, a meno che Isobel non trovasse qualcosa, quel fatto sarebbe risultato ben presto evidente. E a quel punto cosa sarebbe successo? Prima o poi Cloncurry avrebbe capito che lui non aveva in mano nulla, e allora *cosa sarebbe successo?* Rob non aveva certo bisogno di tirare a indovinare. A quel punto l'altro avrebbe fatto ciò che aveva già fatto così tante volte: avrebbe ucciso la vittima. Ottenuto quella cupa e macabra soddisfazione e zittito la voce assetata di sangue dentro di lui. Avrebbe placato i suoi demoni in perfetto stile Whaley, e ucciso con straordinaria crudeltà.

Rob fissò la campagna verde fradicia di pioggia. Vide un altro segnale, seminascosto da rami di quercia penduli. BOSCO HELLFIRE, DI PROPRIETÀ DELLA IRISH FORESTRY COMMISSION, COILLTE. Erano quasi arrivati.

Mentre era sul treno diretto all'aeroporto di Stansted aveva studiato la storia del posto, tanto per avere qualcosa da fare. Per distogliere la mente dagli orrori che stava immaginando. In cima a una collina poco distante da lì c'era un vecchio casino di caccia in pietra, Montpelier House, costruito su una collina ornata anche da un cerchio di pietre neolitico e famoso per essere stregato. Era celebrato tanto da occultisti quanto da storici del luogo e ragazzi amanti del sidro. Il casino di caccia era uno dei luoghi in cui i membri dell'Hellfire irlandese si erano riuniti più spesso. A bere *scultheen*, uno speciale intruglio di whisky e burro, bruciare gatti neri e giocare a whist con il diavolo.

Molto di quanto si diceva fosse avvenuto nella casa era, per quanto Rob potesse stabilire, semplice leggenda e mito. Ma le voci sull'omicidio non erano del tutto campate in aria. Anche un'abitazione nella valle sotto Montpelier House era stata utilizzata, stando alla leggenda, dai membri dell'Hellfire: da Buck Egan e Jerusalem Whaley e Jack St Leger e da tutti gli altri sadici settecenteschi.

Si chiamava Killakee House. E mentre veniva ristrutturata, qualche decennio prima, era venuto alla luce lo scheletro di un bambino o di un nano, con accanto una statuetta di ottone raffigurante un demone.

Rob si voltò per guardare fuori dall'altro finestrino. Adesso riusciva a vedere Montpelier House; una cupa presenza in cima alle colline, ancora più scura e grigia delle nubi retrostanti. Era una giornata davvero orrenda, per essere giugno. Piovosa e satanica: non poteva essere diversamente. Pensò alla figlia che rabbrividiva nel cottage poco lontano da lì. Doveva riacquistare il controllo di sé. Pensare positivo, benché su scala molto ridotta. Non si era ancora congratulato con Forrester per il suo colpo da maestro.

«A proposito, bravo.»

L'ispettore si accigliò. «Per cosa?»

«Per la sua intuizione, sa, su come trovare questi tizi.»

Forrester scosse il capo. «Niente di che, soltanto una deduzione ragionevole. Ho cercato di pensare come Cloncurry, con il suo cervello pazzo. A lui piace l'eco della storia. Basta guardare la sua famiglia e dove abita. Ho immaginato che si nascondesse in un posto che significava qualcosa, per lui. E naturalmente stanno cercando il Libro Nero, il tesoro di Whaley. È di queste parti che era originario Burnchapel Whaley, così come Jerusalem Whaley. Era logico che cominciassero a cercare in questa zona, quindi perché non stabilirsi proprio qui?»

Il minivan si fermò con uno scricchiolio di ghiaia davanti a una fattoria nel cui cortile era stata eretta una grande tenda e tutti scesero. Rob entrò nella tenda affollata e vide la sua ex moglie in un angolo, seduta insieme a una poliziotta irlandese a bere una tazza di tè. C'erano una miriade di agenti, un sacco di sonori accenti irlandesi, scintillanti distintivi dorati sui berretti e monitor televisivi.

Dooley lo prese per un braccio e gli illustrò dettagliatamente la situazione. Il cottage della banda si trovava solo poche centinaia di metri più giù sulla collina. Se, uscendo dalla porta posteriore della fattoria, ci si dirigeva verso sinistra per tre minuti lo si poteva scorgere, situato in una stretta valle verde. Montpelier House si trovava giusto in cima all'imponente collina dietro di loro.

«Cloncurry ha preso in affitto il podere qualche mese fa», spiegò Dooley. «Dalla moglie del fattore. È stata lei a dircelo, mentre facevamo le ricerche porta a porta. Ha detto di aver notato degli strani andirivieni, così abbiamo messo sotto sorveglianza il cottage. Li stiamo tenendo d'occhio ormai da ventiquattro ore. Abbiamo contato cinque uomini, all'interno. Abbiamo arrestato Marsinelli mentre andava a fare la spesa in macchina.»

Rob annuì, intontito. Si sentiva *molto* intontito. Si trovava in un'intontita, stupida situazione di stallo: poliziotti armati di fucili appostati in giro per campi e colline, i mirini telescopici puntati sul cottage. All'interno c'erano quattro uomini capeggiati da un fottuto pazzo. Lui avrebbe voluto correre giù per la collina e... fare qualcosa. *Qualsiasi cosa.* Invece lanciò un'occhiata agli schermi televisivi. A quanto pareva i Gardai avevano piazzato diverse telecamere, una delle quali a raggi infrarossi, puntate sul covo della banda. Ogni movimento veniva analizzato e annotato, ventiquattro ore su ventiquattro, benché da alcune ore non stesse succedendo niente: le tende erano accostate, le porte palesemente chiuse.

Sulla scrivania davanti ai monitor c'era un pc portatile. Lui immaginò che si trattasse del computer preposto a ricevere le comunicazioni di Cloncurry mediante la webcam. Anch'esso ne aveva una.

Si sentiva come se qualcuno gli avesse riempito i polmoni di pallini di piombo gelati quando raggiunse Sally. Si scambiarono qualche parola e un abbraccio.

Poi Dooley lo chiamò dalla parte opposta della tenda. «È Cloncurry! È di nuovo sulla webcam. Gli abbiamo detto che lei è qui. Vuole parlarle.»

Rob attraversò la tenda di corsa e si fermò davanti al monitor del portatile. Eccolo là. Quel viso spigoloso, quasi gradevole eppure totalmente agghiacciante. Gli occhi intelligenti ma da rettile. Dietro Cloncurry c'era Lizzie, con dei vestiti puliti, ancora legata alla sedia ma stavolta senza cappuccio.

«Ah, il gentiluomo del *Times*.»

Lui fissò lo schermo in silenzio. Sentì qualcuno dargli di gomito. Dooley stava gesticolando e dicendogli, muovendo solo le labbra: *Gli parli, lo faccia parlare.* «Sono qui», riuscì a dire Rob.

«Ciao!» Cloncurry rise. «Mi spiace che abbiamo dovuto bollire la tua fidanzata, ma la tua bambina è illesa. In realtà mi piace pensare che sia in perfette condizioni! Le stiamo dando un sacco di frutta, quindi è in forma smagliante. Naturalmente non so bene per quanto tempo potremo mantenere lo status quo, ma questo dipende da te.»

«Hai...» disse Rob. «Hai...» Tentò di nuovo. Inutile, non sapeva cosa dire. Disperato, si voltò a guardare Dooley ma, mentre lo faceva, si rese conto di una cosa. *Aveva* qualcosa da dire. Aveva in mano una carta e adesso doveva giocarla. Fissò direttamente lo schermo. «Okay, Cloncurry, ecco qual è l'accordo. Se tu mi restituisci Lizzie io posso procurarti il Libro. Posso farlo davvero.»

Jamie Cloncurry fece una smorfia. Fu il primo lampo di insicurezza, per quanto fugace, che Rob avesse mai notato sul suo volto. Gli diede speranza.

«Certo», ribatté Cloncurry. «Certo che puoi.» Il sorriso era sarcastico, poco convinto. «Immagino che tu l'abbia trovato a Lalesh.»

«No.»

«Allora dove l'hai preso? Di cosa cazzo stai parlando, Luttrell?»

«Irlanda. È qui in Irlanda. Gli yezidi mi hanno detto dove. Me l'hanno detto a Lalesh, dove potevo trovarlo.»

Era un palese azzardo, eppure parve funzionare. Sul viso di Cloncurry comparve un accenno di preoccupazione mista a dubbio, preoccupazione mascherata da un sogghigno. «Giusto. Ma naturalmente non puoi dirmi *dove* si trova. Anche se io potrei benissimo tagliare via il naso a tua figlia con un trinciasigari.»

«Non importa *dove* si trova. Lo porterò qui. Nel giro di un giorno o due. A quel punto potrai avere il tuo Libro e ridarmi mia figlia.» Fissò Cloncurry negli occhi. «Se poi riesci a darti alla fuga sparando all'impazzata, a me non interessa.»

«No. Neanche a me.» Cloncurry scoppiò a ridere. «Neanche a me, Robbie. Io voglio solo il Libro.»

I due uomini si fissarono. Rob avvertì un empito di curiosità, l'antico desiderio da giornalista di svelare un mistero. «Ma *perché*? Perché ne sei tanto ossessionato? Perché tutto... *questo*?»

Cloncurry guardò fuori camera, come se stesse riflettendo. I suoi occhi verdi lampeggiavano quando li riportò sulla webcam. «Tanto vale che ti dica qualcosina per suscitare la tua curiosità, immagino. Com'è che la chiamate voi giornalisti? Un'anticipazione in un box di richiamo?»

Rob percepì il movimento dei poliziotti alla sua sinistra; stava succedendo qualcosa. Quello era il segnale? La polizia stava per fare irruzione nel cottage? Il destino di sua figlia sarebbe stato deciso *in quel momento*?

Forrester gli indicò, a cenni, di continuare a far parlare Cloncurry.

Ma l'altro continuò a parlare spontaneamente. «Trecento anni fa, Rob, Jerusalem Whaley tornò dalla Terra Santa con qualcosa. Gliel'avevano dato gli yezidi. Avrebbe dovuto essere un uomo felice, perché aveva trovato quello che l'Hellfire Club stava cercando, proprio ciò cui Francis Dashwood aveva dato la caccia per tutti quegli anni. La prova conclusiva del fatto che tutte le religioni, tutte le fedi, il Corano e il Talmud e la Bibbia, tutte quelle rancide e fantasiose stupidaggini sono solo un cumulo di stronzate. La religione è solo un tanfo di urina stantio proveniente dall'orfanotrofio dell'animo umano. Per un ateo, per un convinto anticlericale come il mio antenato, quella prova era il Sacro Graal. Il colpaccio. El Gordo. La vincita alla lotteria. Dio non è semplicemente morto, *quel bastardo non è mai esistito.*» Sorrise. «Eppure, Rob, la scoperta di Whaley andava ben oltre. Aveva trovato qualcosa di così umiliante che gli spezzò il cuore. Com'è quel detto? Attento a ciò che desideri... Dice così, no?»

«Che cos'era? Cos'ha trovato Whaley?»

«Ah.» Cloncurry ridacchiò. «Ti piacerebbe saperlo, Robbie, mio piccolo scribacchino da tabloid, vero? Ma non te lo dirò. Se davvero sai dove si trova il Libro, vai a leggere tu stesso. Solo che se poi lo dici a qualcuno io affetto tua figlia con un set di coltelli da bistecca comprati su eBay. Tutto quello che posso dire per ora è che Whaley nascose il Libro. E rivelò solo a un ristretto numero di amici cosa vi fosse scritto, e che in determinate circostanze avrebbe dovuto essere distrutto.»

«Perché non l'ha distrutto lui stesso?»

«Chi può dirlo? Il Libro Nero è uno straordinario... tesoro. Una rivelazione così terrificante, Rob, che forse lui non è riuscito a costringersi a farlo. Era orgoglioso di averlo scoperto. Aveva trovato quello che il grande Dashwood non era riuscito a rintracciare. Lui, l'umile Tom Whaley proveniente dalle remote propaggini dell'Irlanda coloniale, aveva battuto in astuzia il cancelliere britannico. Doveva andarne fiero, suo malgrado. Così, invece di bruciarlo, l'ha nascosto. Nel corso del tempo non si è più saputo dove. Di qui la nostra eroica caccia al tesoro scoperto dal mio coraggioso antenato. Ma ecco la parte geniale, Rob. Stai ascoltando?»

La polizia stava indubbiamente facendo qualcosa. Rob vide alcuni uomini armati uscire dalla tenda, sentì degli ordini sussurrati. Si percepiva che c'era un'azione in corso: gli schermi stavano guizzando di movimento. Nel frattempo la banda sembrava impegnata a erigere qualcosa nel giardino. Un grande palo di legno. Qualcosa di simile a ciò che si sarebbe usato per impalare qualcuno.

Lui sapeva che doveva far parlare Cloncurry; doveva mantenere la calma e far parlare l'assassino. «Continua. Continua, ti ascolto.»

«Whaley disse che se mai fosse stato riportato alla luce un tempio in Turchia...»

«Gobekli Tepe?!»

«Bravo. Gobekli Tepe. Whaley disse ai suoi confidenti esattamente quello che gli yezidi avevano detto a lui: che, se mai Gobekli Tepe fosse stato riportato alla luce, il Libro Nero avrebbe dovuto essere distrutto.»

«Perché?»

«È proprio questo il punto, razza di ignorante. Perché il Libro, nelle mani giuste, insieme alle prove ottenute a Gobekli, può ribaltare il mondo. Rob: cambierebbe tutto. La società sarebbe svilita e degradata. Non parlo solo delle religioni. L'impalcatura della nostra vita, le cose essenziali, tutto sarebbe messo a repentaglio, se la verità fosse rivelata.» Cloncurry era proteso in avanti, vicinissimo alla webcam. Il suo viso riempiva lo schermo. «È questa la straordinaria, immane ironia della cosa, Rob. Io ho solo tentato di proteggere voi idioti da voi stessi, di proteggere l'umanità. È questo il compito dei Cloncurry. Proteggervi tutti. Trovare il Libro, se necessario, e distruggerlo. Per salvare voi tutti! Sai, praticamente siamo dei santi. Sto aspettando di ricevere a giorni una comunicazione ufficiale dal papa, ormai.» Il sorriso da rettile era tornato.

Rob lanciò un'occhiata agli schermi dietro il laptop. Riuscì a distinguere dei movimenti. Una delle telecamere mostrava tre figure, con le armi in vista, che strisciavano verso il giardino del cottage: doveva trattarsi della polizia. Sul punto di entrare. Mentre tentava di concentrarsi sul dialogo con Cloncurry, Rob si rese conto che il giovane assassino stava cercando di fare l'esatto contrario: distrarre lui e la polizia.

Ma Dooley e i suoi uomini avevano visto il palo, sapevano che era arrivato il momento di intervenire. Rob fissò il profilo della figlia. Legata alla sedia, visibile al di sopra della spalla di Cloncurry. Con uno sforzo fisico, riuscì a dominare le emozioni. «Allora perché tutta la violenza? Perché tutti gli omicidi? Se volevi soltanto il Libro degli yezidi, perché tutti i sacrifici umani?»

Il viso sul laptop si accigliò. «Perché sono un Cloncurry. Discendiamo dai Whaley. Discendiamo da Oliver Cromwell. *Capisci?* Riesci a scorgere, in questo, il chiodo fisso di persone divorate dalle fiamme? Persone divorate dalle fiamme nelle chiese? Davanti a un grazioso, folto pubblico? Cromwell fu sentito ridere mentre uccideva in battaglia.»

«Allora?»

«Allora incolpa il mio fottuto aplotipo. Chiedilo alla mia doppia elica. Dai un'occhiata alla sequenza di geni della disbindina DTNBP-1.»

Rob tentò di non pensare alla figlia, impalata. «Quindi stai dicendo che hai ereditato questo tratto?»

Cloncurry applaudì sarcasticamente. «Geniale, Holmes. Sì.

Sono chiaramente uno psicopatico. Di quante prove hai bisogno? Rimani sintonizzato su questo canale e potresti vedermi mangiare il cervello di tua figlia. Accompagnato da patate al forno. Sarebbe una prova sufficiente?»

Rob mandò giù la rabbia. Doveva sforzarsi di tenere Cloncurry lì e Lizzie in piena vista, tramite la webcam. E ciò significava ascoltare il pazzo furioso che continuava a farneticare. Annuì.

«Certo che possiedo i fottuti geni della violenza, Rob. E, cosa piuttosto divertente, ho anche quelli di un'intelligenza molto spiccata. Sai qual è il mio quoziente intellettivo? 147. Sì, 147. Questo fa di me un genio, perfino in base agli standard dei geni. Il QI medio di un vincitore del Nobel è 145. Sono furbo, Rob, molto furbo. Probabilmente troppo furbo perché tu possa renderti conto di quanto lo sono. È quello il problema dell'intelligenza molto spiccata. Per me relazionarmi con la gente normale è come tentare di intavolare una conversazione seria con un mollusco.»

«Eppure ti abbiamo preso.»

«Oh, bravo. Tu e il tuo misero QI da laureato di quanto? 125? 130? Cristo santo. Io sono un Cloncurry. Porto dentro di me i nobili geni dei Cromwell e dei Whaley. Purtroppo per te e tua figlia racchiudo anche la loro propensione alla violenza plateale. Cosa che stiamo per vedere. Tuttavia...»

Si voltò verso sinistra. Rob alzò gli occhi per controllare i monitor. La polizia stava attaccando: finalmente i fucili avevano aperto il fuoco. Gli spari e gli echi risuonavano in tutta la valle.

Ovunque si udivano grida e rumori e colpi d'arma da fuoco. Arrivavano dal laptop, dai monitor, dalla valle. Lo schermo del computer si fece sfocato per poi riacquistare nitidezza, come se la telecamera fosse stata urtata. Cloncurry era in piedi. Il boato di un altro sparo giunse nitidamente dalla vallata, seguito da altri quattro, poi successe. Rob rimase a guardare mentre una seconda squadra di agenti si lanciava in avanti, facendo fuoco. Le raffiche di spari sembravano infinite.

I tiratori scelti della Garda stavano eliminando i membri della banda. Sui monitor lui vide le sagome scure degli assassini stramazzare a terra. Due corpi caddero. Poi sentì un altro grido. Non sapeva se giungesse dagli schermi o dal portatile o dalla vita reale all'esterno, ma i rumori erano davvero terrificanti: quelli erano fucili con proiettili ad alta velocità. Risuonò un urlo: forse uno dei poliziotti era a terra. E poi un altro? Ma l'assalto proseguì, in diretta sui monitor sparsi per tutta la tenda.

Un nugolo di agenti stava scalando il muro posteriore del giardino del cottage e scavalcando le siepi. Mentre Rob osservava gli schermi, il cortile posteriore dell'edificio si riempì di poliziotti in passamontagna ed elmetto nero che gridavano ordini, rivolti alla banda.

Stava succedendo tutto a una velocità sbalorditiva, incredibile. Almeno uno della banda sembrava ferito in modo grave, steso scompostamente a terra e quasi immobile; un altro era probabilmente morto. Poi qualcuno si avvicinò al cottage con un balzo, gettò all'interno una granata stordente e Rob sentì un fortissimo boato; nubi di fumo nero sgorgarono dalla finestra rotta del cottage.

Nonostante il fumo e il rumore assordante e il caos era comunque chiaro che i poliziotti stava *vincendo* – ma avrebbero *anche* catturato in tempo Cloncurry? Rob fissò il laptop. L'assassino teneva stretta tra le braccia Lizzie, che si stava dimenando. Accigliato, stava indietreggiando per uscire dalla stanza. Mentre scappava, la sua mano si allungò e chiuse di scatto il coperchio del laptop, e lo schermo divenne nero.

43

Con l'eccezione del suo capo, la banda era ormai spacciata, i suoi membri morti, gravemente feriti oppure immobilizzati; due poliziotti erano rimasti feriti. Alcune ambulanze erano parcheggiate lungo le strade dietro di loro; medici e infermiere e paramedici erano sparsi ovunque.

Adesso il cottage si stava riempiendo di poliziotti per l'assedio finale. Cloncurry si era barricato nella camera al piano superiore, sul retro: aveva riacceso il laptop e Lizzie era ancora legata a una sedia. Rob vedeva tutto tramite la webcam. La stanza in cui era tenuta prigioniera era stata preparata per una ripresa finale.

Si concentrò sul volto lascivo di Cloncurry. Quel sorriso così sfuggente e beneducato e beffardo faceva pensare che qualcuno gli avesse allargato leggermente la bocca con un coltello. Gli occhi, verdi come un minerale prezioso, scintillavano nella luce soffusa della camera del cottage.

I poliziotti avevano appena discusso animatamente sul da farsi. Forrester pensava che dovessero irrompere subito nel cottage, facendo saltare la porta: ogni istante di ritardo metteva a repentaglio la vita di Lizzie. I Gardai erano molto più riluttanti: secondo Dooley era preferibile farlo parlare un altro po', e intanto magari trovare il modo di passare dal tetto. Rob voleva che entrassero subito. Aveva capito come funzionava la testa di Cloncurry. Il capo della banda sapeva sicuramente di essere spacciato, ormai, sapeva che non avrebbe mai ottenuto il Libro, ma voleva portarsi dietro Lizzie nella tomba, nella maniera più repellente possibile: costringendo il padre della bambina a guardarla morire. Rob rabbrividì fino al midollo quando gli balenarono in mente i vari modi in cui Cloncurry avrebbe potuto trucidare sua figlia. In quel preciso istante. Dal vivo. Ripreso dalla webcam.

Forrester gli strinse con forza la spalla, tentando di rassicurarlo. I poliziotti irlandesi stavano studiando urgentemente, ancora una volta, la planimetria del cottage, la canna fumaria, le finestre, tutto. Potevano lanciare dentro alcune granate stordenti dalle finestre del piano superiore? Un tiratore scelto poteva sparare attraverso la finestra? La calma con cui ne discutevano fece infuriare Rob, anche se sapeva che non appena avessero tentato qualcosa, Cloncurry avrebbe ucciso Lizzie. Le porte che conducevano all'ultima stanza erano sicuramente corredate di catenaccio, chiuse a chiave e robuste. Quella situazione di stallo aveva un unico possibile esito. Sarebbero stati necessari almeno due o tre minuti per fare irruzione. Non appena loro avessero cominciato a entrare, Cloncurry avrebbe preso uno dei suoi coltelli scintillanti e le avrebbe tagliato la lingua. Cavato gli occhi. Reciso un'arteria nella pallida gola della bambina...

Rob immaginò la testa di sua figlia staccata dal corpo. Tentò di non pensarci. Sally stava piangendo silenziosamente. Così come la loro bambina. Sullo sfondo dell'inquadratura vedeva le spalle di Lizzie scosse dai singhiozzi.

Sally si asciugò con il dorso della mano il naso che colava e disse quello che anche lui stava pensando. «È solo una fase di stallo. La ucciderà. Oh, Gesù...»

Rob strinse i denti sentendo il commento lacrimoso e farfugliato della ex moglie. Aveva ragione.

Sullo schermo del laptop Cloncurry stava delirando. Rivolto alla webcam. Lo stava facendo, a fasi alterne, ormai da una ventina di minuti. Sin da quando erano risuonati gli spari nel cottage e nel cortile. I suoi deliri erano davvero allucinanti.

Stavolta stava parlando dell'Olocausto.

«Hai mai riflettuto su Hitler, Rob, sul perché ha fatto quello che ha fatto? È stato un sacrificio umano di enormi proporzioni, capisci? L'Olocausto, intendo. Un immane sacrificio umano.

È così che lo definiscono gli ebrei, lo sapevi? La Shoah. L'offerta bruciata. 'Shoah' significa 'offerta bruciata', come quella tipica del sacrificio. Hitler li ha sacrificati. Erano offerte bruciate, come i neonati che i giudei offrivano a Moloch. Nel *tophet*. Nella valle di Ben Hinnom. La valle dell'ombra della morte. Nel luogo del rogo. Sì. È lì che ci troviamo, Rob, nella valle dell'ombra della morte. Dove venivano bruciati i bimbi.»

L'assassino si umettò le labbra. Stringeva una pistola in una mano e un coltello nell'altra. Il suo discorso proseguì, farneticante. «I grandi uomini compiono sempre dei sacrifici umani, non è forse vero? Napoleone era solito attraversare i fiumi calpestando i cadaveri dei suoi soldati annegati. Ordinava loro di entrare nei fiumi, ad affogare, in modo da poterne poi usare i corpi irrigiditi come ponte. Un uomo davvero straordinario. Poi c'è Pol Pot, che ha massacrato due milioni di suoi compatrioti, in Cambogia, come *esperimento*, Rob. Due milioni. Due milioni. È ciò che hanno fatto i Khmer rossi. Ed erano l'*haute bourgeoisie*, le classi medio-alte. Quelle istruite e illuminate.»

Rob scosse il capo e distolse lo sguardo dal portatile.

Cloncurry sogghignò. «Oh, non vuoi parlarne. Sarebbe comodo, eh? Invece dovrai parlarne, Rob. Dovrai affrontare i fatti. Ogni leader politico al mondo prova un impulso alla violenza, è in qualche modo un sadico. La guerra in Iraq, quella l'abbiamo combattuta per la libertà, vero? Ma quante persone abbiamo ucciso con le nostre bombe a grappolo? Duecentomila? Mezzo milione? Non riusciamo proprio a farne a meno, eh? Le società più progredite continuano a uccidere. Con la differenza che ora uccidono in maniera più efficiente. È l'unica cosa che noi esseri umani sappiamo fare bene, perché siamo sempre guidati da assassini. Sempre. Cos'hanno i nostri leader, Rob? Perché uccidono sempre? Da dove viene quell'impulso? Sembrano folli, ma sono davvero diversi da te e me? Quali impulsi hai provato nei miei confronti, Rob? Hai immaginato in che modo potresti uccidermi? Gettandomi nell'olio bollente? Facendomi a fettine con dei rasoi? Scommetto che l'hai fatto. Tutte le persone intelligenti, tutte quelle veramente furbe, sono killer. Siamo tutti assassini. Quindi cosa c'è che non va in noi, Rob? C'è qualcosa... sepolto dentro di noi, secondo te? Mmm?» Un'altra leccatina alle labbra. Cloncurry smise di sorridere. «Ma sono stanco di tutto questa faccenda, Rob. Non credo affatto che tu abbia il Libro o sappia dove si trova. Credo sia arrivato il momento di mettere fine a questo stupido melodramma.»

Si alzò, diede le spalle alla webcam e raggiunse la sedia. Restando perfettamente visibile per l'obiettivo, slegò le corde che assicuravano Lizzie alla sedia.

Rob guardò la figlia divincolarsi tra le braccia del giovane. Era ancora imbavagliata. Cloncurry la portò davanti al laptop e la fece sedere sul suo ginocchio, poi si rivolse di nuovo alla webcam.

«Hai mai sentito parlare degli sciti, Rob? Avevano usanze davvero curiose. Sacrificavano i loro cavalli. Li spingevano a frotte su navi in fiamme e poi li bruciavano vivi. Un vero spasso. Erano altrettanto crudeli con i marinai rimasti vittime di un naufragio: se riuscivi a sopravvivere, gli sciti correvano giù sulla costa, ti prendevano per le braccia, poi ti portavano in cima a una scogliera e ti ributtavano giù. Un popolo davvero ammirevole.»

Lizzie si stava dibattendo nella stretta di Cloncurry. I suoi occhi cercarono quelli del padre sullo schermo di fronte a lei. Sally stava singhiozzando mentre guardava la figlia lottare per la vita.

«Quindi adesso ho intenzione di arrostirle la testa. È un'usanza degli sciti. È il modo in cui sacrificavano il primogenito. Lei è la tua primogenita, vero? Anzi, la tua *unica* figlia, no? Quindi accenderò un focherello e poi...»

Rob esplose. «Muori, Cloncurry! *Muori.*»

Cloncurry rise. «Oh, davvero?»

«Muori. Se soltanto la tocchi io...»

«Tu *cosa*, Robbie? Cosa farai? Cosa? Picchierai sulla porta come una femminuccia mentre le taglio la gola? Mi griderai parolacce attraverso la buca per le lettere mentre io me la faccio e poi le sparo? Cosa? Cosa? Cosa hai intenzione di fare, piccolo ermafrodita piagnucoloso? Patetico travestito. Avanti. Cosa? *Cosa?* Perché non vieni a prendermi? Eh? Forza, corri a prendermi, stupido trans. Vieni, Robbie. Sto *aspettando...* »

Rob si sentì sopraffare dalla rabbia. Si alzò di scatto dalla sedia e si lanciò fuori dalla tenda. Un poliziotto irlandese tentò di fermarlo ma lui se lo levò di torno con un pugno. Adesso stava correndo a più non posso, precipitandosi giù per la verde collina irlandese, bagnata e scivolosa, per salvare sua figlia. Correva il più forte possibile. Il battito del suo cuore sembrava una grancassa impazzita che gli martellava nelle orecchie. Continuò a correre, cadde quasi lungo disteso sul prato fradicio, poi si rialzò e si lanciò ancora giù per la collina e passò accanto ad alcuni altri agenti con pistola ed elmetto nero che cercarono di fermarlo, ma lui gli urlò contro qualcosa e loro si ritrassero e a un certo punto si ritrovò davanti alla porta del cottage e poi *dentro.*

Dei poliziotti stavano salendo di corsa le strette scale del cottage ma lui li raggiunse. Tirò da parte un agente, sentendo che avrebbe potuto buttare qualcuno giù da una scogliera, in caso di necessità. Si sentiva più forte di quanto non si fosse mai sentito in vita sua, e incredibilmente furioso: voleva uccidere Cloncurry e voleva ucciderlo *subito.*

Pochi istanti dopo si trovava davanti alla porta chiusa a chiave e sigillata e gli agenti gli stavano urlando di levarsi di torno, ma lui li ignorò; prese a calci l'uscio, ancora e ancora, e in qualche modo l'uscio cedette: la serratura si deformò. Rob sferrò un altro calcio. Sentì le ossa della caviglia sul punto di spezzarsi ma diede un ultimo calcio e la porta gemette e i cardini si ruppero e lui fu dentro.

Era nella camera. E là c'era...

Non c'era *niente*. La stanza era... *deserta.*

Non c'era nessuna sedia, nessun laptop, niente Cloncurry, niente Lizzie. Sparsi a terra c'erano gli squallidi avanzi dell'occupazione. Scatolette aperte per metà. Vestiti sporchi, tazzine di caffè macchiate. Qualche giornale. E, in un angolo, una pila di abiti di Christine.

Rob sentì la mente schizzare verso la follia. Sprofondare in un vortice di illogicità. Dov'era Cloncurry? Dov'era la sedia? Il cappuccio che le avevano tolto? *Dov'era sua figlia?*

Le domande gli turbinarono in testa mentre i poliziotti entravano in fila indiana nella stanza. Cercarono di spingerlo fuori, di portarlo via, ma si rifiutò di andarsene. Aveva bisogno di risolvere quel rompicapo misterioso e ottenebrante. Si sentiva ingannato, umiliato e straziato. Non era mai stato così vicino a impazzire.

Si guardò freneticamente intorno nella stanza. Vide delle piccole telecamere, puntate sullo spazio vuoto. Cloncurry si trovava altrove? Intento a osservarli? A ridere di loro? Rob riusciva a *percepire* chissà come il sibilo della sua risata: da qualche parte su Internet, Cloncurry stava ridendo di lui.

Poi lo sentì. Un rumore *vero*. Un rumore soffocato proveniente dall'armadio in un angolo della stanza. Era una voce, la voce di una persona imbavagliata: ormai lui conosceva benissimo quel suono.

Spinse da parte un altro poliziotto irlandese, raggiunse l'armadio e aprì l'anta.

Due occhi sgranati e spaventati lo fissarono dal buio. Una voce attutita che esprimeva supplica, e sollievo, e perfino amore, e gemeva da dietro un bavaglio.

Era Christine.

44

Rob era seduto su una poltroncina girevole accanto alla scrivania di Dooley, il cui ufficio si trovava al decimo piano di un edificio nuovo e scintillante affacciato sul fiume Liffey. La vista che si godeva dalle finestre panoramiche era stupefacente: dalla confluenza del fiume nel mare d'Irlanda a est fino alle soffici colline Wicklow dietro la città a sud. Le colline apparivano verdi e innocenti sotto il cielo sempre più terso. Socchiudendo gli occhi riuscì a distinguere la bassa e tetra sagoma di Montpelier House in cima alla collina boscosa, a una ventina di chilometri di distanza.

Vedere l'edificio lo riportò alla cruda realtà. Ruotò la poltroncina per girarsi verso la stanza: l'ufficio era pieno. Erano passati solo novanta minuti dal terrificante dramma svoltosi nel cottage sotto il bosco di Hellfire. Avevano ricevuto un breve messaggio di Cloncurry che mostrava che Lizzie era ancora viva. Ma dove? Dov'era? Rob si morse un'unghia, tentando di trovare una soluzione, tentando disperatamente di ricomporre il puzzle.

Christine stava parlando in maniera animata e perfettamente lucida. Dooley si piegò verso di lei. «È sicura di non avere bisogno dei paramedici per...»

«No!» rispose brusca. «Sto benissimo. Gliel'ho detto. Non mi hanno fatto del male.»

Boijer la interruppe. «Allora, come l'hanno portata qui in Irlanda?»

«Nel baule di un'auto. A bordo di un traghetto, a giudicare dall'odore rancido di diesel e acqua di mare.»

«Era chiusa nel baule?»

«Sono sopravvissuta. Si è trattato solo di poche ore, prima in macchina, poi sul traghetto. E infine qui.»

Forrester annuì. «Be', è quello che avevamo immaginato. Facevano la spola in auto tra Inghilterra e Irlanda, prendendo il traghetto, evitando i controlli doganali. Signorina Meyer, so che è traumatico ma abbiamo bisogno del maggior numero di informazioni possibile nel minor tempo possibile.»

«Come ho già detto, non sono traumatizzata, ispettore. Mi chieda quello che vuole.»

«Okay. Che cosa ricorda? Sa quando i membri della banda si sono separati? Sappiamo che hanno tenuto insieme lei e Lizzie, per un paio di giorni, in Inghilterra. Qualche idea di dove foste?»

«Mi dispiace.» Christine stava parlando in modo strano, notò Rob: era un tono staccato, secco. «Non ho la minima idea di dove mi abbiano tenuto prigioniera, mi spiace. Da qualche parte nei pressi di Cambridge, forse? Il primo viaggio in auto non è stato lungo, è durato forse un'ora. Lizzie e io eravamo chiuse nel bagagliaio, ma poi ci hanno tirato fuori. Ci hanno messo cappuccio e bavaglio. Parlavano un sacco, poi immagino che si siano separati. Dopo circa un giorno e mezzo, forse? È difficile dirlo, ero imbavagliata, incappucciata e molto terrorizzata.»

Forrester sorrise, quietamente, con aria di scusa. A Rob parve quasi di udire il lavoro della mente dell'ispettore che tentava di ricostruire la logica seguita. Boijer disse: «Continuo a non capire. Qual era lo scopo dell'intero dramma? La poveretta nel video, il palo in giardino, la minaccia di Cloncurry di uccidere la ragazza. A cosa serviva tutto questo?»

«Lui la considerava un'opportunità di torturare Rob. Di torturarlo psicologicamente», dichiarò Christine. «È quello il suo stile. Cloncurry è psicotico. Plateale e melodrammatico. Non dimenticate che sono rimasta con lui per un po'. Non certo le ore più piacevoli della mia vita.»

Rob le lanciò un'occhiata e lei ricambiò apertamente lo

sguardo. «Non mi ha mai toccato. Mi chiedo se sia asessuato. In ogni caso, so che è un esibizionista. Uno sbruffone. Ama costringere la gente a guardare ciò che fa. Adora far soffrire le vittime, e anche coloro che le amano...»

Forrester si era alzato e aveva raggiunto la finestra. Il pallido sole irlandese gli illuminava il viso. Si voltò e disse in tono pacato: «E il sacrificio umano era tradizionalmente compiuto davanti a un pubblico. Me l'ha spiegato De Savary. Qual è il termine che ha usato... il potere *propiziatorio* del sacrificio deriva dal suo essere osservato. Gli aztechi portavano le persone in cima alle piramidi in modo che l'intera città potesse vedere il loro cuore che veniva strappato dal petto. Esatto?»

«Sì», aggiunse Christine. «Come le sepolture su navi vichinghe, cerimonie sacrificali pubbliche. E l'impalatura degli antichi abitanti della Carpazia, anche in questo caso un grande rituale pubblico. Il sacrificio è fatto per essere osservato. Dalla gente, dai re, dagli dèi. Un teatro di crudeltà. È proprio quello il suo fascino, agli occhi di Cloncurry. Un atto di crudeltà prolungato, pubblico ed estremamente *elaborato*.»

«Ed era proprio quello che Cloncurry aveva in programma», affermò Forrester in tono gentile. «Un'impalatura pubblica. Nel giardino del cottage. Immagino che i membri della banda in Irlanda abbiano incasinato tutto.»

«Come?»

«Hanno cominciato a litigare e a sparare», dichiarò Dooley. «Credo che abbiano perso il controllo, senza di lui, senza il capo.»

«Ma c'è un'altra cosa», precisò Boijer. «Perché Cloncurry ha lasciato i compagni in Irlanda quando sapeva indubbiamente che sarebbero stati presi, forse addirittura uccisi?»

Rob eruppe in un'amara risata. «*Un altro sacrificio.* Ha sacrificato i suoi stessi uomini. Probabilmente stava guardando, mentre i Gardai li uccidevano. Aveva piazzato telecamere in tutto il cottage. Secondo me si è goduto tutto lo spettacolo, seguendolo sul monitor del computer.»

Il quesito centrale era stato sollevato. Boijer gli diede voce.

«Allora, dov'è Cloncurry? Dove diavolo si trova, adesso?»

Rob osservò i poliziotti, a turno. Alla fine Dooley disse: «Dev'essere sicuramente in Inghilterra, vero?»

«O in Irlanda», dichiarò Boijer.

Christine suggerì: «Secondo me potrebbe essere in Francia».

Forrester si accigliò. «Come, scusi?»

«Quando ero legata e incappucciata lo sentivo cianciare senza sosta della Francia e dei suoi familiari. Odiava la sua famiglia, i segreti di famiglia, tutta quella roba. Il suo orrendo retaggio. Ecco cosa continuava a dire. Come odiasse la sua famiglia, in particolare sua madre ... Nella sua stupida casa in Francia.»

«Mi chiedo...» Boijer fissò con aria eloquente Forrester, che annuì con aria tetra. «La donna nel video, quella che ha ucciso, potrebbe essere sua madre.»

«Cristo.»

Sulla stanza calò il silenzio, poi Rob disse: «Ma la polizia francese sta sorvegliando la villa, no? Sta tenendo d'occhio i genitori».

«Presumibilmente sì», rispose Boijer, «ma non siamo in costante contatto con loro. E non avrebbero seguito le tracce della madre di Cloncurry, se fosse andata via.»

All'improvviso Sally li interruppe rabbiosamente. «Ma come avrebbe potuto arrivare là, Cloncurry? Aerei privati? Avete detto che stavate seguendo quella pista!»

Forrester alzò una mano. «Abbiamo esaminato i rapporti del controllo traffico aereo. Contattato *ogni* campo di aviazione privato nell'Inghilterra orientale.» Si strinse nelle spalle. «Sappiamo che avevano i soldi per noleggiare un aereo, sappiamo che Marsinelli aveva un brevetto di volo, e probabilmente ce l'ha anche Cloncurry. Il problema, con quel filone delle indagini, è che...» Sospirò. «Ci sono migliaia di aerei privati nel Regno Unito, decine di migliaia nell'Europa occidentale. Se

Cloncurry fosse riuscito a volare sotto falso nome per mesi, per un anno, chissà, nessuno metterebbe in discussione il suo diritto di farlo. Lui disporrebbe automaticamente di un'autorizzazione. E un altro problema è che tutti stanno cercando un gruppo di persone, a bordo di un'auto o di un jet privato. Non un tizio isolato...» Si strofinò il mento, pensieroso. «Ma dubito *comunque* che i francesi se lo sarebbero lasciato scivolare tra le dita. Ogni campo d'aviazione e porto di rilievo è stato allertato. Certo, non lo possiamo escludere.»

«Tutte queste congetture non ci portano molto lontano, vero?» sbottò Rob. «Cloncurry potrebbe trovarsi in Inghilterra, Francia o Irlanda. Magnifico. Soltanto tre intere nazioni da setacciare. E ha ancora mia figlia. E forse ha trucidato sua madre. Quindi cosa facciamo?»

«Cosa mi dice della sua amica in Turchia, Isobel Previn? Ha avuto fortuna nella sua ricerca del Libro Nero?» chiese Forrester.

Rob avvertì una fitta di speranza mista a disperazione. «Ho ricevuto un suo SMS ieri notte. Dice che è vicina. Non so altro.»

Sally piegò il busto in avanti, il sole che le brillava sui capelli biondi. «Ma volete parlare di *Lizzie*? Basta con questo Libro Nero. *Chi se ne frega* di quello? Cosa sta facendo a Lizzie, adesso? *A mia figlia?*»

Christine si spostò sul divano per abbracciarla. «Lizzie è al sicuro, per ora. Cloncurry non aveva bisogno di me perché sono soltanto la ragazza di Rob. Ero un semplice giocattolo. Un bonus. Sacrificabile.» Abbracciò di nuovo Sally. «*Ma non è stupido*. Ha intenzione di usare Lizzie, di usarla contro Rob, finché non ottiene quello che vuole. E quello che vuole è il Libro Nero. È convinto che lo abbia Rob.»

«Ma il fatto è che io non so *niente*», dichiarò lui, abbattuto. «Gli ho mentito, gli ho detto che sapevo qualcosa, ma perché mi ha creduto? Non è stupido, come dici tu.»

«Tu sei andato a Lalesh», rispose Christine. «L'ho sentito

parlare anche di questo. Quanti non yezidi ci sono stati? Forse poche decine in un centinaio di anni, giusto? E questo lo irrita profondamente.» Si appoggiò allo schienale. «È ossessionato dal Libro ed è sicuro che tu sappia qualcosa. Per via di Lalesh. Quindi credo che Lizzie sia relativamente al sicuro, per il momento.»

Seguì una pausa di silenzio, dopo di che la conversazione vagò, impotente, tra aerei, campi di aviazione e traghetti per un altro paio di minuti. Poi il laptop emise un trillo.

Cloncurry era online.

Senza parlare, Rob richiamò con un gesto i presenti, che si riunirono intorno al computer per osservarne lo schermo.

Là, ripreso da una webcam, c'era Cloncurry. L'immagine era nitida e chiara, l'audio perfetto. L'assassino stava sorridendo. Ridacchiando.

«Ciao di nuovo! Ho pensato di dovervi contattare. Per fare una chiacchieratina. Allora, siete riusciti a beccare i miei uomini dalle carenti funzioni cognitive. I miei fratelli nell'Eire. Una gran seccatura. Avevo in programma anche una bella impalatura, come probabilmente sapete. Avete visto il grosso palo in giardino?»

Dooley annuì. «L'abbiamo visto.»

«Ah, detective Doohickey, come sta? Un vero peccato che non siamo riusciti a infilzare sullo spiedo la puttana francese. Tutta quella fatica per appuntire il palo sprecata. Avrei dovuto almeno torturare quella cagna, come intendevo fare. Ma avevo altre cose per la testa. Non ha poi molta importanza, perché ho ancora i miei amici. In realtà ne ho una proprio qui. Dite 'ciao' alla mia amichetta.»

Cloncurry allungò una mano all'esterno della zona inquadrata e sollevò qualcosa.

Era una testa umana mozzata.

Più precisamente, era la testa di Isobel Previn, terrea e lievemente marcescente. Nervi grigi e arterie verdastre penzolavano flaccidi dal collo.

«Isobel! Di' qualcosa. Saluta tutti.» Agitando la mano fece sì che la testa annuisse.

Christine scoppiò in lacrime. Rob fissò lo schermo, atterrito.

Cloncurry stava sorridendo radiosamente con una sorta di orgoglio sardonico. «Ecco. Vi saluta. Ma ora credo che voglia andare nel suo posticino speciale. Ne ho creato uno per la sua testa, in segno di rispetto per i trionfi di Isobel nel campo dell'archeologia.» Si alzò, fece un passo e poi, con un calibrato calcio da vero esperto, scagliò attraverso la stanza la testa, che volò verso un cestino della spazzatura nell'angolo centrandolo perfettamente, con notevole fragore. «Canestro!» Lui tornò a fissare la webcam. «Mi sono esercitato per ore. Bene, dov'ero rimasto? Ah, sì. Robert il giornalista. Cosiddetto. Ciao. Sono davvero felice che tu abbia potuto unirti a noi. Non temere, come ho già detto, tua figlia è ancora sana e salva. Guarda...» Si piegò in avanti e ruotò la webcam fino a mostrare Lizzie. Era ancora legata alla sedia, ma viva e in perfetta salute, apparentemente. La webcam venne rimessa al suo posto.

«Ecco vedi, Robbie, sta benissimo. Sprizza salute da tutti i fottuti pori. Contrariamente a Isobel Previn. Mi dispiace *tanto* per il mio scherzetto con i suoi organi vitali, ma non sono riuscito a resistere alla tentazione di mettere in piedi quella scenetta. Credo che in me ci sia nascosto un regista. E poi, era un'occasione unica. Me ne stavo là, a girare per quelle insulse stradine turche, quando mi vedo arrivare Isobel Previn! La grande archeologa! Sola soletta! Con un paio di lorgnette! Cosa cazzo sono i lorgnette? Comunque, ci ho pensato un po'... Per un secondo. Conosco gli archeologi, *so* che lei era una collega di De Savary, *so* che è stata insegnante della pluripremiata Christine Meyer, *so* che è un'esperta di Assiria e di yezidi in particolare. Eppure si dice che si sia ritirata nella sua orrenda casetta di Istanbul?» Cloncurry ridacchiò. «Già, come no. Una coincidenza davvero troppo incredibile. Così l'abbiamo presa, scusate, e malmenata un po', e lei ci ha raccontato parecchie cose, Robbie, parecchi *dettagli davvero interessanti*. E poi ho avuto una folgorazione, se mi è consentito dirlo, di carattere estetico. Mi sono inventato il nostro piccolo dramma. Con i cappucci. E il pentolone. E il suo intestino tenue. *Quello* lo hai apprezzato? Speravo tanto di farti credere che Christine stesse morendo davanti ai tuoi occhi, sotto quel cappuccio, con l'utero bollito nel suo intingolo, e poi – è questa la bellezza del piano – tu saresti andato in Irlanda per vederla morire *di nuovo*, nella maniera più orrenda, impalata. Non lo trovi fantastico? Quante persone hanno la possibilità di vedere i propri cari torturati a morte per ben *due volte*? Prima trasformati in *zuppa* e poi *impalati*? I produttori del West End vengono pagati milioni di sterline per quel genere di cosa. Un *coup de theâtre*!» Gesticolò eccitato. «E questa è solo metà della storia. Cosa dire della pura bellezza registica dell'intero cruento dramma in Irlanda? Non mi merito forse un piccolo applauso per il mio scenario da Oscar?»

Li fissò come se si aspettasse davvero un giro di acclamazioni ed elogi. «Oh, avanti. Lo so che sotto sotto mi ammiri per la mia abilità registica. In un colpo solo ti ho fatto perdere le mie tracce e costretto ad affrontare la peggior tortura mentale possibile, ti credi sul punto di vedere impalata tua figlia ma poi si scopre che è Christine quella che stanno infilzando, e nel frattempo io sono qui, sano e salvo a guardare tutto sulla TV ad alta definizione.» Il sorriso si affievolì leggermente. «Ma poi quegli idioti dei miei assistenti cominciano a sparare e mandano tutto a puttane prima di riuscire a infilzare sullo spiedo Christine. *Tsk tsk*. Te lo assicuro, oggigiorno è impossibile trovare del personale decente. Sarebbe stato *così* bello. *Così* bello. Comunque... Dove eravamo rimasti? Dove... tu... tu... eri...»

La voce di Cloncurry si spense, i suoi occhi parvero farsi sfocati. La sua espressione divenne strana, distaccata. Rob lanciò un'occhiata eloquente a Forrester, che annuì.

«No, non sto diventando fottutamente pazzo», disse Cloncurry ridacchiando. «Lo sono già. Lo ha sicuramente notato, ispettore Forrest Gump. Ma sono anche molto più intelligente di voi, a prescindere da quanto sono matto. Quindi so quello che voi pensate di sapere. Per esempio, avete già capito, con la vostra solita, stupida lentezza, che mi trovo nel Kurdistan. Dato che mi sono impadronito della povera Isobel e del suo pancreas, ormai la cosa è appurata. E devo dire che questo è davvero un posto di merda. I turchi sono così *cattivi* con i curdi. Davvero. È un'autentica vergogna.» Scosse il capo, poi espirò. «Dico sul serio, sono razzisti. E io odio i razzisti. Davvero. Forse pensate che io sia uno psicotico senza cuore ma non è vero. Disprezzo con tutto il cuore i *razzisti*. Le uniche persone che odio più dei razzisti sono i *negri*.» Fece roteare la poltroncina girevole, due volte, poi si fermò di nuovo davanti alla telecamera. «Perché i musi neri sono così ottusi? Ragazzi, avanti, ammettetelo. Non ve lo siete mai domandati? I musi neri? Mandano tutto in vacca, quelli. Ma è un loro piano preciso, secondo voi? I negri si riuniscono e pensano: *Ehi, vediamo se possiamo emigrare in un bel posto e trasformarlo in un cesso? Possiamo andare a vivere in case di merda e cominciare a rapinare gente e sparare. Di nuovo. Poi ci lamenteremo dei bianchi.* E quanto ai pachistani... I paki! E gli arabi! Dio ci aiuti. Perché non tagliano la corda e non vanno a infilare le loro donne in sacchi della spazzatura *a casa loro*? E non la piantano con tutti quegli strilli dalle moschee? Non importa a nessuno. E cosa dire dei giudei, che piagnucolano per l'Olocausto?» Ormai stava ridacchiando. «Piagnucolano e si lamentano come un branco di ragazzine. *Olocausto di qua, Olocausto di là, per favore non picchiarmi, è un Olocausto.* Olocausto un paio di palle. Ma non è ora che questi giudei se lo dimentichino? Che voltino pagina! E comunque l'Olocausto è stato davvero così terribile? Sul serio? Almeno era *puntuale*. Quei tedeschi sì che sanno rispettare gli orari ferroviari. Perfino con i carri bestiame. Ma vi immaginate che caos, se al comando ci fossero stati gli inglesi? Non riescono nemmeno a gestire una linea per pendolari da Clapham, figuriamoci un sistema ferroviario di morte paneuropeo.» Cloncurry assunse un falso accento cockney. «Ci scusiamo per il ritardo del servizio per Auschwitz. È stato organizzato un servizio autobus sostitutivo. Il vagone ristorante riaprirà a Treblinka.» Un'altra sghignazzata. «Dio, gli *inglesi*. Che si fottano. Arroganti idioti ubriachi che si azzuffano continuamente in mezzo alla nebbia. E cosa dire degli americani? Dio ci salvi dagli americani e dai loro sederi! Fottuti americani con i loro *culi giganteschi*. Cosa c'è sotto? Perché hanno culi così grossi? Non hanno ancora scoperto il collegamento tra il loro fiasco in Iraq e i loro *fondoschiena di proporzioni epiche*? Ehi, eccoti un indizio, America. Vuoi sapere cosa ne è stato di quelle armi di distruzione di massa? Una grassona di Los Angeles *c'è seduta sopra*, in un Dunkin' Donuts. Solo che non se ne accorge nemmeno, perché ha un sedere grande come Nettuno e quindi non sente nulla.» Fece ruotare di nuovo la poltroncina. «Quanto ai musi gialli, sono solo dei subdoli troll con un gran talento per l'elettronica. E i cinesi: sette modi diversi per cucinare i broccoli, e hanno l'aspetto di perfetti idioti. Bastardi mangiapesce.» Si interruppe, riflettendo. «I polacchi però mi piacciono.»

Sorrise. «Comunque, vi siete fatti un'idea. Sapete cosa voglio. Sapete che ho Lizzie e che la sto tenendo in vita per un'unica ragione, e una soltanto: voglio il Libro Nero; e so che tu sai dov'è, Rob, perché Isobel mi ha detto che lo sai. Mi ha raccontato cos'è successo a Lalesh. Abbiamo dovuto tagliarle via un orecchio per ottenere l'informazione, ma ce l'ha detto. L'orecchio l'ho mangiato. No, non è vero. L'ho dato in pasto alle galline. No, non è vero. Chi se ne frega? Il punto è questo: lei ci ha detto tutto. Ci ha detto che l'hai mandata qui a prendere il libro perché tu non puoi venire altrimenti quel poliziotto, l'elegantissimo signor Kiribali, ti sbatte in galera. Quindi hai mandato Isobel Previn a fare il lavoro sporco. Peccato per lei che io mi trovavo già qui e così le ho tolto lo stomaco e l'ho cucinato *à la provençale*. Quindi, Rob, adesso ti rimane solo un altro giorno. La mia pazienza è ormai agli sgoccioli. Dov'è il Libro? A Harran? Mardin? Sogmatar? Dove? Dove stava andando Isobel? L'abbiamo torturata il più possibile, ma quella vecchia lesbica era davvero coraggiosa e non ci ha voluto fornire quell'ultimo indizio. Quindi ho bisogno di saperlo. E se tu non me lo dici entro ventiquattro ore, verrà il turno della piccola Lizzie con i vasetti di marmellata, temo. Perché a quel punto la mia pazienza si sarà esaurita.» Annuì, mestamente. «Sono un uomo ragionevole, Rob, come ben sai, ma non lasciarti ingannare dalla mia apparente gentilezza. In tutta sincerità, sono leggermente irascibile e a volte posso diventare... *scorbutico*. Adesso mi rivolgo a te, Sally, sì, a te, la ex signora Luttrell, la cara Sally piangente: riesco a vederti mentre sbirci verso la telecamera con i tuoi occhietti porcini, Sally, mi stai ascoltando? Smettila di piangere, puttana lagnosa. Un giorno, ecco cosa hai a disposizione, ventiquattro piccole ore, per pensarci, dopo di che... be', tua figlia viene ficcata dentro un vaso e sepolta viva. Quindi aspetto vostre notizie molto presto.» Si sporse verso l'interruttore della webcam. «Altrimenti arriva l'*ora della salamoia*.»

45

Il filmato sibilò e si interruppe. Sally si era rifugiata ancora una volta sul divano e stava piangendo sommessamente. Rob le si avvicinò e la cinse con un braccio.

Fu Christine a riacquistare il controllo per prima. Si asciugò gli occhi e disse: «Allora, sappiamo che si trova a Urfa. Questo significa che deve avere seguito gli stessi processi mentali di...» Sospirò, un sospiro profondo. «Della povera Isobel.»

«La teoria su Austen Layard, vuoi dire?» chiese Rob.

«Certo, cos'altro? Cloncurry deve essere giunto alle stesse conclusioni, a proposito del Libro. Quindi immagino che sia volato in Kurdistan con quell'aereo privato, insieme a Lizzie.»

Forrester annuì. «Già. Potrebbe benissimo averlo fatto per mesi. Nome falso eccetera. Contatteremo il controllo traffico aereo turco.»

Rob scosse il capo. «Non conoscete il Kurdistan! Se Cloncurry è furbo – e lo è – è atterrato quasi senza farsi notare. In alcune zone di quel paese il controllo dei turchi è molto approssimativo. E naturalmente potrebbe aver raggiunto il Kurdistan *iracheno* per poi attraversare la frontiera. È una regione immensa e senza legge. Non è mica il Suffolk.»

Sally fece un gesto implorante. «Allora cosa facciamo?»

«Cerchiamo qui. Cerchiamo in Irlanda», rispose Christine.

«Come, scusa?»

«Il Libro Nero. *Non è* a Urfa. Credo che la povera Isobel si sbagliasse. Credo che il Libro sia ancora *qui*.»

I poliziotti si scambiarono un'occhiata. Rob si accigliò.

«Come mai?»

«Ho avuto a disposizione parecchi giorni per riflettere sul

Libro Nero, chiusa in un armadio. E conosco la storia di Layard, ma ritengo che lui stesse semplicemente comprando gli yezidi con del denaro e che sia tornato per questo. Quindi sono convinta che quello sia un vicolo cieco.»

«Allora dove si trova?»

«Usciamo», propose lei. «Ho bisogno di aria fresca per riflettere. Datemi solo qualche minuto.»

Obbedienti, lasciarono l'ufficio tutti insieme e scesero con l'ascensore fino al piano terra, per poi uscire nella tiepida aria estiva. Il cielo di Dublino era celeste e limpido; soffiava una brezza gentile che arrivava dal fiume. Alcuni turisti stavano fissando una vecchia imbarcazione ormeggiata accanto ai moli. Una bizzarra parata di scarne statue di bronzo occupava metà del marciapiede. Il gruppetto scese lentamente lungo la banchina.

Dooley indicò le statue. «Sono in ricordo della grande carestia. Gente ridotta a pelle e ossa stazionava su questi moli, aspettando le navi dirette a New York.» Si voltò per indicare i nuovi e scintillanti palazzi per uffici e gli sfavillanti atri di vetro allineati lungo la banchina. «E quelli un tempo erano tutti bordelli e pontili e orrendi slum, l'antico quartiere a luci rosse. Monto. Dove James Joyce andava a puttane.» Si interruppe per un attimo, poi aggiunse: «Adesso sono tutti *fusion bistrot*».

«È tutto cambiato, completamente cambiato...» mormorò Christine, poi si zittì di colpo.

Rob la guardò e si accorse subito che *aveva capito qualcosa*. La mente sopraffina di Christine si era messa al lavoro.

Si fermarono accanto a un nuovo ponte pedonale molto glamour e osservarono le grigie acque del fiume che risalivano torpide verso il mare d'Irlanda.

Lei chiese a Forrester di ripeterle la strana parola che De Savary aveva scritto appena prima di morire.

«Undish.»

«Undish?» chiese Rob, sconcertato.

«Già. Scritta U-n-d-i-s-h.»

Il gruppetto rimase in silenzio. Alcuni gabbiani emisero il loro stridulo verso. Sally diede voce alla domanda che aleggiava tra di loro. «Cosa diavolo significa?»

«Non ne abbiamo la più pallida idea», rispose Forrester. «Ha un nesso con la musica che però non sembra rilevante.»

Rob osservò Christine e vide che stava abbozzando un sorriso. Lei disse: «James Joyce! Ecco cosa. *James Joyce*. È quella la risposta».

Lui si accigliò. «Non capisco cosa c'entri.»

«Era quello di cui mi stava parlando Hugo, è l'ultima cosa che mi ha detto prima che arrivasse la banda. Nel Cambridgeshire.» Stava parlando rapidamente e camminando altrettanto in fretta, in direzione del ponte pedonale. «Quando ho visto De Savary per l'ultima volta mi ha detto di avere una nuova teoria. Sulla prova di Whaley, il Libro Nero. E mi ha menzionato Joyce.» Guardò Rob. «Sapeva che stavo tentando di convincerti a leggere *Ulisse* o *Dedalus*...»

«Senza molto successo!»

«Esatto, comunque... Ci ho pensato su mentre ero tenuta prigioniera. E adesso... Undish.» Prese di scatto una penna dalla borsa e scribacchiò la parola su un taccuino aperto. *Undish*.

La fissò. «Undish undish undish. Questa parola non esiste, ma De Savary l'ha usata perché stava cercando di trarre in inganno gli assassini.»

«*Cosa?*»

«Se avesse scritto l'intera parola loro avrebbero potuto vederla e Cloncurry avrebbe potuto capire cosa significava. De Savary non poteva sapere se sarebbero tornati, così ha scritto una parola senza senso. Ma una parola senza senso che, a suo parere, qualcuno avrebbe potuto decifrare. Forse tu, Rob. Se ti è mai capitato di sentirla.»

Lui si strinse nelle spalle. «Continuo a non capire.»

«Certo che no. Non hai mai letto Joyce, nonostante il mio entusiasmo! E bisognerebbe conoscere bene i suoi libri. Hugo e io amavamo parlare di Joyce. Conversazioni interminabili.»

Dooley la interruppe, impaziente. «D'accordo, quindi cosa significa 'undish'?»

«Non significa nulla, ma ha solo bisogno di un'unica lettera che la completi. La lettera 't'. A quel punto diventa...» Antepose una lettera alla parola sul suo taccuino e poi la mostrò agli altri. «Tundish!»

Rob sospirò. «È magnifico, Christine, ma chi o che cosa è un *tundish*? E come diavolo può aiutare Lizzie?»

«Non è una parola comune. Compare soltanto una volta, che io sappia, nella grande letteratura di lingua inglese. Ed è proprio questo il punto, perché il passaggio in cui si trova è racchiuso nel primo capolavoro di Joyce, *Dedalus*. E credo che potrebbe rappresentare un indizio importante. Un indizio in grado di aiutarci.» Guardò i visi tutt'intorno a lei. «Non dimenticate che Joyce ne sapeva più di chiunque altro, su Dublino. Conosceva tutto: ogni leggenda, ogni notizia, ogni minuscolo aneddoto, e li riversava nei suoi libri.»

«Okay», disse Rob, in tono scettico.

«Joyce conosceva sicuramente ogni segreto e ogni mito relativi ai membri dell'Hellfire irlandese. E sapeva sicuramente cosa facevano.» Christine richiuse il taccuino di scatto. «Quindi credo che il brano in questione potrebbe dirci dove trovare quello di cui abbiamo bisogno per salvare Lizzie.» Guardò dall'altra parte del fiume. «E là, se non sbaglio, c'è una libreria.»

Rob si girò. Subito dopo il sottile ponte pedonale, sulla riva opposta del torpido Liffey, c'era una libreria della catena Eason.

I cinque attraversarono il fiume ed entrarono *en masse* nel negozio, suscitando un certo stupore nella giovane commessa. Christine raggiunse subito la sezione classici irlandesi. «Ecco.» Si gettò su una copia di *Dedalus* e la sfogliò febbrilmente. «E qui... ci sono... le pagine sul *tundish*.»

«Leggi ad alta voce.»

«Il passaggio in questione si trova a circa metà del libro. Stephen Dedalus, il protagonista, è andato a far visita al suo tutor, un gesuita che insegna lingua e letteratura inglese allo University College di Dublino. I due dibattono di filologia. Ed ecco dove entra in gioco il termine. Dice: 'Per tornare alla lampada, anche la sua alimentazione è un problema delicato. Bisogna scegliere l'olio puro... e non vuotarne di più che l'imbuto possa contenere'.» Guardò i visi intorno a lei, impazienti. «Mi limito a leggervi il dialogo, non aspettatevi un accento.» Tornando al libro recitò: «'Che imbuto? domandò Stephen. L'imbuto attraverso il quale si vuota l'olio nella lampada. Quello? disse Stephen. Quello lo chiamate imbuto? Non è un *tundish*?'» Christine smise di leggere.

Rob annuì lentamente. «Quindi parlano di imbuti. Ma che cosa c'entrano con l'Hellfire?»

«De Savary ha scritto quella parola per indicarmi il libro. Ma il brano che cerchiamo si trova una pagina o due più indietro.» Lei sfogliò e scorse rapidamente. «Eccolo. 'Ma gli alberi nello Stephen's Green erano fragranti di pioggia e il suolo inzuppato esalava il suo profumo mortale, un incenso leggero che s'innalzava da infiniti cuori... sapeva che tra un istante, quando sarebbe entrato nel cupo collegio, avrebbe provato un senso di corruzione diversa da quella di Egan il Bello e di Burnchapel Whaley.'»

Rob annuì con foga, adesso.

«Aspetta, c'è di più.» Christine sfogliò un'altra pagina e lesse in tono tranquillo: «'Era troppo tardi per salire alla lezione di francese. Attraversò il vestibolo e prese il corridoio a sinistra che portava all'anfiteatro di fisica. Il corridoio era buio e silenzioso, ma non privo di misteriose presenze. Come mai provava quel senso? Forse perché aveva sentito che al tempo del Bel Whaley là c'era una scala segreta?'» Chiuse il libro.

Nella libreria regnava il silenzio.

«*Ah*», disse Dooley.

«Sì!» disse Boijer.

«Ma non può certo essere così ovvio», disse Sally, accigliandosi. «Una scala segreta. Così semplice? Perché mai quei bastardi non sono venuti qui a cercare?»

«Forse non leggono Joyce», ribatté Forrester.

«Fila», dichiarò Dooley. «Dal punto di vista storico, intendo. Il collegamento con Whaley è vero. Ci sono due grandi case su St Stephen's Green e sono sicuro che una è stata costruita per Richard Burnchapel Whaley.»

«L'edificio esiste ancora?» domandò Rob.

«Naturalmente. Credo che siano entrambi utilizzati ancora oggi dallo University College.»

Rob era diretto verso la porta. «Andiamo. Che aspettate? Vi prego. Abbiamo solo *un giorno*.»

Un paio di minuti di cammino spedito bastarono a portarli in un'ampia piazza in stile georgiano dove imponenti ville a schiera si affacciavano su un elegante spazio verde. I giardini e i prati ben curati avevano un aspetto invitante, la luce del sole che scintillava attraverso la vegetazione. Per un attimo lui immaginò la figlia che giocava tutta felice nel parco. Soffocò la penetrante tristezza. La sua paura era inestinguibile.

L'antico college universitario aveva sede in una delle più grandi ville sulla piazzetta: elegante ma sobria, fatta di pietra di Portland. A Rob riusciva difficile collegare quell'imponente edificio con le depravazioni omicide di Burnchapel Whaley e del figlio, ancora più folle di lui. Il cartello all'esterno diceva NEWMAN HOUSE – UNIVERSITY COLLEGE – DUBLINO.

Dooley suonò il campanello mentre Christine e Rob indugiavano sul marciapiede sottostante. Sally decise di aspettare su una panchina nella piazzetta stessa e Forrester incaricò Boijer di rimanere con lei. Vi fu un breve dibattito attraverso il citofono, poi Dooley recitò per intero il suo titolo ufficiale e la porta si aprì fluidamente. L'atrio si rivelò spettacolare quasi quanto l'esterno: con stucchi georgiani a spirale, grigio e bianco, splendido.

«Uau», disse Dooley.

«Sì, ne andiamo molto fieri.»

La voce aveva un accento del New England. Un elegante uomo di mezza età attraversò speditamente l'atrio e gli tese la mano. «Ryan Matthewson, preside di Newman House. Salve, ispettore... e salve...»

I visitatori si presentarono e Forrester mostrò il suo distintivo. Il preside li accompagnò nell'ingombra reception.

«Ma signori, l'effrazione con scasso risale alla settimana scorsa. Non capisco bene perché vi abbiano mandato adesso», dichiarò l'uomo.

Rob ebbe un tuffo al cuore.

«Effrazione?» chiese Dooley. «Quando, scusi?»

«Niente di che. Qualche giorno fa dei ragazzini si sono introdotti in una cantina, forzando la serratura. Probabilmente drogati. Non li abbiamo mai presi. Hanno fatto scempio delle scale della cantina, Dio solo sa perché.» Matthewson manifestò il suo disinteresse con una scrollata di spalle. «Ma la Garda ha mandato un agente, all'epoca. Abbiamo già parlato di tutto questo. Lui ha preso nota di tutti i dettagli...»

Rob e Christine si scambiarono un'occhiata sconsolata ma Dooley e Forrester parvero non lasciarsi scoraggiare così facilmente. Forrester riferì al preside il succo della storia di Burnchapel e della ricerca di Cloncurry. Dal modo in cui sceglieva con cura le parole, Rob intuì che stava cercando di non dire troppo per paura di confondere e spaventare l'uomo. Ciò nonostante, al termine della spiegazione il preside parve sia confuso sia spaventato. Alla fine disse: «Incredibile. Perciò pensate che queste persone stessero cercando la scala segreta? Quella menzionata in *Dedalus*?»

«Sì», rispose Christine, «quindi probabilmente siamo arrivati troppo tardi. Se la banda non ha trovato niente, questo significa che qui non c'è niente. *Merde*.»

Il preside scosse energicamente il capo. «In realtà non avevano alcun bisogno di forzare la serratura. Sarebbero potuti venire in uno dei giorni in cui siamo aperti al pubblico.»

«Voi *cosa*?»

«Non è certo un mistero. Tutt'altro. Sì, qui c'era una scala segreta ma è stata scoperta nel 1999. Durante una massiccia ristrutturazione. Attualmente funge da scala di servizio principale sul retro dell'edificio. Non ha più nulla di segreto, ormai.»

«Quindi hanno guardato nel posto sbagliato?» chiese Dooley.

Matthewson annuì. «Be', sì. Credo proprio di sì. Che crudele ironia! Avrebbero potuto venire a chiedermi dov'era la scala segreta, e io glielo avrei detto. Ma immagino che non sia questo il *modus operandi* di gente del genere, vero? Una garbata richiesta. Figuriamoci...»

«Allora, dov'è la scala?» domandò Rob.

«Seguitemi.»

Tre minuti più tardi si trovavano sul retro dell'edificio, a fissare una stretta scala di legno che dal pianterreno portava a una sorta di piano ammezzato. Era stretta e male illuminata, fiancheggiata su entrambi i lati da tetri pannelli di quercia.

Rob si accovacciò sulle assi di legno. Picchiettò con le nocche sulla pedata più bassa. Il legno suonò pieno in modo deludente. Christine tamburellò sulla seconda pedata.

Il preside si piegò verso di loro con aria ansiosa. «Cosa state facendo?»

Rob si strinse nelle spalle. «Ho solo pensato che, se qui è davvero nascosto qualcosa, dovrebbe trovarsi sotto una delle pedate. Quindi, se uno dei gradini suona vuoto, forse...»

«Ha intenzione di svellere l'intera scala?»

«Sì, certo», rispose lui. «Cos'altro?»

Il preside arrossì. «Ma questo è uno degli edifici maggiormente tutelati di Dublino. Lei non può entrare qui e scagliarsi sugli arredi con un piede di porco come se niente fosse. Sono davvero spiacente, comprendo la sua difficile situazione ma...»

Rob si acciglio e si sedette sui gradini, cercando di dominare la rabbia. Forrester ebbe un breve colloquio privato con Dooley, che poi si rivolse a Matthewson: «Sa, si direbbe che abbia bisogno di una bella mano di pittura».

«Come, scusi?»

«La scala», disse Dooley. «Un po' spartana. Ha bisogno di qualche ritocco.»

Il preside sospirò. «Be', naturalmente non avevamo abbastanza denaro per fare tutto. Gli stucchi nell'atrio hanno assorbito la maggior parte dei fondi.»

«Noi li abbiamo», dichiarò Dooley.

«Cosa?»

«Noi, i Gardai, abbiamo i soldi. Se nel corso di un'inchiesta siamo costretti a spezzare qualche bacchetta di legno fermapassatoia, possiamo rimborsare i danni.» Diede qualche pacca sulla schiena di Matthewson. «E credo scoprirà che i risarcimenti della polizia possono essere estremamente generosi.»

L'altro riuscì a sorridere. «Sufficienti per riparare e tinteggiare qualche gradino? E magari un'aula o due?»

«Oh, credo proprio di sì.»

Il sorriso del preside si ampliò e lui parve enormemente sollevato. «Okay. Credo di poterlo spiegare agli amministratori. Quindi sì, facciamolo.» Si interruppe. «Anche se mi chiedo se stiate davvero guardando nel posto giusto.»

«Ha forse qualche altra idea?»

«Vagamente... un semplice sospetto...»

«Ce la dica!»

«Be', ho sempre pensato...» L'uomo alzò lo sguardo verso la scala. «A volte mi sono chiesto come mai questa piccola scala curvi bruscamente, in cima. Ecco, guardate, gira a sinistra, sulla sommità. Senza nessun motivo architettonico apparente. Una vera seccatura, se stai trasportando una pila di libri, perché rischi di inciampare. Quel punto è così buio. Proprio lo scorso Natale uno studente si è rotto la caviglia.»

Rob stava già correndo su per i gradini, seguito da Christine. La scala curvava davvero. Portava fino a un muro rivestito di boiserie per poi girare bruscamente a sinistra. Lui fissò la parete a pannelli, poi vi picchiò sopra. Suonava vuota.

Si guardarono tutti. Adesso Matthewson aveva il volto visibilmente arrossato. «Straordinario! Presumo che sia necessario aprirlo per dare un'occhiata, vero? Abbiamo uno scalpello e una torcia elettrica in cantina, vado a...»

«Lasci stare.»

Rob prese dalla tasca un coltellino svizzero e ne estrasse la lama più robusta.

Christine, Dooley, Forrester e Matthewson rimasero in silenzio mentre la conficcava con forza nel pannello. Il legno si lasciò forare facilmente, era sottile come compensato. Lui ruotò la lama per acquisire una presa migliore, poi la tirò verso il basso e il pannello cominciò a cedere. Forrester allungò una mano e afferrò l'angolo del quadrato di legno, poi i due uomini staccarono dall'intelaiatura l'intera sezione ampia circa un metro quadrato.

Dietro c'era una nicchia buia di cui non si scorgeva il fondo e dall'oscurità arrivava un odore di chiuso. Rob si sporse all'interno e cominciò a rovistare. «Gesù. È buio, troppo buio... non riesco a vedere...»

Christine prese il cellulare, accese il display e lo puntò all'interno della nicchia, al di sopra della spalla di lui.

Rob e Forrester rimasero a bocca aperta, Dooley imprecò, Christine si coprì la bocca con una mano, per lo shock.

Proprio in fondo alla nicchia, rivestita di ragnatele e polvere grigia, c'era una scatola in pelle, piuttosto grande e decisamente malridotta.

46

Allungandosi negli echi del buio e grugnendo sommessamente per lo sforzo, Rob tirò verso di sé la scatola facendola scivolare sulle assicelle di legno e l'appoggiò sulla scala.

Rotonda e con il coperchio piatto, era fatta di pelle nera vecchissima, crepata, consunta e malconcia. Aveva l'aspetto tipico di un oggetto settecentesco, appartenuto a un aristocratico. Come la valigia di un lord impegnato nel Grand Tour. Sembrava perfettamente intonata allo stile architettonico dell'edificio in cui era rimasta per così tanto tempo ben nascosta.

Era anche coperta da uno spesso strato di polvere misto a ragnatele. Con una mano Christine spazzò via gli strati superiori di unto e sudiciume, e sul coperchio comparve una serie di lettere e numeri vergati in una sottile e delicata grafia d'oro.

TW, Anno Domini 1791.

Christine scambiò un'occhiata con Rob. Poi disse: «Thomas Whaley».

«Prima che andasse in Palestina e diventasse *Jerusalem* Whaley...»

Il preside del collegio sembrava agitato. Continuava a spostare il peso del corpo da un piede elegantemente calzato all'altro. «Scusate, signori, ma... vi dispiacerebbe se portassimo questo... coso... da qualche altra parte? Qui ci sono studenti che salgono e scendono questa scala di continuo e... Non credo sia opportuno esporsi a tutto quel... pandemonio.»

Forrester e Dooley compresero subito il problema e tutti accettarono di trasferirsi altrove. Rob sollevò di nuovo la scatola, tenendola davanti a sé come un tamburo. Non era poi così pesante, solo poco maneggevole. Qualcosa stava sbatacchiando all'interno. Lui tentò di tenerla il più ferma possibile, mentre camminavano. Ogni secondo che passava, ogni secondo che loro sprecavano, pensava a Lizzie. Ogni secondo la avvicinava ancor più alla morte.

Era difficile non mettersi a urlare contro chiunque; serrò la mascella, imponendosi di tenere la bocca chiusa, e seguì il preside Matthewson su per i rimanenti gradini e lungo un breve corridoio. Poi, finalmente, si ritrovarono in un ufficio luminoso ed elegante: lo studio del preside, affacciato sugli alberi e i prati soleggiati del St Stephen's Green.

Dalle finestre Forrester lanciò un'occhiata a Sally e Boijer seduti là sotto, su una panchina del parco. In attesa. «Solo un attimo», disse. Estrasse il cellulare.

Rob appoggiò pesantemente la scatola sulla scrivania di Matthewson, e dall'antico contenitore di pelle uscì uno sbuffo di polvere.

«Va bene», disse Dooley. «Apriamola.»

Christine la stava già esaminando. «Queste fascette e queste fibbie sono troppo vecchie, non si apriranno mai», borbottò, provandone una.

Dooley armeggiò con un'altra fibbia. «Sì, sono tutte arrugginite.»

Rob si fece avanti, brandendo il suo coltellino. «Mia figlia sta aspettando!» Si inginocchiò e tranciò le fascette. L'ultima si rivelò la più coriacea di tutte: fu costretto a segarla per un po', ferocemente, ma alla fine la strisciolina di pelle cedette e si afflosciò di lato.

Lui si alzò. Forrester stava sollevando il coperchio di pelle nera su cui erano impresse le lettere dorate. Guardarono tutti nelle profondità della scatola e si ritrovarono a fissare il Libro Nero, visibile per la prima volta dopo 250 anni.

Solo che non era un libro quello che stavano osservando. Era un volto.

«Gesù!» esclamò Dooley.

Sul fondo della scatola c'era un teschio.

Era un teschio stranissimo. Palesemente umano, eppure non del tutto umano. Aveva zigomi obliqui e quasi da uccello, occhi da serpente; il viso era piacente e asiatico, eppure stranamente largo, e con un sorriso crudele.

Rob lo riconobbe subito. «È identico a quello che ho visto a Lalesh. Lo stesso tipo di teschio. Mezzo uomo e... mezzo uccello. Cosa diavolo è? Christine, tu sei un'osteo... esperta. Di cosa si tratta?»

Con una destrezza sicura, lei allungò una mano verso la scatola di pelle nera e prese il teschio. «È molto ben preservato», dichiarò, osservando il cranio e la mascella inferiore. «Qualcuno lo ha fatto trattare per impedirne la decomposizione.»

«Ma a quando risale? Che cos'è? È umano? Come mai quegli occhi?»

Lei si diresse verso il chiarore che entrava dalle lunghe finestre a ghigliottina. Tenne il teschio sollevato verso l'obliqua luce solare. «È decisamente di un ominide, ma è ibrido.»

La porta dell'ufficio si aprì. Erano Sally e Boijer. Fissarono scioccati il teschio nelle sue mani.

«È quello?» chiese Boijer. «È quello il Libro Nero? Un *teschio umano*?»

Rob annuì. «Già.»

«Non è *esattamente* umano.» Christine se lo rigirò tra le mani. «È di un ominide, ma ci sono marcate differenze tra questo e un normale teschio di *Homo sapiens*. Ecco, guardate. Le ampie dimensioni della scatola cranica, le dimensioni della sezione sagittale, e le cavità orbitali, davvero affascinanti...»

«Quindi è un incrocio tra gli esseri umani e... e cosa?» chiese Rob.

«Non ne ho idea. Non uomo di Neanderthal. Non *Homo abilis*. Questo sembra un tipo umano sconosciuto, e dotato di una scatola cranica molto ampia.»

Rob continuava a non capire. «Ma pensavo che gli esseri umani non potessero incrociarsi con altre specie. Pensavo che specie diverse non potessero incrociarsi e riprodursi.»

Christine scosse il capo. «Non necessariamente. Alcune possono incrociarsi. Tigri e leoni, per esempio. È raro ma succede. E questo tipo di ibridazione non è ignota nell'ambito dell'evoluzione umana. Numerosi esperti ritengono che ci siamo incrociati con i neandertaliani.» Posò sul tavolo il teschio, i cui denti bianchi scintillarono nella luce della lampada. Era di un color crema giallognolo, ed era enorme.

Dooley guardò ancora dentro la scatola di pelle dall'odore stantio. «C'è qualcos'altro.» Infilò una mano e prese un documento ripiegato. Rob rimase a guardare, paralizzato, mentre il detective irlandese portava il foglio fino alla scrivania del preside e lo posava accanto al teschio.

Il documento era scolorito, sgualcito e fatto di un'imprecisata varietà di robusta pergamena. Ingiallita e vecchia, forse di centinaia di anni.

Con estrema cautela Rob la spiegò e, mentre lo faceva, la pergamena scricchiolò ed emanò un odore ben distinto e non del tutto sgradevole. Di tristezza, e antichità, e fiori avvizziti.

Si piegarono tutti sopra di essa mentre lui la lisciava. Christine la fissò, accigliata. La pergamena era coperta di segni tracciati con inchiostro scurissimo che formavano una mappa rudimentale e da poche righe di grafia disordinata e arcaica.

«Aramaico», disse quasi subito lei. «È aramaico. Ha una forma molto insolita, però... Fatemi guardare bene.»

Rob sospirò di frustrazione: ogni istante era doloroso. Lanciò un'occhiata al teschio, posato sulla scrivania accanto alla pergamena, ed ebbe l'impressione che lo guardasse sogghignando. Sogghignando come Jamie Cloncurry.

Cloncurry! Lui si riscosse. Avevano il Libro Nero! E Cloncurry doveva esserne informato subito. Chiese a Matthewson se poteva usare il computer dell'ufficio e il preside rispose con un cenno d'assenso.

Rob raggiunse la scrivania, si mise al computer e si collegò direttamente con Cloncurry. Il video iniziò, con un ronzio. La webcam era accesa. Dopo pochi secondi il giovane entrò briosamente e improvvisamente nell'inquadratura. Stava sorridendo, con aria malevola. «Ah, quindi presumo che tu l'abbia trovato. A una fermata dell'autobus, magari? Forse in una sala bingo?»

Lui lo zittì sollevando il teschio.

L'altro deglutì a fatica e poi rimase a bocca aperta. Rob non l'aveva mai visto tanto disorientato, ma sembrava sconcertato, sconvolto, quasi sbalordito.

«Ce l'hai, *ce l'hai* davvero.» La voce di Cloncurry era resa flemmatica dall'ansia. Ricominciò a parlare. «E cosa mi dici dei.. dei documenti, c'era anche qualcos'altro? *Nella scatola?*»

Sally passò la pergamena a Rob, che la sollevò per mostrarla al giovane. Cloncurry buttò fuori il fiato, a lungo e con forza, come se gli avessero levato dalle spalle un terribile fardello. «Tutto questo tempo. Tutto questo tempo. *E in Irlanda!* Quindi la Previn si sbagliava. *Io* mi sbagliavo. Layard era un vicolo cieco. E non è nemmeno scritto in cuneiforme!» Scosse il capo. «Allora, dov'era di preciso?»

«A Newman House.»

Lui non fiatò, poi scosse il capo ed eruppe in un'amara risata. «Cristo. Sotto la scala segreta? Cristo santo. Gliel'avevo detto di cercare bene. Quegli imbecilli fetenti.» Smise di ridere e fissò la webcam con aria insolente e sprezzante. «Comunque, ormai non ci si può fare niente. I miei colleghi giacciono nella bara. Ma tu puoi ancora salvare la vita a tua figlia, basta che mi porti il Libro: il teschio *e* il documento. Capito? E lo voglio qui entro... Oddio. Ecco che ci risiamo. Un'altra scadenza. Quanto ci è voluto a voi idioti per arrivare qui?»

Rob fece per parlare ma Cloncurry alzò una mano. «Stai zitto. Ecco l'accordo. Ti concedo altri tre giorni. È sicuramente un lasso di tempo sufficiente. Forse fin troppo generoso. Ma sono fatto così, sono un mostro di generosità. Ti prego di credermi, però: la mia pazienza si sta esaurendo. Ricorda che sono psicotico.» Ridacchiò e simulò un tic facciale esasperato, mimando la propria pazzia. «E ragazzi, quando venite non prendetevi il disturbo di portarvi dietro i vostri amici poliziotti. Non vi saranno di alcuna utilità, vero? Perché non otterranno poi questo gran aiuto da Kiribali o dai curdi. Credo siate perfettamente in grado di capirlo. Quindi procedi, Rob. Vola fin qui, porta il Libro e potrai riavere la tua Lizzie, prima che la metta in salamoia. Hai settantadue ore, non di più. Quella è la scadenza finale. *Ciao ciao.*»

Lo schermo si oscurò.

Forrester infranse il silenzio. «Naturalmente dovremo passare attraverso la polizia locale, in Turchia. Parlerò con il ministero degli Interni. Non possiamo permettervi di andarci da soli come se niente fosse. Questo è un caso di omicidio. È estremamente complicato, sono sicuro che ve ne rendete conto.»

Rob strinse gli occhi. «Naturalmente.»

«Mi spiace, so che sembra un eccesso di burocrazia, ma faremo in fretta, molto in fretta. Lo prometto. Solo che dobbiamo essere cauti. E poi, quello è un pazzo, se andate là da soli non c'è alcuna garanzia che lui non si limiti a... *lo sapete*. Ci serve un sostegno locale. E questo significa coinvolgimento ufficiale, approvazione da parte di Ankara, ufficiali di collegamento con Dublino. Tutta questa roba.»

Rob pensò a Kiribali. Al suo sorriso da rettile. Alle sue minacce in aeroporto. «Naturalmente.»

Matthewson aveva ripreso a saltellare ora su un piede e ora sull'altro. Era evidente che non veveda l'ora di sbarazzarsi di quel problema e di vederli uscire tutti dal suo ufficio, ma era troppo educato per dirlo. Obbedienti, uscirono tutti in fila indiana, guidati da Rob che portava il Libro Nero, ossia il teschio e la mappa custoditi nella vecchia scatola di pelle. Sally e Christine lo seguivano, parlando sotto voce. I poliziotti chiudevano la fila conversando animatamente, quasi litigando.

Rob guardò l'ispettore londinese conficcare ripetutamente un dito nel petto di Boijer. «Di cosa diavolo stanno discutendo?»

Christine si strinse nelle spalle. «Chissà», rispose con aria sardonica. Continuarono a camminare.

Rob lanciò un'occhiata a sinistra, verso Sally, e una a destra verso Christine, poi disse: «State pensando quello che penso io?»

«Sì», rispose Christine. «La polizia manderà tutto in vacca.»

«Esatto. Tutto quel discorso, 'parlerò con il ministero degli Interni'... Gesù.» Lui sentì la rabbia e la frustrazione montargli dentro. «E vogliono anche parlare con quello stronzo di Kiribali? Ma che cos'hanno in testa? Probabilmente Kiribali è in combutta con Cloncurry, comunque. Chi altri sta aiutando quel bastardo?»

«E se passano attraverso Ankara ci vorranno secoli», aggiunse Christine, «e si inimicheranno i curdi, l'intera faccenda si trasformerà in un orrendo fiasco. Non capiscono. Non sono mai stati là, non hanno mai visto Sanliurfa...»

«Quindi forse dovete partire. Subito.» Sally si piegò in avanti per stringere con forza la mano di Rob. «*Fatelo*. Prendete il Libro Nero, il teschio – qualsiasi cosa sia – portatelo a Cloncurry e dateglielo. Andate là in aereo, subito, domani: la polizia non può fermarvi. Fate quello che vuole Cloncurry. Lui ha nostra figlia.»

Rob annuì lentamente. «Certo. E conosco qualcuno che può aiutarci... a Sanliurfa.»

Christine alzò una mano. «Ma non possiamo comunque fidarci di Cloncurry, vero? Almeno su *questo* Forrester ha ragione.» Mentre gli ultimi raggi di sole tramontavano, calando dolci sul suo viso, guardò intensamente prima Rob e poi Sally. «Vuole il Libro Nero, ma una volta che ce l'ha, una volta che glielo diamo potrebbe... fare comunque quello che vuole fare. Capisci? È psicotico. Lo ammette lui stesso. Gli *piace* uccidere.»

«Allora cosa facciamo?» chiese Rob, disperato.

«Potrebbe esserci un modo. Ho visto la mappa.»

«Cosa?»

«Mentre eravamo nell'ufficio», spiegò Christine. «La pergamena è scritta in aramaico tardo-antico. La lingua usata dai cananei. E credo di saperla leggere. Quanto basta, almeno.»

«E?»

Lei abbassò lo sguardo sulla scatola di pelle posata ai piedi di Rob. «Mostramela di nuovo.»

Lui si chinò e aprì la scatola, prese la pergamena e se la appiattì sul ginocchio. Christine annuì. «Proprio come pensavo.» Indicò una riga di antica grafia. «Dice 'il grande teschio degli antenati' proviene dalla... 'Valle della Strage'.»

«E che cos'è?»

«Questo non lo dice.»

«Magnifico. Okay. E queste scritte? Queste qui. Cosa significano?»

«Menziona il Libro di Enoch. Non lo cita.» Lei si accigliò. «Ma vi fa riferimento. E poi, qui, dice: 'La Valle della Strage è dove morirono i nostri antenati'. Sì. Sì, *sì*.» Indicò un'altra riga sulla pergamena. «E qui dice che la valle dista un giorno di cammino, verso il sole al tramonto, dal 'luogo di adorazione'.»

«E questo...»

«Mostra un fiume e le valli. Ed ecco un altro indizio. Dice che il luogo di adorazione è chiamato anche 'la Collina dell'Ombelico'! Ci siamo!»

La mente di Rob era completamente vuota. Era esausto, sfinito dalla tensione per Lizzie. Guardò Christine, la cui espressione era l'esatto contrario della sua: vigile e zelante.

Lei lo guardò. «La Collina dell'Ombelico. Non ricordi?»

Lui scosse il capo, sentendosi un perfetto idiota.

«Collina dell'Ombelico è la traduzione dell'espressione turca... *Gobekli Tepe*.»

Rob ebbe un'illuminazione.

Christine continuò a parlare: «Quindi, stando a questa pergamena, a un giorno di cammino da Gobekli Tepe, in direzione ovest e allontanandosi dal sole, si trova la Valle della Strage.

È da là che arriva questo teschio. Ed è là che, sospetto, ne troveremo molti altri identici a questo. Dobbiamo prendere noi l'iniziativa, programmare più di una mossa alla volta. Possiamo portare Cloncurry da *noi*. Dobbiamo avere in mano qualcosa di tanto potente da *costringerlo* a consegnarci Lizzie sana e salva. Se riportiamo davvero alla luce il segreto cui si accenna nel Libro Nero, quello racchiuso nel teschio e nella mappa, se dissotterriamo la Valle della Strage e scopriamo la verità che c'è dietro tutto questo, allora sarà lui a venire a supplicare noi. *Perché quella valle è il luogo in cui è nascosto il segreto.* Il segreto di cui continua a farneticare. Il segreto rivelato a Jerusalem Whaley e che gli ha rovinato la vita. Il segreto che Cloncurry vuole rimanga celato in eterno. Se vogliamo avere un minimo di potere su di lui dobbiamo scavalcarlo, riportare alla luce questa valle, scoprire il segreto e minacciare di rivelarlo se non ci restituisce Lizzie. Solo così possiamo fregarlo.»

I poliziotti, ora che parevano aver finito di discutere, si stavano dirigendo verso di loro.

Rob strinse con forza la mano di Sally, e anche quella di Christine. Sussurrò a entrambe: «Okay, facciamolo. Christine e io andiamo subito a Sanliurfa. Da soli. E dissotterriamo questo segreto».

«E senza dirlo alla polizia», precisò Christine.

Rob si voltò verso Sally. «Ne sei sicura, Sally? Ho bisogno del tuo consenso.»

Lei lo fissò. «Io... voglio fidarmi di te, Rob Luttrell.» Le si riempirono gli occhi di lacrime, ma le ricacciò indietro. «Voglio fidarmi, so che puoi riuscire davvero a riportare a casa nostra figlia. Quindi sì. Ti prego, fallo. Ti prego, ti prego, ti prego. *Riporta a casa Lizzie.*»

Forrester si stava sfregando le mani, mentre li raggiungeva. «Comincia a fare freschino, vogliamo dirigerci verso l'aeroporto? Devo informare il ministero degli Interni. Eserciteremo parecchia pressione, ve lo prometto.»

Rob annuì. Dietro l'ispettore si stagliavano i cupi prospetti grigi di Newman House. Per un attimo lui vide la casa come doveva essere stata all'epoca in cui Buck Egan e Whaley organizzavano quei festini nella luce liquida di lampioni georgiani; alti giovanotti che ridevano e schiamazzavano mentre davano fuoco a gatti neri inzuppati dal whisky.

Quella stessa sera Christine e Rob volarono in Turchia direttamente da Londra, dopo aver raccontato sfacciate menzogne a Forrester e Boijer.

Decisero di portare con sé il Libro Nero; a Heathrow Christine fu obbligata a mostrare le sue credenziali di archeologa e a esibire il suo sorriso più affascinante per riuscire a far passare attraverso la dogana londinese un teschio solo vagamente umano. In Turchia dovettero essere ancora più cauti. Raggiunsero in aereo Diyarbakir via Istanbul, poi affrontarono un lungo e polveroso tragitto di sei ore in taxi fino a Sanliurfa, durante le ultime ore della notte e fino all'alba. Preferivano non annunciare il loro arrivo a Kiribali comparendo nell'aeroporto di Sanliurfa, appariscenti, occidentali e indesiderati; in realtà preferivano che lui non sapesse nemmeno che si trovavano nei paraggi della Turchia.

Era già abbastanza rischioso essere lì in Kurdistan.

Nel cuore pulsante della torrida Urfa si diressero verso l'Hotel Harran. Appena fuori dalla hall Rob trovò il suo uomo – Radevan – che si riparava dal cocente sole mattutino e discuteva animatamente di calcio con gli altri tassisti. Sembrava molto nervoso. Ma la scontrosità era dovuta al Ramadan: tutti erano scorbutici, affamati e assetati durante le ore di luce.

Lui andò subito al punto e gli chiese se era in grado di reclutare alcuni amici che potessero aiutarli a scavare nella Valle della Strage. Lo pregò anche, quietamente, di procurargli alcune armi da fuoco. Voleva essere pronto a ogni evenienza.

All'inizio Radevan si mostrò scontroso e indeciso, e andò a «consultarsi» con i suoi innumerevoli cugini. Ma dopo un'ora tornò con sette tra amici e parenti, tutti giovani curdi sorridenti. Nel frattempo Rob aveva comprato alcune pale di seconda mano e noleggiato un paio di vecchissime Land Rover.

Il loro sarebbe probabilmente stato il più improvvisato scavo archeologico degli ultimi duecento anni, ma non avevano altra scelta. Avevano soltanto due giorni di tempo per dissotterrare la risposta finale a tutte le loro domande, due giorni per riportare alla luce la Valle della Strage e mettere all'angolo Cloncurry costringendolo a liberare Lizzie. E Radevan aveva fatto il suo dovere con le armi: due fucili e una pistola tedesca erano nascosti in un malconcio vecchio sacco; strizzò l'occhio a Rob, durante la transazione. «Vedi che ti aiuto, signor Robbie. A me piacciono inglesi, aiutano curdi.» Fece un enorme sorriso quando lui gli passò una mazzetta di dollari.

Non appena tutto venne caricato sulle auto, Rob balzò dietro il volante e girò la chiavetta dell'accensione. La sua impazienza era quasi insopportabile. Il semplice fatto di trovarsi nella stessa città di Lizzie senza sapere dove fosse o quanto stesse soffrendo lo faceva sentire come fosse prossimo a un grave attacco cardiaco. Fitte di dolore gli saettavano su per il braccio, il cuore era in fibrillazione per l'angoscia. Gli doleva la mascella. Pensò alla figlia, legata a una sedia, mentre nello specchietto retrovisore gli ultimi sobborghi di Urfa si riducevano a una nuvola di polvere.

Christine si trovava sul sedile del passeggero e tre curdi erano seduti dietro. Radevan guidava la seconda Land Rover, subito alle loro spalle. Le armi erano nascoste nel sacco infilato sotto il sedile di Rob. Il Libro Nero, nella sua consunta scatola di pelle, era ben sistemato nel bagagliaio.

Mentre procedevano sferragliando, la consueta loquacità dei curdi si ridusse a semplici sussurri e infine al silenzio. La loro quiete era eguagliata dalla desolazione del paesaggio, mentre raggiungevano la vastità del deserto. Le gialle distese brulle e desolate.

La calura era incredibile: al limitare delle incolte lande siriane era piena estate. Rob percepì la vicinanza di Gobekli mentre si dirigevano a sud. Ma stavolta superarono la deviazione per Gobekli e superarono diversi checkpoint dell'esercito, più giù lungo la cocente strada per Damasco. Christine aveva comprato una cartina dettagliata ed era convinta di sapere esattamente dove trovare la valle.

«Qui», disse in tono molto autoritario, all'altezza di una curva. Girarono a destra e sfrecciarono per una mezz'ora lungo piste sterrate. Poi, finalmente, giunsero in cima a un'altura. Le due auto si fermarono e tutti scesero, i curdi sporchi, sudati e con un'aria indolente. Scaricarono le pale e gli altri attrezzi, lasciarono cadere funi e zaini sulla cima sabbiosa della collina.

Alla loro sinistra si estendeva una valle brulla e stretta.

«Eccola», disse Christine. «La Valle della Strage. Ancora oggi la chiamano così. È segnata sulla mappa.»

Rob guardò e rimase in ascolto. Non riuscì a sentire nulla. Nulla se non il triste vento del deserto. Il sito – l'intera regione – era stranamente silenzioso, anche per un deserto come quello nei paraggi di Gobekli.

«Dove sono tutti?» chiese.

«Andati. *Evacuati*. Trasferiti altrove dal governo», rispose Christine.

«Perché?»

«Ecco perché.» Lei indicò, a sinistra, il punto in cui una piatta distesa argentea scintillava in lontananza. «Quella è l'acqua portata dal progetto Grande Anatolia. L'Eufrate. Stanno allagando l'intera regione, per irrigarla. Vari siti archeologici di rilievo sono già stati sommersi, è un progetto molto controverso.»

«Cristo, dista solo pochi chilometri!»

«E viene verso di noi. Ma quello sbarramento la fermerà. Quel terrapieno laggiù.» Christine lo indicò e si accigliò. Aveva la camicetta bianca cosparsa di polvere gialla. «Ma dobbiamo stare attenti, queste inondazioni possono essere molto rapide. E imprevedibili.»

«Dobbiamo fare in fretta *comunque*», sottolineò Rob.

Si voltarono e scesero lungo il fianco della collina, nella valle. Nel giro di pochi minuti lei mise i curdi a scavare. Mentre loro lavoravano, l'enormità dell'impresa cominciò a preoccupare Rob. La valle era lunga più di un chilometro e mezzo, come minimo. In due giorni la loro squadra sarebbe riuscita a setacciarne solo una parte. Forse il venti per cento, forse il trenta. E non sarebbero stati in grado di scavare molto in profondità.

Quindi avrebbero davvero dovuto avere una gran fortuna, per riuscire a trovare qualcosa. Alla tristezza e alla paura che provava sin dal loro ritorno nel deserto curdo si aggiunse un montante empito di insofferenza. Un'enorme ondata di senso di inutilità. Lizzie sarebbe morta. *Sarebbe morta.* E lui si sentiva del tutto impotente. Sentiva che sarebbe annegato nella futilità del tutto, sarebbe stato sepolto come le terre assetate che lo circondavano, che presto sarebbero state rinchiuse in una bara dal coperchio d'acqua argentea. Il progetto Grande Anatolia.

Ma sapeva di dover tenere duro, andare fino in fondo, così tentò di risollevarsi il morale. Ricordò a se stesso cosa aveva detto Breitner di Christine, ossia che era «uno dei migliori archeologi della sua generazione». Rammentò a se stesso che la grande Isobel Previn era stata sua insegnante a Cambridge.

E la ragazza francese sembrava indubbiamente sicura di sé: con piglio tranquillo ma deciso stava dicendo agli uomini dove scavare, ordinando loro di spostarsi da questa o quella parte, su e giù per la vallata. Per un paio d'ore la polvere continuò a sollevarsi e posarsi, i badili a tintinnare e scavare. Il vento caldo e mesto fischiava sopra la Valle della Strage.

Poi un uomo lasciò cadere la sua pala. Era un cugino di secondo grado di Radevan, Mumtaz.

«Signorina Meyer!» gridò. «Signorina Meyer!»

Lei lo raggiunse di corsa, seguita da Rob.

Parte di un osso bianco giaceva nella terra polverosa. Era la curva di un cranio, piccolo ma umano. Perfino Rob se ne accorse. Christine parve affascinata ma non trionfante. Annuì.

«Okay, bene. Ora scavate lateralmente.»

I curdi non capivano. Lei lo ripeté a Radevan, in curdo: «Scavate lungo i lati. Non preoccupatevi di scendere più in profondità». Ormai lo scopo era coprire la maggior sezione di terreno possibile: restavano meno di due giorni.

Gli uomini eseguirono gli ordini, apparentemente ammaliati dall'ostinazione di Christine. Rob si unì ancora una volta al lavoro di scavo. Ogni pochi minuti trovavano un nuovo teschio. Lui li aiutava a grattare via il terriccio con energia febbrile. Un altro teschio, un altro scheletro. Ovunque trovassero i resti di un nuovo corpo, non si prendevano il disturbo di disseppellire l'intero scheletro: non appena sentivano di averne individuato un altro, lei ordinava loro di passare oltre.

Un altro teschio, un altro scheletro. Quelli, notò Rob, appartenevano a persone di bassa statura. Tipici cacciatori e raccoglitori, come spiegò Christine, alti al massimo un metro e cinquanta. Tozzi uomini delle caverne e dei deserti, con un fisico sano ma di altezza non superiore alla media, per l'epoca.

Scavarono sempre più in fretta. Era un lavoro sporco e abborracciato. Il sole aveva superato lo zenit e Rob sentiva anche che l'enorme muro di acqua si stava avvicinando. Mancavano solo pochi giorni all'imminente inondazione.

Continuarono a scavare.

Poi Rob udì un altro grido, stavolta proveniente da Radevan.

«Signor Rob», disse Radevan. «Guarda questo! Un uomo molto grosso. Come americano.» Stava grattando via il terriccio da un femore. «Come americano che mangia molti McNugget da McDonald's.» L'osso era grande quasi il doppio degli altri.

Christine saltò giù nel fossato e Rob la raggiunse. Aiutarono Radevan a disseppellire il resto dello scheletro. Stavolta l'operazione richiese più tempo perché lo scheletro era gigantesco: almeno due metri e venti. Tutti insieme raschiarono via il terriccio dalla pelvi. Dalle costole. Dalla spina dorsale, scoprendo grandi ossa bianche nella sudicia polvere gialla. Poi arrivarono al teschio. Radevan lo estrasse con un unico movimento e lo tenne sollevato.

Rob rimase a bocca aperta: era enorme.

Christine lo prese dalle mani del giovane curdo e lo esaminò. Non era un normale teschio umano, era molto più massiccio, con occhi dal taglio obliquo e simili a quelli di un uccello, zigomi ben definiti, mascella più piccola e una gigantesca scatola cranica.

Rob osservò più attentamente la mascella sogghignante, i denti ancora intatti. «Questo è...» Si tolse sudore, sale e polvere dal viso. «È un ominide, giusto?»

«Sì, ma...», rispose lei. Ruotò il teschio sotto il sole senza ombre.

Era pieno di terra giallo scura, che conferiva alle grandi orbite oculari oblique uno sguardo vacuo e ostile. Rob sentì il richiamo di un uccello, un uccello solitario che descriveva languidi cerchi nel cielo. Probabilmente una poiana, attratta dalle ossa.

Christine spazzò via la polvere gialla che ancora aderiva al cranio. «Chiaramente ominide. Chiaramente non *Homo sapiens*. Diverso da qualsiasi cosa sia mai stata ritrovata. Scatola cranica molto grande, presumibilmente una spiccata intelligenza.»

«Sembrerebbe... asiatico, vero?»

Lei annuì. «Sotto certi aspetti mongoloide, sì, ma... guarda gli occhi, e il cranio. *Stupefacente*. Eppure collima. Perché credo che...» Guardò Rob. «Credo che qui abbiamo la risposta all'ibridazione. Questa è l'*altra* specie di ominide, quella incrociatasi con gli esseri umani più piccoli stanziati quaggiù per dare origine al teschio del Libro Nero.»

I curdi stavano ancora scavando, riportando alla luce uno scheletro dopo l'altro. Il numero di ossa disseppellite era quasi nauseante. Il sole si stava avvicinando all'orizzonte: il digiuno diurno sarebbe presto terminato e gli uomini erano ansiosi di tornare a casa per il banchetto, la fine della carestia giornaliera del Ramadan.

Quando si sentì troppo esausto per continuare, troppo schifato dal biancore delle ossa e dai sogghigni degli enormi teschi, Rob si sdraiò supino sul pendio sabbioso a osservare la scena. Poi prese il suo taccuino e cominciò a scribacchiare, a ricostruire la storia. Quello era l'unico modo che conoscesse per decifrare un enigma: scriverlo, esporlo. E quindi dare forma a una narrazione. Mentre scriveva si accorse che la luce si affievoliva.

Una volta concluse le sue annotazioni alzò gli occhi: Christine stava misurando ossa e fotografando scheletri. La giornata, però, era terminata. La brezza del deserto era tenue e rinfrescante. Ormai l'acqua della piena era talmente vicina che ne sentiva l'odore: probabilmente non distava più di quattro o cinque chilometri. Con gli occhi stanchi guardò giù nei fossati. Avevano riportato alla luce un enorme, lugubre cimitero: un ossario di protoumani, riversi accanto a giganti quasi umani. Ma il vero enigma restava celato; non lo aveva risolto, i suoi appunti non avevano senso. Non erano ancora riusciti a svelare il segreto. E il buio del deserto significava che rimaneva soltanto un giorno.

Il cuore di Rob invocò a gran voce sua figlia.

Mentre tornavano in macchina a Sanliurfa parlarono del documento, del rimando al Libro di Enoch. Rob cambiò le marce, energicamente, mentre Christine esponeva le proprie teorie urlando per sovrastare il frastuono dell'auto.

«Il Libro di Enoch è un... testo apocrifo.»

«Il che significa...»

«Significa che non fa parte della Bibbia ufficiale però è considerato autenticamente sacro da alcuni rami del cristianesimo, per esempio la chiesa etiope.»

«Okay...»

«Ha circa 2200 anni ed è stato probabilmente scritto da israeliti, anche se non ne abbiamo la certezza.» Fissò, davanti a sé, il deserto ondulato. «È stato rinvenuto tra i documenti preservati tra quelli che chiamiamo i Rotoli del mar Morto.

«Il Libro di Enoch descrive un'epoca in cui cinque angeli caduti – i cinque Satana o Guardiani – e i loro servi giunsero tra gli uomini primitivi. Questi angeli erano presumibilmente vicini a Dio ma non seppero resistere alla bellezza delle donne, delle figlie di Eva. Così gli angeli malvagi presero tali donne e in cambio promisero ai maschi umani i segreti della scrittura e dell'architettura, dell'arte e della scultura. Questi... demoni insegnarono anche alle donne a 'baciare il fallo'.»

Rob si voltò a guardarla e riuscì a sorridere. Lei ricambiò il sorriso. «Quella è la frase testuale usata nel Libro di Enoch», spiegò, bevendo un po' d'acqua da una bottiglia. «Blah. Quest'acqua è tiepida.»

«Continua», disse lui. «Il Libro di Enoch.»

«Okay. Bene... la mescolanza tra demoni e uomini diede

origine a una razza di malvagi e violenti giganti, i Nefilim, sempre secondo quel testo.»

Rob fissò la strada immersa nel crepuscolo. Desiderava capire cosa gli stesse raccontando Christine, lo desiderava davvero. Si sforzò strenuamente di farlo. La pregò di ripetere... ma poi si arrese. Non riusciva a smettere di pensare a Lizzie. Si chiese se chiamare Cloncurry, ma sapeva che sarebbe stata una mossa stupida: dovevano coglierlo di sorpresa. Dovevano annunciare all'improvviso di avere dissotterrato il segreto, se mai vi fossero riusciti; era questo che prevedeva il loro piano.

Ma era stanco, scottato dal sole e atterrito, percepiva gli echi sinistri del deserto. Captava ancora la vicinanza delle pietre di Gobekli. Rammentò il bassorilievo raffigurante la donna, tenuta ferma e bloccata a terra, pronta per essere violentata dai cinghiali con il pene eretto. Pensò ai neonati che urlavano nei loro vasi antichi.

Poi gli tornò in mente Lizzie, e Cloncurry, e cercò di scacciare quel pensiero.

La conclusione del viaggio in auto fu silenziosa e carica d'ansia. I curdi borbottarono un saluto e andarono a mangiare e bere; Rob e Christine parcheggiarono le due Land Rover, stancamente, e scesero in silenzio verso l'Hotel Harran. Rob teneva accostato al petto il Libro Nero, la spossatezza che gli si propagava nelle braccia.

Ma non avevano tempo di rilassarsi. Era esausto, ma la determinazione lo rendeva febbrile; voleva parlare approfonditamente dei suoi appunti. Non appena raggiunsero la loro camera, prima ancora che Christine facesse una doccia, la interrogò di nuovo.

«Una cosa che non capisco sono le anfore. Le anfore con dentro i neonati, a Gobekli.»

Lei lo guardò. I suoi occhi erano affettuosi ma iniettati di sangue per la stanchezza, eppure Rob insistette.

«Vuoi dire... il semplice fatto che fossero anfore? È questo a confonderti?»

«Sì. Ho sempre pensato che la cultura intorno a Gobekli Tepe fosse... qual era il termine usato da Breitner...? *aceramica*? Che non conoscesse l'arte della ceramica. Ma poi, tutt'a un tratto, arrivò qualcuno che insegnò a questi tizi come produrre vasi, molto prima di qualsiasi altra comunità nella regione. Molto prima che in qualsiasi altro luogo sulla terra.»

«Sì, è vero...» Christine si interruppe per un attimo. «Con un'unica eccezione... C'è soltanto un posto che conobbe la lavorazione della ceramica prima di Gobekli.»

«Davvero?»

«Il Giappone.» Lei aveva aggrottato la fronte. «Gli jomon del Giappone.»

«Gli *cosa*?»

«Una cultura molto antica. Aborigeni giapponesi. Gli ainu, che vivono ancora nell'estremo Nord del Giappone, potrebbero essere imparentati...» Si alzò e si massaggiò la schiena dolorante, poi raggiunse il minibar, prese una bottiglia d'acqua fredda e bevve avidamente. Stendendosi sul letto spiegò: «Gli jomon spuntarono letteralmente dal nulla. Forse furono i primi a coltivare il riso, dopo di che cominciarono a produrre raffinati manufatti di ceramica, detti 'a cordicella'»

«Quanto tempo fa?»

«Sedicimila anni fa.»

«*Sedicimila anni fa?*» Rob la fissò dal capo opposto della stanza. «Sono più di tremila anni prima di Gobekli.»

«Sì. E alcuni ritengono che gli jomon potrebbero aver appreso le loro tecniche da una cultura perfino *anteriore*. Come i kondon dell'Amur. Forse è davvero così. L'Amur è un fiume della Mongolia settentrionale, dove esistono presumibilmente tracce di ceramiche ancora più antiche. È un vero mistero. Queste popolazioni del Nord insolitamente progredite vanno e vengono. Di base, sono cacciatori e raccoglitori, eppure all'improvviso compiono un brusco e inspiegabile balzo tecnologico.»

«Cosa intendi con 'inspiegabile'?»

«Quello non è certo il territorio più promettente, per una civiltà primitiva. Siberia, interno della Mongolia, l'estremo Nord del Giappone. Non è la tiepida e soleggiata Mezzaluna fertile, sono le terre più gelide e difficili dell'Asia settentrionale. Il bacino dell'Amur è uno dei luoghi più freddi della terra, in inverno.» Fissò il soffitto nudo dell'albergo. «In realtà, a volte mi sono chiesta se non ci sia stata una protocultura, a nord di quella zona. In Siberia, magari. Una cultura ormai perduta, una cultura che stava influenzando tutte queste tribù. Perché altrimenti la cosa è troppo assurda...»

Rob scosse il capo. Aveva il taccuino aperto e posato sul grembo, la penna pronta a scrivere. «Ma forse non se ne sono andate, Christine. Queste culture, intendo. No? Magari non sono scomparse.»

«Come, scusa?»

«I teschi sembrano asiatici. Mongoloidi. Forse queste culture orientali non sono svanite. Si sono soltanto spostate... a ovest. Potrebbe esistere un legame tra queste progredite tribù asiatiche e Gobekli?»

Lei annuì e sbadigliò. «Sì, immagino. Credo di sì. Gesù, Rob, sono sfinita.»

Lui si rimproverò mentalmente. Non dormivano da ventiquattro ore, avevano fatto tutto il possibile. Stava pressando troppo Christine. Le chiese scusa e la raggiunse, poi le si stese accanto sul letto.

«Rob, la *salveremo*», dichiarò lei. «Te lo prometto.» Lo abbracciò. «Te lo prometto.»

Lui chiuse gli occhi deciso. «Dormiamo.»

Il mattino dopo fu svegliato da un sogno di inaudita violenza. Per qualche istante sognò di essere picchiato, di essere percosso ripetutamente da Cloncurry, ma quando si svegliò si rese conto che stava sentendo un suono di tamburi: un vero e proprio tamburreggiare. Degli uomini stavano percorrendo le buie strade di Sanliurfa, davanti all'albergo, picchiando su enormi grancasse per svegliare la gente per il pasto prima dell'alba. Il tipico rituale del Ramadan.

Sospirò e inclinò il suo orologio da polso, posato sul comodino. Erano soltanto le quattro. Fissò il soffitto e ascoltò il martellare e il tuonare dei tamburi mentre Christine russava delicatamente al suo fianco.

Due ore dopo, lei lo svegliò con gomitate gentili. Rob si mosse, intorpidito. Si alzò e fece una doccia fredda e tonificante.

Radevan e i suoi amici li stavano aspettando davanti all'hotel. Lo aiutarono a sistemare il Libro Nero nel bagagliaio dell'auto. Lui mangiò un uovo sodo e del pane *pitta* in macchina mentre attraversavano rumorosamente il deserto, diretti alla Valle della Strage. Non avevano il tempo di trattenersi in albergo per la colazione.

Osservò i curdi mentre scavavano. Era come se sapessero che tutto volgeva ormai al termine, qualsiasi cosa succedesse: avevano la tranquillità di chi finisce un lavoro. Quello era l'ultimo giorno. L'indomani mattina il tempo sarebbe scaduto. *Qualsiasi cosa fosse successa*. Lo stomaco di Rob si annodò per la tensione.

Alle undici salì sulla collina accanto alla valle e fissò la piatta e argentea distesa d'acqua lacustre del progetto Grande Anatolia. Non si stagliava più in lontananza; ora era a meno di due chilometri di distanza, e l'acqua sembrava accelerare, riversandosi impetuosa sopra le colline e riempiendo le valli. Lo sbarramento li avrebbe protetti, ma l'inondazione dilagante rappresentava comunque una vista minacciosa. Sulla sommità dell'argine c'era una piccola capanna da pastore, simile a una sentinella che li difendesse dalle acque.

Rob si sedette su un masso e prese qualche appunto, infilando le perle preziose delle prove sul filo della narrazione. Una citazione continuava ad assillarlo. Ricordò il padre che la recitava in una chiesa mormone. Era tratta dalla Genesi, capitolo sei.

Quando gli uomini cominciarono a moltiplicarsi sulla terra e nacquero loro delle figlie, i figli di Dio videro che le figlie degli uomini erano belle e ne presero per mogli a loro scelta.

Per una mezz'ora scrisse rapidamente, cancellò e scrisse di nuovo. C'era quasi, aveva quasi terminato la storia. Chiudendo il taccuino, si voltò e scese nella valle. Trovò Christine stesa a terra, come se dormisse, ma non dormiva: stava scrutando la distesa sabbiosa, gli occhi quasi accostati al suolo.

«Sto cercando delle anomalie», spiegò, alzando lo sguardo verso di lui. «E ne ho trovata qualcuna. Là!» Si alzò e batté le mani, e i giovani curdi la guardarono. «Vi prego, signori», disse. «Presto potrete tornare a casa dalle vostre famiglie e scordarvi la pazza venuta dalla Francia. Solo un ultimo sforzo, per favore. Da quella parte.»

Radevan e i suoi amici presero le pale e la seguirono fino a un altro angolo della valle.

«Scavate in questo punto. Qui. E non troppo a fondo. Fate una buca ampia e poco profonda. Grazie.»

Rob andò a cercare il suo badile per potersi unire ai curdi. Gli piaceva scavare con loro: almeno faceva *qualcosa*, invece di continuare a essere paralizzato dalla paura che tutti quegli sforzi fossero inutili. E a pensare a Lizzie. Lizzie e Lizzie e Lizzie.

Mentre scavavano chiese a Christine degli uomini di Neanderthal. In passato lei gli aveva spiegato di aver lavorato su diversi siti in cui avevano vissuto. Per esempio Moula-Guercy, sulle rive del Rodano, in Francia.

«Credi che si siano incrociati con l'*Homo sapiens*?»

«Probabilmente sì.»

«Ma pensavo che esistesse una teoria secondo cui si erano estinti.»

«Infatti, ma disponiamo anche di prove secondo cui potrebbero essersi incrociati con esseri umani.» Con una manica lei si asciugò il sudore dal viso. «I neandertaliani potrebbero perfino essersi introdotti nel pool genetico umano a forza di stupri. Se si stavano estinguendo, incapaci di competere per il cibo o qualsiasi altra risorsa, sarebbero stati disperatamente ansiosi di preservare la loro specie. Ed erano più grandi dell'*Homo sapiens*, anche se probabilmente meno intelligenti...»

Rob osservò un uccello che volava in tondo nell'aria: un altro avvoltoio. Pose una seconda domanda. «Se si sono davvero incrociati, questo potrebbe aver alterato il comportamento degli umani? La cultura umana?»

«Sì. Una possibilità è il cannibalismo. Non esistono prove di cannibalismo organizzato nei reperti umani prima del 300.000 avanti Cristo circa, eppure gli uomini di Neanderthal lo praticavano sicuramente, quindi...» Inclinò la testa, riflettendo. «Quindi è possibile che abbiano introdotto qualche loro tratto, per esempio il cannibalismo.»

Un aereo dell'aviazione turca sfrecciò nel cielo. Lei aggiunse un'altra riflessione. «Mi stavo interrogando, stamattina, sulle dimensioni degli ominidi, quelli grandi. Le ossa che abbiamo trovato.»

«Continua...»

«Be'... la tua teoria su un possibile collegamento con l'Asia centrale collima, in un certo senso.»

«Come?»

«Il più grande ominide mai ritrovato, il *Gigantopithecus*, venne scoperto in Asia centrale. Era davvero enorme: un uomo-scimmia alto forse due metri e ottanta. Come una sorta di... yeti...»

«Sul serio?»

La sua ragazza annuì. «Vissero circa trecentomila anni fa. Potrebbero essere sopravvissuti più a lungo, e qualcuno pensa che il *Gigantopithecus* potrebbe averlo fatto abbastanza a lungo perché alcuni ricordi perdurino nell'*Homo sapiens*. Ricordi di enormi uomini-scimmia.» Scosse il capo. «Ma naturalmente è un'ipotesi molto fantasiosa. È più probabile che il *Gigantopithecus* si sia estinto a causa della competizione da parte dell'*Homo sapiens*. Nessuno sa con sicurezza cosa gli sia successo, tuttavia...» Si interruppe, appoggiandosi alla pala come un contadino che contempli i propri campi.

L'ovvia conclusione apparve di colpo chiara a Rob. Prese il taccuino e vi scribacchiò sopra tutto eccitato. «Quello che intendi dire è che potrebbe esserci una *terza* spiegazione, vero? Forse il *Gigantopithecus si è evoluto*, ma trasformandosi in un concorrente molto più serio per l'*Homo sapiens*. Non è possibile anche questo?»

Lei annuì, accigliandosi. «Sì, lo è. Non disponiamo di alcuna prova né in un senso né nell'altro.»

Lui continuò. «Allora, diciamo semplicemente che *è successo*. Quindi quel nuovo ominide... sarebbe stato un ominide molto massiccio, aggressivo e di notevole intelligenza, vero? Qualcosa in cui ci si è evoluti per riuscire ad affrontare condizioni estremamente disagevoli e brutali. Un feroce concorrente, in fatto di risorse.»

«Sì, sono d'accordo. Lo sarebbe stato.»

«E questo ominide massiccio e aggressivo avrebbe posseduto anche un istintivo timore della natura, degli interminabili inverni letali, di un dio crudele e severo. E avrebbe provato un bisogno disperato di *ingraziarselo*.»

Christine si strinse nelle spalle, come se non riuscisse ad afferrare fino in fondo quell'ultimo concetto, ma non ebbe il tempo di replicare perché Radevan li stava chiamando. Quando Rob giunse sulla scena, lei era già carponi, intenta a raschiare altri resti.

Tre grandi anfore sporche erano ai piedi di Radevan.

Vi erano impressi dei *sanjak*.

Rob indovinò subito cosa contenevano. E non aveva certo bisogno di dirlo a Christine, che però ne stava comunque spaccando una con il manico di una cazzuola. L'antica anfora si sbriciolò e un oggetto viscido e dall'odore mefitico ne sgusciò fuori, sulla polvere: un neonato per metà mummificato e per metà liquefatto. Il viso del bimbo minuscolo non era intatto come quello dei neonati che avevano trovato nel caveau di

Edessa ma l'urlo di terrore e di sofferenza su di esso era identico. Si trattava di un altro sacrificio umano. Un altro neonato sepolto vivo in un'anfora.

Rob tentò di non pensare a Lizzie.

Alcuni dei curdi avevano notato l'anfora e i resti. Il neonato morto e marcescente. Stavano puntando il dito da quella parte e discutendo. Christine li pregò di continuare a scavare, ma ormai stavano strepitando.

Mumtaz si avvicinò a Rob. «Dicono che è pericoloso, qui. Questo posto è maledetto. Vedono il bambino e dicono che devono andare. L'acqua sarà qui presto.»

Christine li supplicò, in inglese e in curdo.

Gli uomini parlarono in modo concitato a Mumtaz, che fece da interprete. «Dicono che acqua arriva. A seppellire questi corpi, e quello è bene. Dicono che vanno via adesso!»

Christine protestò di nuovo. La discussione proseguì. Alcuni dei curdi scavavano, altri restarono fermi a litigare. Il sole continuò ad alzarsi, cocente e minaccioso. Pale e cazzuole giacevano a terra inutilizzate, scintillando nella luce spietata. Il sole stava cuocendo il minuscolo corpicino viscido. L'osceno fagottino di carne. Rob provava il fortissimo impulso di seppellirlo di nuovo, di coprire l'oscenità. Sapeva di essere vicino a decifrare l'enigma, ma sentiva anche che i nervi stavano per cedere del tutto. La tensione era orribile.

E peggiorò. Alcuni dei curdi, guidati da Mumtaz, giunsero a una decisione: si rifiutavano di continuare. Nonostante le implorazioni di Christine, tre di loro si inerpicarono sulle sponde della valle e salirono sulla seconda Land Rover.

Mentre se ne andavano Mumtaz guardò in direzione di Rob, rivolgendogli una strana occhiata mesta, dopo di che l'auto accelerò e si allontanò tra la polvere e la foschia.

Ma rimanevano ancora quattro uomini, incluso Radevan. E con quanto restava del suo charme, e del denaro di Rob, Christine li convinse a completare l'opera. Quindi raccolsero le pale abbandonate e scavarono tutti insieme. Scavarono per cinque ore, trasversalmente rispetto alla valle, togliendo abbastanza terriccio secco e giallo per rivelare quanto necessario e poi passando oltre.

Scoprirono sezioni di forse trenta scheletri, stesi accanto alle anfore. Ma non erano scheletri qualsiasi. Erano un misto dei massicci ominidi, degli uomini ibridi e dei piccoli cacciatori e raccoglitori. Tutti mischiati insieme, in modo promiscuo e selvaggio. E apparivano tutti gravemente lesionati: le tracce di morte violenta erano inequivocabili. Orribili fratture nel teschio, trafitture di lancia nelle ossa pelviche. Braccia spezzate, femori spezzati, teste rotte.

Avevano scoperto un campo di battaglia. Un terribile teatro di strage e conflitto. Avevano scoperto la Valle della Strage.

Christine guardò Rob, che ricambiò l'occhiata e disse: «Secondo me, qua abbiamo finito, cosa dici?»

Lei annuì con aria solenne.

Lui infilò una mano in tasca ed estrasse il cellulare. Provava quasi un senso di esultanza. La percepiva nei polmoni e nel cuore. L'aveva *capito*: aveva decifrato il grande segreto che Cloncurry era nato per nascondere.

Il segreto della Genesi.

Finalmente aveva qualcosa per tenere in pugno il giovane assassino. Sarebbe riuscito a riprendersi la figlia.

Ansioso – ma per la prima volta speranzoso, nel corso di quelle amare settimane – digitò il numero. Stava per chiamare Cloncurry ed esigere l'immediata restituzione di sua figlia quando sentì una voce.

«Be', ciao.»

Si voltò di scatto. Una figura era ferma sulla cima della collina sopra di loro, tra la valle e il sole ormai vicino all'occidente. Il sole dietro la figura era talmente brillante che Rob non riuscì a capire di chi si trattasse. Strinse gli occhi e alzò il braccio.

«Sono ingrassato? Che tristezza. Non dirmi che non mi riconosci.»

Lui sentì il sangue gelarglisi nelle vene.

Jamie Cloncurry era ritto sulla collina sopra di loro, con una pistola in mano. La pistola era puntata contro Rob. L'assassino aveva accanto due uomini grandi e grossi, due massicci curdi dai baffi neri, anch'essi armati. Tenevano in mezzo a loro una figura minuta, legata e imbavagliata.

Lizzie. Viva ma terrorizzata, e con un bavaglio molto stretto.

Rob guardò a destra e a sinistra, verso Radevan e i suoi amici, in cerca di aiuto.

Cloncurry ridacchiò. «Oh, fossi in te non mi aspetterei nessun tipo di aiuto da loro, signor Robbie.» Con un gesto languido segnalò qualcosa a Radevan.

Radevan annuì, obbediente. Si voltò a fissare Rob e Christine, poi sfregò insieme pollice e indice. «Inglese molto denaro. Dollari ed euro. Dollari ed euro...» Poi rivolse un gesto ai suoi amici e gli altri curdi lasciarono cadere gli attrezzi e si allontanarono da Rob e Christine, piantandoli in asso con nonchalance. Abbandonandoli al loro destino.

Rob rimase a guardare – a bocca aperta, sconfitto e desolato – mentre i curdi risalivano tranquillamente la collina, diretti verso l'ultima Land Rover rimasta. Radevan infilò una mano nel bagagliaio ed estrasse il Libro Nero; lo portò a Cloncurry e lo posò nella polvere, accanto a Lizzie. Il giovane sorrise e annuì, e Radevan tornò alla macchina, saltò sul sedile del guidatore e l'auto si allontanò in una nube di polvere sollevata dalle ruote, portando con sé i fucili e la pistola.

La polvere arancione rimase sospesa nell'aria, quasi in segno di rimprovero, mentre il veicolo scompariva oltre l'orizzonte riarso, lasciando Rob e Christine soli e indifesi sul fondo della valle.

Sopra di loro incombeva Cloncurry, armato, insieme agli altri due curdi. Aveva parcheggiato qualche centinaio di metri più in là il suo 4×4, argenteo e scintillante. Si era avvicinato a piedi, evidentemente, per coglierli di sorpresa. E c'era riuscito.

Erano in trappola. Lizzie si inginocchiò, imbavagliata e legata, nella polvere, fissando il padre con sguardo febbrile e stravolto. Implorandolo di salvarla.

Ma lui sapeva di non poterla salvare. Sapeva cosa stava per succedere. E non si trattava di un eroico salvataggio.

Cloncurry aveva intenzione di uccidere Lizzie davanti ai suoi occhi. Aveva intenzione di sacrificare la sua primogenita, lì in quel deserto, mentre corvi e poiane volavano in cerchio nel cielo. Sua figlia sarebbe morta, in maniera crudele e brutale, di lì a pochi minuti, e lui sarebbe stato costretto a guardare.

Cloncurry fece oscillare la pistola in direzione di Rob e Christine. «Più in là, *piccioncini*.»

Sconvolto e terrorizzato, Rob fissò la figlia inginocchiata nella polvere, poi guardò Cloncurry con una rabbia feroce. Non aveva mai provato una tale brama di fare del male a qualcuno: voleva smembrarlo a mani nude, con i denti. Cavargli gli occhi con i pollici.

Ma lui e Christine erano in trappola e impotenti, quindi costretti a obbedire; seguendo le languide istruzioni di Cloncurry, risalirono un dolce pendio raggiungendo una sorta di poggio sabbioso, benché Rob non avesse la minima idea del perché l'altro li volesse sopra quella collinetta isolata.

Il vento sussurrava malinconico. Christine sembrava sul punto di piangere. Lui guardò a destra e a sinistra, cercando disperatamente una via di fuga. Non ce n'erano.

Cosa stava facendo Cloncurry? Rob socchiuse gli occhi, riparandoli dal sole con una mano. Sembrava che l'assassino stringesse una sorta di telefonino o qualcosa del genere. Lo stava puntando verso sinistra, verso l'acqua che stava invadendo la zona. Laddove lo sbarramento li proteggeva dall'inondazione.

Finalmente parlò. «Non capita tutti i giorni di poter mutilare e uccidere una bambina davanti agli occhi del suo paparino, quindi credo che siano d'uopo dei festeggiamenti, dei fuochi d'artificio. Ed ecco qua. *Arriva l'onda!*»

Premette un pulsante sull'aggeggio che teneva in mano. Dopo una frazione di secondo il boato di un'esplosione si propagò attraverso il deserto, seguito da una tangibile onda d'urto: Cloncurry aveva fatto saltare la piccola capanna da pastore in cima allo sbarramento. Quando fumo e fiamme si diradarono, Rob capì *perché*.

Non era soltanto la baracca, quello che l'altro aveva scagliato in cielo: anche metà dello sbarramento era scomparsa. E ora l'acqua entrava impetuosa dallo squarcio: aveva trovato quel canale più basso e si stava riversando giù per i fianchi della valle, tonnellate d'acqua che erompevano violente e urlanti. Dirigendosi verso di loro, *molto rapidamente*.

Rob afferrò Christine e la portò sulla cima del poggio. L'acqua li stava raggiungendo rapidamente; ormai era alle caviglie. Rob alzò gli occhi verso il crinale: Cloncurry stava ridendo.

«Spero che sappiate nuotare.»

L'acqua stava cadendo a cascata, adesso, riempiendo la valle, sciabordando ai piedi di Rob. Ruggiva e inghiottiva tutto, portando con sé una schiuma disgustosa. Sulla superficie sobbalzavano ossa, avanzi di neonato mummificato e alcuni teschi di guerrieri: galleggiavano e affondavano. Ben presto le acque schiumose e turbolente circondarono completamente lui e Christine sulla loro collinetta. Se il livello avesse continuato a salire, sarebbero annegati.

«Perfetto!» esclamò Cloncurry. «Non sto a dirvi quanto è stato difficile. Siamo dovuti venire qui in piena notte per allestire il tutto. In quella brutta, piccola capanna. Un sacco di esplosivi. Davvero difficile. Ma ha funzionato alla perfezione! Una cosa *enormemente* gratificante.»

Rob fissò Cloncurry al di sopra dell'acqua, al sicuro sulla sua altura. Non sapeva cosa pensare di quell'uomo, la totale pazzia mescolata a quella... subdola scaltrezza. Poi il giovane fece il suo consueto commento semitelepatico.

«Scommetto che sei un tantino confuso, piccolo Robbie.»

Lui non fiatò e Cloncurry sorrise.

«Non riesci a capire in che modo un completo psicopatico come me finisca da questa parte dell'acqua, eh? Mentre i buoni, tutti voi, si trovano da *quella parte*. La parte in cui si affoga.»

Rob non aprì bocca nemmeno stavolta. Il suo nemico sorrise ancora più radiosamente.

«Temo di avervi usati *tutti* sin dall'inizio. Ho fatto in modo che tu mi trovassi il Libro Nero. Ho imbrigliato le menti sopraffine e celebri di Christine Meyer e Isobel Previn in modo che lavorassero per la causa. Okay, ho tagliato la testa a Isobel, ma ormai aveva portato a termine il suo compito. Mi aveva mostrato che il Libro sicuramente non si trovava nel Kurdistan.» Cloncurry sfavillava di orgoglio. «E poi, restandomene tranquillo in disparte senza muovere un dito, ho costretto voi adorabili personcine a sbrigare anche il *resto* del lavoro: decifrare il Libro, localizzare la Valle della Strage, trovare le uniche prove del segreto della Genesi. Perché, vedete, dovevo sapere con sicurezza dove *si trovavano* tutte le prove, in modo da poterle distruggere per sempre.» Indicò con un gesto l'acqua schiumante. «E ora sto per cancellare tutto ciò sotto un'enorme inondazione, per tumularlo sott'acqua in eterno. E mentre elimino tutte le prove, ucciderò anche le uniche persone al corrente del segreto.» Abbassò lo sguardo su di loro, tutto contento. «Oh, sì, quasi dimenticavo, e ho anche il Libro Nero! O almeno credo. Lasciatemi controllare...»

Chinandosi verso la polvere afferrò la scatola e strappò via il coperchio. Guardò dentro, vi infilò una mano ed estrasse il teschio ibrido. Per un attimo lo tenne stretto delicatamente, accarezzando la levigatezza del cranio, poi lo girò in modo da incrociarne lo sguardo.

«Ahimè, povero Yorick. Avevi occhi fottutamente strani, ma zigomi davvero superbi! Ah.»

Mise da parte il cranio, estrasse il documento e se lo spiegò sul ginocchio per poterlo leggere.

«Affascinante. Davvero affascinante. Mi aspettavo il cuneiforme. Ce lo aspettavamo *tutti*. Ma l'aramaico tardo-antico? Una splendida scoperta.» Lanciò un'occhiata a Christine e Rob. «Grazie, ragazzi. Davvero gentile da parte vostra portarlo fin qui. E disseppellire tutto.»

Ripiegò il documento, lo rimise nella scatola e vi posò sopra il teschio, sistemando poi il coperchio di pelle.

Rob osservò il tutto con una specie di cupo rancore carico d'odio. Il gusto più repellente in quel banchetto di sconfitta era la sensazione che Cloncurry avesse *ragione*. Il suo schema di gioco sfoggiava una sorta di *perfezione* scintillante, aliena. L'assassino li aveva battuti tutti in astuzia e capacità di ragionamento, sin dall'inizio. Dai curdi al cottage e viceversa, non aveva semplicemente vinto, aveva *trionfato*.

E adesso il suo trionfo sarebbe stato celebrato nel sangue.

Rob fissò gli occhi lucidi, piangenti della figlia, e le gridò al di sopra dell'acqua che l'amava.

Gli occhi di Lizzie implorarono il padre impotente: *aiutami*.

Cloncurry stava ridacchiando. «Davvero commovente. Se apprezzi quel genere di cosa. Personalmente, a me fa venire voglia di vomitare. Comunque sia, credo che ora dovremmo passare al dramma finale, non pensate? Prima che anneghiate. Basta con i preamboli.» L'assassino osservò le minuscole onde che lambivano le caviglie di Christine. Mentre lo faceva, un cranio particolarmente grosso solcò l'acqua gorgogliante, simile a un osceno giocattolo per il bagnetto. «Ooh, guarda, ecco uno dei vegliardi. Di' ciao al nonno, Lizzie.»

Un'altra risatina. Lizzie pianse ancora più forte.

«Sì, sì.» Lui trasse un gran sospiro. «Neanche a me è mai piaciuta la mia famiglia.» Si voltò per gridare qualcosa a Rob. «Una bella vista, dalla tua collinetta? Magnifico. Perché faremo la cosa azteca e voglio assicurarmi che tu ci veda bene. Sono sicuro che conosci la prassi, Robert. Stendiamo tua figlia su un masso, poi le squarciamo il petto e le strappiamo il cuore ancora pulsante. Si rischia di sporcare un po' in giro, ma credo che il mio amico Navda abbia dei fazzoletti di carta.»

Diede di gomito a uno dei suoi seguaci. Il curdo baffuto alla sua sinistra grugnì ma non aprì bocca. Cloncurry sospirò. «Di certo non è il tipo più espressivo del mondo, ma è il migliore disponibile. Ho dei dubbi sui baffi, però. Sono un po' troppo... *genuini*, vero?» Sorrise. «Comunque, voi due chiacchieroni superfroci curdi, mi fate il favore di prendere la ragazzina e *appoggiarla* su quella roccia?» Mimò loro l'azione.

I curdi annuirono e obbedirono. Afferrarono Lizzie, la portarono fino a un piccolo masso e ve la stesero sopra, supina, i piedi tenuti fermi da un curdo e le mani bloccate dall'altro scagnozzo; per tutto il tempo lei continuò a singhiozzare e divincolarsi. E per tutto il tempo Cloncurry sogghignò.

«Perfetto, perfetto. Ora la parte migliore. Di regola, signor Robbie, dovremmo usare un *chac mool*, una di quelle strane ciotole in pietra in cui io possa lasciar cadere il cuore insanguinato e ancora pulsante di tua figlia, ma non ne abbiamo. Credo che dovrò dare il suo cuore in pasto ai corvi.»

Passò la pistola a uno dei curdi, poi infilò la mano nella tasca della giacca ed estrasse un enorme coltello d'acciaio. Lo brandì con esultanza, ammirandolo, gli occhi brillanti e impazienti e amorevoli. Si voltò a guardare Rob e gli fece l'occhiolino.

«In realtà dovremmo usare l'ossidiana, come facevano gli aztechi. Pugnali di ossidiana scura. Ma un coltello grosso come questo funzionerà egregiamente, un coltellaccio davvero memorabile. Lo riconoscete?» Cloncurry sollevò l'arma nella polverosa luce del sole. La lama lampeggiò mentre lui la girava. «Christine? Qualche idea?»

«Bastardo», rispose la giovane donna francese.

«Be'. È il coltello che ho usato per sfilettare la tua vecchia amica, Isobel. Mi sembra di vedere ancora un po' del suo sangue di vecchia sull'impugnatura. E un minuscolo pezzetto di milza!» Sorrise. «*Also*, come dicono i tedeschi, al lavoro. Vedo che ormai l'acqua vi arriva alle ginocchia, quindi affogherete nel giro di una decina di minuti. Ma ci tengo molto che l'ultima cosa che vedrai sia tua figlia cui viene letteralmente *strappato* il cuore dal petto minuscolo mentre invoca a gran voce, *impotente*, quel patetico e inetto *codardo* di suo padre. Quindi è meglio che ci diamo una mossa. Ragazzi, tenetela più stretta, sì, così. Sì, sì. Benissimo.»

Sollevò il coltello stringendolo con entrambe le mani e la lama sfavillò nel sole. Si interruppe. «Gli aztechi erano tipi niente male, vero? Pare provenissero dall'Asia, dall'altra parte dello stretto di Bering. Come me... *e Rob*. Dalla lontana Asia settentrionale.» Il coltello scintillò; gli occhi di Cloncurry stavano brillando in modo simile. «Adoravano uccidere bambini. *Smaniavano* di farlo. In origine uccidevano i figlioletti di tutti i loro nemici, dei loro avversari sconfitti. Eppure mi è parso di capire che prima del crollo del loro impero fossero talmente pazzi da cominciare a uccidere i loro stessi figli. Non sto scherzando. I sacerdoti pagavano delle famiglie azteche povere per farsi dare bambini piccoli e neonati da sacrificare. Un'intera civiltà che assassinava letteralmente se stessa, divorando la propria prole. Fantastico! E che modo di farlo! Strappare il cuore frantumando la cassa toracica e poi tenere sospeso l'organo ancora pulsante davanti alla vittima viva. Allora.» Cloncurry sospirò, tutto contento. «Sei pronta, Lillibet? Piccola Betsy? Mia piccola Betty Boo? *Mmm?* È ora di aprire quel piccolo torace?»

Fissò la figlia di Rob, sorridendo. Rob lo osservò, con desolato disgusto: Cloncurry stava sbavando, un filo di saliva che gli colava dalla bocca finendo sul viso imbavagliato e urlante di Lizzie.

Poi giunse il momento: le sue mani strinsero con forza l'estremità del manico e sollevarono ancora più in alto il coltello... e Rob chiuse gli occhi nella disperazione della disfatta totale...

...*mentre uno sparo fendeva l'aria*. Uno sparo giunto dal nulla. Uno sparo piombato dal cielo.

Rob alzò gli occhi. Un proiettile era sfrecciato al di sopra dell'acqua per abbattersi su Cloncurry, un proiettile talmente violento da staccargli di netto la mano.

Lui batté le palpebre e lo fissò. Cloncurry aveva perso una mano! Del sangue arterioso zampillava dal polso tranciato. Il coltello era stato scagliato, roteante, nell'acqua.

L'assassino fissò l'orrenda ferita, stupefatto. Sembrava più che altro curioso di capire che cosa gli fosse successo. Poi una seconda pallottola arrivò all'improvviso, di nuovo dal nulla, e gli staccò quasi il braccio dalla spalla. Il braccio sinistro, già privo di mano, era adesso fissato solo a pochi muscoli rossi, e il sangue sgorgava dall'ampia ferita sulla spalla piombando nella polvere.

I due curdi lasciarono subito andare Lizzie, si voltarono con il panico stampato in volto e, mentre un terzo sparo fendeva l'aria del deserto, si misero a correre.

Cloncurry cadde in ginocchio. Il terzo proiettile, evidentemente, lo aveva colpito alla gamba. Si inginocchiò, sanguinante, sulla sabbia, annaspando ansiosamente tutt'intorno a sé. Cosa stava cercando? La sua mano mozzata? Il coltello? Lizzie era stesa vicino a lui, imbavagliata e legata mani e piedi. Rob era immerso nell'acqua fino al ginocchio. Chi stava sparando a chi? E dov'era la pistola di Cloncurry? Guardò a sinistra e riuscì a distinguere una nuvola di polvere in lontananza. Forse un'auto si stava dirigendo verso di loro, ma la polvere gli impediva di vedere alcunché. Avrebbero sparato anche a Lizzie?

Si rese conto di avere un'unica chance. *Adesso.* Si tuffò nell'acqua, si immerse e nuotò, nuotando per la vita della figlia, nuotando fra le ossa e i teschi. Non aveva mai nuotato con tanto vigore, non aveva mai lottato contro acque così gonfie, pericolose... Scalciò e diede ampie bracciate, deglutendo intere boccate di acqua fredda, poi batté il palmo sulla terra asciutta e calda e si issò verso l'alto. Quando uscì dall'acqua, boccheggiando e sputacchiando, vide Cloncurry a pochi metri di distanza.

Il giovane era steso a terra, facendosi scudo con il corpo di Lizzie contro eventuali colpi d'arma da fuoco, ma aveva la bocca spalancata e sbavante, e stava per serrare i denti sulla morbida gola della bambina. Come una tigre che sta per uccidere una gazzella. Jamie Cloncurry aveva intenzione di azzannare il collo di Lizzie e strapparle la giugulare.

Un empito di furia percorse Rob. Si lanciò sulla sabbia e fino a Cloncurry proprio mentre gli aguzzi denti candidi dell'assassino si serravano sulla trachea di sua figlia, e gli sferrò un calcio alla testa, staccandolo da Lizzie. Poi lo fece di nuovo: lo allontanò con un calcio per la seconda volta, e poi una terza, e l'assassino stramazzò sulla polvere con un grido di dolore, il braccio semiamputato che penzolava inutile e osceno.

Rob gli si avventò contro, premendogli un ginocchio sulla spalla ferita per impedirgli di muoversi. Adesso lo aveva alla sua mercé. Poteva tenerlo bloccato lì finché voleva.

Ma non aveva alcuna intenzione di mostrarsi misericordioso.

«*È il tuo turno*», disse.

Prese dalla tasca il coltellino svizzero. Lentamente e accuratamente estrasse la lama più grossa e per un attimo la fece roteare nell'aria, poi guardò giù.

Si ritrovò a *sorridere*. Si stava chiedendo cosa fare per prima cosa, come torturare e mutilare Cloncurry in modo da causare il massimo livello di dolore prima della sua morte inevitabile. Pugnalarlo nell'occhio? Tagliargli un'orecchio? Aprirgli in due lo scalpo? Cosa? Ma, mentre alzava il coltello, scorse qualcosa nell'espressione dell'assassino. Il volto di Cloncurry esprimeva sfida, pura malvagità speranzosa, ma anche una sorta di esultanza... Come se avesse riconosciuto nell'altro la sua stessa vergogna. La bile della repulsione montò nella gola di Rob.

Scuotendo il capo, chiuse il coltellino e se lo rimise in tasca. Cloncurry non sarebbe andato da nessuna parte, stava morendo dissanguato proprio lì. La sua gamba era spezzata, la mano tranciata via, il braccio penzolante. Era disarmato e mutilato, in fin di vita per lo shock del dolore e la perdita di sangue. Rob non aveva bisogno di fare niente.

Rotolando giù dal corpo dell'assassino, si girò verso la figlia.

Le tolse subito il bavaglio. Lei gridò: «Papà papà papà» e poi: «Christine!» e lui si voltò, vergognandosi. Nel suo bisogno di salvare Lizzie si era dimenticato di Christine, ma lei si stava mettendo in salvo da sola, e un attimo dopo lui abbassò una mano verso l'acqua per afferrare la sua e aiutarla a uscire dall'acqua sempre più alta. La tirò sulla terraferma e lei rimase stesa là, ansimante.

Poi Rob sentì un rumore. Voltandosi vide Cloncurry che si trascinava nella polvere, un fruscio che accompagnava la sua estrema lentezza, il braccio semitranciato che gli penzolava lungo un fianco, la ferita sulla coscia aperta. Strisciando si lasciava dietro una scia di sangue. Stava puntando direttamente verso l'acqua.

Aveva intenzione di compiere l'ultimo sacrificio: il suicidio. Jamie Cloncurry voleva annegarsi. Rob rimase a guardare, ipnotizzato e sgomento. Cloncurry aveva raggiunto il margine dell'acqua, ormai. Con un grugnito di indicibile sofferenza coprì l'ultimo metro, poi si lasciò cadere con un enorme *splash* tra le schiumose onde fredde. Per un attimo la sua testa sobbalzò tra i teschi ghignanti e i suoi occhi scintillanti fissarono direttamente Rob.

Poi scomparve tra le onde. Affondando con un delicato movimento a spirale, per raggiungere le ossa dei suoi antenati.

Christine, seduta, stava scuotendo il cellulare per assicurarsi che funzionasse ancora. Alla fine, miracolosamente, ottenne un segnale e chiamò Sally per darle le buone notizie. Rob ascoltava, intontito e felice e sognante. Si ritrovò a scrutare l'orizzonte senza sapere come mai ma, un attimo dopo, capì *perché* lo stava facendo.

Alcune auto della polizia sfrecciavano sul terreno sabbioso, cercando un passaggio tra le acque esondate. Pochi istanti dopo, la cima della collina brulicava di poliziotti e ufficiali e soldati – e c'era Kiribali. Con il suo elegante completo perfettamente immacolato e un ampio sorriso radioso stampato in faccia. Stava impartendo secchi ordini nella ricetrasmittente e indicando varie direzioni ai suoi uomini.

Rob si sedette sulla sabbia e strinse forte la figlia.

50

Due ore dopo tornarono lentamente in macchina a Sanliurfa. Rob, Christine e Lizzie erano avvolti in una coperta sul sedile posteriore dell'auto più grande, parte del lungo convoglio di veicoli della polizia.

Stava scendendo la sera. Gli abiti di Rob si stavano asciugando nel tepore del deserto, la splendida dolce brezza che entrava fischiando dai finestrini. Gli ultimi raggi di sole erano striature cremisi contro il viola e il nero dell'occidente sempre più buio.

Kiribali sedeva sul sedile del passeggero; si voltò a guardare Rob e Christine, poi sorrise a Lizzie. «Cloncurry, naturalmente, stava pagando i curdi sin dall'inizio», disse a Rob. «Pagandoli più di noi, pagandoli più di te. Sapevamo da tempo che c'era in ballo qualcosa. L'omicidio di Breitner, per esempio. Gli yezidi non intendevano ucciderlo ma solo spaventarlo. Eppure *è stato* ucciso. Perché? Qualcuno aveva persuaso gli uomini impiegati nello scavo a... fare un ulteriore sforzo: il tuo amico *Cloncurry*.»

«Okay. E poi...»

Kiribali sospirò e si tolse della polvere dalla spalla. «Devo confessarlo, per un po' siamo rimasti all'oscuro di tutto. Eravamo perplessi e confusi. Ma poi, molto recentemente, ho ricevuto una telefonata dai vostri eccellenti poliziotti di Scotland Yard. Però eravamo ancora in alto mare, Robert, perché non sapevamo dov'eri *tu*.» Sorrise. «E poi Mumtaz! Il piccoletto è venuto da me. Ci ha raccontato tutto, appena in tempo. È sempre un vantaggio avere... dei *contatti*.»

Rob guardò il poliziotto turco, registrando a stento quello

che stava dicendo, poi abbassò lo sguardo sulle proprie mani. Erano ancora leggermente arrossate dal sangue secco: il sangue di Cloncurry. Ma non gli dava fastidio, non gli importava affatto: aveva salvato la vita di sua figlia! Era quella l'unica cosa importante. I suoi pensieri erano un guazzabuglio di ansia e sollievo, un'allucinata mescolanza di gioia e dolore.

Continuarono a viaggiare, in silenzio, poi Kiribali riprese a parlare. «Sai che prenderò la pergamena, insieme alla mappa, vero? E il teschio. Prenderò anche quello. Tutto il Libro Nero.»

«Dove li metterai?»

«Insieme a tutti gli altri reperti di prova.»

«Ti riferisci ai sotterranei del museo.»

«Naturalmente! E abbiamo cambiato il codice numerico!»

Una grande monovolume della polizia li raggiunse, le luci dei freni color rubino nel crepuscolo.

«Cerca di capire, ti prego», continuò lui. «Siete sani e salvi. Questo è un bene. Tratterremo i curdi per un po', poi li lasceremo andare. Radevan e i suoi stupidi amici.» Fece un sorriso garbato. «Li lascerò andare perché devo mantenere la pace, qui. Tra turchi e curdi. Ma tutto il resto verrà messo sotto chiave, per sempre.»

L'auto continuò ad avanzare. La tiepida aria serale che entrava dai finestrini era davvero deliziosa, dolce e tenue. Rob inspirò ed espirò; carezzò la testa della figlia, adesso semiaddormentata. Poi notò che stavano superando la deviazione per Gobekli, a stento visibile nel chiarore della luna che sorgeva.

Esitò, poi chiese a Kiribali se potevano andare a guardare Gobekli Tepe *un'ultima volta*.

Il detective turco chiese all'autista di fermarsi e si voltò a guardare Rob, Christine e Lizzie. Le due ragazze dormivano; il sorriso di Kiribali era indulgente. Annuì e si mise in comunicazione via radio con gli altri veicoli, avvisandoli che si sarebbero incontrati più tardi, a Urfa. L'autista girò la macchina e lasciò la strada.

Seguirono il consueto, familiare tragitto. Sopra le basse colline, oltre i villaggi curdi con le fogne a cielo aperto, le capre sparse qua e là e i minareti illuminati di un verde sgargiante dai riflettori. Un cane latrò e prese a rincorrere l'auto. Li inseguì per qualche centinaio di metri, poi corse via nella penombra.

Si addentrarono ulteriormente nel buio, infine affrontarono una salita e si ritrovarono sulla bassa collina che si affacciava sul tempio. Rob scese dalla macchina della polizia, lasciando Lizzie con la testa posata sul grembo di Christine, entrambe addormentate.

Anche Kiribali smontò. Insieme imboccarono il sentiero ondulato.

«Allora», disse lui, «racconta.»

«Raccontarti *cosa*?»

«Cosa stavate facendo nella valle? Nella Valle della Strage?»

Rob rifletté per un attimo, poi cominciò a spiegare, esitante. Fornì una breve sintesi del segreto della Genesi, un abbozzo assai sommario ma affascinante: nella luce della luna vide sgranarsi gli occhi del suo interlocutore.

Il detective sorrise. «E tu credi di aver capito? Di aver davvero ricostruito tutto?»

«Forse... Ma non abbiamo fotografie. È andato tutto perduto nell'inondazione. Nessuno ci crederebbe. Quindi non ha nessuna importanza.»

Kiribali sospirò allegramente. Avevano raggiunto la sommità della collinetta, accanto al gelso solitario. I megaliti erano visibili e proiettavano ombre nel chiarore lunare. Diede una pacca sulla spalla a Rob. «Mio caro amico scrittore, a *me* importa. Sai che amo la letteratura inglese. Dimmi cosa pensi... Svelami il segreto della Genesi!»

Lui esitò, Kiribali insistette.

Rob si sedette su una panca di pietra. Tirò fuori il taccuino e si sforzò di leggere i suoi appunti alla luce della luna, poi lo richiuse e osservò le pianure ondulate. Kiribali prese posto al suo fianco e ascoltò il racconto.

«I resoconti biblici sugli angeli caduti, i passaggi nel Libro di Enoch, il segreto svelato nella Genesi, capitolo sei, penso rappresentino un ricordo collettivo dell'incrocio tra due specie ominidi, i primi uomini...»

«Capisco.» Kiribali sorrise.

«Ed è così, credo, che è nato il ricordo collettivo. Nel 10.000 avanti Cristo circa una particolare specie di uomini emigrò dal Nord nella Turchia curda. Questi ominidi invasori erano fisicamente grandi e grossi. Potrebbero essersi evoluti, alla fine, dal *Gigantopithecus*, il più grande ominide mai conosciuto. A giudicare dalle vicine influenze culturali, questi ominidi più massicci arrivavano sicuramente dall'Asia centro-orientale.»

Il detective annuì. Rob continuò. «Qualsiasi sia la loro origine, chiamiamo questi ominidi invasori 'uomini del Nord'. In confronto all'*Homo sapiens* erano più evoluti e indubbiamente più aggressivi. Padroneggiavano la lavorazione della ceramica e l'architettura, la creazione di bassorilievi e la scultura, forse addirittura la scrittura, mentre l'*Homo sapiens* viveva ancora nelle caverne.»

Kiribali rimase in silenzio, riflettendo. Lui continuò a spiegare. «Come mai gli uomini del Nord erano più intelligenti e più spietati? La soluzione si trova nella loro origine: provenivano dal Nord. Gli scienziati ipotizzano da tempo che i climi più rigidi diano origine a un'intelligenza più acuta, più strategica. In un'era glaciale si aveva bisogno di pianificare tutto con largo anticipo solo per riuscire a sopravvivere. Si era anche costretti a competere più brutalmente per qualsiasi risorsa disponibile. Per contrasto, climi più tiepidi e miti producono forse una più spiccata intelligenza sociale e una cooperazione più amichevole...

«Ma gli uomini del Nord avevano un problema, da cui la loro migrazione. Possiamo supporre che si stessero estinguendo, come gli uomini di Neanderthal prima di loro. Sembra, in realtà, che soffrissero di un difetto genetico che li predisponeva a una violenza intensa quanto malvagia. Forse l'inclemenza dell'ambiente instillò in loro la paura di un Dio vendicativo.

Una divinità che bramava il sangue, la propiziazione del *sacrificio umano*.

«Qualunque fosse il motivo, si stavano uccidendo da soli, sacrificando i loro simili. Una civiltà morente, come quella degli aztechi. Disperati, cercarono una sede e un clima più miti: il clima edenico della Mezzaluna fertile. Migrarono a sud e a ovest. Una volta là cominciarono a incrociarsi con le più umili popolazioni delle pianure curde; mentre si mescolavano ai cacciatori e raccoglitori, ai piccoli cavernicoli, insegnarono loro le arti dell'architettura, della scultura, le pratiche religiose e sociali, da cui lo sbalorditivo progresso culturale rappresentato da Gobekli Tepe. A dire il vero, sospetto che quest'ultimo fosse un tempio eretto dai superuomini per instillare un timore reverenziale nei cacciatori e raccoglitori.»

In un punto imprecisato, nella semioscurità, una capra belò.

«Per un po', Gobekli Tepe deve essere sembrata un vero paradiso ai piccoli cacciatori e raccoglitori. Un Giardino dell'Eden, un luogo in cui gli dèi camminavano tra gli uomini. Ma poi le cose cominciarono a cambiare. Le risorse alimentari potrebbero aver iniziato a scarseggiare, di conseguenza i giganti del Nord misero al lavoro i piccoli cacciatori, a raccogliere le erbe selvatiche della pianura curda, a sgobbare come agricoltori. Era iniziata la misteriosa transizione verso l'agricoltura. La rivoluzione neolitica. E noi umani eravamo gli iloti. Gli schiavi. Quelli che faticavano nel campo.»

«Vuoi dire che *questa* fu la caduta dell'uomo?», domandò Kiribali. «L'espulsione dall'Eden?»

«Forse. A rendere ancora più fitto il mistero abbiamo anche strani accenni di mutamento nel comportamento sessuale, più o meno in quest'epoca. Forse agli uomini del Nord piaceva stuprare le minute cavernicole, farle stuprare da cinghiali simili alla statua nel vostro museo, forse insegnarono loro a 'baciare il fallo' come dice il Libro di Enoch. Le donne divennero indubbiamente consapevoli della propria sessualità – come Eva, trovata nuda nell'Eden – mentre copulavano con i nuovi arrivati. E quando le due specie di ominidi si incrociarono tra loro, gli sciagurati geni della violenza e del sacrificio furono trasmessi ai discendenti, sia pure in forma diluita. I geni vennero ereditati dai figli nati da queste unioni.»

In lontananza un camion suonò il clacson mentre imboccava la strada principale per Damasco, diretta a sud.

«Quindi sì, fu la caduta dell'uomo. La comunità di Gobekli e delle pianure circostanti era adesso completamente brutalizzata, traumatizzata e ipersessualizzata. Questo non era più un Eden. Inoltre, la stessa agricoltura stava rendendo più brullo il paesaggio, più dura la vita. E quale fu la reazione degli uomini del Nord a questi segni di cattivo auspicio? Reagirono recuperando gli antichi tratti: cominciarono a compiere sacrifici per ammansire i crudeli dèi della natura o i demoni nelle loro menti. E avevano bisogno di placare tali dèi con il sangue umano. *Di riempire i vasi con neonati ancora vivi.*» Rob guardò il vuoto deserto a est.

Kiribali si piegò in avanti. «E poi?»

«Ora arriviamo alla svolta. Verso l'8000 avanti Cristo la sofferenza, i sacrifici e la violenza divennero evidentemente eccessivi. I cacciatori e raccoglitori locali si rivoltarono contro gli invasori del Nord. Passarono al contrattacco. Scoppiò una battaglia di immani proporzioni. In preda alla disperazione, i cavernicoli trucidarono gli ultimi invasori del Nord, che superavano nettamente di numero. Poi seppellirono tutti quei corpi in una valle, nei pressi delle tombe dei bambini sacrificati, creando un'unica enorme fossa comune – non lontana da qui, da Gobekli. La Valle della Strage.»

«E poi seppellirono il tempio!»

Rob annuì. «E quindi Gobekli Tepe venne interrata, laboriosamente, per nascondere la vergogna di questo incrocio e tumulare il seme malvagio. I cacciatori e raccoglitori seppellirono volutamente il grande tempio per sradicare il ricordo: il ricordo degli orrori, della caduta dall'Eden, del loro incontro con il male.

«Ma non funzionò. Era troppo tardi. I geni violenti e inclini al sacrificio umano degli uomini del Nord erano entrati nel DNA dell'*Homo sapiens*. Il gene di Gobekli faceva ormai parte dell'eredità umana. E si stava diffondendo. Basandoci sulla Bibbia e su altre fonti possiamo seguire concretamente le tracce del gene, seguire gli esiliati da Gobekli che si spinsero a sud, nella Sumeria, nella terra di Canaan e in Israele, perché con il loro passaggio diffondevano i geni del sacrificio e della violenza. Da cui le antiche prove di sacrifici umani avvenuti in queste terre. Le terre di Canaan, Israele e Sumeria.»

«Le terre di Abramo», disse il detective.

«Esatto. Il profeta Abramo, nato nei pressi di Sanliurfa, doveva discendere in parte dagli uomini del Nord di Gobekli: era intelligente, un leader nato, carismatico. Ed era anche ossessionato dal sacrificio. Nella Bibbia è pronto a uccidere il suo stesso figlio per obbedire a un dio irato. Fu anche, naturalmente, il fondatore delle tre grandi religioni: giudaismo, cristianesimo e islam. Le fedi abramiche. E le fondò sulla memoria collettiva che condivideva con quanti lo circondavano.

«Tutte queste grandi religioni monoteiste nascono dal trauma di quanto avvenne a Gobekli Tepe. Tutte sono basate sulla paura di splendidi angeli e di un dio collerico: un ricordo inconscio collettivo di quanto accaduto nel deserto curdo, quando esseri potenti e violenti giunsero tra noi. È significativo che tutte queste religioni si basino ancora adesso sul principio del sacrificio umano: nel giudaismo c'è il simulato sacrificio carnale della circoncisione, nell'islam il sacrificio della jihad...»

«O magari i prigionieri di al-Qaeda trucidati?»

«Forse. E nel cristianesimo abbiamo il ripetuto sacrificio di Cristo, il primogenito di Dio, che muore in eterno sulla croce. Quindi rappresentano tutte una sindrome da stress, una sorta di incubo, in cui riviviamo costantemente il trauma delle incursioni degli uomini del Nord, l'epoca in cui fummo scacciati dall'Eden e costretti a rinunciare alla nostra vita d'ozio. Costretti a coltivare la terra. Costretti a baciare il fallo. Costretti a uccidere i nostri figli per compiacere gli dèi irati.»

«Ma Robert... cosa c'entrano gli yezidi?»

«Hanno un'importanza cruciale, perché esistono solo due fonti di conoscenza su quanto accadde davvero a Gobekli. La prima è tra i curdi, gli yarsan, gli alevi *e gli yezidi*. I membri di tali tribù si ritengono i diretti discendenti dei cavernicoli di Gobekli, dal sangue puro. Sono i Figli del Vaso. I figli di Adamo. Il resto dell'umanità, dicono, deriva invece da Eva, dal secondo vaso di esseri con soltanto un quarto o una metà di sangue puro: il vaso pieno di scorpioni e serpenti.»

«Capisco...»

«Questi seguaci hanno in comune molti miti relativi al Giardino dell'Eden ma perfino per loro quanto accaduto a Gobekli è solo un ricordo indistinto e spaventoso, il ricordo di alcuni angeli lascivi e simili a uccelli che esigevano la venerazione. Ma la vaga memoria collettiva è potente. Ecco perché gli yezidi, in particolare, non si sposano mai al di fuori della loro setta. Nutrono un timore atavico di poter contaminare la loro linea di sangue con i tratti della violenza e del sacrificio che scorgono nel resto dell'umanità. In noi. I popoli che possiedono il gene di Gobekli.»

Kiribali rimase in silenzio, assimilando il tutto.

Rob continuò. «Gli yezidi maledetti portano sulle spalle anche un terribile fardello. Un senso di mortificazione. Possono anche professarsi puri, ma sotto sotto intuiscono la verità, ossia che alcuni loro antenati si incrociarono con i malvagi uomini del Nord, consentendo così a questi ultimi di diffondere il gene di Gobekli, e quindi i mali del mondo sono essenzialmente colpa loro. Di qui le loro inibizioni, la loro riservatezza, il loro peculiare senso di vergogna. Di qui, inoltre, il fatto che non si siano allontanati di molto dal tempio di cui sono originari. Hanno bisogno di proteggerlo. Temono ancora oggi che, se mai tutta la verità venisse a galla e i loro atti fossero svelati al mondo, verrebbero sterminati dal resto dell'umanità in preda alla collera. I loro antenati mancarono di proteggere il genere umano dagli uomini del Nord. Le loro donne sono state con i demoni del Nord. A letto col nemico, come le collaborazioniste nella Francia occupata.»

«E questo», ribatté Kiribali, «spiegherebbe il loro dio. L'angelo pavone.»

«Sì. La loro conoscenza della verità impedisce agli yezidi di venerare gli dèi consueti. Ecco perché adorano il diavolo, Melek Taus, il Moloch dei roghi di bambini. Una rielaborazione simbolica dei malvagi superuomini, con i loro occhi da uccello. E per molte migliaia di anni questa strana fede rimase un mistero accuratamente nascosto. Il gene di Gobekli si propagò nel mondo, si era già spinto lungo lo stretto di Bering fino all'America. Ma l'autentico segreto degli yezidi, il segreto della Genesi, era perfettamente al sicuro, fintanto che Gobekli Tepe rimaneva indisturbata.»

«E qual era l'altra fonte? Hai appena detto che c'erano due... fonti di conoscenza.»

«Le società segrete europee sorte nel sedicesimo secolo. I massoni e via dicendo. Persone affascinate da dicerie e tradizioni, tradizioni che parlavano di prove, perfino documenti, che esistevano nel Vicino Oriente e minacciavano le basi storiche e teologiche del cristianesimo e della religione in genere.»

Le stelle brillavano alte nel cielo, adesso.

«Gli esponenti più equivoci dell'aristocrazia anticlericale inglese», spiegò Rob, «rimasero particolarmente ammaliati da queste voci. Uno di loro, Francis Dashwood, viaggiò nell'Anatolia; quello che vi apprese lo convinse che il cristianesimo era una farsa. In seguito fondò l'Hellfire Club, insieme ad altri intellettuali, artisti e scrittori dalla mentalità affine, la cui *raison d'être* era il disprezzo e lo scherno nei confronti della fede ufficiale.» Fissò il più grande dei megaliti, poi aggiunse: «Ma i membri dell'Hellfire non disponevano ancora di nessuna prova conclusiva sul fatto che la religione fosse falsa o 'errata'. Fu solo quando Jerusalem Whaley, membro dell'Hellfire Club irlandese, tornò dal suo viaggio in Palestina che la vera storia di Gobekli divenne nota. A Gerusalemme gli venne consegnato da un sacerdote yezidi il cosiddetto Libro Nero. Sappiamo che esso era in realtà una scatola, quella che adesso hai tu, contenente quello strano teschio e una mappa. Il teschio non era umano ma un ibrido. La mappa mostrava un cimitero vicino a Gobekli Tepe, il cimitero degli dèi malvagi: la Valle della Strage. Il sacerdote spiegò a Whaley il significato di entrambi.»

Il poliziotto si accigliò. «E questo significato sarebbe...»

«Jerusalem Whaley aveva quindi scoperto la verità sulla discendenza dell'uomo e la genesi della religione. Aveva dimostrato che la religione era una finzione, una memoria collettiva, un incubo rivissuto. Ma aveva scoperto anche qualcos'altro: che un tratto malvagio si è infiltrato nella linea di discendenza umana e che questo tratto dona ai suoi portatori un enorme talento, intelligenza e carisma. Li rende dei leader. Eppure i leader tendono al sadismo e alla crudeltà proprio a causa di questo stesso gruppo di geni. A Jerusalem Whaley bastava osservare la sua stessa linea di discendenza per trovarne le prove, soprattutto il suo brutale genitore, discendente di Oliver Cromwell. In altre parole, Whaley aveva scoperto un fatto *terrificante*: il destino dell'uomo è quello di essere guidato dalle persone crudeli, perché sadismo e crudeltà sono collegati ai geni che fanno di costoro dei leader intelligenti e carismatici. I geni degli uomini del Nord.»

Kiribali fece per parlare ma lui lo fermò con un gesto: aveva quasi finito. «Distrutto da questa rivelazione, Jerusalem Whaley nascose le prove: il teschio e la mappa, il Libro Nero che Christine e io abbiamo trovato in Irlanda. Poi si ritirò sull'isola di Man, sconvolto e atterrito. Era convinto che il mondo non fosse in grado di sopportare la verità, ossia non solo che tutte le religioni abramiche sono basate su una menzogna, un amalgama di terrori rammentati e impulsi al sacrificio umano, ma che tutti i sistemi politici, aristocratici, feudali, oligarchici o perfino democratici sono destinati a produrre leader predisposti alla violenza. Uomini che mandano migliaia di altri uomini verso le trincee nemiche. Uomini che fanno schiantare un aereo contro un grattacielo pieno di innocenti. Uomini che lanciano bombe a grappolo su un inerme villaggio nel deserto.»

Il detective turco lo osservò con aria tetra.

«E quindi l'Hellfire Club si sciolse e la questione fu messa a tacere. Ma per tutto questo tempo una famiglia ha custodito il terribile segreto scoperto da Jerusalem Whaley.»

«I Cloncurry.»

«Esatto. I discendenti di Jerusalem e Burnchapel Whaley. Ricchi, privilegiati e assetati di sangue, i Cloncurry *hanno in sé il gene di Gobekli*. E hanno tramandato ai loro discendenti la rivelazione che Whaley gli aveva lasciato in eredità. Era il più importante segreto di famiglia, da non rivelarsi mai e poi mai. Se fosse stato svelato, élite sparse in tutto il mondo sarebbero state rovesciate, e islam, giudaismo e cristianesimo parimenti eliminati. Avrebbe provocato un'autentica apocalisse. La fine di tutto. Il compito dei Cloncurry, dal loro punto di vista, era quindi assicurarsi che questa orrenda verità rimanesse sepolta in eterno.»

«Dopo di che è arrivato il povero Breitner.»

«Infatti. Dopo secoli di silenzio, i Cloncurry sono venuti a sapere che Gobekli stava tornando alla luce, per opera di Franz Breitner. Era un orrendo presagio. Se fossero stati ritrovati anche il teschio e la mappa e se qualcuno avesse ricomposto i vari tasselli, la verità sarebbe venuta a galla. Allora, il più giovane della famiglia, Jamie Cloncurry, ha reclutato alcuni ragazzi ricchi, i suoi accoliti, formando una specie di setta che aveva un unico scopo: trovare e distruggere il Libro Nero.

«Ma lui era vittima di un'altra maledizione dinastica: il gruppo di geni di Gobekli. In lui dovevano essere potentissimi. Bello e carismatico, un leader nato, era anche psicotico. Si sentiva in diritto di uccidere a suo piacimento. Ogni volta che Cloncurry veniva ostacolato nella sua ricerca del teschio e della mappa, il gene di Gobekli si rivelava.»

Seguì un lungo, lunghissimo silenzio.

Alla fine Kiribali si alzò. Si sistemò i polsini della camicia e si raddrizzò la cravatta. «Benissimo. Adoro le storie.» Fissò direttamente Rob. «I brani migliori della Bibbia e del Corano sono le storie più riuscite, non trovi? Io ne sono sempre stato convinto.»

Rob sorrise.

Il poliziotto si avvicinò di qualche metro ai megaliti, le punte lucidate delle sue scarpe che scintillavano nel chiarore lunare. Si voltò a guardare Rob. «C'è un'appendice interessante, Robert... a tutto questo.»

«Sì.»

«Sì...» La voce del detective suonò sibilante nel silenzio. «Stavo parlando con il detective Forrester.»

«L'ispettore di Scotland Yard.»

«Esatto. E mi ha raccontato qualcosa di interessante, su te e Cloncurry. Vedi, gli ho fatto parecchie pressioni per estorcergli informazioni.» Kiribali si strinse nelle spalle, senza il minimo imbarazzo. «Sai come sono fatto. E dopo un breve interrogatorio Forrester mi ha confessato cosa aveva trovato nel corso delle sue ricerche. Su Internet.»

Rob lo fissò.

«Robert Luttrell. Un cognome piuttosto insolito. Con un che di distinto, non pensi?»

«È scozzese-irlandese, credo.»

«Esatto. In realtà», disse Kiribali, «lo si trova anche nei dintorni di Dublino. Ed è quello il ramo che è emigrato prevalentemente in America, nello Utah. Da dove vieni tu.» Si raddrizzò la giacca. «Questa è, quindi, l'appendice davvero interessante: è quasi sicuro che tu discenda da loro, dai Luttrell di Dublino. Che erano anche membri dell'Hellfire Club. I tuoi antenati erano imparentati con i Cloncurry.»

Vi fu una pausa di silenzio pregnante, poi Rob dichiarò: «Lo sapevo già».

«Davvero?»

«Sì», confessò lui. «O almeno l'avevo immaginato. E anche Cloncurry lo sapeva. Ecco perché continuava ad accennare ai legami familiari.»

«Ma questo significa che forse possiedi il gene di Gobekli, lo sai?»

«Certo», rispose Rob. «Benché si tratti in realtà di un intero gruppo di geni, sempre che io li possieda tutti. Sono figlio di mia madre tanto quanto di mio padre.»

Kiribali annuì, con foga. «Sì. Sì, sì. La madre di un uomo è molto importante.»

«E anche se dentro di me ci sono alcuni di quei tratti, ciò non significa che possano segnare per forza il mio destino. Dovrei trovarmi in una determinata situazione, e anche il mio ambiente giocherebbe un ruolo importante. L'interazione è estremamente complessa.» Si interruppe. «E comunque, non credo che entrerò mai in politica...»

Il detective rise. Rob aggiunse: «Quindi penso che non avrò problemi, fintanto che nessuno mi affida dei missili».

Kiribali batté i tacchi, come obbedendo agli ordini di un comandante invisibile, dopo di che si girò, estrasse il cellulare dalla giacca e tornò all'auto, forse intuendo che lui preferiva restare solo.

Rob si alzò e si spazzò via la polvere dai jeans per poi imboccare il familiare sentiero ghiaioso che portava nel cuore del tempio.

Quando raggiunse il fondo dello scavo si guardò intorno, rammentando la risata fatta lì a Gobekli mentre scherzava con gli archeologi. Là aveva anche conosciuto Christine, la donna che adesso amava. Ma quello era anche il luogo in cui era morto Breitner, ed era là che avevano avuto inizio i terrori sacrificali. Diecimila anni prima.

La luna stava sorgendo, bianca e altezzosa. E là c'erano le pietre, silenti e imperiose nella notte.

Si inoltrò tra i megaliti. Si piegò in avanti per toccare le incisioni: delicatamente, quasi cautamente, perso in una sorta di timore reverenziale, in un rispetto riluttante ma chiaro. Per quelle splendide antiche pietre, per quel misterioso tempio nell'Eden.

51

Rob e Christine volevano un matrimonio modesto e semplice, su quello erano d'accordo. L'unico dubbio era dove organizzarlo, ma quando lei seppe di aver ereditato la casa di Isobel nelle isole dei Principi, il problema venne risolto. «Ed è un modo per onorare la sua memoria; Isobel approverebbe, ne sono sicura.»

Il magnifico giardino di Isobel rappresentava una scelta ovvia. Così cooptarono un prete greco ortodosso barbuto e avvinazzato, assoldarono alcuni cantanti che furono felici di farsi pagare in birra e trovarono perfino un trio di valenti suonatori di *bouzouki*. Invitarono solo parenti stretti e amici intimi. Steve arrivò da Londra, con una manciata di colleghi di Rob; Sally portò un grosso regalo; la madre di Rob era tutta sorridente e orgogliosa e sfoggiava il suo cappello più elegante. E Kiribali partecipò con un completo candido.

La cerimonia fu semplice e rischiarata dal sole. Lizzie, scalza e con indosso il suo miglior vestitino estivo, fece da damigella d'onore. Il prete rimase in piedi sulla terrazza a intonare il canto rituale, che sembrava un incantesimo. La luce del sole filtrava attraverso i pini e le tamerici, e il traghetto del Bosforo suonò la sua sirena mentre solcava le acque blu scuro diretto verso l'Asia. E i cantanti cantarono e Rob baciò Christine e poi fu fatta: erano sposati. Rob era sposato, di nuovo.

In seguito ci fu una festa. Bevvero tutti un sacco di champagne in giardino ed Ezechiele, il gatto, rincorse una farfalla dorata in mezzo ai cespugli di rose. Steve chiacchierò con Christine, la mamma di Christine chiacchierò con il prete e tutti ballarono malissimo seguendo il ritmo dei suonatori di *bouzou-*

ki. Kiribali citò dei versi e flirtò con tutte le donne, soprattutto quelle più anziane.

A metà del pomeriggio Rob si ritrovò fermo accanto a Forrester, sotto l'ombra degli alberi al margine del prato. Ne approfittò per ringraziare l'ispettore, finalmente, per aver chiuso un occhio.

L'altro arrossì, il bicchiere di champagne accostato alle labbra. «Come l'hai indovinato?»

«Sei un tipo astuto, Mark. Ci hai permesso di andarcene con il Libro Nero. Era per questo che stavi discutendo con Dooley a Dublino, vero?»

«Come, scusa?»

«*Sapevi* dove eravamo diretti. Volevi concederci un po' di tempo e hai convinto Dooley a lasciarci tenere la scatola.»

Forrester sospirò. «Credo di sì. E sì, sapevo dove eravate diretti, ma non potevo certo fartene una colpa, Rob. Avrei fatto anch'io la stessa cosa se... se uno dei miei figli fosse stato in pericolo. Seguire l'iter ufficiale avrebbe potuto rivelarsi di una lentezza disastrosa.»

«Eppure hai telefonato a Kiribali giusto in tempo. Quindi dico sul serio: grazie per... averci protetto.» Rob si stava sforzando di trovare le parole adatte. Una fugace e terribile immagine di Cloncurry, i candidi denti digrignati, gli attraversò la mente. «Non oso pensare», aggiunse, «a cosa sarebbe successo se tu non fossi rimasto coinvolto nella faccenda.»

L'ispettore bevve un sorso di champagne e annuì. «Lei come sta?»

«Lizzie? È davvero incredibile. Sembra aver dimenticato tutto, in linea di massima. Ha un po' paura del buio, credo a causa del cappuccio.»

«Ma nessun altro trauma?»

«No...» Rob si strinse nelle spalle. «Non credo.»

«Il bello di avere cinque anni», commentò Forrester. «I bambini hanno una grande capacità di recupero. Se sopravvivono.»

La conversazione cominciò a languire. Rob guardò gli ospiti che ballavano in fondo al prato di Isobel. Kiribali stava saltellando su e giù, battendo le mani, impegnato in una sorta di improvvisato ballo cosacco.

Forrester indicò il poliziotto turco con un cenno del capo. «È lui quello che dovresti ringraziare.»

«Ti riferisci ai colpi di fucile?»

«So tutto al riguardo. Incredibile.»

«Sembra che fosse un tiratore olimpico o qualcosa del genere. Un tiratore esperto.»

«Il suo è stato un intervento cruciale, vero?»

«Sì», concordò Rob. «Kiribali vedeva quanto fosse lontano Cloncurry e non potevano raggiungerci in tempo, a causa dell'inondazione. Così ha preso il suo fucile da caccia...»

La musica era fragorosa. I suonatori di *bouzouki* ce la stavano mettendo davvero tutta. Rob finì il suo champagne.

I due uomini raggiunsero gli altri. Mentre lo facevano, Lizzie arrivò di corsa, ridendo e cantando. Rob si chinò per accarezzarle teneramente i capelli brillanti; la bambina ridacchiò e allungò la mano verso quella di lui.

Osservando padre e figlia che passeggiavano mano nella mano, sorridenti e vivi, Forrester avvertì una fitta di intensa emozione: la consueta sofferenza mista a rimpianto. Ma il senso di perdita era venato da qualcos'altro, qualcosa di assai più sorprendente: l'ombra fioca e fugace della felicità.

RINGRAZIAMENTI

Vorrei ringraziare Klaus Schmidt e gli altri membri dell'Istituto archeologico tedesco a Gobekli Tepe; i miei editor e colleghi Ed Grenby, David Sutton, Andrew Collins e Bob Cowan; tutti alla William Morris London, in particolare la mia agente Eugenie Furniss; e Jane Johnson della HarperCollins UK.

Vorrei ringraziare anche mia figlia Lucy, per avermi riconosciuto dopo che sono scomparso per alcuni mesi allo scopo di scrivere questo libro.

Finito di stampare nel mese di settembre 2011
presso la Grafica Veneta S.p.A. di Trebaseleghe (PD)
Printed in Italy

BEST THRILLER

Periodico mensile, anno IV, n. 34
Registrazione n. 124 del 7.03.2001 presso il Tribunale di Milano
Direttore responsabile: Stefano Mauri

Distribuzione per l'Italia: m-dis
via Cazzaniga, 19 - 20132 Milano

Tom Knox

È lo pseudonimo dello scrittore e giornalista Sean Thomas. Nato in Inghilterra, vive a Londra ed è stato corrispondente estero per numerose testate e periodici, tra cui "The Times", "The Guardian" e "The Daily Mail". Dopo *Il segreto della Genesi* (Longanesi 2009), ha pubblicato *Il marchio di Caino* (Longanesi 2010).

BEST THRILLER

Ultimi volumi pubblicati

James Rollins, *La città sepolta*
Christopher Reich, *Le regole dell'inganno*
Clive Cussler, *Vento nero*
James Patterson, *Terzo grado*
Steve Berry, *Le ceneri di Alessandria*
Simon Beckett, *Scritto nelle ossa*
Douglas Preston, *Eresia*
James Rollins, *Artico*
Kjell Ola Dahl, *Il quarto complice*
John Connolly, *Gli amanti*
Lee Child, *Niente da perdere*
Christopher Reich, *Le regole della vendetta*
Elizabeth George, *Corsa verso il baratro*
James Patterson, *Mastermind*
Jeffery Deaver, *La figlia sbagliata*
Jennifer Lee Carrell, *Il sangue che resta*
Clive Cussler, *Il tesoro di Gengis Khan*
Frank Schätzing, *Silenzio assoluto*
Simon Beckett, *I sussurri della morte*
Camilla Läckberg, *La principessa di ghiaccio*
Kathy Reichs, *Le ossa del ragno*
James Patterson, *Il caso Bluelady*
Tom Knox, *Il segreto della Genesi*